KB260384

韓文化의 斷想

이민홍 저

제이앤씨
Publishing Corporation

제이앤씨에서 『韓文化의 斷想』이라 이름한 또 한권의 졸저를 발간하게 되었다. 부실한 원고를 흔쾌하게 출간해 준 제이앤씨 출판사 여러분께 감사를 표한다. 앞서도 『韓文化의 源流』를 제이앤씨에서 펴낸 바 있는데, 이 소저는 그 후속편에 해당된다. 말이 후속편이지 원고의 질은 "亂藁"수준이다. 이 책의 이름에다 "난고"라는 말을 붙이고 싶었지만, 先人의 명저가 『益齋亂藁』였던 까닭으로 피했다. 이 간책의 이름으로 잠시 생각했던 "난고"는 선인이 명명하셨던 고차원의 의향이 탁의된 "난고"와는 전혀 관계없는 글자 그대로 두서없는 "난고"에 불과하다.

이 책에 수록된 원고의 집필 기간은 정확하게 42년이나 된다. 무려 반세기에 육박하는 시간의 간극이 있기 때문에 문체의 조잡성과 주제의 난맥상도 비일비재이다. 수록된 원고의 효시는 1964년에 집필된 『栗谷이 본 治와 亂』이고, 그 후 1970년대의 가벼운 잡문들이 약간 있고, 1980년대에 집필된 원고는 충북대학 신문의 기고문이 주류를 점하고 있다. 1990년대를 거쳐 2006년까지 성대 신문과 각종 종합지에 실린 잡다한 글과 학회 등에서 행한 강연 요지들을 함께 수록했다.

필자는 1980년 중반부터 지금까지 역서를 포함해서 12권의 졸저를 출판했다. 돌이켜 보면 별의미가 없는 것들이 태반이라고 느끼지만, 이미 쏘아논 화살이라 다시 돌이킬 수도 없다. 이들 소저에는 관례상 머리말이 있다. 생각해 보니 무수한 소저에 실린 편장들보다 머리말에 필자의 진솔한 생각이 응축된 듯하여 추려서 상재했다. 이처럼 머리말을 한데 묶어서 제시한 것은, 필자의 반세기 동안 연구 영역의 범주와 주제의식의 변천을 알 수 있는 단서가 포착된다고 보았기 때문이다.

이 책의 내용 중 수록하고 싶지 않은 것도 있고, 과감하게 수정하고 싶은 것도 있지만, 非文을 고치는 수준 정도로 하고 내용은 거의 그대로 보존했다. 편장은 모두 6장으로 분류했는데, 제1장은 韓文化와 대륙문화, 제2장은 韓文化와 유가사상, 제3장은 韓文化와 대학, 제4장은 韓文化의 明暗, 제5장은 韓文化와 情感으로 유분하여 편차했다. 제6장은 '韓文化와 北韓'으로서 필자가 입북하기 위해 채류했던 북경에서의 1주일과, 어렵게 비자를 받아 입북한 후 1주일간의 견문과 소감을 일기체로 기록한 것이다.

20대 초반 弱冠 시절부터 60대 후반 耆年대까지 긴긴 세월 동안 때로는 가벼운 마음으로 써놓은 글들과, 혹은 심각한 심정으로 적은 글들을 한데 묶어 놓고 보니 감회가 착잡하다. 책의 제목도 우여곡절이 있었다. 처음에는 "韓文化의 散策"이라 했다가, "韓文化의 落穗"로 생각했으나 최종적으로 『韓文化의 斷想』으로 확정했다. 논리적 체계가 없고 그때그때 느낀 상념을 문장화했다는 의미로 붙인 이름이다.

우리 집에는 꽤 많은 책이 있는데 이사할 때마다 가족들의 천덕꾸러기가 된다. 그리고 사면 벽에 가득 찬 책 가운데서 우리 가족들에게 가장 인기가 없는 것이 필자가 펴낸 일련의 책들이다. 이 책을 출간하면서 室人(金寧 金氏)과 장남 昌熙, 차남 宅熙, 장녀 珍熙가 관심을 가지고 읽는 척이라도 해주었으면 하는 희망을 가져본다. 필자가 마음 편하게 공부하고 저술활동을 할 수 있게끔 도와준 가족들에게, 별로 달가워하지 않을 줄 알지만, 이 책을 건네고 싶다.

끝으로 동서남북에 흩어진 글들을 모아서 정리하고 꼼꼼하게 교정을 봐준 신두환, 성하춘, 신태영, 안나미, 조혁상과 그 밖에 음양으로 도와준 많은 동학과 후학들의 앞날에 찬란한 영광이 함께하기를 기원하면서 마무리에 갈음한다.

丙戌年 應鐘之月日

李敏弘 志

제1장 韓文化와 대륙문화

제5장 韓文化와 정감(情感)

제6장 韓文化와 북한(北韓)

제 1 장 韓文化와 대륙문화

1.
사림파문학士林派文學의 정립定立

① 필자는 16, 17세기 조선조 문학양상에 대해서 관심을 가져왔다. 불교가 수입되어 우리의 전통문학에 변모를 가져 왔듯이, 유가사상을 국시로 하여 출범한 조선의 문학 역시 예외가 아니었다. 물론 유가사상이 수입된 것은 오래 전의 일이지만, 그것이 권력과 밀착되어 모든 분야에 걸쳐서 유가적 개혁을 시도한 것은 조선이 처음이었다. 일찍이 민족 고유의 문학 양식이었던 향가가 불교 등의 영향을 받아 그 주제영역이 변질되었듯이, 단가문학 또한 유가사상과 관련된 범동양권의 문학론이었던 '문이재도론(文以載道論)'에 의해 변화가 있었다.

문이재도적 문예의식은 단가뿐만이 아니라 한국문학의 여러 양식들에도 변모를 주었던 것이다. 정주학과 관련된 문이재도론에 입각한 문학적 변화가 가장 활발하게 진행된 시대가 16세기였다고 본다. 필자는 이를 주자학적 신문학운동이라고 부르고자 한다. 이 운동을 주도했던 계층은 퇴계, 율곡을 위시한 당시 진보적 지식집단이었던 사림파였다. 이들이 전개한 신문학 운동이 반드시 긍정적이었다고 보기는 어렵지만, 한국문학의 또 다른 지평을 연 사실은 기억해야 한다. 이와 같이 하여 형성된 사림파문학이 그 이전과 그 이후의 문학과 어떻게 다르며 또 어떤 영향을 주었으며 어떻게 변화해 갔는지를 생각하면서 본고를 엮었다.

문학은 어떤 이념 그 자체는 아니다. 문학이 문학인 까닭은 그 이념을 삶 속에 품어서 형상화시킨 사실에 있다. 그러므로 이념과 결부된 추상적인 문학론은 가급적 피하고자 했다. 추상적이고 단편적인 문학 비평은 일찍부터 있어 왔다. 그것은 너무나 추상적으로 흐른 나머지 그 비평의 의미를 포착하기 어려웠다. 조선의 사림파는 시인이면서 비평가이기도 했다. 따라서 그들의 문학관을 고찰하기 위해 작품과 함께 그들의 비평에도 관심을 가졌다. 필자가 제시한 사림파문학의 개념은 시기는 대체로 16, 17세기로 잡았고, 그 향유 계층은 퇴계를 위시한 영남사림의 한 집단으로 국한시켰다.

❷ 영남학파와 기호학파의 철학적 견해에 차이가 있었던 것이 사실이라면, 그들이 창출한 문학의 성격도 달랐을 것이다. 그리하여 이들 양대 지식인 계열의 문학양상의 같은 점은 무엇이며 다른 점은 또 무엇인지 밝히는 작업이 매우 필요한 것이라고 필자는 믿는다. 이 같은 문제를 규명하기 위해 그들이 공통적으로 숭앙했던 주자의 몇 작품을 중심으로 대립되는 견해를 부각시켜 보았다.

아직 시안에 불과하긴 하지만 주리적 성격이 강했던 영남학파의 전범적인 작품은 〈도산십이곡〉이며, 주기적 성향이 짙은 기호학파의 모범적 작품은 〈고산구곡가〉가 아니가 한다. 이들 단가 작품은 각각 주리적 또는 주기적 특징의 일면을 지닌 것으로 필자는 생각하고 있다. 〈고산구곡가〉가 〈도산십이곡〉에 비해 관념적 시교성이 없는 점은 주목된다. 이 두 작품들은 중국 리학파(理學派)의 문이재도론을 수용한,

성리학적 견해의 차이를 지녔던 두 사림파 집단의 영수들에 의해 창작된 그들 문학론의 시적 변용으로 생각된다.

필자가 본고에서 전개한 내용들이 작으나마 하나의 문제 제기가 되었으면 하는 바람이다. 사림파 지식인들은 문이재도론 문학론을 향유하는데 있어서 '입도차제(入道次第)'적 시각과 '인물기흥(因物起興)'적 시각이 있었다. 이는 문이재도론의 조선적 전개 양상으로 생각된다. 조선조 특유의 이 같은 문학 양상을 검증하기 위해 주자의 시에 대한 중국 측의 시가를 제시하여 사림파의 수용 양상과 대비시켜 보았다. 이 같은 시도는 사림문학의 '일부분'을 밝히는 데에 목적이 있다. 그 일부분의 구체적인 내용은 '온유돈후(溫柔敦厚)'와 '한미청적(閒美淸適)' 그리고 '물외한적(物外閒適)'으로 그 문예 미학적 범주로 구분하여 검토했다.

〈『사림파문학의 연구』 머리말. 1985〉

2.

조선조 시가의 유가이념과 미학

❶ 필자는 1985년에 『士林派文學 硏究』를 발간했고, 1987년에 이 책의 증보판을 펴냈다. 이제 다시 『朝鮮中期 詩歌의 理念과 美意識』이라는 이름으로 또 한권의 간편(簡編)을 상재(上梓)하면서, '후안무치'와 '술이부작(述而不作)'이라는 옛말을 떠올리며 옷깃을 여민다. '분시서(焚詩書)'도 일말의 긍정적 요인이 있는 터에, 다듬어 지지도 않은 무설(蕪說)이야 말할 나위도 없다. 책을 출판한다는 것은 하나의 공해물질을 배출하는 것일 수도 있다는 사실을 필자도 시인한다. 그러나 이들 공해물질이 사방으로 흩어져서 나돌아 다니는 것보다는 한 곳에 모이는 것이, 오히려 공해를 줄일 수 있다는 사실에 의미를 부여했다.

본고에서 말한 '조선중기'는 16, 17세기를 지칭했고, '시가'는 가요와 한시를 뜻한다. 여기서 다룬 '이념'은 주로 성리학이고 곁가지로 노장사상도 약간은 검토했다. '미의식'의 경우 서양의 미학은 전적으로 배제했다. 서양과 동양은 민족 정서가 서로 다르기 때문에 시가에 용해된 미의식이 본질적으로 다를 뿐 아니라. 동양의 정통 문예미학에 서양의 미학이 남김없이 포함되기 때문이다. 조선시대에는 두 갈래의 큰 미의식이 있었다. 이시정심(以詩正心)에 초점을 둔 '성정미학'과 이시정세(以詩

正世)를 목적으로 한 '사회미학'이 그것이다. 조선조 문학의 주된 미의식은 성리학적 '외물인식(外物認識)'과 '형상사유(形象思維)'를 근간으로 한 성정미학이었다.

2 품격의식은 고려시대부터 있었지만 성정미학의 종속 미의식으로서의 '품격론'은 조선조 사단(詞壇)에서 새롭게 논리적으로 체계화되어 중요한 역할을 했다. 품격론은 9세기 무렵 당나라 때 사공도(司空圖)에 의해 종합 정리되었다. 사공도 이후 중국사단에서 품격론은 활발하게 논의되었다. 고려·조선조의 사인들도 중국의 품격에 관계된 책들을 수입하여 탐독했다. 주목되는 점은 우리의 선인들이 이를 우리의 문학적 풍토에 알맞게 변용시켜 재창조한 사실이다. 품격론은 한시뿐만 아니라 민족가요인 '단가(短歌)' 창작에도 적용되었다. 따라서 한국한시도 이제부터 품격론의 조명을 받아야 한다. 이는 민족가요와 한시 연구의 새로운 지평의 전개를 의미하는 것이기도 하다.

조선중기에 들어와서 민족가요는 질적으로 변화가 시작되었다. 그 변화의 실제가 <도산십이곡>과 <고산구곡가>이다. 당맥과 결부시킨다면 <도산십이곡>은 남인계의 단가이고, <고산구곡가>는 서인·노론계의 가요이다. <어부가>에서 발원하여 <어부사시사>로 완결된 <어부장단가>도 남인계의 가요이다.

본고는 조선중기에 활동했던 농암과 퇴계·율곡 그리고 고산의 시가를 집중적으로 검토했고, 아울러 지봉과 석주의 한시도 고찰했다. 본고에 수록된 논문은 1970년대 초에 발표된 것도 두어 편이 있지만, 나머지는 거의가 1990년대를 전후해서 쓴 것이고, 1990년 이후에 발표된

것이 태반을 차지하고 있다. 그러므로 논지의 맥락에 다소 간의 괴리가
있으리라 생각된다.

〈『조선조 시가의 이념과 미의식』 머리말. 1993〉

3. 고려가요와 민족악무民族樂舞

성균관대학교 인문과학연구소에서 '고려가요 연구의 현황과 전망'이라는 주제로 학술발표회를 갖게 되었습니다. 동서고금을 막론하고 인간의 심성에 가장 많은 영향을 끼치는 것은 음식과 복색과 악무입니다. 이 밖에도 영향력을 행사하는 것이 한둘이 아니겠습니다만, 시대가 진행될수록 악무의 파급효과는 더욱 증폭되고 있습니다. 중세에서는 악무를 국가가 관리하여 백성의 성정을 바르게 하고 이를 통해 계층 간의 화합을 시도했습니다. 이 같은 악무 정책은 매우 타당한 것으로 점두되는 바가 있습니다.

동양의 모든 사서에는 악지가 있는데, 이는 선인들이 악무를 얼마만큼 중시했는가를 알게 하는 증거입니다. 그런데 과거와는 달리, 근대에 들어와서 국가차원에서는 악무를 배제했습니다. 국가차원에서 악무의 배제는 악무의 입장에서는 다행일 수도 있겠지만, 국가경영에는 상당한 혼란이 야기되었다고 생각됩니다. 문제는 악무의 포기로 인하여 나타난 민심의 방만과 혼란에 대해서 무감각하다는 사실에 있습니다. 이와 반대로 북한의 경우 악무를 지나치게 장악함으로 인해, 악무가 민중으로부터 소외되는 경향이 있는 것 같은데 이 또한 경계할 현상으로 생각됩니다.

우리 한민족은 악무를 유별나게 즐겨했고 또 중시했습니다. 남이 부른 노래를 듣고, 남이 추는 춤을 구경하는 것으로는 만족하지 못하고 반드시 스스로 춤을 추고 노래를 불러야만 직성이 풀리는 민족이라는 사실도 부인하기 어렵습니다. 오천년의 장구한 역사를 가진 우리 민족에게는 '매악(靺樂)'을 비롯해서 '향가' · '여요' · '단가'와 각 지방에 전승된 다양한 '민요' · '가면무'들이 있습니다. 이 주옥같은 민족악무 중에서 고려가요를 선택하여 오늘 학술발표회를 개최한 데에는 그만한 까닭이 있습니다. 고려가요는 한민족의 정서를 가장 잘 표현한 정통 민족가요이며, 종교나 이념과도 일정한 간격을 유지하면서 민족의 변하지 않는 심성과 접맥되어 있기 때문입니다. 다만, 이 같은 중요성에 비해서 근간에 학계의 연구가 다소 활발하지 못했던 것은 큰 아쉬움으로 남았습니다.

이에 우리 연구소에서 새로운 연구방법론의 모색과 아울러 기존의 연구 성과를 재점검하면서 고려가요 전반에 걸쳐 다방면의 논의를 펼치는 장을 마련하고자 했습니다. 고려가요 연구의 괄목할 만한 업적을 남긴 분들과 이 분야에서 일가를 이룬 학자들의 호응을 얻어 여덟 편의 논문을 발표하고 이에 따른 토론을 갖게 된 점을 기쁘게 생각합니다. 발표된 논문과 토론 내용을 주축으로 하고 그밖에 기존의 중요한 논문이나 또는 새로운 논문을 선별하여, 이를 한데 묶어 인문과학연구총서로서 『고려가요 연구의 현황과 전망』을 출간하게 된 것입니다. 제1부는 총론이고 제2부는 작품론이며 제3부는 고려가요에 대한 종합적 논의입니다.

〈『고려가요 연구의 현황과 전망』 간행사. 1996〉

4.

韓文化와 韓文學의 독립

① 『한문화와 한문학의 정체성』이라 이름 붙인 간책을 다시 발간하게 되었다. '다시'라는 말을 붙인 것은 그만한 까닭이 있다. 일찍이 집문당에서 한국 민족악무와 예악사상을 상재한 바 있고, 그 후속 편에 준하는 한국 민족예악과 시가문학을 펴냈으며, 본고 역시 위에 열거한 두 책의 주제의식을 계승했기 때문이다. 필자의 예상보다 이 책이 앞당겨 빛을 보게 된 것은, 임경환 사장님의 특별한 배려에 힘입었다. 이 자리를 빌어서 감사의 뜻을 전한다.

우리는 우리의 학문을 서양의 방법론으로 반세기 동안 연구해 왔고, 이와 같은 연구시각을 일러 진보적이라고 자부했다. 근래에 반만년의 역사를 지닌 민족문화를 오랜 기간 동안 중국의 그것과 알게 모르게 대비시켜온 것을 무주체적이라고 반성했지만, 반성한 뒤에 전개된 연구방법은 서구나 동구의 것을 취했다. 여우를 피한 뒤 호랑이를 만난 격이 되었는데도 불구하고, 주체성을 획득했다고 착각한 지도 또한 반세기나 되었다. 그리하여 서구나 동구의 문화와 문학을 그대로 모방하고 복사하다시피 하면서, 입으로는 '민족문화'니 '민족문학'이니 하며 연막을 쳤다. 문제는 이들 사이비 민족문화와 민족문학을 일반인들 거의 모두가 그대로 민족문화와 민족문학으로 철석같이 믿었던 순진성에 있다.

외래의 문화와 문학을 주체적으로 수용하는 데 반대할 사람은 없다. 또 외래의 것을 수용해야만 민족문화와 민족문학이 발전한다는 사실도 모두들 알고 있다. 그러나 외래문화와 외래문학을 숭배하면서 이를 민족문화와 민족문학으로 도회(韜晦)하는 것은 일종의 범죄행위이다. 따라서 진실로 민족적인 것을 통틀어 봉건적이라거나 전근대적 미개인이나 향유하는 것으로 주장했던 비민족적인 지식인들이 민족주의를 가장 열렬하게 외쳐온 것은 역설이다.

동서고금을 막론하고 인간을 지배했던 이데올로기는 단 두 가지, 즉 제국주의와 민족주의 밖에 없다. 이 두 이데올로기 이외에 갖가지 이데올로기가 있는 것처럼 여겨지지만 그것은 허상이다. 문화와 문학도 마찬가지이다. 제국주의는 그들의 문화를 힘으로 전파시키려 하고, 문화침략을 받은 약소국은 민족주의적 문화로 대응한다. 문학 역시 문화와 동일한 침략과 대응 자세를 취한다. 세계문화사와 문학사는 '문화제국주의'와 '문학제국주의'에 '문화민족주의'와 '문학민족주의'가 어떻게 침략하고 이를 방어했느냐가 주제였다. 문화제국주의의 침략을 이겨낸 우리의 민족문화를 한문화(韓文化)로 칭했고, 문학제국주의의 공격을 이겨낸 우리의 민족문학을 한문학(韓文學)이라 이름하였다. 민족문화와 민족문학을 한문화와 한문학으로 개칭한 이유는, 앞서 지적한 대로 민족문화와 민족문학으로 규정된 것들에 비민족적인 요소가 많다고 인정하고, 이를 불식시키기 위해서이다.

 한문화는 중국의 유가문화를 솔선하여 수용했지만, 몽골족이나

여진족, 글안족, 일본족의 문화는 거부했다. 문화뿐만 아니라 문화의 하위분야인 이들 각 민족의 문학과 악무까지도 수용하지 않았다. 우리가 몽고화나 여진화 또는 일본화가 되지 않은 것은, 비록 무력으로 그들의 침략을 받았으나, 이에 대응하여 한문화와 한문학을 확고하게 지켰기 때문이다. 통시적으로 세계 초강대국 옆에 살아오면서 지금까지 정체성을 준수해 왔던 이유는 여기에 있다.

한문화와 한문학은 아정(雅正)하고 참신한 진보적 문화로서, 세계 어떤 것에 비해도 손색이 없다. 문화와 문학은 하나이고 문화의 꽃도 한 두 개가 아니지만, 그 중에서도 백성들에게 가장 영향력을 행사하는 것은 문학이라는 꽃이다. 한문화의 적자이기도 한 한문학은 일견 나약한 것처럼 여겨지지만, 제국주의의 침범을 막는 데 놀랄 만한 위력을 발휘했다. 『삼국사기』와 『삼국유사』·『제왕운기』·『고려사』·『증보문헌비고』등의 저서들과 역대의 개국영이사적(開國靈異事蹟), 그리고 『춘향전』 등 문학작품과 '아리랑'을 비롯한 각종의 민족악무가 문화제국주의의 침탈을 막아내는 위력을 발휘한 사실을 우리는 모르고 있다.

한문화와 한문학은 분리될 수 없다. 그러므로 이 둘을 유기적으로 결합하기 위해 역대왕조의 국가신앙과 한문화의 모태가 된 고대 소국가의 흔적도 추적했고, 뿌리를 유달리 좋아하는 한민족의 심성을 파악하기 위해 씨족들의 상계인식(上系認識)도 논의했다. 한문화가 고차원의 문화로 격상된 동인 중에 하나인 유가문화의 이입과 토착화의 실상도 밝혔고, 한문화의 중요한 요소의 일부인 악무 쪽에도 관심을 가졌다. 한문화와 한문학을 발전적으로 승화하는 데 결정적 역할을 한 지식인의 생활과 문예활동의 일단도 고찰했다. 소위 한국한문학을 '한문학(韓文學)'으로 명칭 변경을 한 후, 외래적 문체의식(文體意識)에 의해 폐기된 문체들 중에서 서양의 소위 리얼리즘적 요소가 충만한 주소(奏疏)와

교서(教書)를 다시 문학으로 복원시켜, 이를 통해 16세기와 19세기의
민감한 시대상도 종합적으로 검토했다.

〈『한문화(韓文化)와 한문학(韓文學)의 정체성』 머리말. 2003〉

5.
시법諡法에 대한 재평가

동서양을 막론하고 수천 년간 지속된 왕조정치에서, 치란(治亂)과 정치적 공과를 평정하여 후세의 왕들에게 귀감이 되게 했던, 시법(諡法)에 대한 검토는 현재에도 여전히 필요하다. 지도자가 재임 기간 동안에 이룬 업적은 앞으로도 영원히 평가되고 기록되어야 한다. 평가와 기록에는 기준이 있어야 하는데, 중세의 평가 척도였던 시법을 폐기시킬 것이 아니라, 이를 발전적으로 되살려 국가 통치에 참고 자료로 삼을 필요가 있다.

시법은 왕에게만 국한되는 것이 아니고, 공적을 쌓은 신료들에게도 적용되었다. 시법에 관한 자료는 너무나 광범위하다. 시호를 받은 인물들은 모두를 검토하기가 불가능할 만큼 범박하다. 시법에 대한 내용 규정도 엄청난 자료가 산적해 있어서 이를 전부 검색하기도 현재로서는 어렵다. 그러므로 우선 소순(蘇洵)의 『시법(諡法)』과 장수절(張守節)의 『사기정의(史記正義)』, 「시법해(諡法解)」를 중심으로 하고, 얼마간의 주변자료를 참작하여 이 책을 엮었다.

시법의 빙산일각을 살펴본 것에 불과하지만, 『시법』과 『사기정의』 「시법해」가 그런 대로 대강을 엿볼 수 있다고 판단하고 이를 번역한 뒤, 삼국시대, 고려시대, 조선시대에 걸친 왕들에 한정하여 이들 제왕이 받은 시호의 상황과 의미를 거칠하게나마 검토했다.

시법에 나타난 한자가 워낙 짤막하고 난해한 문장이라서 오역도 있을 것으로 생각된다. 관심 있는 제가들의 질정을 바란다. 완벽하지 못함을 알면서도 이를 발간하는 까닭은 중세 예악(禮樂)의 중요한 분야인 시법을 배제하고는 해당 시기 왕들에 대한 정확한 평가가 불가능하다고 생각했기 때문이다. 근래에 많은 독선적인 사가(史家)들에 의해 잘못 평가된 선왕(先王)들의 공적을 객관적으로 살펴보는 데 약간의 도움은 되리라 믿는다.

서기 1세기나 8세기, 10세기, 또는 15세기 및 16세기와 18세기의 정치 현상에 대해, 오늘의 서구나 동구식 역사 인식을 기반으로 한 평결은 정당하지 못하다. 연구하고자 하는 그 시대로 돌아가 그 시대 왕을 검증했을 때, 비로소 올바른 평가가 가능하다는 신념을 필자는 갖고 있다. 예컨대, '문무왕(文武王)'에 대한 평가는 연구자가 서기 7세기 신라 사회로 들어가서 검색해야만 어느 정도의 적의한 평가를 내릴 수 있는 것이다.

〈『諡法』 서문. 2005〉

6.
민족시가와 예악사상

❶ 『한국 민족예악과 시가문학』을 대동문화연구총서의 일환으로 발간하게 되었다. 대동문화연구원 여러분들에게 감사를 표한다. 서기 1997년에 『한국 민족악무와 예악사상』을 발간한 바 있는데, 이 책은 그 후속편이기도 하다. '민족예악'은 서구문물의 영향을 받지 않았던 개항 이전 한민족의 순수 민족주의를 의미한다. 오늘날 민족주의라는 개념에 해당되는 민족예악은 오천 년 민족사에서 한 순간도 우리가 잊은 적이 없었다. 내면적으로 민족의식이 철저했던 소위 구사대주의자에 의해 통치되었던 과거 수천 년 동안, 민족예악은 세계 초강대국 옆에서 국가와 민족과 문화를 지켜온 원동력이었음을 우리는 간과하고 있었다.

개항 이후 신사대주의자가 득세한 지 1세기도 못되는 기간에, 국가와 민족과 문화 예술 등 전반에 걸쳐 정체성이 약화되어 누란의 위기에 봉착한 현실을 감안할 때, 진정한 의미에서 진보와는 거리가 먼 위장 진보주의자들에 의해 창도된 근대화가 우리 민족에 얼마나 많은 해독을 끼쳤는가를 반성할 필요가 있다. 민족예악을 이같이 황폐화시킨 사람들은 거의가 진보의 탈을 쓴 신사대주의자들로서, 서양의 이념과 문화를 민족주의로 분식(粉飾)시켜 개인적인 명예와 이익을 추구하는 데 절묘하게 활용했던 사이비 진보주의자들이었다.

19세기 이후 등장한 신사대주의자들은 근래에 와서 백성을 억압하는 '민주화'와 전통을 폐기한 '세계화' 등 분식된 구호를 내걸고, 우리의 기년(紀年)과 무관한 해괴한 '밀레니엄'이라는 축포를 터뜨리고 있다. 외세가 강요하지 않았는데도 불구하고 스스로 주체적 단기 기년을 서기로 바꾸고, 종교를 바꾸고, 악무를 바꾸고, 용모를 바꾸고, 사고를 바꾸고, 의복을 바꾸고, 음식을 바꾸어 오다가, 끝내는 신판 창씨개명까지도 자랑삼아 공공연하게 자행하고 있다. 이는 실로 오천 년간 지속되어온 민족국가가 계속 존재하느냐 없어지느냐 하는 절대 절명의 위기가 아닐 수 없다. 일찍이 신라의 진덕왕이 당조(唐朝)의 압력에 의해 마지못해 자체 연호인 태화(太和)를 폐지한 사실과도 대비된다. 사정이 이러함에도 불구하고 위기라는 인식조차 없고, 오히려 민주화가 진행되고 세계화가 성취되어 찬란한 밀레니엄이 시작된 것으로 파악하고 있으니 모골이 송연하다.

❷ 구라파가 15세기에 그리스 로마의 문물을 전범으로 하여 르네상스를 창출하고, 이를 발전시켜 세계를 석권한 것처럼 우리 한민족도 일방적인 서양 모방에서 탈피하여 영광스러웠던 단군조선 이후 삼국시대·고려조·조선조 등 전조(前朝)들에서 훌륭한 점을 찾아내어 미래지향적인 참신한 '민족예악'을 정립해야 할 시점에 와 있다. 필자는 정치가도 자본가도 아닌 민족문화와 민족문학을 공부하는 학인일 따름이다. 그러므로 민족문학 중에서 시가문학을 통하여 민족예악을 강조하고 천명하고자 하는 것이다. 필자의 일견 무모한 이 같은 시도는 어쩌면 계란으로 바위를 치는 것에 불과한지도 모르지만, 그렇다고 해서 그냥

있을 수만은 없다는 것이 솔직한 심정이다.

『한국 민족예악과 시가문학』은 예악과 시가의 접맥을 서설로 시작하여, 국조 단군을 서양 개념인 신화로 보지 않고, 선인들이 인식했던 '영이사적(靈異事跡)'으로 규정하고, 이를 민족예악의 시원으로 설정했다. 영이사적에 이어 고려조 국가 축전이었던 '팔관회'와 시가의 연관성도 검토했고, 고려 말 조선조 초기의 악무정책에 있어서 외래악무의 영향 문제를 논의하면서, 주변 국가의 악무를 '번부악(藩部樂)'으로 파악했던 조선조 초기의 악무인식에 관해서도 관심을 가졌다.

오천 년 민족사의 전개에 있어서 '민족악무'와 '외래악무'는 서로 영향을 주면서 발전해왔다. 그 중에서 일제 강점기에 유입되어 지금까지 막강한 영향력을 행사하고 있는 소위 '대중가요'를 민족악무사의 진행에서 수용된 또 하나의 외래악무로 보고 그 추이를 고찰했다. 세계 모든 나라와 마찬가지로 우리에게도 역사적으로 파벌이 있었는데, 이를 긍정적인 시각으로 접근하여 당맥과 시가문학을 연계해서 그 일단을 점검했다.

<「한국 민족예악과 시가문학」 머리말. 2001>

7.

시가사詩歌史와 예술사藝術史

　우리 시가학회에서는 '시가사와 예술사의 관련 양상'이라는 이름으로 연작 총서를 발간하기로 임원들이 모여 결정한 후, 그 첫 결실로서 14·15세기 부분을 총괄한 제1집을 펴내게 되었다. 지금의 학계에서는 미시적 접근에서 거시적 접근으로 고전시가를 연구해야 한다는 명제가 제기되고 있는 터에, 여기에 부응한 연구총서가 출간되는 것은 매우 의미 있는 일이 아닐 수 없다. 앞으로도 계속하여 16·17세기와 18세기, 19세기의 고전시가와 다양한 예술 영역을 접맥시켜 폭넓고도 밀도 있는 연구 업적을 묶어서 발간하기로 했음을 밝힌다.

　사실 고전시가와 예술사를 연계시키는 것은 필요한 작업이긴 하지만, 연구자의 층이 다양하고 두텁지 않아서 충분한 연구업적이 축적될 수 있을지는 장담할 수 없는 실정이다. 그럼에도 불구하고 시가학회가 이를 계속 추진하는 이유는, 미시적 연구가 지닌 한계성을 잘 알고 있기 때문이다.

　현재 노랫말이 남아 있는 고전시가는 오천 년 역사에 비해 그 편수가 새벽하늘의 별처럼 영성하다. 그나마 민요의 경우는 채집된 바가 거의 없는 실정이고, 지금 전해진 것은 거의 전부가 '가곡(歌曲)'이다. 퇴계는 일찍이 우리 '동방가곡(東方歌曲)'은 대체로 음와(淫哇)하여 족히 노래 부를 수 없다고 말한 바 있다. 퇴계가 '동방가요(東方歌曲)'라고 하지 않고 '동방가곡(東方歌曲)'이라고 지칭한 것은 그만한 이유가 있다. 그러므로 우리는 '가요'와 '가곡'의 변별점에 유의해야 한다. 현재 전해지는 고전시가는 극소수를 제외하고 가요가 아닌 가곡인 점도 참고가 된다. '가(歌)'와 '요(謠)' 그리고 '곡(曲)'이 엄연히 다른 것은 물론이고, 그것이 '요(謠)'가 아닌 만큼 음악·미술·무용·연회 등과 긴밀하게 접맥되었을 것은 너무나 당연하다. 우리 시가학회가 고전시가를 예술사와 관련지어 검토하는 이유가 바로 여기에 있다.

하나의 작품이 긴긴 시간과 싸워서 살아남았다는 것은, 해당 작품의 가치가 그만큼 탁월했기 때문에 가능하다. 하루아침에 등장했다가 며칠 후 사라지는 수많은 작품들을 우리는 보아왔다. 따라서 현재 우리가 갖고 있는 비록 얼마 안 되는 고전시가 작품일지라도 그 가치는 일당백의 걸작이라는 점을 간과할 수 없다.

14·15세기는 고려조가 역사의 뒤안길로 사라지고 조선왕조가 등장하는 전환기이다. 이 같은 격변기에 등장했거나 또는 과거 시가 중에서 선택되어 전승된 작품들은 남다른 의미가 있다. 이 무렵 악장문학이 등장한 것도 결코 우연이 아니다. 조선조는 수천 년간 전래된 가곡을 정치와 결부시켜 과감하게 폐기하거나 또는 개정하고 나아가서는 '신악(新樂)'을 창작하고자 했고, 이 같은 정책을 실행에 옮긴 체제였다. 고전시가에 정치가 개입한 사실이 고전시가에 다행인지 불행인지는 쉽게 결론지을 수 없지만, 고전시가사의 역사적 진행에 엄청난 영향을 끼친 것은 분명하다.

〈『시가사(詩歌史)와 예술사(藝術史)의 관련 양상』 서문. 2000〉

8.

공부자孔夫子의 위상과 유년시절

① 서기전 6세기와 공부자   서력기원전(西曆紀元前) 6세기 전후는 인류역사에 있어서 매우 중요한 시기였다. 인류사를 움직이는 원동력이 되었던 이른바 사대성인 중 공자(孔子 : B.C. 551~479), 석가(釋迦 : B.C. 563~483), 소크라테스(B.C. 469~399) 등 세 분이 탄생하여 성장하고 활동하였던 기간이었다. 공부자(孔夫子)는 중국에서 수레를 타고 중원을 두루 섭렵하면서 당신의 사상과 경륜을 개진하고 있었고, 석가모니 역시 번뇌의 늪에서 허덕이고 있는 중생을 구제하기 위해 설법을 행하고 있었으며, 소크라테스 또한 아테네 시가를 누비며 자신의 뜻을 피력하고 다녔다.

이 무렵에는 비단 위에 열거한 세 성인 외에도, 중국에서는 노자(老子 : B.C. 6~5세기경)가 '도(道)'가 인간을 참되게 하는 요체라고 주장하고 있었으며, 시대가 약간 앞서기는 하지만 이스라엘에서는 이사야가 유태민족에게 내세에 관하여 역설하고 있었다. 현저하게 이름을 남긴 이들 밖에도 역사에 포착되지 않았거나 기록되지 않은 수많은 현자들이 세계 도처에 존재했을 것이지만 일일이 열거할 수 없는 점이 아쉽다.

그런데 B.C. 6세기에 이처럼 인류사에 크나큰 획을 그은 인물들이 족출(簇出)한 이유는 무엇일까. 이 시기 이전과 이후에도 수많은 현자들이 배출되었지만 역사가 이들을 주목하지 않았기 때문에 공부자를 비롯한 성현이 특별히 각광을 받았다는 해석도 있을 수 있다. 그러나 이분들에 비견할 만한 인물이 없었다는 시각이 더 타탕하다고 생각된다. 물론 예수나 마호멧 같은 분들은 서력기원 이후에 탄생하지 않았느냐는 반론도 있을 수 있음을 시인한다. 그러나 위에서 논급한 공자와 석가 그리고 소크라테스만큼 인류 역사와 문화에 영향을 행사한 분들이 이 시기 이후에는 없었다는 사실 역시 재론의 여지가 없다.

세계에서 가장 광대한 영역과 인구를 가졌으며 아울러 최고의 문화를 향유하고 이를 변질시키지 않고 수천 년간 지속시킨 것은 동양이고, 동양에서도 한국·일본·중국 등을 포괄하고 있는 극동이다. 서양이나 기타 지역의 전통문화는 이민족의 침략이나 이주로 인해 대부분 단절되었다. 남북아메리카가 그러하고 구라파의 대부분도 본래의 문화와는 다른 매우 이질적인 문화로 이행된 것이 사실이다. 앵글로색슨족에 의한 북미문화의 파괴와 단절, 스페인족에 의한 남미 잉카문화의 괴멸과 초토화, 게르만족에 의한 서구 기층문화의 단절 등 그 실례를 들자면 한이 없을 것이다. 피라미드 문화로 총칭되는 이집트의 유적과 문화가 현재 거주하는 아랍족과는 전혀 상관이 없다는 점도 그 하나의 예다.

이와 같이 세계 각지의 본래문화가 단절과 변질을 당한 데 비해, 우리 동양은 과거문화가 현재문화로 계승되었고 또한 미래문화로 전승될 것이 확실하다. 그런 만큼 앞으로 세계문화계는 변함없이 승계될 동양문화가 지배할 것이라는 예상은 충분한 근거가 있다. 이처럼 동양문화는 세계 각국의 각종 문화에 비해 정통성을 확보하고 있기 때문에 세계문화를 이끌어갈 당위성과 사명이 있는 것이다.

세상에서 가장 위력적이고 무서운 것은 시간이다. 흘러가는 시간은 지구상의 모든 것을 오유화(烏有化)한다. 수년 만에 없어지는 것도 있고 수십 년 또는 수백 년 동안에 소멸되는 것도 있지만, 수천 년이 지나야 퇴진되는 것도 있다. 그러나 우내(宇內)에 존재하는 삼라만상(森羅萬象)의 거개가 시간 앞에서는 덧없이 사라지는 것이 대자연의 섭리이다. 그럼에도 불구하고 수천 년간이나 거의 변질되지 않은 채로 존속되고 있을 뿐 아니라 시간이 흘러갈수록 그 광휘가 더욱 찬란해지는 것이 있으니, 그것은 다름 아닌 공부자가 완성한 유가사상과 유가문화(儒家文化)이다. 동양문화의 근간인 유가문화가 존속된 이유는 여러 가지겠지만, 그 중에서도 한자(漢字)가 차지하는 비중이 결코 적다고 하긴 어렵다.

동양문화의 근간이 유가문화라면 유가문화의 근간은 공부자의 『논어(論語)』를 전제하지 않을 수 없다. B.C. 6세기 이후 동양문화를 말할 때 『논어』를 배제하고는 논의 자체가 성립되지 않을 정도로 『논어』가 갖는 비중은 막중하다. 『논어』 이전에는 '『시경(詩經)』·『서경(書經)』·『예기(禮記)』·『주역(周易)』·『춘추(春秋)』' 등 오경(五經)이 있어서 동양사상의 근저가 되었지만, 공부자가 이를 종합 정리하여 계승했다. 공부자는 당신 이전의 문화를 여타의 저명한 인물들과는 달리 부정하지 않고 계승 발전시킨 위대한 스승이다. 이 같은 관점을 일러 '술이부작(述而不作)'이라고 스스로 밝혔다. 조술(祖述)은 하지만 망령되이 함부로 전통문화를 무시하거나 부정하여 새로운 설을 퍼뜨리지 않는다는 이 같은 인식은 방자하게 전통을 내동댕이치는 것을 자랑으로 삼는 풍조가 만연한 요즘에 더욱 그 가치가 절실해지는 명언이다.

공부자는 말이 행동이요, 행동이 곧 말이 되는 언행일치(言行一致)의 사표이다. 거의 모든 사람들이 말 따로 행동 따로 일말의 가책도 없이 다반사로 하고 있는 현실을 상기할 때, 『논어』의 가치에 더더욱 무게가 실리지 않을 수 없다. 공자가 생존했던 서기전 6세기 무렵의 제반 사회문제가, 조금만 관심을 가지고 주시하면 2천6백여 년이 지난 오늘날에도 되풀이되어 발생하고 있는 사실을 우리는 인식하게 된다. 26세기가 지났는데도 불구하고 반복되는 이유는 간단하다. 풍토가 같고 인물이 동일하기 때문이다. 이천여 년 전 사람과 현재의 우리가 어떻게 동일하냐고 의문을 제기할 수도 있다.

그러나 그 당시의 얼굴 모습과 머리 색깔과 손발은 유전인자를 통하여 그대로 재생되고 있으며 앞으로도 서양인이나 흑인들과 혼혈되지 않는 이상 변함이 없을 것이다. 따라서 성격을 판가름하는 뇌세포 역시 그대로 유전되는 까닭으로 고인과 별로 달라지지 않은 성품을 지니게 될 것은 너무나 당연하다. 그러므로 공부자가 다시 태어나서 다시 수레를 타고 동양 권역을 연설하면서 다닌다고 가정할 경우 아마도 서기전 6세기와 거의 비슷한 반향이 일어날 것으로 필자는 예상한다.

고전의 정의를 누군가가 시간과 싸워서 살아남은 것이라고 한 바 있다. 동서양의 수많은 책들 중에서 수천 년의 시간과 싸워서 어느 한 부분도 상처를 입거나 폐기되지 않은 채 확실하게 남아있는 책을 헤아려보라고 말한다면, 필자는 주저 없이 공부자와 당신의 문인들의 언행을 기록한 『논어』라고 말하겠다. 『논어』는 『고론(古論)』·『제론(齊論)』·『노론(魯論)』이 있었다고 알려져 있다. 『고론』은 한대(漢代)에 공부자의 고택을 수리하다가 벽 속에서 발견된 것이고, 『노론』은 당신의 고국(故國)인 노(魯)나라에서, 『제론』은 노나라의 이웃인 제(齊)나라에서 수집 및 정리된 것이다. 지금도 산동성(山東省) 곡부(曲阜) 공부(孔府)에 가면 『고론』이 나온 벽이라고 해서 그 흔적이 남아 있다.

일찍이 중국의 정자(程子 : 程頤 1037~1107, 程顥 1032~1085)는 『논어』를 읽는 사람들의 등급을 넷으로 분류하고 그 정황을 말한 바 있다. 그는 『논어』를 읽음에 있어서 다 읽은 후 전혀 감흥을 못 느끼는 자가 있고, 『논어』 중에 한두 구절을 터득하여 기뻐하는 자와, 읽은 후 『논어』를 좋아할 줄 아는 자가 있는 반면, 독파한 뒤 손뼉 치며 춤추고 발장단을 하며 뛰는 경지에 이른 사람 등 네 부류가 있다고 했다. (程

子曰: "讀『論語』, 有讀了 全然無事者, 有讀了後 其中得一句喜者, 有讀了後 知好之者, 直有不知手之舞之 足之蹈之者.") 정자의 이 평을 후대인들이 수백 언으로 부연하여 주석을 했지만, 오히려 문면 그대로 직설적으로 받아들이는 것이 보다 정확한 것처럼 여겨진다.

정자가 분류한 네 가지 유형 중에 오천 년 민족사에서 가장 풍요로운 삶을 누리고 있다고 으스대는 우리들은 어느 부류에 속하는지 스스로 자문해 보자. 그 해답은 별로 어렵지 않게 첫 번째 경우가 대부분이고 나머지는 한두 구절을 필요에 따라 유식을 뽐내기 위해 인용하는 두 번째 경우가 아닐까 생각한다. 『논어』의 내용을 한문해석을 정연하게 하여 『논어』가 품고 있는 진선미(眞善美)적인 심오한 의취를 지적(知的) 소재 정도로 파악하는 시각도 완미(完美)한 것이 아닐 것이다. 그러므로 우리는 『논어』를 통하여 공부자가 개진했던 초시대적 예지를 분명하게 밝혀 암울한 20세기를 극복 또는 지양(止揚)하여 희망찬 21세기를 여는 화두가 되어야 함을 제창하고 싶다.

② 공부자의 출생과 유년시절　　사마천(司馬遷 : B.C. 145~?)은 공부자를 제후로 규정하여 열전(列傳)에 편차하지 않고 세가(世家)에 편입시켰다. 공부자가 왕후의 지위를 비록 갖지 않았지만, 교화지주(敎化之主)로서 만세의 스승이 될 것을 당시에도 예측했고, 아울러 육예(六藝)의 조종(祖宗)인 까닭으로 학자들이 머리로 삼았기 때문이라고 했다. 이후 중국 역사는 공부자를 '대성지성문선왕(大成至聖文宣王)'이라고 정식으로 봉하여 지금에 이르고 있다.

공부자에 대한 숭앙은 고국인 중국의 역대 왕조보다도 우리 한국이 더했을 뿐만 아니라, 한민족의 실생활 속에도 구체적으로 더 깊숙하고 광범위하게 침투된 것이 아닌가 한다. 이렇게 된 이유는 여러 가지로 분석할 수 있겠지만, 필자는 우리 민족의 정서와 공부자의 사상이 근본적으로 부합되는 소지가 많았기 때문이라고 생각한다. 아무리 훌륭한 사유체계를 지닌 이념일지라도 그것이 민족성과 상합되지 않을 경우, 한때의 유행이 지나면 금방 잊혀지고 말았다는 역사적 실상이 그 방증이 된다.

공부자의 선대는 송(宋)에서 살았는데 송에서 핍박을 받다가 노(魯)나라로 이주해 왔다고 알려져 있다. 공부자의 아버지 숙량흘(叔梁紇 : ?~B.C. 554)은 노나라의 시씨(施氏)에게 장가들어 9녀를 낳았고, 첩실에서 아들 맹피(孟皮)를 두었는데, 그 후 안징재(顔徵在)에게 아버지의 명을 좇아 혼인한 것으로 기록되어 있다. 숙량흘과 공부자의 어머니인 안징재의 만남은 매우 특이하다. 이들의 만남과 공부자의 탄생이 조금도 신격화되거나 미화되지 않고 거의 사실 그대로『사기(史記)』등의 문헌에 기록된 것은 공부자를 더더욱 우리들 주변에 가까이 있는 성현으로 인식케 하는 요인이 되었다.

사마천은 그의 역저『사기(史記)』「공자세가(孔子世家)」에서, "공자는 노나라 창평향읍(昌平鄕邑)에서 탄생했다. 그 선대는 송나라 사람 공방숙(孔防叔)이다. 공방숙은 백하(伯夏)를 낳았고, 백하는 숙량흘을 낳았는데, 숙량흘이 안씨 집안의 딸과 야합(野合)하여 공자를 낳았는 바, 니구산(尼丘山)에 기도하여 공자를 얻었고, 이 해가 노양공(魯襄公) 22년(B.C. 552) 11월 경자일이다. 태어나면서부터 머리 위에 정(頂 : 움푹 들어간 홈)이 있었기 때문에 이름을 구(丘)라고 했다."라고 기록했다.

사마천이 공부자의 출생에 관해 기록한 "야합하여 공자를 낳았다." [野合而生孔子.]는 부분에 대해 후세의 경전은 대부분 이를 배제하여 언급하기를 꺼렸다. 그러나 사마천이 이를 채록한 것으로 보아 아마도 사실로 받아들여야 할 것 같다. 野合이라는 말은 좋은 의미가 아니다. 공부자도 『논어』에서 "야(野)하도다, 자로(子路)여!"[野哉, 由也.] "예악(禮樂)에 있어서 선배는 야인(野人)에 비유할 수 있다."[子曰 : "先進於禮樂, 野人也."]라고 하여 질박한 면을 의미하기도 했다. 한편 공부자는 "만일 예악을 쓴다면 나는 선배의 야인다움을 따르겠다."[如用之 則吾從先進.]고 말하기도 했다.

공부자의 출생 배경을 야합으로 사마천이 규정한 것은 오늘날 우리가 인식하는 야(野)의 개념과는 차이가 있을 법하다. 그것이 부모의 나이 차가 현격하기 때문에 상례에서 벗어난 결합이라는 당시의 지적과 관련 있는지, 아니면 요 근래 제기된 숙량흘과 안징재의 만남의 장소가 '야(野)'였다는 특이한 견해와도 관련 있는지는 용이하게 단정하기 어렵다.

사마천은 『사기』「공자세가」에서 공부자를 두고 "가난하고 천했다."[貧且賤.]라고 적고 있는데, 이는 공부자의 문벌이 화려하지 않았다는 표현이기도 하지만, 문벌이나 기타 후광에 의한 성현이 아니라 자수성가한 명실상부한 성현임을 지적한 것으로 이해된다.

『사기』「공자세가」에 나타난 공부자의 출생 이야기는 공부자가 다른 성현이나 영웅들과는 달리 우리들 주변에 가까이 있는 분임을 느끼게 하여, 권위적이거나 차원이 다른 성층권(成層圈)에 존재하는 사람이라는 따위의 거리감을 없앴다. 공부자는 따뜻한 체온과 온유한 숨결을 지닌 다정다감한 스승의 모습으로 우리들에게 다가오는 성현이다. 공부자는 당신의 과오를 서슴없이 인정하기도 하고, 때로는 제자들에게 당신의 곤혹스런 입장에 관한 인간적인 변명도 서슴없이 하였다. 이 같은 공부자의 다정다감한 면모는 당신의 출생 배경과 깊은 관계가 있다고 생각된다.

필자는 '대성지성문선왕(大成至聖文宣王)'이라는 최고의 칭호가 붙은 만세의 스승인 공부자의 출생 부분에서 "야합이생공자(野合而生孔子)"라는 기록에 특히 관심을 가지고 『사기』에 나타난 이 부분의 주석을 검토함으로써 인간적인, 너무나 인간적인 공부자의 모습에 대해서 언급하고자 한다. 사실 필자가 공부자에게 배전(倍前)의 흠앙(欽仰)의 뜻을 갖게 된 계기도 여기에 있었다고 말할 수 있다. 다음에 약술할 내용은, 청대(淸代) 동치(同治 : 1862~1874) 연간에 금릉서국(金陵書局)이 『사기집해(史記集解)·색은(索隱)·정의(正義)』 등을 합하여 간행한 판본의 것을 가감없이 그대로 번역한 것이다.

　　『사기색은(史記索隱)』은 야합에 관하여 이는 대체로 공부자의 아버지 숙량흘은 늙었고 어머니 안징재는 어렸기 때문에 정당한 부부로서의 관계에 문제가 있으므로 야합이라고 한 것인데, 그것이 예의에 합치되지 않음을 말한 것이다. 그러므로 『논어』에서도 간혹 예에 부합되지 않은 것을 지칭할 경우 공부자가 이 '야(野)'자'를 사용했다. 그러나 경우에 따라 '야'는 질박하다는 의미로도 사용했다.
　　또 『사기정의(史記正義)』에는 남자는 태어나서 8개월이면 이빨이 돋아나고, 8세가 되면 젖니가 훼손되기 때문에 8과 8을 합하면 16이 되는 바, 남자의 경우 16세에 양도(陽道)가 형성되어 통하다가, 8×8은 64가 되는데, 그러므로 64세에 이르면 남성은 양도가 소멸된다.
　　반면 여자는 생후 7개월만에 이빨이 생겨서 7세에 젖니가 빠진다. 7의 둘을 더하면 14가 되고, 따라서 14세에 음도(陰道)가 통한 후, 7×7은 49이니, 그러므로 49세에는 여성은 음도가 모두 단절된다. 혼인의 경우 남녀의 연령이 이를 벗어나면 야합이라 하는 것이다.
　　또 공자세가(孔子世家)에 이르기를 숙량흘이 노나라 시씨녀(施氏女)에게 장가들어 9녀를 낳고, 이에 안씨(顔氏)에게 구혼을 했는데, 안씨 집안에는 딸이 셋이 있었고, 그중의 제일 어린 딸이 안징재(顔徵在)이다. 이 기록을 의거하여 본다면 숙량흘이 공부자의 어머니와 결혼할 무렵의 나이는 64세가 넘었음이 분명하다.

이 같은 문헌들의 내용을 참작컨대 공부자의 출생은 확실히 남들과는 다른 점이 있다. 부부간의 현격한 연령차이가 있었다는 사실은 후세에 화젯거리가 되었을 것이지만, 중국이나 한국 등 유가들은 이 점에 대해서 가급적 은폐하여 논의하지 않으려고 했다. 그러나 『사기』가 편찬될 무렵은 물론이고 그 이후에도 중국의 일부에서는 별다른 구애 없이 이 같은 사실을 논의하고 있었던 것 같다.

공부자 부모의 엄청난 연령차는 결국 당신의 어린 시절이 원만하지 못했고 불행했음을 의미한다. 공부자의 이 같은 유년 및 소년 시절의 정황을 『사기』는 "공구(孔丘)가 태어나자 곧 바로 숙량흘이 작고했는데, 이때 나이가 3세였고, 곡부현(曲阜縣) 동쪽 25리에 있는 방산(防山)에 장사지냈고, 어머니가 돌아가시자 역시 곡부현 서남쪽 2리에 있는 오부지구(五父之衢)에 묻었다."라고 했다. 공부자가 아버지의 묘를 몰랐다는 설도 있는데, 이는 당시의 나이가 어렸고, 어머니 역시 20세 이전의 청상과부였기 때문에 이 같은 말들이 떠돌지 않았나한다.

『예기』에는 공자 어머니를 아버지의 무덤이 있는 '방산(防山)'에 합장했다고 했다. 세 살 때 아버지를 여의고 20세 미만의 어머니 밑에서 성장한 공부자의 유년 시절 및 소년 시절은 결코 행복했다고 볼 수는 없을 것이다. 공부자의 이 같은 불우한 유년 및 소년 시절과 가난하고 한미한 가정 형편은 당신을 따뜻한 피와 숨결이 흐르는 너무나 인간적인 성현이 되는 모태로서 긍정적인 역할을 유감없이 발휘한 것이다.

〈「논어강의」 머리말. 2005〉

9.
최치원과 전통문화

① 당나라는 그들의 세계지배를 더욱 공고히 하기 위하여 소위 '빈공과(賓貢科)'라는 것을 만들어 사이(四夷)의 청년들을 회유했다. 이는 '이이제이(以夷制夷)'의 외교정책의 일환이었다. 당은 그들의 제국에 위협을 주는 주변국가, 즉 동이, 서융, 남만, 북요의 청년들을 그들 나라에 유학시켜 찬란한 문물을 보여줌으로써 문화적 승복을 시키고, 나아가서 과거에 합격시켜 당제국의 직책을 준 후 금의환향시켰다. 후진국인 사이(四夷)에서는 이들에게 갈채를 보냈고 당시의 민중들 역시 크나큰 영광과 흠모의 깃발을 빈공과 합격자들에게 흔들었다. 알려진 바에 의하면 당제국은 빈공과 합격자의 수를 이른바 사이(四夷)에게 안배했다. 예를 들면 신라와 경쟁관계에 있던 발해를 놓고 합격자 수를 거의 동률로 했던 것이다.

당 제국의 발해가 국력을 키워 산동 성등주를 침공하자 이에 위협을 느낀 현종은 신라에 군사 동원을 청했고, 신라는 서기 733년에 함경도 지방에 출병했다. 별로 큰 성과를 얻지는 못했으나 그 공로로 신라는 패강(浿江)이남의 땅을 얻게 되었다. 패강이 대동강임은 학계의 정설로 되어 있다. 즉, 당제국은 신라와 발해의 국경을 맞대게 해놓고 서로 경쟁하고 적대하여 엉뚱한 생각을 못하게 했다. 당의 이러한 계책은 적중하여 친할 수 있는 두 나라를 격리시켜 서로를 증오하게 했다. 신라와 발해가 적대하고 경쟁한 후 당은 쾌재를 부르며 베개를 높이 베고 잠잘 수 있었다. 강대국이 약소국을 지배하는 방법은 고금동서의 차별이 없음을 느낄 수 있다. 엉뚱한 상상이지만 신라와 발해가 화친하여 상호 원만한 외교 관계를 가졌다면 당제국에 대한 독립성을 두 나라가 공히 누릴 수 있었음이 확실하다.

우리는 이것을 거울삼을 충분한 이유가 있다. 당나라가 그들의 제국주의를 유지하기 위한 한 방법으로 시행했던 '빈공과'는 신라에서는 최초로 서기 821년(현덕왕 13년)에 김운경(金雲卿)이 합격했다. 김운경은 당나라에 벼슬하다가 841년에 신라왕의 책봉사의 직함을 갖고 돌아왔다. 당제국이 빈공과 합격자를 여하히 이용했는가를 우리는 여기서 뚜렷하게 알 수 있다. 그 후 빈공과에 신라인은 50여 명이 합격했다.

당나라의 빈공과 합격이 얼마만한 영광이었던가는 최치원의 아버지의 말이 증명하고 있다. 그는 아들 최치원을 당으로 유학 보내면서 「10년 안에 과거에 합격하지 못하면 내 아들이 아니다」라고 한 것이다. 김운경 이후 50여 명의 빈공과 합격자의 영광은 천여 년이 지난 오늘날에 구라파를 위시한 미국과 일본에 유학하여 학위를 받고 귀국한 이들이, 보다 강력하게 계승하여 민중의 흠모를 받고 있다. 역사는 이처럼 돌고 있음을 느낀다. 즉 빈공과는 천 년 전에 없어진 것이 아니라, 19세기 이후 한국에 되살아나서 당의 빈공과 못지않은 위세를 누리고 있다. 신라의 빈공과 출신처럼 골품제도 없으니 한결 유리한 입장에 처해 있다.

빈공과는 선진외래문화의 수용이라는 긍정적인 측면과 아울러 전통문화의 위축이라는 부정적인 측면을 함께 갖는다. 우리는 이런 양면성을 어떻게 조화시키느냐 하는 묵은 숙제를 안고 있다. 만일 이 숙제를 풀지 못할 경우, 현대판 빈공과는 또 다른 예속의 길로 치닫는 요인이 될 수도 있다.

여기서 우리는 신라의 골품제가 외래문화 수용의 제동적 구실을 했음을 상기할 필요가 있다. 물론 빈공과 그 자체가 외래문화는 아니다. 그러나 이들 빈공과 출신이 당의 제도나 문화를 그대로 신라에 이입하려는 시도가 없었다고 믿기는 어렵다. 그들이 유학하고 그들에게 영광을 준 당의 문화가 고국인 신라보다 한발 앞서있음은 부정하기 어렵다. 신라의 빈공과 출신들에 대한 기록이 많지 않은 까닭으로 그들의 활동상황에 대해서 소상하게 알 수가 없다.

당에서 정작 배워올 것은 배우지 않고 쓸데없는 당 문화의 찌꺼기를 가져와 신라사회에 어떤 해독을 끼치지 않았는지 의심해 보는 것도 전혀 터무니없는 일은 아니다. 물론 그들이 신라사회의 발전에 기여한 점도 괄목할 만한 점이 있었음은 틀림없다.

우리는 50여명의 빈공과 출신에서 최치원이란 한 거인을 발견한다. 최치원이 차지하는 역사의 비중은 매우 크다. 이에 최치원이란 인물과 그가 인식했던 전통문화에 대해 고찰할 필요를 느낀다. 그가 당에 유학하여 빈공과에 합격했고 재당시 상당한 벼슬자리를 차지했으며, 귀국한 후 그의 행적도 특히 관심의 대상이다. 또 그가 살았던 시대가 역사의 중요한 전환점이었기에 한층 더 의미가 있다.

② 최치원은 서기 857년(헌안왕 1년)에 태어났다. 그가 태어난 이 시기는 당을 비롯한 주변국가의 변혁기였다. 즉 당제국에 의한 '동양의 평화'가 와해되는 그런 기간이었다. 그의 조국 신라는 이미 병이 들 만큼 들어 멸망의 길을 달리고 있었다. 그의 나이 대략 79세 무렵에 신

라는 망했다. 그가 그때까지 살아 있었는지의 여부는 불분명하다. 그와 신라말기에 나타난 지방호족과의 관계는 안개 속에 싸여있다. 후삼국을 통일하여 명실상부한 최초의 통일 국가를 이룩한 왕건과는 21살의 차가 있었다.

최치원과 왕건의 관계는 전설적인 요소가 많으나, 그가 왕건을 내심으로 지지했음은 거의 확실한 것 같다. 그러나 그는 조국 신라를 배반할 수가 없었다. 그는 끝내 조국에 대한 애정을 잃지 않고 있었다. 꺼져가는 조국의 촛불을 지켜보면서 선진국 당에 건너가 유학하고, 그곳 과거에 합격까지 한 당시 최고의 지성인이었던 그의 고민은 짐작이 가고도 남는다. 그러나 역사의 큰 흐름은 어쩔 수 없는 것. 누구보다 현명했던 그가 몰랐을 리가 없다.

역사의 중심은 이미 경주가 아니라 북방으로 옮겨가고 있었다. 특히 한반도의 중심부인 송도로 옮아가고 있었다. 그곳에는 왕건일가가 몇 대에 걸쳐 착실하게 세력을 닦고 있었던 것이다. 최치원이 이를 몰랐을 까닭이 없다고 여겨진다.

최치원은 진골이 아닌 육두품 가정에 태어났다. 그는 12세에 아버지의 격려를 받으며 고국을 떠나 바다 건너 당나라 유학의 길에 올랐다. 6년 만에 빈공과에 합격하고 당에서 관료생활을 한 후, 28세에 당을 떠나 그리던 고국으로 향했지만, 실지로 신라에 도착한 것은 그의 나이 29세, 즉 헌강왕 11년, 서기885년이었다.

9세기 말엽의 서라벌은 이미 황혼의 만종이 울리고 있었다. 귀국 후 그는 약 13년 동안 관료생활과 방랑생활을 했다. 처음에 정치적 야심을 갖고 그의 경륜을 펴볼까 했지만, 그것이 불가능함을 깨닫자 곧이어 방랑생활을 시작하였다. 곳곳에 그의 발자취가 전설로 남아 전승되고 있다. 그는 약 50여명의 빈공과 출신 중에서 가장 유명한 인물 중의 하나다.

그는 민중의 사랑을 받는 지식인이었다. 지식인은 대체로 민중과 괴리된다. 민중과 지식인과는 친할 수 있는 소지가 거의 없다. 역대로 민중의 사랑을 받은 지식인은 매우 드물다. 왜냐하면 사고와 생활의 차원이 다르기 때문이다. 지식인은 대체로 입으로만 민중을 위했다. 말이나 문필로 떠들어 봤자 민중은 그것을 믿지 않았던 것이다. 이 점은 민중의 판단이 현명했다. 지식인은 민중을 위해서 머리털 한 올 뽑을 희생도 거부하면서 입으로만 외쳐대는 것이다. 지식인이 가졌던 권리와 특권은 민중의 역경과 직결된 것인데, 그 권리와 특권은 절대로 양보하지 않으면서, 말로만 외치는 지식인의 실상을 일견 어리석게 보이는 민중이지만, 이들은 가슴으로 그것이 실천 불가능한 것이고 또 실천할 의사도 없음을 알고 있었다. 그런데, 소위 지식인들의 대민중용의 교활한 말장난은 요즘도 심심찮게 들려오고 있다.

그러나 그것은 메아리 없는 외마디 소리에 불과할 뿐이다. 9세기 무렵 최치원은 당대의 다른 지식인과는 달리 민중이 듣기 좋은 소리를 한 적도 없고, 다만 민중과 함께 즐기며 그것을 긍정한 몇 편의 시문을 남기고 있다. 최치원의 가야산 입산은 대체로 그의 나이 42세 때, 즉 서기 898년 효공왕 2년으로 보고 있다. 견훤이 후백제를 세운 지 7년 째 되는 해였다. 『삼국사기(三國史記)』에는 그가 왕건에게 '계림은 단풍이 들었고, 곡령엔 푸른 소나무가 우거졌다(鷄林黃葉, 鵠嶺靑松)'는 시구와 함께 편지를 보냈다고 적혀 있으나 그 연대는 분명치 않다. 이로써 보건대 최치원은 조국분단의 비극을 왕건이 수습하여 통일할 것을 기대했던 것 같다.

그러나 우리는 이 『삼국사기』의 기록을 과연 믿어야할지 단정하기 어렵다. 그는 분단시대에 산 지식인이었다. 신라와 발해의 분단은 그가 조국의 분단으로 본 것 같지는 않으나, 후삼국의 분단은 분명 뼈저린 비극으로 수용했다고 본다. 피비린내 나는 동족상잔의 비극의 와중에서 그는 번뇌와 오뇌를 안은 채 방랑하다가 마침내 가야산으로 들어가지 않을 수 없었던 그의 심정을 우리는 이해해야 한다.

또 『삼국유사(三國遺事)』에는 왕건이 후백제 견훤에게 보낸 격문이 그의 작품이라고 했다. 만일 이것이 사실이라면 이때가 왕건이 고려 세운 지 11년째이고 신라 경순왕 2년 서기 928년이니, 그의 나이는 72세가 되는 해이다. 이 사서의 문맥에서 우리는 그가 왕건을 지지했음을 알게 된다. 당시의 민심이 왕건에게 돌아가 있었으니 당연한 귀결이다. 그러나 그는 조국 신라를 버릴 수는 없었을 것이고, 그래서 가야산으로 잠적한 것이다.

❸ 최치원은 외래사상에 대해서 어느 한 이데올로기에 얽매이지 않았다. 이에 그는 반불반유 반유반선(半佛半儒 半儒半仙)의 평을 얻은 것이다. 그는 '유불선(儒佛仙)'의 외래사상을 포용하여 신라적 변용을 시도한 것이다. 즉 신라 교유사상에 대한 강한 긍지와 더불어 신라의 것에 대한 뜨거운 애정을 지녔던 인물이었다. <난랑비서(鸞郞碑序)>에서 그는 나라에 현묘한 도가 있으니 이름하여 '풍류'라 한다고 이르고, 그것은 '유불선'의 사상을 받아들여 더욱 그 현묘한 도가 빛난다는 투로 말했다.

이것은 신라의 고유한 사상에 대한 신뢰와 긍정이다. 그가 지적한 '현묘지도'란 바로 다름 아닌 난랑을 중심으로 전개되고 전승된 '선풍'으로 여겨진다. '선풍'이란 신라 고유의 종교로 취급할 수도 있다. 그 선풍이 체가 되어 유불선의 외래사상을 수용한 실태를 <난랑비서>에서 말한 것이다. 외국에서 공부하고 돌아온 유학생으로서 얼핏 미신으로 여겨질 법한 원시적인 '선풍'을 긍정한 것은, 그의 강한 민족주의적 성향에서 나온 소치가 아닌가 한다. 오늘날 구미유학생들이 갖는 한국 고유의 민족문화에 대한 인식과 대비하면 최치원의 주체성이 더욱 두드러진다.

신라의 고유사상인 '선풍'은 8세기 경덕왕 때부터 와해의 길을 치닫고 있었다. 율령제의 실시로 중국적 합리주의가 신라사회를 지배하기 시작했다. 고유문화의 와해 앞에 신라 사회가 저항한 흔적이 보이고 있다. 월명사와 충담사가 그 대표적인 예이다. 범람하는 외래문화의 홍수 속에서 우리의 것을 지키려는 가냘픈 노력이다. 이것은 소멸해 가는 전통문화에 대한 몸부림이었다.

그러나 이들의 안간힘에도 불구하고 문화적 대세 앞에는 어차피 매몰될 운명이었다. '선풍'의 성격을 지닌 〈찬기파랑가〉의 작자 충담사가 유교적 냄새가 진하게 풍기는 〈안민가〉를 창작했다. 이에 한문화 수입에 열을 올렸던 경덕왕의 마음에 들었던지 충담사를 왕사로 삼으려고 했지만 그는 이 영광을 거절했다. 우리는 충담사의 이 거부를 선풍과 접맥된 향가의 순수성을 지키려는 노력으로 볼 수는 없을까. 향가의 순수성을 지키려는 시도는 바로 중국화 내지 불교화 되어가는 전통문화의 보존을 의미하는 것이다.

한편 역시 경덕왕 때의 승려이었던 '월명사'의 예를 들어 보겠다. 경덕왕 때에 하늘에 해가 둘이 나타나 열흘 동안이나 없어지지 않았으므로 경덕왕은 이 일괴를 없애기 위하여 연승을 얻어 〈도솔가〉를 짓기로 했다. 마침 월명사가 지나가므로 왕은 사자를 보내어 단을 열고 기도문을 지으라고 했다. 월명사는 '나는 국선의 무리임으로 단지 향가만 알 뿐이지 범성은 모른다'고 언명했다. 이에 왕은 향가라도 좋으니 지으라고 했다. 이것은 향가를 숭상하는 월명사의 조그마한 승리이다.

왕은 불교의 힘으로 일괴(日怪)를 소멸시키려고 했지만, 월명사는 향가의 주술성으로 제거하려 한 것이다. 우리는 이제 『삼국유사』의 기록을 통하여 많은 것을 알게된다. 즉 월명사는 우리가 생각하는 불교적 승려는 아니라는 것이다. 그는 스스로 국선의 무리 즉 '선풍'의 무리임을 밝혔다. 선을 '스니' 즉 무당으로 해석하는 설을 따른다면 월명은 일종의 무당으로 취급할 수도 있겠다. 그가 피리를 잘 불었다는 사실도 이런 추론에 방증이 된다.

충담사나 월명사의 노력에도 불구하고 경덕왕 이후에 선풍은 추락의 때를 만나 그 광채를 잃어가고 있었다. '선풍'은 유교나 불교의 적수가 못된다. 이들의 고도한 논리성과 합리성에 원시적이고 원초적인 '선풍'이 당해낼 재간이 없다. 신라의 기층신앙이였고 신라를 지탱하고 있던 '선풍'은 결국 와해의 길을 걸었고, 신라사회는 유불의 외래문화의 도도한 범람 속에 변화하기 시작했다. 이와 함께 진행된 신라 지배계층의 부패와 향락은 멸망을 더욱 재촉했다. 최치원은 여사한 신라사회의 말기적 향락성을 오언고시를 빌어 중원의 강남녀를 등장시켜 비판했는지도 모른다.

강남땅은 풍속이 음탕하여
딸을 아리땁고 예쁘게만 키운다.
놀아나는 성품은 바느질을 싫어하고
몸단장한 후에 관현만을 희롱하네.
고상한 곡조 배우지 않았기에
그 소리 대개 춘정일 따름이네.
스스로 꽃답고 예쁜 그 얼굴
언제나 청춘일 줄 생각한다.
온종일 내내 베틀에서 북을 돌리는
이웃집 딸을 도리어 비웃나니
비록 베를 짜느라 수고를 하지만
마침내 비단옷은 네 몫이 아니라네.

최치원은 온종일 베틀에 앉아서 땀 흘리며 베 짜는 이웃집의 건전한 딸편에 서서 '강남녀'의 부도덕성과 사치하고 방탕한 생활을 풍자하고 있다. 비난을 받아야 할 강남녀가 오히려 건실한 이웃집 딸을 당당하게 비웃는 전도된 현실에 일침을 가한 것이다. 사회상의 혼란은 왕왕 전통문화의 소멸과 외래문화의 범람에서 오는 수가 있다. 건전한 외래문화는 반대로 사회를 발전시킴을 부정하는 것은 아니다.

다만 주체의식을 갖고 외래문화를 수용할 때에만 건실한 외래문화를 선택해서 받아들인다는 사실을 강조한 것이다. 최치원은 신라의 고유문화의 핵심이었던 '선풍'의 쇠퇴와, 아울러 당제국의 향락적 문화의 홍수 속에서 날로 병들어 가는 조국의 실상 앞에서, 새삼 전통문화에 대한 애착을 가졌는지도 모른다.

❹ 최치원은 일찍부터 토속신앙에 대해서 긍정적이었던 것 같다. 그는 금의환향 길에 중국에서 고국으로 가는 항해의 무사함을 비는 간곡한 제문을 남겼다. 그의 나이 28세쯤으로 여겨지는 때에 지은 것이다. 그가 12세에 고국 신라를 떠났으니 소년시대에 이미 '선풍'에 대한 추억과 감동을 향유했는지도 모른다. 그는 이역만리 중원 땅에서 <제참산신문(祭巉山神文)>이란 중국의 토속신앙을 긍정하는 제문을 남겼다. 참산의 신에게 지성으로 간곡한 호소를 한 것이다. 험한 바닷길에 무사를 비는 간절한 염원을 담고 있다.

비록 지혜는 미치지 못함이었으나 순한 때를 보아 가야할 것이요, 더욱이 어필(御筆)을 받들고 감에 길이 지체될까 염려되옵니다. 지금은 이미 행장을 꾸려 떠나게 되었으니 좋은 경치를 구경하면서 노래를 부르고 편안히 물에 떠서 순식간에 군자나라에 돌아가는 것은 오직 참산대왕의 바람에 부탁할 뿐이오니, 영은 황제의 명을 전하도록 신의 직분을 헛되지 말게 하옵소서. 상향.

중국의 토속신인 '참산대왕'에 대한 그의 공경심은 극진한 바가 있다. 이로써 보건데 그에게 애니미즘적 요소가 있었다고 여겨진다. 신라 화랑의 숭상의 대상도 주로 명산성지였음을 상기할 때, 그의 이 진지한 문장은 진심에서 나온 글귀가 아닌가 한다. 그렇다면 그가 방랑했던 금오산과 청량산, 지리산, 영산, 가야산을 위시한 무수한 명승지들은 단순한 유람이나 관광이 아니라, 일찍이 화랑들의 성지순례와 같은 그런 성격도 있었다는 추단도 가능하다.

고국에 돌아온 후 최치원은 최고의 지성인으로서 그가 배웠던 선진 중국의 문화와 정치적 경륜은 펴지 못한 채 좌절하여 반유, 반선, 반불의 행적으로 불행한 나날을 보냈다. '반유, 반선, 반불'이란 외래사상인 '유·불·선' 어느 하나에 심취하거나 경도되지 않았다는 의미도 있다. '유·불·선'을 포괄하여 향유한 이유 중에 하나는 고유문화나 고유사상에 입각하고 있었기 때문인지도 모른다. 이러한 상정은 그의 작품들이 뒷받침하고 있다. <난랑비서>가 그 대표적 사례이다.

그는 부패한 신라의 귀족들에게 등을 돌리고 이들의 착취에 신음하고 있는 민중에게 따뜻한 애정을 주고 있었다. 예를 들면 <강남녀>란 시에 나오는 가난한 민중의 딸이었던 베틀에 앉은 여인에 대한 애정과 <촉규화>에서 시골 가난한 농민의 딸에 대한 깊은 애정을 또한 읽게 된다. 최치원의 이와 같은 민중을 향한 애정이 백성들로부터 그가 사랑받게 된 까닭이리라.

따라서 그는 이들 민중이 향유했던 전통적인 오락에 관해서도 높은 가치를 부여했고 또 그것을 선양했다. 신라의 '오기(五伎)'라고 알려진

<향약잡영(鄕藥雜詠)> 5수가 그것이다. 이것은 관극시의 남상이며 효시이다. 소위 대당제국에 유학하여 이른바 상국에서 벼슬까지 한 당대 최고의 지식인이, 일견 조잡한 것으로 보일 수도 있는 민중의 오락극을 두고 시를 읊조린 사실은 높은 평가를 받아야 한다. 이 오기가 과연 신라고유의 것이냐 하는 사실에는 의문이 가는 점도 많지만, 적어도 그것이 신라의 백성들에 의해 이미 신라화된 '오락극'임이 분명하다. 그러므로 '오기'는 신라 귀족들의 소유라기보다는 역시 민중들이 향유했던 오락으로 보는 것이 타당하다.

최치원이 이를 '향악'이라고 불렀다면 여기의 '향'자는 향가의 '향'자와 같은 의미다. 향가의 '향'은 외래음악인 당악에 대한 우리의 노래라는 주체의식에서 나온 긍지로 해석하고 있다. 그렇다면 그의 이 명칭도 우리 것에 대한 긍지의 발로인지도 모른다.

❺ 지금까지 우리는 향가의 '향'자를 자기비하로 생각했지만 이것은 오류임이 밝혀졌다. 신라의 오기는 일종의 마당극인데 광대가 나와서 춤만 춘 것이 아니라, 노래도 불렀다고 되어있지만 그 노래의 가사가 무엇인지는 알 도리가 없다. 문맥으로 보아서 그 가사는 다분히 풍자적이고 해학적이었다고 본다.

그 광대의 사설과 노랫소리를 들으며 와르르 웃는 신라 민중들의 모습이 선연하다. 그는 이 '오기'를 둘러앉아 보고 있는 민중들을 사랑한 것이다. 그들 속에 끼어서 보고 있는 당대의 명사 최치원을 발견한 민중들은 그에게 정다운 시선을 주었음이 틀림없다. 이에 그는 다음과 같이 읊조리고 있다.

몸을 휘두르고 팔뚝을 뻗어 금환을 놀리니,
달이 구르고 별이 뜨듯이 시야에 가득하다.
비록 의료인들 어찌 이보다 나으랴.
정히 알겠노니 큰 바다에 풍파가 없겠음을. (金丸)

어깨는 으슥하고 목은 움츠리고 머리털은 곧추세워,
팔뚝을 걷어붙인 뭇 난쟁이의 무리들 술잔을 다툰다.
노랫소리 들리자 웃음소리 요란하니,
해 저물어 올린 깃발 새벽하늘에 나부낀다. (月顚)

황금의 탈을 쓴 어릿광대가
구슬채찍 휘저으며 귀신을 몰아낸다.
잰걸음으로 다가갔다가 천천히 물러나며 멋지게 추는 춤은,
봉황이 태평성대를 구가하는 듯. (大面)

쑥대머리 쪽빛 탈 쓴 무리들이
뜰에 나려 난새 춤을 춘다.
북소리 둥둥 바람소리 슬슬,
남으로 서쪽으로 발랄하게 뛰논다. (束毒)

저 멀리 사막 지나 만리 길 왔으니,
털도 빠지고 옷도 해져 먼지만 자욱한데,
머리 흔들고 꼬리치며 유순하게 보이지만,
웅장한 그 기상 어찌 뭇 짐승에 비길소냐. (狻猊)

이 오기(五伎)는 분명한 가무극이다. <금환>은 밤하늘 별빛 아래 노천무대에 상연된 격정적이고 발랄한 가무다. 이리 뛰고 저리 뛰는 광대의 세찬 무용은 내일을 지향하는 민중의 힘을 보는 듯하다. <월전> 역시 밤하늘 노천무대에서 연희된 것인데, 어깨를 으쓱이며 제 세상인 양 뽐내는 난쟁이들의 술잔을 다투는 모습을 보며 즐기고 있다. 당시 서라벌의 백성들은 이처럼 난쟁이들의 광대놀음을 관람하며 폭소를 터뜨리

고 있는 것이다.

　신라의 기존 질서를 제치고 여기저기 등장한 민중출신의 지방호족들이 속출하는 당시의 사회상이 우연이 아님을 말해주고 있다. <대면>은 사귀를 쫓는 벽사의 주술적 무용극으로 인정되고 있으며 처용무와 결부시키는 사람도 있다. 이 춤은 앞서의 <금환>과 달리 대단히 느리고 우아한 춤인 듯하다. 처용무의 단아한 율동이 연상된다. <속독>은 특이한 이국적이고 괴기스런 탈을 쓰고 둥둥 울리는 북소리에 맞추어 이리 뛰고 저리 뛰는 격렬한 율동을 펼치는 춤이다. 성호는 이것을 원방인이 왕화를 사모하여 떼지어 몰려와서 무악을 바치는 것이라고 했지만 아직은 단정할 수가 없다.

　<산예>는 사자춤인데, 진실로 용맹스런 인물은 인자한 덕성을 가졌음을 사자에 가탁한 듯하고, 멀리 사막을 건너 왔다고 했으니 이 춤이 서역(西域) 어디에서 왔음을 암시하고 있다. 신라의 오기는 민중들이 즐기며 전승해 온 가면극과 탈춤임이 확실하다. 가면극 및 탈춤의 기원이 외래의 것인지 신라 고유의 것인지 쉽게 단정할 수는 없지만, 반드시 외래적인 것으로만은 취급할 수 없을 것 같다. '처용무'의 처용을 아라비아와 연관짓는 견해도 있으나 과연 그것을 믿어야 할지는 의문이다.

　여하튼 최치원은 이들 가무극을 '향악'이라고 이름했으니 일단 우리의 전통적인 민속극으로 봐도 무리는 없다. 그가 전통문화의 일종인 이 신라의 오기에 애정이 없었고 가치를 부여하지 않았다면 <향악잡영>이라는 관극시도 창작되지 않았을 것이다. 불교와 유교의 위세 밑에 깔린 당시의 잔존 문화인 '오기'는 귀족과 지식층보다 민중들에게 더 애호를 받았고, 전승되었음을 우리는 이 관극시를 통해 엿볼 수 있다.

　피라미드의 상부구조인 귀족과 지식층은 언제나 외래문화에 대해 긍정적이고 열광하는 경향이 있었다. 신라의 지식층이 그러했고, 고려나 조선 역시 이와 비슷했다. 최치원의 이 같은 대중연희에 대한 인식은 높은 평가를 받아야 마땅하다. 신라와 발해의 남북국으로의 분단과, 후고구려·후백제·신라의 삼국 분단의 불행한 시대를 살았던 최치원의 고뇌와 번민은, 천여 년 전의 것이 아니라 오늘 우리들의 것인지도 모르며, 아울러 그가 가졌던 전통문화에 대한 애착도 그만의 것이 아니라 우리 모두의 마음속에 소생되어야 할 과제이다.

〈「충북대신문」 274-5호. 1981〉

10.
<향악잡영鄕樂雜詠>과 동아시아 악무樂舞

고운(孤雲) 최치원(崔致遠)의 <향악잡영> 다섯 수는 민족문화와 민족 악무를 이해하는 데 있어서 매우 중요한 자료이다. 신라악무(新羅樂舞)를 검토할 경우 <향악잡영>을 배제하고는 얘기가 안될 정도이다. 뿐만 아니라 향악이라는 용어도 현전 기록에서 최초로 사용되었고 잡영(雜詠)이라는 한시의 제사(題辭)로서도 효시이다. '향악'은 외래악무인 아악(雅樂)과 당악(唐樂)에 대한 민족 악무의 의미로 사용한 듯하다. 그러므로 향악은 시골 또는 지방의 악무라는 뜻은 아니다. 최치원 이후 '잡영'이라는 용어는 두루 사용되었고, 그 대표적 예가 퇴계(退溪)의 <도산잡영(陶山雜詠)>이다. <향악잡영>은 『삼국사기』권 제32, 악(樂)조의 신라악 항목에 수록되어 있다.

『삼국사기』의 편자 뇌천(雷川) 김부식이 어떤 자료에서 이를 취하여 신라악 말미에 실었는지는 분명치 않다. 추측컨대 김부식 생존 시에 유포되고 있던 고운의 문집(文集)에서 취록한 것이 아닌가 한다. <향악잡영>에 형상된 악무는 신라오기(新羅五伎)로도 알려져 있다. 최치원은 <향악잡영>을 통하여 신라의 무수한 악무 중에서 오기(五伎)를 택하여 이를 한시로 자세하게 묘사했다. 당대 최고의 지식인이며 당에 유학하여 빈공과(賓貢科)에 합격한 국제적 인물인 그가 민족 악무에 애정을 가지고 이를 시로 형상하여 후대에 알려준 혜안은 평가되어야 한다. 동서고금을 막론하고 후진국의 해외유학생들은 거개가 자국의 민족문화를 비하하기가 일쑤인 점을 감안할 때, 최치원의 이 같은 민족악무 인식은 귀감이 된다.

최치원이 향악으로 규정한 <금환(金丸)·월전(月顚)·대면(大面)·속독(束毒)·산예(狻猊)>는 신라에서 자생한 고유악무가 주류이지만, 그 일부는 서역(西域)이나 당(唐)에서 들어와 토착화된 악무도 있는 듯하다. 그 대표적 예가 사자춤으로 알려진 '산예'이다. 사자춤이 서역 사자국(獅子國)의 악무인 점은 알려진 사실이다. 주목되는 바는 이 '산예'가 신라가 합병한 가야국(伽倻國)의 사자기(獅子伎)와도 연관된다는 것이다. 신라의 '산예악무'와 가야의 '사자기'는 유사한 것이거나, 아니면 신라가 가야의 사자기를 수용한 것인지도 모르겠다. 삼한(三韓)을 통합한 신라가 그들이 복속한 국가의 악무를 수용할 것은 너무나 당연하기 때문이다. 『삼국사기』「신라악조」에 '가야악무(우륵의 十二曲)'를 포함시킨 사실도 이 같은 예악사상(禮樂思想)의 발로로 인정된다.

<금환(金丸)>은 황금빛을 칠한 둥근 기구를 절묘하게 다루는 기예로서 중국의 유명한 영인(伶人) 의료(宜僚)보다 그 솜씨가 뛰어나다고 극찬했다. 그런데 이 금환놀이가 어떻게 파도를 잠재우는지는 연구될 과제이다. <월전(月顚)>은 난쟁이 무리가 음악에 맞추어 희극적인 몸짓으로 연희하는 놀이이며, 대면(大面)은 가면극으로 유추된다. <속독(束毒)>은 봉두남발의 괴이한 탈을 쓴 사람이 북소리에 맞추어 발랄하게 춤추는 모습을 그렸다. <대면>과 <속독>은 탈춤으로 여겨지지만, <금환>과 <월전>은 탈의 착용 여부가 불분명하다. <산예>는 오늘날의 사자춤과 대동소이한 것으로 여겨진다. <속독>에 나오는 군유(群儒)는 지식인들이 아닌 놀이패에 소속된 난쟁이 무리들이다.

민족악무는 어느 시대에 갑자기 나타났다가 사라지는 것이 아니라, 그 생명력은 길고도 강인하다. 오늘의 북청 사자춤과 안동의 하회탈춤, 그리고 민족나례(民族儺禮)인 처용무(處容舞) 등에서 최치원이 묘사한 '신라오기'의 면모를 읽을 수 있다. 그러므로 <금환·월전·대면·속독·산예> 등의 신라 오기(五伎)는 소멸된 것이 아니라, 오늘날에 잔존한 민족악무에 살아서 숨쉬고 있다.

<1992>

11.

민족악무民族樂舞와 신사대주의新事大主義

❶ 동서고금을 통하여 인간은 갖가지 이념과 사유체계를 창출했지만, 거개가 일시적이거나 아니면 파급효과가 미미했다. 우리는 다른 나라에서 다른 민족이 그들의 필요에 의해 창안한 이념을 수입하여 그것을 금과옥조로 착각하여 만병통치약인 양 향유한 것은 아닌지 반성할 시점에 와 있다. 해외를 다니면서 파초(芭蕉)를 좋아한 나머지, 김포평야에 벼농사를 중단하고 불도저로 밀어서 파초종자를 가져와서 심었다고 가정해보자. 봄을 지나 여름철에는 무럭무럭 자라서 넓은 들판이 파초의 숲이 되어, 보는 이가 남국의 정취가 아름답기 그지없다고 감탄할 것이다. 그러나 곧이어 서북풍이 불어오고 눈보라가 휘날리는 겨울이 오는 우리의 풍토에서, 그 은성하고 탐스런 파초림으로 일렁이던 평야가 하루 아침에 황량한 동토(凍土)로 변할 것은 너무나 뻔하다. 파초의 동사(凍死)를 아쉬워하면서 이를 되살리고 보호하기 위해 온실을 만들어 봤자, 그것은 매우 비경제적인 시도에 불과할 것이다.

우리는 얼마나 많은 파초류를 심어서 시간과 물질의 손실을 입은 시행착오를 반복했는지 돌이켜볼 까닭이 있다. 해외에서 양성된 이념을 필요에 따라 수입하되, 우리 풍토에 맞는 것을 엄선해야 한다는 명제가 그래서 제기되는 것이다. 매는 꿩을 잡아야 한다. 꿩 한 마리 잡을 수 없는, 겉모양만 화려하고 맵시가 근사한 매는 실생활에 조금도 보탬이 안 되는 박제된 이념과 마찬가지로 무용지물이다. 그러므로 우리의 김포평야에 자랄 수 있는 적절한 종자를 심어야 하고, 꿩을 잡을 수 있는 매를 길러야 한다. 해외에서 발효되어 양성된 이념들은 우리에게 부적당한 것이 대부분이다. 왜냐하면, 해외의 그러한 이념들은 그들 나라의 민족과 풍토에 알맞는 그들의 민족이념이기 때문이다. 그것은 어디까지나 파초이지 벼나 보리가 아닌 것과 궤를 같이한다. 그러므로 우리 국토에서 생성된 것이 아닌 모든 이념은 퇴색할 수 있지만, 우리 땅에서 양성된 '민족주의'만은 표피는 약간씩 변모할지라도 그 본질은 결코 변하지 않는다고 단언한다.

개항, 즉 개화기 이후 유입된 해외의 갖가지 이념들은 상당수가 파초요, 파인애플이며, 종려나무 등속이었다. 개화기라는 용어도 그렇다. 개항 이전 우리의 조선조 오백 년 동안 존속했던 문화나 선인들이 무지몽매한 야만이며 미개지의 오랑캐들이라는 의미를 담고 있는 모욕적인 단어인데도 불구하고, 우리는 이것을 참신한 의미를 지닌 것으로 생각하여 쓰고 있다. 동기와 계기야 어떠하든 간에 단군 이래 최초로 주어진 중세에서의 주체와 자주의 상징인 '칭제건원'의 기간이었던 대한제국의 국가이념을 계승하여 이를 살리지 못한 치명적인 과오를 우리는 범했다. 대한제국의 부정적인 면만 극대화시켜 폄하한 의식의 근저는 신사대주의와 서구식 척도에 의한 우리 역사의 왜곡된 평가에 있다. 우리 땅에서, 우리의 정통문화 풍토에서 빚어진, 우리의 이념인 민족주의를 과소평가하고 타기(唾棄)한 결과가, 어느 정도로 심각한 것인지를 아직도 모르고 있다. 과거는 물론 현재와 미래에도 영원히 풍화하거나 파기되지 않을 이념이 있다면, 그것은 말할 것도 없이 민족주의이다.

이른바 개항 전후의 지식인들이 풍미했던 감상적인 사해동포주의가 얼마나 무서운 독소로 작용했던가를 회고해보면, 어설픈 문호개방은 곧 식민지화라는 사실을 쉽게 인지할 수 있다. 우리가 흠선(欽羨)하는 이른바 선진국은 하나같이 그들의 민족주의를 한치도 양보없이 준수하고 있을 뿐 아니라, 그것을 세계화시키려고 집요하게 노력하고 있다는 점을 우리는 불행하게도 모르고 있다. 민족주의는 보수도 아니고 반동도 아니며, 이것이 바로 진정한 진보임을 우리는 깨달아야 한다. 오천년 역사를 계승과 지속 그리고 발전적 극복으로 파악해야 하는데도 불구하고, 청산과 타기 또는 단절의 대상으로 인식하는 것이 진보요 참신이라고 보는 소위 사이비 진보관념에서 벗어나야 한다. 계승과 지속과 발전적 극복은 민족의 정서를 담고 있는 악무의 경우에도 예외는 아니다. 문화와 예술과 악무의 서구 식민지화를 더 이상 방치해서는 안 되는 심각한 상황에 우리는 지금 처해 있다. 필자가 이 책 제목의 일부를 '민족악무'라고 명명한 까닭은 여기에 있다.

❷ '민족악무와 예악사상'에서 '민족'은 한민족을 의미하며, 민족이라는 어휘 속에는 민족주의가 깔려 있다. 여기서 말하는 민족주의는 서양에서 말하는 민족주의와는 전혀 관계가 없다. 민족주의의 발생을 19세기 운운하는 시각과도 추호의 상관이 없다. 한국에 있어서 민족주의는 오천년 이래 주변의 강국과 민족들의 침략에 대항하여 우리의 영토와 문화와 정치체제를 수호하려는 민족적 의지와 긍지를 의미한다. 우리에게 민족주의가 없었다면, 우리는 이미 중국이나 기타 강국의 식민지 또는 일부로 편입되어 흔적조차 희미해졌을 것이다. 우리 문화와 우리의 말과 글, 그리고 우리의 악무를 지금까지 확실하게 지니고 있는 이유도 여기에 있다. 민족주의를 국수주의로 매도하는 신사대주의자들의 무주

체적 발상은 역사의 엄중한 심판을 면치 못할 것임을 필자는 확신한다. 우리 사회나 학계에서 민족주의 또는 민족주의자들로 행세하거나 인정받고 있는 사람들은, 사실 알고 보면 반민족주의 및 반민족주의자들로서 가장 민족적인 모든 것을 배척하고 백안시하는 신사대주의자이거나 서구주의자들이 대부분이다.

민족주의는 완벽하고 조리정연한 이론체계보다 우리 민족의 일상생활에 접맥되어 막강한 영향력을 발휘하고 있는 악무의 실상을 검토함으로써 더욱 그 의의와 가치가 분명해진다. 민족의 악무는 단대적(單代的)인 것이 아니라 그 역사와 생명이 몇 세기를 단위로 전승된 것이다. 우리가 격동하는 현세와 미래에 살아남기 위해서는 민족악무에 대한 연구와 그 전승이 무엇보다 중요하다. 민족적인 것과 외래적인 것을 어떻게 조화하느냐 하는 문제는 매우 긴요하다. 그런데 19세기부터 우리는 외래적인 것을 위해 우리의 것을 왜곡시키거나 버리기를 다반사로 했다. 경우에 따라 지혜롭게 수용하지 못하고, 외래의 것을 또 다른 외래의 것에 대적시켜 그것이 마치 우리 것인 양 착각하고 그것을 지키기 위해서 무모한 충돌을 일삼기도 했다. 이른바 남의 장단에 맞추어 춤을 추느라 바지가 흘러내리는 사실조차 몰랐던 경우도 간혹 있었다.

우리 민족은 서양인과 다른 심성과 체격을 가졌다. 우리들의 체격에는 우리의 춤사위가, 우리의 목청에는 우리의 가락이 적절하다. 왜냐하면 오천년간이나 춤추고 노래하면서 다듬어졌기 때문이다. 색복(色服)과 음식도 마찬가지다. 우리 체격에는 우리의 옷이 가장 잘 어울린다. 그럼에도 불구하고 서양의 옷을 수입하여 이를 즐겨 착용하다 보니, 체격과 의복의 조화가 되지 않는 것은 당연하다. 이렇게 되면 서양에서 수입된 의복을 비판해야 마땅할 터인데, 반대로 우리의 체형을 탓하면서 열등감에 허덕인지도 어언 일 세기가 가까워 온다. 그리하여 우리 민족이 가진 아름다운 특정인 검은 머리와 검은 눈동자, 아담한 지체와 적절한 신장을 두고, 머리칼은 왜 노랗지 못하고 눈동자는 어이하여 푸르지 못하며, 키는 왜 이렇게 작으며, 다리는 왜 이 모양으로 짧으냐고 탄식해 마지않았다. 우리 민족의 심성과 체격은 반만년 동안 우리의 풍토에서 눈비를 맞고 바람을 맞으며 진화된 것이다. 전부는 아니겠지만 심성과 체격의 골간을 이루는 부분은 변할 수도 없고 변해서도 안 되는 가장 민족적인 것들이다.

오리의 다리가 짧다고 생각하고 학처럼 길게 늘이거나, 학의 다리가 너무 길다고 해서 오리처럼 짧게 자른다면, 그 학과 오리는 환경에 적응하지 못하여 도태되고 만다. 우리는 지금 다리를 늘여서 길게 하고, 또는 잘라서 짧게 하느라 여념이 없을 뿐 아니라 이렇게 하는 것을 일러 진보라고 의기양양하게 강변하고 있다. 외래의 선진 문화 수용을 거부하자는 것이 아니고, 수용할 것과 못할 것을 분별하자는 것이다. 우리 한민족은 대단히 정열적인 성품을 지닌 겨레이다. 그러므로 그럴 듯한 외래문화가 수입되면 한동안 이에 탐닉하여 열광한다. 정도가 지나치면 이를 만병통치약으로 착각하고 적용할 데와 못할 데를 분별하지 않고 마구잡이로 수용하는 경향이 있지 않았나 한다. 일찍이 불교가 그랬고 성리학과 실학, 그리고 서학이 그러했다. 그 같은 열정 때문에 우리는 7세기나 16세기 무렵에 세계 학계에서 불경과 성리학의 경우 최고봉을 차지한 영광을 획득하기도 했다. 이와 반대로 옳지 못한 것을 수입하여 이 같은 정열을 경주했을 경우에 오는 폐해에 대해서도 항상 경각심을 가질 필요가 있다.

③ 필자가 이 책에서 관심을 경주한 '민족악무'의 분야는 매우 광범하다. '악(樂)' 속에는 가(歌)와 요(謠), 그리고 곡(曲)도 포용된다. '무

(舞)'의 개념 역시 오천년 동안 전승된 민족의 춤 모두가 포괄된다. 본서에서 다룬 민족악무에 대한 부분은 빙산의 일각에 불과하지만, 앞으로 논의된 부분에 대한 보완과 새로운 분야에 관한 연구를 계속할 것임을 밝혀둔다. 진정한 민족주의를 구현하기 위해서 민족의 실생활과 관련된 분야를 검토하는 것이 절대로 필요하다. 민족이 부르는 노래와, 민족이 추는 춤에 관한 연구는 피부에 와닿는 구체적인 민족주의의 중요한 일부가 아닐 수 없다. 민족의 악무(樂舞)는 민족이 입고 생활하는 의복과 조석으로 먹는 음식과 더불어 가장 중요한 것들 중의 하나이다.

원래 민족악무는 그 기원이 고대 및 중세의 민족 정통종교였던 제사와 접맥되었기 때문에 여러 신과 선조들에게 바치는 것이었다. 고대나 중세의 악무들에 이 같은 경향이 강하게 남아 있는 것이 사실이다. 사서(史書)의 「악지(樂志)」나 악조(樂條) 등에 실려 있는 가요와 춤들은 거개가 민족의 기층종교들과 연관되어 있다. <동동(動動)>이 그러하고, <처용무(處容舞)> 또한 동일하다. 필자는 우리의 기층종교를 예악사상으로 묶어서 '민족예악'으로 규정하고, 이를 척도로 하여 민족악무를 검토하는 대담한 시도를 해보았다. 많은 무리와 난점이 있을 것을 예상한다. 고대 및 중세에 우리 선인들에게 조국을 통치하는 우리 나름의 이념이 있었을 것은 확실하다. 필자는 그 이념을 일러 '민족예악(民族禮樂)'이라 했다. 민족예악이 역사의 이면으로 잠적했던 시기는 대체로 불행한 시대였고, 민족예악이 왕성하게 고취되었던 기간은 국가의 운세가 흥왕하던 기간이었음을 확인할 수 있었다.

우리 선인들은 현재의 우리들보다 훌륭했고, 주체적인 문화와 이념으로 나라를 통치했다. 극히 작은 일부의 과오를 침소봉대하여 우리의 선인들이 창건하여 통치했던 전조(前朝)들을 헐뜯고 비방하고 폄시하는 행위는 이제 종결되어야 한다. 그리고 선인들의 단점과 약점을 들추어내어 그것으로 유명해진 사이비 민족주의자들의 반민족적인 방자한 언동도 이제는 거두어들여야 한다. 양민을 착취하며 토색질을 일삼던 저들 선대들의 약점은 씻은 듯이 은폐하고 얼마 안 되는 장점을 부각시켜 입에 침이 마르도록 칭찬하면서, 전조의 통치자들은 봉건통치배니, 그 체제를 일러 모순에 찬 봉건체제니 하는 불합리한 말들도 땅 속에 묻어야 할 때라고 생각한다.

저들 조상들이 차지했던 관직은 예찬하면서, 그 조상들이 활동했던 시대나 왕들 및 지배계층은 매도하고 비난하는 비이성적인 태도는 반드시 지양되어야 한다. 선인들이 애지중지하던 국가 공식행사나 일반의 사연(私宴)에서 연희되던 악무(樂舞)들을 보수니 반동이니 봉건적 유산이니 하면서 백안시하는 이른바 사이비 진보주의자들의 잘못된 악무인식은 그들만의 것이지 현재를 살아가는 건강한 민중들의 인식은 아니다.

〈『한국 민족악무와 예악사상』 머리말. 1996〉

제 2 장 韓文化와 유가사상

1.
율곡이 본 치治와 난亂

❶ '천하의 대세는 나누어짐이 오래되면 반드시 합쳐지고, 합침이 오래되면 반드시 나뉘어진다(天下大勢 分久則必合 合久則必分)'라는 말이 있다. 여기서 분이라면 난을 의미하고 합이라면 치를 뜻한다. 다시 말하면 치란이 무상하다는 말이다. 역사적으로 살펴볼 때, 통일이 되어 전쟁이 없고 태평한 세월이 오래 지속되다 보면, 내부의 모순이 격화하여 반드시 어지러워지고, 분열이 생기고 이른바 난에 들어가는 것이다.

난세를 상징하는 가장 은유적인 속언이 있다. 즉 '모두들 말하기를 자신이 성인이라 하는데, 누가 까마귀의 자웅을 알겠는가(具曰予聖 誰知烏之雌雄)'이다. 이것은 『시전(詩傳)』에서 나온 말인데, 지금껏 그 뜻을 잃지 않고 오히려 새로워진 이유는 요즘도 '모두들 말하기를 자신이 성인이라(具曰予聖)'하는 이들의 독무대가 되고 있기 때문이다.

여기서 율곡(栗谷)은 소위 치란을 어떻게 보았으며, 그 이유는 무엇이며 한국에 있어서 치와 란을 어떻게 인식했는지 그의 「동호문답(東湖問答)」의 테두리 안에서 대강 살펴볼까한다. 율곡에 대해서는 너무나 넓게 알려진 사실이기에 여기서 중언부언할 필요를 느끼지 않는다. 다만 그가 조선조 선조대(宣祖代)의 사람이라는 것만은 명시할 필요를 느긴다. 왜냐하면 선조는 국난을 겪었고, 수난의 왕으로서도 이름이 높은 까닭이다. 따라서 그는 커다란 위난을 겪은 정치가요, 유학자요, 인간이다. 다시 말하면 비록 그가 임란을 겪지는 않았지만 사양길로 접어든 시기에 태어나고 성장한 사람이다. 정확하게 말하면 치에서 난으로 옮아가는 과도기의 인물이다.

그는 치와 난의 원인을 소치이(所治二) 소난이(所難二)라고 하여 두 가지로 대별했다. 이른바 치의 두 가지 중 하나는, '임금의 재주와 지혜가 보통사람보다 뛰어나 호걸을 부리면 다스려진다(人君才暫出類 駕馭豪傑則治)'의 하나와, '재주와 지혜가 비록 부족하더라도 능히 어진 사람을 등용하면 다스려진다(才雖不足 能任賢者則治)'의 이 두 가지 방법을 소위 치(治)의 근본으로 보았다. 또한 이른바 난(難)의 두 가지는 '임금이 스스로 총명함을 믿고 신하를 믿지 않으면 혼란해지고, 아첨하는 사람만을 편벽되게 믿어 귀와 눈이 막히고 가려지면 혼란해진다(人君自恃聰明 不信群下則亂. 而偏信姦諛 壅蔽耳目則亂).'로, 율곡은 이 두 가지를 난(亂)의 원인으로 보았다. 이처럼 그는 치란의 원인을 왕에게 중점을 두고 그 다음으로 신하에게 두었다. 이것은 옛날이나 현재 모두 구분 없이 마땅한 사고이다. 그리고 '치'는 곧 그에게 있어선 왕도를 의미하는 것이다.

율곡은 왕도(王道)를, '인의(仁義)의 도를 몸소 행하여 남에게 차마 하지 못하는 정사를 시행하지 않고, 천리(天理)의 올바름을 극진히 하는 것이 왕도이다.(躬行仁義之道 以施不忍人之政 極夫天理之正者 王道也)'라고 정의했다. 여기서 궁행이라는 말에 주의할 필요가 있다. 즉 '궁(躬)'은 몸소 행한다는 뜻이 포함되어 있다. 남을 시키거나 남이 하기를 바라서는 왕도가 못 된다는 것이다. 입으로는 민주주의를 말하면서 손발은 비민주주의적 행위를 서슴지 않는 요즘 정치인들에게도 가당한 말이다. 왕도정치란 별다른 것이 아니고, 바로 진정한 민주정치를 말하는 것이 아닐까?

또한 패도(覇道)를, '인의(仁義)의 이름을 빌어 권모술수의 정책를 베풀어 이익을 사사로이 취하는 것이다.(假借仁義之名 以施權謀之政 濟夫功利之私者 覇道也)'라고 정의하였는바, 무릇 왕도와 패도는 다름 아닌 오늘날의 민주주의를 실현하는 관점과 하나도 틀리지 않음을 지적하고 있다. 율곡은 폭군(暴君)과 혼군(昏君), 용군(庸君)을 다음과 같이 정의하며, 이들 삼군(三君) 모두를 난(亂)을 형성하는 요소와 원인으로 규정했다.

'탐욕이 마음을 흔들고 감각적 유혹이 밖에서 공격하여, 백성들의 힘을 모두 짜내어 자신을 봉양하게 하고, 신하의 충언을 배척하고 스스로를 성스럽게 하여 멸망에 이르게 하는 자는 폭군(暴君)이다. 치적을 바라는 뜻은 있으나, 간사한 자를 분별하는 총명이 없어, 신임하는 자는 어진 사람이 아니며, 등용하는 자는 재주 있는 사람이 아니어서, 점차 패망과 혼란에 이르게 하는 자는 혼군(昏君)이다. 나약하여 뜻을 확립하지 못하고 우유부단하여 정치를 떨치지 못하여, 옛 관습을 그대로 따르고 일시적인 안일만 취하여 날로 쇠미함에 이르게하는 자는 용군(庸君)이다.(多慾撓其中 衆惑功于外 竭民力以自奉 斥忠言以自聖 自底沈亡 暴君也. 有求治之志 無辨姦之明 所信非賢 所任非才 馴致敗亂者 昏君也. 儒弱而志不立 優游而政不振 因循姑息 日就衰微者 庸君也)

용군의 정의 가운데 인순고식(因循姑息)은 오늘날 나쁜 의미에 있어서 보수와 비슷하다고 생각한다. 중국에 있어서는 삼황오제를 왕도의 창달자(暢達者)로 보았고, 또 상(商) 태갑(太甲)과 주(周) 성왕은 비록 그들의 자질이 삼황오제에는 못 미치나 이윤(伊尹)과 주공(周公) 같은 현자를 능히 가어(駕御)했기 때문에 왕도정치 곧 치세를 이룩할 수 있었다는 것이다. 이들은 모두 율곡이 가장 동경하던 이상의 군주들이었고 '치'를 이룩한 왕들이라고 규정했다. 한고조, 당태종, 송태조 같은 군

주들은 모두 '재주와 지혜가 남들보다 뛰어났지만 패도를 행한 자(才智
出類 而行覇道者也)'라고 단정했다.

❷ 율곡은 문헌이 부족하여 실증할 수 없다는 전제하에 우리나라의
경우 기자(箕子)가 왕도정치(王道政治)를 행(行)하지 않았을까 하는 가정
(假定)을 했다. 그 이유는 정전지제(井田之制)와 팔조지교(八條之敎) 같
은 것은 왕도에서 나온 것이기 때문이라고 했다. 여기서 정전법은 중국
인들의 영원한 이상적인 토지제도이다. 기자 이후 고려말 정몽주는 선
비의 기상이 있었으나 성취하지 못하고, 그의 학덕과 행사는 충신에 불
과하다고 했다. 조선조에 있어서는 세종은 요순과 같은 자질을 가졌지
만, 직계지신(稷契之臣)을 가지지 못한 것을 한탄했다. 당시 대신인 허
조, 황희는 모두 속인들 중에서 약간 뛰어난 사람일 뿐이라고 평했다.
또 성종은 영예지질(英睿之質)이 탁관천고(卓冠千古)하여 진실로 동방의
성주라고 격찬했지만, 당시 국가의 대신이 용렬하고 비루하고 무식하여
풍속이 지금에 이르러 피폐하였다고 탄식했다. 또 율곡이 가장 애석하
게 생각한 것은 중종 때 조광조의 실각이다.
  '을묘(1519)년간에 조광조 같은 사람이 있었는데, 성리학으로 임금의
각별한 사랑과 예우를 받아, 임금을 어버이처럼 사랑하고 자기 몸을 버
려 나라에 바쳤으며, 사방의 인재들을 불러 들여 임금의 총명을 열어
넓히고, 개연(慨然)히 세도를 만회하고 삼황오제를 추종하는 뜻을 갖게
되었다. 유림들이 고무되고 백성들도 큰 기대를 가져, 요순시대처럼 모
든 일이 다 빛나고 집집마다 후(侯)를 봉할 만한 인재가 양성되었던 업
적을 머지않아 기대해 볼 만하다고 여겼다. 그러나 애석하게도 조광조
의 출세가 너무 빨라 경세치용의 학문이 아직 크게 이루어지지 않았고,
일을 같이 한 사람들 중에는 충성스럽고 어진이도 많았지만, 명예를 좋

아하는 선비도 섞여 있었다. 논의가 너무 날카롭고 일하는 것도 점진적이지 않았고, 임금의 마음을 바로잡는 것을 근본으로 하지 않고 다만 형식만 앞세웠다. 그리하여 간사한 사람들이 덫을 설치하고 틈을 엿보는 것도 알지 못했던 차에, 신무문이 밤에 열리자 많은 어진 사람들이 한 그물에 떨어졌다.(乙卯年間 有若趙光祖 以性理之學 被眷遇之重 愛君如父 忘身徇國 房招俊乂 開廣聰明 慨然有換回世道 追蹤三五之志 儒林聳動 黎庶顒望 以爲咸熙之續比屋之封 指日可見 獨惜夫光祖之出世也太早 致用之學 尙末大成 共事之人 固多忠賢 而好名之士 未免雜進 論議太銳 作事無漸 不以格君爲本 徒以文具爲先 不知姦邪切齒 設機伺隙 神武之門夜開 而群賢皆落于一網)'

조광조가 실패한 원인을 출세가 너무 빨랐고 학문이 대성하지 못했고, 함께 일한 사람들이 충현이긴 하지만 호명지사(好名之士)로서 잡진(雜進)을 면치 못했으며, 그들의 논의가 너무 예리했고 지나치게 급진적인 데 두었다.

그런데, 율곡의 의식에는 후세로 내려올수록 '치'는 없고 '난' 만이 지속되었다고 본 까닭은 무엇일까? 그는 치(治)를 왕도(王道)로 보았고, 왕도는 도학(道學)으로 보았다. 도학이 밝지 못하면 모두 난(亂)으로 취급하는 일종의 편견을 가졌기 때문이다. 도학 이외의 모든 학문은 사학(邪學)으로 돌렸고, 유학은 절대시 내지는 신성시했다. 물론 당시의 신화이던 유학이 마치 오늘날 민주주의라는 추상적인 용어가 신화인 것과 같이, 맹목적으로 집착한데에도 원인을 발견할 수 있다.

❸ 율곡의 말에 의하면 우리나라에는 치세(治世)가 없었고, 모두가 난세(亂世)이다. 확실치도 않은 기자(箕子)를 왕도정치인으로 보았는데,

이는 중국이 전설시대인 요순시대를 두고두고 그리워한 것과 흡사하다. 유학 아닌 모든 학문을 일소에 부친 사실은 마치 기독교 아닌 모든 종교를 사교로 몰아넣는 태도와 다를 것이 없다. 유학을 척도로 할 경우 율곡(栗谷)이 이상에 그리던 왕도정치(王道政治)는 현실적으로 실현될 수 없게 마련이다. 그러나 시대의 흐름에 따라 왕도의 개념도 달라져 가고 있다. 아직 왕도정치는 그 생명을 완전히 상실하지는 않았다. 새로운 해석과 새로운 개념을 첨가하여 참신한 이론으로 재단장할 필요를 느낀다.

'자벌레가 굽히는 것은 몸을 펴서 나아가기 위한 것이다.(尺蠖之屈 以求伸也)'란 말이 있다. 한때 침체한 현상은 미래의 활기를 가져다주는 즉 신(伸)을 위한 굴(屈)이 되어야 한다. '현자를 적대시하고 나라를 그릇되게 하니, 충신은 입을 다물고 도로에서 눈짓만 한다(賊賢誤國 忠臣鉗口 道路以目者)'의 환경에서 벗어나야 한다는 꿈은 비단 율곡만의 염원은 아닐 것이다.

〈「성대문학」 제10집. 1964〉

2.

문정공文貞公 강백년姜栢年

① 　전평군 이계복은 『삼국사기(三國史記)』를 중간하면서 "사물이 오래되면 반드시 피폐하게 되고, 피폐한 상황이 오래되면 필히 흥왕하게 마련인데, 이는 사리의 상도이다. 이 같은 사리의 상도를 근거하여 흥왕한 때를 타서 길이 후세에 전하고자 한다."라고 말했다. 사물의 흥폐가 있다는 주장은 만고의 진리이다. 위로는 한 국가에서 시작하여 가문은 물론이고, 개인 역시 이 범주를 벗어나지 못한다. 흥왕할 때, 그 승세를 타고 할 수 있는 모든 일을 다하는 것은 지혜로운 처사이다.

　우리 한국은 유구한 역사를 지닌 나라이다. 그러므로 다른 어느 국가보다 가문에 대한 의식이 강하다. 이 같은 가문의식에도 명암은 있다. 근래에는 어두운 면만이 부각되어, 장처를 망각한 경우를 종종 접한다. 가문의식은 장점을 심화 확대시켜 부흥시키는 것이라는 점에서 정당한 민족사의 전개와 아울러 주체의식과도 접맥시킬 수 있는 중요한 사안이다.

　그런데 이 같은 가문의식을 진부한 보수적 사고로 치부하는 사례가 왕왕 있다. 이는 전통과 보수를 분별하지 못한 천근(淺近)한 사고에서 비롯된 일시적 현상이다. 이는 치어일 때, 우쭐거리며 북태평양을 누비던 연어가 철이 들어 산란기가 되어 태어난 모천으로 회귀하는 것과 대비된다. 요즘에 와서 가문의식이 팽배하게 일어나는 사실은 결코 우연이 아니고, 분명 그것은 필연인 것이다.

진양(晋陽) 강문(姜門)은 한국의 유수한 명가 중의 하나이다. 『설봉유고(雪峯遺稿)』에서 임상원(자 공보, 호 염헌)선생은 집안의 연원을 다음과 같이 기록하고 있다.

시조는 민첨인데, 고려조에 벼슬하여 거란군을 격퇴한 공으로 상주국(上柱國)에 올랐고, 진양에 사당을 세우고 제사를 지냈다. 후손 휘 윤지는 조선 초에 공조판서를 역임했다. 이로부터 4대가 흘러 휘 문한은 동지중추부사를 지내고, 유가로서 세상에 행세했다. 휘 문한의 아들 린은 이조참판에 증직되고 문장가로 이름이 났다. 휘 린(璘)의 아들 운상(雲祥 - 자 응택, 호 지당)은 지극한 효성으로 정려가 세워졌고 영의정에 증직되었다. 휘 운상의 아들 주(籒 - 자 사고, 호 죽창)는 좌의정에 증직되었고, 문장으로 일세를 풍미했다. 선조대에 백씨 첨(籤 - 자 공신, 호 죽월헌)과 함께 나란히 대과에 급제하고, 천조에 선임되어 명성이 더불어 자자했다.

휘 주와 정경부인 안동 김씨 사이에 두 아들이 탄생했는데, 휘 계년(桂年 - 자 중구, 호 취적당)과 백년(栢年 - 자 숙구, 호 설봉) 두 분이다. 휘 백년은 선(銑 - 자 자화, 호 자각)과 현(鋧 - 자, 자정, 호 백각)의 두 아들을 두었다. 휘 선은 도승지를 거쳐 동지의금부사를 지냈고, 휘 현은 좌참찬·대제학·예조판서·한성부판윤 등을 역임했다. 휘 현은 세윤(世胤 - 자 윤지, 호 만오)·세원(世元 - 자 원지, 호 만회)·세황(世晃 - 자 광지, 호 표암)을 낳았는데, 그 중에 휘 세황은 병조참판·한성부판윤 등을 역임했다.

진양 강문 설봉가의 맥은 이후로도 고종 때의 좌의정 강로에 이르기까지 계속 면면이 이어왔고, 앞으로 무궁토록 보다 힘차게 계속될 것이다. 앞서 국가와 민족 그리고 가문 등에도 흥망성쇠는 피할 수 없다고 지적한 바 있다. 위에 기록한 부분은 진양 강문이 활발하게 흥왕하던 시기 중의 일부이다.

아직 흙속에 묻힌 옥으로 남아있는 죽창 강주 선생의 학술과 문학은 조만간 밝혀져야 할 보옥이다. 주머니 속에 든 송곳은 반드시 밖으로 나오기 마련이며, 오랜 동안 숨어 있던 보옥은 기필코 햇볕 속에 나타나 빛을 발할 수 밖에 없다. 죽창 강주와 설봉 강백년·자각 강선·백각 강현·표암 강세황은 진양 강문에서 특히 유명한 분이다. 이 4대(代) 분들은 강문 차원이 아니라 국가와 민족사에서도 가볍게 다룰 분들이 아니다. 죽창의 문학과 설봉의 문학, 표암의 회화를 위시한 시·서는 민족문학·민족회화·민족서도에서 필히 검증되어야 할 부문들이다.

설봉 강백년은 '문정공', 백각 강현은 '문안공', 표암 강세황은 '헌정공'의 시호를 각각 받았다. 죽창 강주는 향년 85세였으며 설봉 강백년은 79세, 백각 강현은 84세, 표암 강세황은 79세였다. 무려 4대를 거쳐 오면서, 80전후의 천수를 누린 홍복을 부여받은 것이다. 장수만 누린 것이 아니라 정부의 요직을 두루 역임하는 영광을 입었고, 관직 생활도 청렴결백하여 청백리로 이름을 얻었다.

2　문정공·문안공·헌정공으로 이어지는 진양 강문의 광영은 지극히 획득하기 어려운 이른바 '삼세기영지가'의 칭호를 얻었다. 기영회 또는 기로회는 고려시대부터 존속했던 것으로, 직위가 실직으로 정경이어야 하고 나이는 70이상이라야 오를 수 있는 영광스런 자리였다.

정경은 정이품 이상의 벼슬을 의미한다. 증직은 기로회에 가입할 수 없음은 물론이다. 정이품의 위계는 의정부의 좌우참찬과 육조의 판서·한성판윤·홍문관·예문관 양관 대제학 등을 할 수 있는 고위직이다. 직위는 높아도 수를 누릴 수 없는 경우가 있는가 하면, 수는 비록 70을 넘겼지만, 직위가 따르지 못한 경우 또한 많았다. 그러므로 기영회에 든다는 것은 지극히 어려운 일이 아닐 수 없고, 게다가 할아버지·아버지·아들로 이어지는 삼대가 내리 기로소에 든다는 것은 대단히 어려운 일이다. 그러므로 조선조 500년 역사 중 삼대가 기로소에 계속하여 입사한 집안은 설봉 강백년가 외에 세 네 집안만이 더 있는 것으로 역사는 기록하고 있다.

17세기 초엽부터 18세기 초반까지 약 1세기 동안은 진양 강문의 극성시대 중의 하나였다. 설봉·백각·표암으로 이어지는 삼대의 기영은 단순히 그냥 장수를 했고 직위가 높은 것으로 그쳤다면, 그것은 여기서 새삼 문제 삼을 필요가 없다. 특히 표암 강세황 선생은 시·서·화 삼절로 유명할 뿐 아니라, 한국 회화사에서 표암을 빼면 회화사의 기술 자체가 불가능할 정도의 인물이다.

서도에 뛰어난 분 또한 강문에 수다하다. 한국 서도의 통시적 문헌인 『근묵』에, 죽창 강주를 위시하여 죽창의 아들 설봉 강백년과 설봉의 아들 자각 강선과 백각 강현의 글씨가 수록되어 있다. 위 강문의 4현 중에 도승지·관찰사 등을 지낸 강선을 제외한 3현이 이른바 삼세기영의 주인공들이다. 삼세기영에 든 분들의 유묵이 하나같이 『근묵』에 수록된 것, 또한 영예가 아닐 수 없다.

동양에 있어서 시·서·화는 각각 따로 존재하는 것이 아니라 하나로 묶여져 있다. 시론이 곧 화론이며 서론이기도 하다. 진양 강문의 맥이 이어져 오는 과정 중 표암 선생에 이르러, 비로소 "시·서·화가 각각이 아니고, 하나"라는 사실을 분명하게 실증한 것이다. 이는 진양 강문의 한 업적이기도 하다.

진양 강문의 후예로 문정공의 12대손인 우현 강경훈, 사백은 유달리 '추원지념'이 강한 인물이다. 우현 교수는 필자가 늦게 안 지기(知己) 중 한 사람이다. 죽창 강주 선생의 문집『죽창유고』를 검토하면서 강문과 인연을 맺게 되었다. 어느 날 우현은 환희에 찬 모습으로 필자와 만났다. 선대 설봉 선생의 간독집을 찾아냈다는 것이다. 우현이 기뻐하는 모습은 황량한 요즘의 정신문화 풍토에서 필자는 퍽 아름답다고 느꼈다. 필자가 감히 외람되게 해제를 쓰게 된 까닭도 여기에 있다.

설봉 선생의 유묵은 배접을 하여 한 권의 첩으로 되어 있었고, 보관 상태도 매우 양호했다. 표지에는『한필(閑筆)』이라고 적혀 있다. 이 첩의 제자『한필』은 그 힘찬 운필로 보아 백각의 친필로 보여지는데, 문정공 사후이거나 말년에 아드님의 손으로 묶여진 것이 아닌가 하는 추측을 낳게 하고 있다. 이 경우 '한'은 한가하거니 심심풀이라는 의미가 아니라, 모범이 되고 법이 될 수 있다는 뜻인 '법'으로 필자는 해석하고 싶다. 즉 모범이 되고 기준이 되는 '법필' 또는 '법첩'의 의미라고 생각한다. 설봉 선생의 이들 척독은 퍽 중요한 가치를 지닌다.

현전『설봉유고』30권 속에는 서간문이 없다. 세상에 전해지는 모든 문집에는 십중팔구 서간이 실려 있는 것과는 대조적이다. 설봉 선생 역시 많은 편지를 주고 받았을 것은 분명한데, 한편의 서간도 수록되지 않은 것은 기이하다 하겠다. 현전 모든 문집에 수재된 서간은 거개가 성리학과 관련된 내용이 태반이고, 사사로운 내용들은 가급적 싣지 않으려는 의도와도 관계가 있는 것 같다. 여하간『설봉유고』에 한 편도 없는 척독이,『한필』에 남아있다는 사실은 앞으로 반드시 진행되어야 할 설봉 문학 연구에 보탬이 될 것이다.

❸ 　설봉 강백년 선생은 1603년에 태어나서 1681년에 삶을 마무리한 '소북 팔문장' 중 한 분이다. 진양 강문을 중흥시킨 인물일 뿐 아니라, 조선 중기의 시문학사에도 기여를 했다. 소현세자빈이었던 강빈의 옥사에서, 강빈의 억울함을 당당하고 끈질기게 주장한 강직함을 보였다. 당시 설봉 공의 세수는 44세였다. 금상인 인조와 세자로 새로 책봉된 봉림대군(후일 효종)의 뜻에 저촉되는 용감한 행동이었다. 강빈을 두둔해서 이득될 것이 전혀 없다는 사실을 알면서도 시비곡직을 가리는 개결한 성품이었다.

넘헌 임상원 선생은 설봉공의 인품에 대해서 다음과 같이 말했다.

"공은 기질이 청명하고 행동거조가 단아하고 고결하며, 효성이 두텁고 우애가 깊으며 친인척 간에도 화목했는데, 그것은 타고난 성품이었다. 성리학의 연원은 스승에게 배운 것이 아니라 자득했다. 용모는 수척했지만 위엄이 있었고, 행동은 신중하고 자상했다. 안광은 빛나고 걸을 때는 옷을 이기지 못할 것 같았다. 식사는 담백한 것을 즐겼고 또한 소식이었다. 나라의 정무에는 지극히 신중했고, 몸가짐은 항상 근엄했다. 대인관계는 화기애애했지만, 자기 자신에게는 엄격하고 검소했으며 매사에 성의를 다했다. 공의 문장은 진실로 세상이 감복하는 바였다. 천성이 겸허하여 강학도 하지 않았고, 스스로 천양하지도 않았기 때문에 공의 실천과 얻은 바를 능히 말할 사람이 없었다. 항상 '주정입극(主靜立極)'·'주일무적(主一無適)'·'비례물동(非禮勿動)' 등의 글을 책상에 적어 놓고 스스로 실천했다. ……"

"공의 언론은 완곡하고 노성하여 잔인하고 가혹한 면이 없었다. 성질은 원만하고 신중하고 조심스러웠는데, 이는 인과 서에 바탕한 까닭이다. 시문의 '미'는 '달'로서 예를 삼고, '이'로서 종을 삼았다. 청렴결백한 절개와 겸손한 인품과 소박한 풍모와 표리가 동일한 성격에 모든 사람이 경복해 마지않았다. 공의 입신은 가히 한 시대에 국한되지 않고, 영원히 우뚝 선다고 이를 만하다."

염헌공이 기록한 설봉공의 행장을 통하여, 학문과 인품 그리고 문장에 대해서 그 일단을 알 수 있다. 글씨는 문장 못지않게 그 사람의 인물됨을 대변한다. 문장은 꾸미거나 위장할 수도 있지만, 글씨는 위장이나 가식이 쉽지 않다. 문장보다 더 쉽게 간파되기 때문이다.

설봉공이 좌우명으로 예시한 것 중에서 '주일무적(主一無適)'은 특히 인상적이다. 입지를 했으면 뜻을 정한, 한 분야에만 정신을 오로지 할 것이지 좌고우면하지 말라는 뜻이다. 설봉공은 당신의 학문과 학문에 따른 실천에 대해서 남에게 자랑하거나 과시하지 않았기 때문에, 세상 사람들이 알지 못했다는 지적은 현대인들에게 따끔한 경고이기도 하다. 일정한 스승이 없이 독학으로 일가를 이루었다는 것은 설봉공이 사회 생활에서 자유로울 수 있다는 증거이고, 그것은 곧 불편부당한 행동의 근거가 되었다.

❹ 설봉 선생은 천수를 누리는 중에 많은 편지를 주고받았을 것인데, 현재 남은 것은 열 두 편의 간찰밖에 없다. 빙산의 일각을 가지고 논의를 펴기에는 무리가 따른다. 그러나 이 열 두 편의 유주는 많은 종사를 주고 있다. 현전 간찰 중에 가장 오랜 것은 1635년(인조 13년) 설봉공 33세 때이고, 1677년(숙종 2년) 75세 때의 척독이 제일 늦게 쓴 것이다.

특히 1671년(현종 12년), 69세 때에 누님과 형수의 상을 당한 비통한 정황 중에서도, 흉년과 전염병에 신음하는 백성들을 위한 구제책을 강구해 달라는 경국제민의 의지는 감동을 준다. 오랜 동안 영의정으로 있다가 노환으로 고향집이 있는 판교 운중동에 물러나 있던 백헌 이경석에게 보낸, 이 한 장의 편지는 그래서 공의 인간적 면모를 유감없이 보여주고 있다. 이 편지를 받은 백헌 상공은 얼마 있지 않아 곧 세상을 버렸기에, 더욱 우리들로 하여금 절절한 심회를 느끼게 해주고 있다.

설봉공은 종신토록 지병으로 고통을 겪은 듯하다. '칭병불사'라는 말이 있다. 병을 핑계로 하여 벼슬을 사양하는 것인데, 난세에 신명을 온전하게 보전하기 위한 방편이었다. 그러나 설봉공의 경우는 이 말이 부합되지 않는다.

1663년 61세 동짓날에 쓴 편지는 스스로를 복인(服人)이라고 했는데, 아마도 공의 가형 취적당 계년 선생이 1662년에 기세하였기 때문에, 복을 입고 있었던 사실과 연관된 것이 아닌가 한다. 1672년 공의 연세 70세에 쓴 편지에서 백원서원의 재임을 면해 달라는 내용이나, 성 밖까지 나가서 전송하지 못한 미안한 심정과, 병은 날로 심해지는데 관직에 해임되지 않는 안타까움 등이 담긴 서간들에서 당대의 생활상은 물론이고, 설봉공의 진솔한 인간됨을 엿볼 수 있는 흥미 있는 서찰들이다.

설봉의 유묵이 갖는 서예적 가치에 대해서 필자는 심도 있게 논급할 능력이 없다. 다만 4세기 초엽 서성으로 알려진 왕희지의 '제필진도후'의 일부를 인용하여 감상하는 분들의 참고로 삼으려 한다.

> "무릇 종이는 진과 같고, 붓은 칼과 창에 비할 수 있고, 먹은 오갑이요, 물과 벼루는 성지이고, 심의는 장군에 비견된다. …… 대저 글씨를 쓰고자 하는 사람은 먼저 힘써 먹을 간 후, 정신을 집중시켜 고요하게 생각하면서, 글자 모양의 대소와 내리고 올리고 가로와 세로를 헤아린 이후에 근맥을 진동시켜 서로 어울리게 하는 바, 서의는 반드시 붓을 들기 전에 성립되어 있어야 하는 것이다. 만약 평과 직의 똑같음이 주판과 동일하고, 위아래가 방정하고 앞뒤가 정돈된 것으로 만족한다면, 이는 글씨가 아니라 단지 점과 획을 그은 데 불과하다."

평서지도(評書之道)는 하나가 아니다. 그것은 오미가 각각 다른 것과 같다. 여기에 수록된 설봉 선생의 필적은 표암서체의 연원이 되는 것으로, 한국의 서보와 서품 및 서론사에 보탬이 될 것이다.

〈『문정공설봉선생한필』 해제. 2000〉

3.
장기長鬐의 인맥과 노론老論

① 서언　　　필자가 장기초등학교 재학시절, 교정에 우뚝하게 서 있는 오래 된 은행나무는 우암 송시열 선생이 심은 것으로 들었다. 지금도 장기초등학교를 생각하면 반드시 그 은행나무를 연상한다. 은행은 학문을 상징하는 나무이다. 조선조 국립대학이었던 태학 성균관에도 육백년의 수령을 가진 은행나무가 네 그루나 있고 전국 방방곡곡의 鄕校에도 반드시 은행나무는 있다. 공자가 학문의 상징으로 삼았던 행목은 은행나무가 아니라 살구나무였다는 설도 있지만, 은행은 학문을 의미하는 나무로 굳혀져 있다.

장기초등학교 부지가 옛날 장기현의 향교 터였음은 주지의 사실이다. 장기초등학교의 교목이 은행나무인 점도 결코 우연이 아니다. 장기초등학교 출신들은 너나할 것 없이 자신도 모르게 감수성이 예민한 십대 무렵부터 우암 송시열 선생이 뇌리 깊숙이 각인되어 있었음을 부인하기 어렵다. 이는 비단 장기초등학교 출신들뿐만이 아니라 인근의 여러 초등학교 출신들도 직간접으로 우암에 대한 이야기를 부모 친지들로부터 수없이 들으며 성장해 온 것 또한 사실이다. 그러므로 우암 선생과 장기인들은 결코 뗄 수 없는 역사적인 끈으로 연결되었다고 해도 지나친 말은 아니다.

② **사회와 당파**　　　　인간사회에는 동서고금을 막론하고 당파와 파벌은 있게 마련이다. 당파와 파벌이 없다는 것은 사실의 왜곡이요, 거짓이다. 우리는 서양의 정당이나 당파는 괜찮은 것으로 인식하면서 우리의 당파(맥)는 악으로 평가해 온 지 오래이다. 한국의 사색당파는 조선시대의 유물이 아니라, 지금도 대다수의 가문이나 지식인들에게 이면으로 엄연히 존재한다. 그들이 표면으로 이를 비난하고 부정한다고 해서 당맥이 소멸되었다고 하면 그것은 착각이다. 우리들 인식 속에 은연중 조선조의 당맥과 결부된 가문을 전통 있는 명문가로 여기는 경향이 농후하다는 것도 음미해 볼 만하다.

사회가 복잡해지고 광역화되었기 때문에 사색당파가 아니라, 천색당파가 배태되어 우리의 정치·사회·문화 등 각 방면에서 심대한 영향력을 행사하고 있다. 단지 당파를 가르는 척도가 과거와는 약간 달라졌을 뿐이지, 기실 인맥의 분파는 더욱 다양화 내지 공고화되었다. 현재의 당맥은 고등학교와 대학교, 그리고 출생지역과 연비연사 등이 주요 인으로 등장했다. 인간사회에서 당파에 수반된 인맥의 흐름은 영원히 초월할 수 없는 숙명의 강이 아닌가 한다.

조선시대 우리 장기 인들의 인맥 속에는 우암 송시열이라는 거목이 우뚝하게 서있는 것은 좋든 싫든 간에 부인할 수 없다. 왜냐하면 우암 송시열은 17세기 후반 조선 사회를 정치·문화 및 사상적으로 지배했던 국로거유(國老巨儒)였기 때문이다. 불행하게도 우리의 고향 장기는 역사의 역동적인 현장에서 멀리 떨어진 향리 해곡의 한미한 지역이었고, 따라서 조선조의 역사에 큰 족적을 남긴 인물도 거의 없었다. 비단 우리들의 고향인 장기뿐만이 아니라, 조선조 오백년은 영남인이 배제되었던 기간이기도 했다. 안동의 서애 유성룡 이후 고위직에 오른 사람이 없었다는 사실이 이를 증명한다.

영조 때 탕평책이 시행되었기 때문에 사색당파가 골고루 등용되었다고 생각하면 이는 착각이다. 영조의 탕평책은 노론과 소론의 인사를 안배한다는 의미이지, 남인이나 북인을 관리에 임명한다는 정책은 아니다. 노론의 수령이었던 우암 송시열이 장기에 귀양 온 이유는 그와 뜻을 달리하는 인맥들에게 밀려났기 때문이다. 우암의 중앙 정계에서의 실각은 우리 장기로 봐서는 더할 나위없는 행운이었다. 필자는 여기서 우암을 칭송할 의도는 전혀 없고, 다만 장기인맥에 끼친 우암의 막대한 영향력을 밝히는 데 주안점이 있다.

장기에는 많은 선비들이 유배 와서 생활했다. 그 중에 다산 정약용도 포함되어 있다. 다산은 장기에서의 체재기간이 일 년이 못되었기 때문에 학맥과 인맥은 형성하지 못했다. 게다가 당시에는 다산이 오늘날처럼 저명인사가 아니었다. 이에 반해 당대 국정을 좌지우지 했던 우암이 장기에 유배되어 햇수로 오년 간 위리안치 되어 생활했던 것은, 영남지역 전체에 엄청난 충격과 다방면의 파급효과가 있었다. 인근 고을의 무수한 수령들과 학자들이 찾아와서 문안을 올리고 학업을 전수받기를 감청했던 사실에서 이 같은 영향력의 실상을 확인할 수 있다.

③ 우암의 장기현(長鬐縣) 생활 　　우암은 숙종 원년 서기 1675(우암 69세)년 을묘 윤오월에 덕원에서 이배(移配)되어 유월에 장기에 도착하여, 숙종 5년 기미 1679(우암 73세)년 4월에 거제도로 옮겨 갔다. 우암이 거주한 사오년 동안 우리의 장기 고을은 보잘것없던 황량한 변방

의 범속한 풍속이 바뀌어 학문과 예절을 숭상하는 유현(儒賢)의 고을이 되었다는 평가가 나올 정도로 엄청난 변화가 있었다. 우암이 귀향 오기 전의 장기의 문화에 대해서 비하하거나 열등감을 가질 이유는 없다. 다만 우암으로 임하여 유가문화가 고향 장기에 뿌리내렸다는 사실을 강조하고 싶을 따름이다. 『송자대전(宋子大全)』의 우암 연보에는 장기에서의 생활은 간략하게 기록되어 있다. 우리가 관심을 가지는 바는 짧지 않은 5년간의 기간 동안 우암이 장기에서 어떻게 무엇을 하며 생활했을까 하는 부분이다.

1675년 우암이 장기에 올 때, 동생 시도(時燾), 시걸(時杰), 부실(副室) 및 기타 수행원을 대동했다. 우암이 장기 경계에 와서 현 내의 마을 이름을 물었는데, 마산이라고 대답했더니 읍호에 '기(驥)'〔갈기〕 자가 '마(馬)'자와 관계가 있다고 했다. 그는 마산에 거주하는 사인 오도전(吳道全)의 집에 거처를 정했다. 우암의 사관은 해문(海門) - 날물치와 한내 천의 하구부근을 칭함)과 아주 가까웠기 때문에 해풍을 막기 위해 별도의 장벽을 수축하고 마당 앞에 임시거처를 만들었다. 뜰 앞에 자그마한 채전 밭을 만들어 약초와 생강을 손수 심고 가꾸었으며 행단을 일구고 그 아래에 우물을 파서 붕어를 키웠으며, 창밖에는 벌을 치면서 조석으로 완상하기도 했다. 우암의 거택에는 아카시아(탱자나무일 가능성이 있음)가 둘러쳐져 있었는데, 이른바 '위리안치(圍籬安置)'였다.

우암의 주변에는 두 동생인 시도와 시걸 그리고 아들 기태(基泰), 손자 주석(疇錫)과 증손자 일원(一源 : '王子'의 사부를 지냄) 및 유원(有源 : 교관을 지냄)이 항상 수발을 들고 있었다. 우암은 평상시 속대를 하지 않고 망건도 착용하지 않았으며 간혹 폭건(幅巾)과 방관(方冠)을 쓰기도 했다. 주변에는 수백 권의 서책이 비치되어 있었고, 독서를 하는 여가에 시를 짓기도 했는데, 이들 원고는 하나도 버리지 않고 상자 속에 고이 간직했다. 오 년간의 유배생활 중에 수많은 시를 남겼으며, 특히 장기에서 『주자대전차의(朱子大全箚疑)』와 『이정서분류(二程書分類)』라는 명저를 저술하기도 했다. 학문적인 토론은 주로 손자인 주석과 즐겨 했으며, 집필도 손자가 없으면 하지 않을 정도로 손자를 사랑했다. 우암이 장기 유배 중에 창작한 한시가 상당수 남아 있는데, 추후에 번역하여 소개하겠다.

우암은 부실과 노복도 대동하고 장기에 유배 올 정도로 국가원로로서의 대접을 받았다. 우암의 노복이 영일 무인 김씨에게 구타를 당한 적이 있었다. 김씨는 자신에게 봉변당한 노복이 우암의 노비임을 알자, 찾아와서 사과를 하기도 했다. 이 무렵 모포에 시장이 크게 열렸는데, 우암의 노비가 모포시장에 가서 술을 팔아서 얻은 돈으로 귀양지 생활의 부족분을 채우기도 했다. 모포에 큰 시장이 열렸다는 것이 전설로 전해 왔는데, 그것이 사실이었음을 확인시키는 계기가 된다.

우암이 장기에 유배되어 온 후 여러 도의 관장들이 직·간접으로 관심을 표명했고 원근의 선비들이 무수히 방문했지만, 우암은 가시나무 울타리 근처까지 몸소 나가서 대화를 나누었을 뿐, 결코 울타리 안으로 불러들이지 않았다. 이를테면 귀양지에서 법규를 철저하게 준수했다는 표현이다. 그러나 견문에 의하면 우암은 국로(國老)이기 때문에 다른 유배인들 보다는 많은 자유가 있었고, 따라서 장기 원근을 여행했다는 설도 있는데, 위의 기록과는 차이가 난다. 우암이 장기에 유배되어 올 때 수행한 주관은 의성의 무인 손만웅이었다. 손만웅은 우암에게 우호적이 아니었다. 나중에 손만웅은 행적이 완미하지 않았기 때문에 암행어사에게 문책을 달할 처지가 되었다. 우암은 과거의 섭섭함을 개의치 않고 좋은 평을 했기 때문에 파면을 면했고, 그 후 손만웅은 지성으로 우암을 보좌했다.

늦은 봄 어느 날 어떤 사람이 살아있는 암꿩 한 마리를 우암에게 선물했다. 이를 받은 우암은 암꿩을 여러 차례 손으로 쓰다듬다가 지금

한창 알을 낳고 새끼를 칠 시기인데 꿩을 잡아먹을 수 없다 하고 방생할 것을 요구했다. 꿩을 가져왔던 사람이 감동하여 숲에다 놓아 주었더니, 얼마 후 수많은 새끼를 데리고 산간을 왕래했다는 일화도 전한다. 우암이 거처했던 처소는 향인들에게 신성시된 감도 있다. 당시 장기에 흔했던 학질병에 걸린 사람이 우암의 가시나무 울타리 안에 들어오면 치료된다는 믿음이 있을 정도였다. 우암이 장기를 떠난 후 학질에 걸리면 '송대감(宋大監)'이라는 글자를 등에 붙이는 웃지못할 기록도 보인다.

우암이 장기에 와서 크게 달라진 것은, 설날의 차례를 당시에는 섣달 그믐날에 행제(行祭)를 하는 오랜 전통이 있었는데, 우암이 이를 바꾸어 초하루인 원일(元日)에 제사를 지내게 했다는 것이다. 섣달 그믐날에 설날 제사를 지냈다는 것은 아마도 하루의 분기점을 어디로 하느냐 하는 문제와 관계가 있는 듯하다. 하루의 전환점을 해뜰 무렵과 열두시 정각인 자정, 그리고 첫닭이 우는 계명 중에서 어디에다 두느냐하는 것인데, 이는 시대에 따라 변화를 거듭했던 중요한 사안이었다. 아마도 우리 장기는 우리 나름의 오래된 기준점을 갖고 이를 준수해 왔던 것 같다. 우암이 이를 고쳐서 일출 이후를 기준으로 삼고, 설날의 차례를 지내게 하지 않았나 한다.

❹ 노론인맥의 형성　　우암 거소의 주인이었던 사인 오도전은 5년간 열심히 우암의 문하에서 공부하여 상당한 지식을 축적했다. 이로 인하여 오도전은 장기현의 훈장이 되어 후학을 열심히 가르쳤다. 오도전(吳道全)의 원명은 도전(道傳)이었는데. 역사적 인물(三峯 鄭道傳)과 이름이 같았기 때문에 우암이 도전(道全)으로 고치게 했다. 오도전은 그의 종제 오도종과 더불어 우암의 사후 영당을 건축코자 했다. 영당은

우암을 모신 죽림서원과 관계가 있는 듯하다. 죽림서원은 숙종 33년 서기 1707년에 시공되어 이듬해 1708년에 완공되었다. 우암이 장기를 떠난 지 28년 만에 건립된 서원이었다. 죽림서원과 서원의 인맥은 아마도 대원군의 서원 훼철 때까지 조속되었던 것 같다. 죽림서원 안에는 우암선생의 영정과 문집, 퇴우당 김수홍의 문집 등이 수장되어 있었다.

죽림서원의 창건에 가담했거나 문하에서 수학했던 오도전·오도종·황보헌·이동철·오시좌·김연·서유원·오도징 등은 장기에서 노론 인맥을 형성하는 데 결정적인 역할을 했다. 그밖에 노론계 사인이 장기 부근에 유배되어 와서 우암을 주향한 죽림서원에 직·간접으로 참여한 이유보·민종대·한시유 등은 우암의 장기에서 유배생활을 채록하는데 기여했다. 우암의 귀향 기간 중 여주에서 찾아와 수학했던 이수장도 기억해야 할 인물이다.

필자가 본고를 집필하는 데 주 자료가 되었던 필사본은 고로(古老)들의 전설을 바탕으로 하여 영조원년 을사(서기 1725년)에 채록된 것으로 인정되지만, 정밀한 고증이 추후에 뒤따라야 하겠다. 본 필사본 자료는 향토 역사에 애정을 가지고 줄기차게 연구하고 있는 장기중학교 금락두 교감에게 기증받았다. 이 자리를 빌려 다시 한 번 금락두 교감께 감사를 표한다. 끝으로 필자는 노론을 두둔하거나 특정 가문을 기리기 위해 이 글을 쓰지 않았다는 것을 밝혀둔다. 남인의 세계인 영남에 노론의 인맥이 형성되었다는 사실은 반드시 불명예만은 아닐 것이다. 우암이 장기를 떠날 때 그의 거소에 자생한 느티나무의 가지를 베어 지팡이로 삼고 죽교에 올라 다음의 유배지 거제로 떠날 때의 심정은 후인들로 하여금 그 의미가 무엇인지 만감에 젖게 한다.

〈「장기향우회보」20호, 1997〉

4.
장기현長鬐縣과 우암 송시열

① 　우암(尤菴) 송시열(宋時烈)선생은 17세기 국정운영의 중책을 맡았던 실력자요 국로(國老)로서 한국역사 속에 우뚝 선 거목입니다. 선생은 노론의 영수로서 국가와 민족을 위해 전심전력을 경주했던 성리학자이면서 정치가이기도 했습니다. 남인의 집권과 동시에 조정에서 실각하여 덕원에 정배되었다가, 조선조 숙종 원년 단기 4008년 서기 1675(우암 69세)년 윤 5월에 이곳 장기현에 옮겨와 6월 11일에 위리안치(圍籬安置)되어 4년 동안 유배생활을 하였습니다. 숙종 5년 1679(우암 73)년 4월 10일에, 그 동안 정착했던 사관 안에 홀연히 자생한 느티나무를 베어 지팡이를 만들어 짚고 죽교에 올라 거제도로 이배되어 장기를 떠났습니다.

　우암이 장기에 유배 올 때 동생 시도, 시걸과 부실 및 노복들을 대동했으며, 도착 즉시 마산촌에 복실을 정했습니다. 나중에는 아들 기태와 손자 주석 그리고 증손 일원과 유원도 합류하여 함께 생활했습니다. 당시 마산촌 주인은 사인 오도전이었는데, 4년 동안 우암에게 수학하여 향교의 훈장이 되었고, 서유원 역시 끝까지 선생의 문하에 출입하여 훈도를 받았으며, 장기초등학교 교정에 있는 은행나무도 우암이 심었다고 알려져 있을 만큼 그 영향력은 막강했습니다. 우암이 장기를 떠난 후 29년 되는 해에 죽림서원 창건이 논의되었고, 이를 주도한 오도종, 이석증, 황보헌, 이동철, 한시유 등의 사인들과, 우암의 장기 유배생활에 대한 실상을 후세에 기록으로 전해준 김연, 오도징, 이유, 오시좌, 민종대 등도 기억되어야 할 분들입니다. 그러나 죽림서원은 아쉽게도 우여곡절 끝에 지금 폐허화되어 무심한 죽림만 우거져 있습니다.

우암이 장기에 귀양온 것은 우암에게는 불행인지 모르지만, 당시 장기와 장기인들에게는 행운이었습니다. 이 무렵 장기인들은 우암을 통하여 유학의 진수와 중앙정계의 동향에 대해서도 소상하게 접할 기회를 가졌습니다. 그리하여 장기에 우암 인맥이 형성되었으며 아울러 궁벽한 해곡이 예절을 숭상하는 유향이 되었다는 평을 듣기도 했습니다. 우암은 장기에서 『주자대전차의(朱子大全箚疑)』와 『이정서분류(二程書分類)』 등의 명저를 저술했고 취성도를 완성했으며, 정포은선생 신도비문을 비롯한 많은 양의 시문도 창작했습니다. 유배기간 중 우암을 뵙기 위해 조야상하의 기라성 같은 인물들이 우리 고장을 방문했습니다. 특히 명재 윤증과 장기에서의 만남은 노론, 소론 분당의 계기가 된 것으로 알려져 있습니다. 한편으로는 장기 체류 중 부인 이씨의 상을 당하여 멀리서 통곡했으며, 장녀의 부음을 듣고 애통해 하기도 했습니다.

우암이 우리 고장에 끼친 음덕에 대해서 오랫동안 장기인들은 잊지 않고 있었지만, 가시적인 기념물 하나도 지금까지 만들지 못했던 것이 사실입니다. 이 같은 정황을 감안하여 장기발전연구회에서 지역의 뜻있는 인사들의 격려와 협조에 힘입어 우암선생의 사적비를 세우면서, 장기에서의 심회를 읊은 시 한 수를 번역하여 함께 실어 그 업적을 삼가 기리는 바입니다.

〈우암선생 사적비문. 2001〉

❷ 우암 송시열[1607(선조 40)~1689(숙종 15)]은 자 영보(英甫)요 아명은 성뢰(聖賚)이다. 아버지는 사양원 봉사 갑조이며 어머니는 선산 곽씨 봉사 백방의 딸이다. 충청도 옥천군 구룡촌에서 태어나 26세까지 그 곳에서 살았다.

8세 때부터 친척인 송준길의 집에서 함께 공부하게 되어 훗날 양송으로 불리는 특별한 교분을 맞게 되었다. 1625년(19세)에 도사 이덕사의 딸과 혼인하였다. 이 무렵부터 연산의 김장생에게 나아가 성리학과 예학을 배웠고 1631년 김장생이 죽자 김장생의 아들 김집 문하에서 학업을 마쳤다. 27세 때 생원시의 장원으로 합격하였고 2년 뒤 1635년에 봉림대군의 사부로 임명되었다.

1649년(43세) 효종이 즉위하여 척화파 및 재야 학자들을 대거 기용하면서 세자시강원 진선 사헌부 장령 등의 관직을 제수하자 관직에 나아갔다. 이때 올린 『기축봉사』는 그의 정치적 소신을 장문으로 진술한 것인데, 그 중에서 특히 존주대의와 복수설치를 역설한 것이 효종의 북벌의지와 부합하여 장차 북벌계획의 핵심인물로 발탁되는 계기가 되었다.

1655년(49세) 모친상을 당하여 10년 가까이 향리에서 은둔 생활을 하였다. 1658년(52세) 7월 효종의 간곡한 권유로 다시 찬선에 임명되어 관직에 나아갔고, 9월에는 이조 판서에 임명되어 다음해 5월까지 왕의 절대적인 신임 속에 북벌의 중심인물로 활약하였다.

1659년(53세) 5월 효종이 서거한 뒤 조대비의 복제문제로 예송이 일어나고 국구 김우명 일가와의 알력이 깊어진데다 현종에 대한 실망 때문에 12월 벼슬을 버리고 낙향하였다. 이후 현종1년에 우의정이 제수되고 13년에 좌의정에 제수 되는 등 15년간 조정에서 융숭한 예우와 초빙이 있었으나 거의 나아가지 않고 재야에 머물렀다. 재야에 은거하여 있는 동안에도 효종의 위광과 사림의 중망 때문에 막대한 정치적 영향력을 행사하였다.

그러나, 1674년(68세) 효종비의 상으로 인한 제2차 예송 논쟁에서 서인들이 패배하자 예를 그르친 죄로 파직 삭출되었고, 1675년(69세) 정월 16일 덕원으로 유배의 명을 받고 25일에 배소에 이르렀다. 이 해 6월 10일에 장기에 위리안치 되었다. 윤휴가 서울에서 멀고도 살기 어려운 곳으로 옮기기를 청하여 처음에는 웅천으로 정했다가 장기로 옮긴 것이다. 우암이 장기에 있을 때 1673년(67세)에 지은 윤선거의 묘지명 문제로 윤증이 내려와 5~6일 동안 머물렀는데 윤증이 윤휴를 공격하지 않는 것을 보고 그냥 돌려보냈다. 결국 이 묘지명은 나중에 노론과 소론으로의 분당의 계기가 되었다.

1677년(71세) 3월 유배지 장기에서 부인의 부음 소식을 들었다. 부인은 본디 질병이 많았는데 우암이 멀리 귀양간 뒤로 회덕의 본가에 있으면서 시의가 날로 급박해짐을 듣고 놀라 근심한 나머지 병이 악화되어 죽기에 이른 것이다.

1678년(72세) 『주자대전차의』를 완성하였다. 『주자대전차의』는 1675년부터 『주자대전』에 전심하여 하루도 쉬지 않고 채록한 것으로 손자 주석이 필사한 것이다. 또 『이정전서』의 편차가 어지럽다 하여 각각 유별로 분류하고 『정서분류』라 이름하여 공부에 편리하도록 하였다. 그리고 퇴계의 『경서질의』 및 『기선록』 등의 책을 증정하며 하루도 한가히 안일하게 지낸 적이 없었다.

1679년(73세) 4월 장기에서 거제도로 이배되었다. 이 때에 남구만도 거제도에 귀양가 있었는데 함께 귀양살이 시킬 수 없다고 하여 남구만을 남해로 이배하고 우암을 거제도로 옮겼다. 이 해에 『주자어류소분』이 이루어졌다. 이는 『주자어류』에 기사가 착잡하고 또한 번거롭고 중복된 것이 많음을 만족하게 여기지 않았기 때문에, 섬으로 들어간 뒤 손자 주석과 함께 밤낮으로 대조 교감하여 착잡한 것을 정리하고 중복된 것을 산삭하여 류에 따라 옮겨 편차한 것이다. 1680년(74세) 경신환국으로 서인들이 다시 정권을 장악하자 유배에서 풀려나 중앙정계에 복귀하였다. 그 해 10월 영중추부사 겸 영경연사로 임명되었고 또 봉조하의 영예를 받았다.

1689년 1월 숙원 장씨(장희빈)가 아들을 낳자 원자의 호칭을 부여하는 문제로 기사환국이 일어나 서인이 축출되고 남인이 집권하였는데, 이 때 세자책봉을 반대하는 상소를 올렸다가 제주도로 유배되었고, 그 해 6월 서울로 압송되어 오던 중 정읍에서 사약을 받고 사망했다. 그러나 1694년 갑술환국으로 다시 서인이 정권을 잡자 관직이 회복되고, 1695년(숙종 21)에 문정이란 시호를 받았으며, 1756년(영조 32)에 영의정에 추증되었다.

〈우암 사적비 건립 발의문. 2000〉

5.

남명학과 지리산

❶ 조동일 교수의 '조식'의 시문에 나타난 지리산의 의미'를 감명깊게 읽었다. 논의의 전개를 '지리산'에 국한시킨 것은 독자에게 참신한 느낌을 준다. 그것은 우리나라에서 지리산이 갖는 의미가 너무나 크기 때문이다. 특히 한 인물을 연구함에 있어서 '숭앙'적 시각을 지양하고 객관적 실상의 냉정한 검토를 제안한 것은 '문중학'이 만연하고 있는 현실에 대한 경고이기도 하다. 그리하여 조교수는 미래를 위한 자료로 활용해야 할 공동의 유산을 과거에 감금하려는 시도를 용인할 수 없다고 했다. 필자도 이 같은 견해에는 동조하지만, 과거를 미래를 위한 자료로 볼 경우, 자칫 진실 된 과거가 현재적 시각으로 굴절되어 실상이 왜곡될 소지가 있다는 점도 참작되어야 할 것이다. 그리고 한 인물이 '문중학' 속에서 투영될 경우, 장점만 과장되어 동어반복이 누적되는 경향을 경계해야 한다는 조교수의 주장에도 공감한다.

남명 연구에 있어서 범위의 확장보다 수준의 향상이 필요하고 이를 위해 논의의 예각화를 강조했다. 이를 실천하자면 남의 견해에 의존하는 '왜인간장(倭人看場)'의 태도를 불식하고, 스스로 자득한 바를 정치하게 다루어야 한다고 했다. 이는 남명의 '진실로 스스로 깨닫지 못하면

오경도 한낱 공언에 불과하다(苟非自得 則五經亦空言耳)'는 주장과도 부합된다. 남명은 말을 적게 하고 글을 아껴 쓴 분이기 때문에 '논'이나 '설' 등을 피하고 '명'에다 주안점을 두었다고 했는데, '묘지명'이 많다고 해서 글을 아껴 썼다는 판단이 가능한지는 의문이다. 그리고 남명이 경학을 하지 않았다고 했는데, 남명이 다른 유자들에 비해 경학에 관심을 적게 가졌다는 사실은 인정되지만, 경학을 하지 않았다는 판단은 지나친 표현이 아닌가 한다.

조교수는 남명의 학문적 시각과 저술경향을 통하여 현재 학계의 상황을 비판하고자 했다. 남의 말을 옮기거나 부적절한 인용을 장황하게 하여 논문이나 저작의 분량을 늘리려는 일부학자들의 풍조를 강도 높게 비판했다. 시를 쓰는 기분으로 압축적 저술태도를 수립하자고 제안하고, 한편으로는 자기의 주장을 펴기 위해 선인에게 도움을 얻으려는 안이한 자세에도 경종을 울렸다.

② 남명 시문에 형상된 지리산을 통하여 이 산에 어떤 의미를 부여했는지를 조교수는 집중적으로 고찰했다. 숭앙의 대상이 된 산은 지리산만이 아니므로 여타 숭앙의 대상이 된 산들과 비교하는 방법을 택했다. 남명의 <유두류록(遊頭流錄)>과 해당 '시'들을 대비 시킨 것도 의미가 있다. 그리고 지리산에 부여한 의미의 층위를 분류했는데, 아쉬운 바는 지리산이 역대왕조의 '사전(祀典)'에 수록된 산이었음을 전제했다면 더욱 알찬 성과가 있었다는 점이다. 백두산을 비롯한 금강산·지리산·태백산·감악산·송악산 등에 대한 신앙적 숭봉은 민족전래의 국가 신앙체계였던 '사전(祀典)'과 관계가 있다. 그러나 주자학의 보편화와 더불어 이들 산들에 대한 전통적 외경심이 저하되고 제도적 또는 유미

적 유람의 대상으로 변질된 점도 지적되어야 한다.

지리산은 조선조의 경우 오악 중 남악으로 규정되어 국가 차원에서 존숭된 산이지만, 사림파의 경우는 앞서 말한 것처럼 숭앙적 시각이 현저하게 약화되어 있다. '산·천·해·독·악'에 대한 신앙적 열정이 식고 유람의 대상으로 격화된 것은, 시대의 흐름에 따른 피할 수 없는 변화이기도 하다. 송대 곽희의 <산수훈>과 같은 문장들도 이 같은 산수관 변화에 일익을 담당했던 것 같다. 곽희는 산수를 '가행·가망·가유·가거'로 분류하고, 이어서 산에는 '고원·심원·평원' 등 삼원이 있다고 했다. 남명이 <유두류록(遊頭流錄)>이라고 명명한 것으로 볼 때, 지리산을 유람하기에 적합한 산으로 인식했던 것 같다. 퇴계의 <단양산수가유자(丹陽山水可遊者)>도 이 같은 시각과 관련이 있다.

훈구파와 사림파의 지리산에 대한 인식이 달랐음을 지적한 것은 하나의 발전으로 인정되지만, 산수 인식의 차이점을 분명하게 밝히지 못한 아쉬움이 있다. 지리산이 근대사의 전개에 있어서 비극의 전장이 되었음을 첨가한 것도 지리산의 역사적 맥락이 간단하지 않음을 지적한 것이기도 하다.

'지리산유산기'의 의미 층위를 고찰하면서 김종직·남효온·김일손과 대비시켜, 남명은 지리산을 성모(聖母)가 거처한다거나 수도은거(修道隱居)의 산이라는 등의 의미부여를 인정하지 않고, 마음 가는 산으로 인식코자 한 것은 사림파의 한 특색을 지적한 것이다. 남명이 청학동에 관심을 가진 사실을 언급했는데, 어쩌면 남명 자신이 지리산을 '가거지산(可居之山)'으로 보려고 했던 것처럼 여겨지기도 한다. 조교수의 지적대로 남명이 산에서 깨닫지 못한 것을 좁은 방에서 깨우쳤다는 말미의 내용을 <유두류록>의 결론으로 삼아도 좋을 듯하다. 따라서 남명의 산수 인식 역시 사림파의 <유두류록(遊頭流錄)> 범주를 벗어나지 못했다는 평가도 가능하다. 지리산에 성모상이 있었다는 지적은, 고려조까지

국자감 및 성균관에 공부자의 조소상이 있었지만, 주자학의 보편화 이후 위패로 바뀐 것과도 상관이 있다. 전래 신앙의 존숭 대상들을 구체적으로 형상한 석상이나 소상들이 주자학 보편화 이후 전부 위패로 바뀐 사실을 두고 역사의 발전으로 봐야 하는지는 단정키 어렵다.

❸ 조교수는 김종직의 <재등천왕봉(再登天王峯)>과 남명의 <제덕산계정주(題德山溪亭柱)>와 <덕산복거(德山卜居)>를 대비시켜 교술문학의 특징이 발휘된 작품이라고 논했다. 한국문학을 서양의 '서정·서사·희곡' 등 삼대 장르로 재단하는 데에는 필자도 동의하지 않는다. '동문선'에 무려 48문체(장르)가 있는데, 서양의 한낱 세 가지 문체로 5000년 민족문학을 가늠한다는 것은 망발이다. 이러한 처지에서 조교수가 장르를 추가한 것은 큰 업적으로 인정되기는 하나, 교술 장르를 포함해서 네 가지 장르를 척도로 해도, 우리의 다양한 문학작품을 포용할 수 없는 점 또한 사실이다.

자아의 세계화는 우리의 전통문학에도 있었던 것이다. 즉 '탁물우의(托物寓意)'가 그것이다. 외물에 작가가 자신의 뜻을 붙인다는 것으로, 외물을 보고 감흥을 느끼는 '인물기흥(因物起興)'과는 다르다. 조교수가 위에 적시한 남명의 시를 자아의 세계화라고 한 것은 적의한 평가이다. 지엽적인 문제이지만, 인용한 김종직의 시 가운데서 '동대'는 '동대(東岱)'의 오기이다. 그러므로 동대는 동쪽 산이 아니라 중국의 동악인 태산을 지칭했다. 따라서 번역은 '오악은 중원을 진압하고, 태산을 모든 산의 종정이라 하지만, 발해 밖에 웅장한 두류산이 있음을 어찌 알았으랴'라고 해석하면 김종직의 원의에 보다 가까워 질 것이다. 조교수는 김종직의 주체성을 계승하여 남명이 지리산을 통하여 큰 선비의 자세를 형상화했다고 정당한 평가를 했다.

④ 남명은 자신을 퇴계와 비교해서 퇴계가 명주 한 필을 다 짜서 그런대로 쓰지만, 자신은 비단을 짜려고 하다가 완성하지 못해 쓰기 어렵게 되었다고 한 말을 인용하여 남명의 솔직한 단면을 부각시켰다. 조교수는 남명을 두고 별호 등을 사용하지 않고 이름을 그대로 썼다. 숭앙과 연구는 공존하기 어렵다고 보았기 때문이다. 그런데 조교수 역시 남명의 부정적인 면은 전혀 언급하지 않았다. 퇴계·남명·하서·율곡 등 모든 현저한 선인들에게도 단점은 있었다. 그러나 단점은 대체로 숨기는 것이 우리의 미덕으로 여겨져 왔고 앞으로도 이 같은 경향은 계속될 것이다. 조교수는 남명이 명(銘)을 즐겨 저술했듯이, 자신도 번잡한 산문을 피하고 시에 준하는 글로서 마무리를 짓고 있는데, 이 같은 시도가 신선한 충격이었음을 지적하고 싶다. 끝으로 '독서에 있어서 반드시 많이 볼 필요가 없으며, 그 요점을 알면 그만이고, 많이 보고도 그 요점을 모른다면 책가게에 불과하다'라고 한 남명의 말로써 마무리에 갈음한다.

〈「남명학 학술회의」. 2001〉

6.
문묘文廟의 현황과 미래

① 성균관에는 역사를 자랑하는 무수한 건물들이 있고, 이들 건물군은 '대성전'과 '명륜당'을 축으로 하여 부속건물들로 배치되어 있다. 대성전은 제사기능의 중추이고, 명륜당은 교육기능의 핵심이다. 제사와 교육을 관할하는 이들 두 핵심 건물이 없는 성균관은 존재가치가 없다. 특정 학문이 어느 한 시대에 끝나지 않고 장구한 기간 동안 존속하기 위해서는 제사기능, 즉 종교적인 면을 근저로 해야 한다. 만일 이 같은 근저를 갖지 못했을 경우 얼마 안가서 퇴색하거나 소멸된다는 사실을 우리 선인들은 알고 있었다. 종교적 면과 학문이 결부되어야 함은 마치 마차의 두 수레바퀴와 같아서 이들 두 영역이 공존해야만 교육도 살아나고 학문도 광채를 잃지 않고 발전하는 것이다.

일제(日帝)가 대한제국을 멸망시키고 조국을 강점하자마자, 제일 먼저 취한 조처중의 하나가 역대왕조의 국립대학을 계승한 '성균관'의 폐쇄였다. 저들 왜인들은 성균관의 제사적 기능과 교육적 기능을 함께 말살하고자 했지만, 교육적 기능은 식민지 경영을 위하여 소위 경성제국대학을 설립하여 이를 관장하게 했다. 단기 4243년 서기 1910년 8월 22일에 한일합방 조약이 체결되고 다음해인 1911년 9월에 민족정통 국립대학의 명맥을 끊고, 경서(經書)를 연구하는 기관에 불과하다는 뜻을 담은 경학원(經學院)이라는 이름으로 성균관을 강등시켰다.

조선조의 국립대학인 성균관에서의 경학교육은 국리민복(國利民福)을 위한 국자(國子 : 국가를 이끌어 가는 인물)양성에 있었지만, 일제가 강등시킨 경학원에서의 경학교육은 복고적 지식을 갖게 하는 화석교육(化石敎育)에 주안점을 두었다. 일제가 취한 이 같은 천인공노(天人共怒)할 폐교조치는 87년이라는 긴 시간이 흘러간 뒤인 1998년 9월 25일에 동경대 총장이 처음으로 성균관 폐교에 대해서 사죄한 것은 그나마 다행이라 하겠다.

대한민국 정부가 수립된 후 심산선생(心山先生)에 의해 일제가 말살한 성균관의 교육적 기능을 성균관대학교라는 근대적 대학을 중창(重創)하여 계승시킨 것은 역사적 쾌거가 아닐 수 없다. 우리 민족은 여타의 민족에 비해 교육을 다른 무엇보다 중시했다는 것은 각종 문헌기록이 이를 증명한다. 『삼국사기』보다 21년 전에 편찬된 『고려도경(高麗圖經)』에도 당시 고려인(高麗人)의 교육열이 팽배함을 두고 존경스럽다고 편찬자 서긍(徐兢)이 감탄한 사실이 한 예이다.

성균관대학교가 성균관의 '명륜당' 기능을 계승하고 이를 현대화하여 착실한 발전을 거듭하고 있고, 또한 성균관이 '대성전'의 소임을 계승하여 제사기능을 단절시키지 않고 지속시킨 업적도 평가되어야 한다. 대성전을 일러 우리는 문묘라고 칭하는 만큼, 문묘기능을 봄·가을 상정일(上丁日)에 행해지는 두 차례 석전의식(釋奠儀式)으로 끝내는 것에는 아쉬움이 있다. 동양사상의 근본이 스며있는 문묘의 역할이 새삼 절실하게 요구되는 현실을 감안할 때, 문묘의 기능이 더 한층 활성화되기를 바라는 마음 간절하다.

눌재 양성지는 1456년 3월에 올린 상소문을 통하여 문묘 배향인물을 확충할 것을 건의했다고 말한 바 있다. 이때 양성지가 거론한 인물은

「쌍기 · 최충 · 이제현 · 정몽주 · 권근」 등인데, 조선 초기 정몽주는 배향되었지만, 나머지 인물들은 아직 동국 18현(東國十八賢)에서 추가되지 못했다. 필자는 544년이 흘러간 뒤인 2000년 5월에 다시 양성지가 논의했던 이들 인물들을 문묘에 배향시킬 것을 제안한다.

유가사상이 이 땅에 들어온 지도 어언 천여 년이 경과했다. 유가사상은 발상지인 중국에서는 이미 사양화된 지 오래인데 반해, 우리는 표면으로 또는 이면으로 이를 줄기차게 연면히 계승해 오고 있을 뿐 아니라, 실지로 종주국(宗主國)으로 부상한지도 수백 년이 지났다. 따라서 유학을 정치하게 연구하여 괄목할만한 업적을 남긴 기라성 같은 많은 학자들이 삼국시대 이후부터 배출되었다. 사정이 이러함에도 불구하고 우리나라 학자가 문묘에 18위(位)밖에 배향되지 못한 것은, 양성지가 지적한 것처럼 비판받아야 마땅하다. 천년동안 지속된 삼국시대의 인물들 중에서 '설총과 최치원' 두 분밖에 배향되지 못한 것도 문제이고, 500년간 찬란한 문물을 꽃피웠던 고려시대 역시 '안향 · 정몽주' 등 양현만이 종사되었을 따름이니 이 역시 어불성설이다.

그러므로 이제는 확실하게 문묘가 중국 중심에서 탈피하여 한국 중심으로 다시 한 번 개혁되어야 마땅하다. 그러기 위해서는 역사상 찬연한 빛을 남겼던 인물들을 발탁하여 문묘에 추가로 배향시켜야 하고, 배향할 인물의 발굴과 선정에 과거처럼 추호도 인색하게 굴 까닭이 없다. 우리나라의 빛나는 학술사(學術史)를 감안할 때 수십 명의 선현(先賢)들이 추가로 배향되어도 오히려 부족한 감이 있다. 고려시대의 경우 『삼국사기』를 편찬한 김부식도 응당 고려의 대상이 될 것이다.

 문묘에 배향된 우리나라의 18현 가운데 조선조의 인물이 14현으

로서 절대다수를 차지하고 있다. 조선조의 국가 이데올로기가 유학이었기 때문에 다수를 차지할 것은 당연하다고 하겠지만, 전체의 숫자를 봐서 과도한 면이 있다. 조선조 이전 삼국시대나 고려시대의 인물들이 유학만을 오로지 하지 않았던 것은 사실이다. 그러나 유학의 근본취지를 긍정한 학자들에 대해서는 관대할 필요가 있다. 심지어 최치원 같은 인물도 불교에 경사했다는 이유로 말미암아 문묘에 배향된 것을 비판받을 정도였으니, 문묘배향에 대해서 우리 선인들이 얼마나 엄격하고 신중했던가를 짐작할 수 있다.

만일 문묘가 과거의 인물을 모셔놓은 박물관 같은 것이라는 인식을 주고 있다면, 이제는 이 같은 이미지를 과감하게 떨쳐버릴 때가 되었다. 문묘는 살아 움직이는 발랄한 생동감을 갖게 하여 젊은 청소년들이 즐겁고 경건한 마음으로 찾아와서 경배하고 또한 토론하는 미래지향의 성전으로 격상되어야 한다. 문묘가 역동적으로 생동하는 성전으로 부상하기 위해서는 삼국시대나 고려시대 인물들도 다수 배향되어야 하고, 조선시대의 인물들 중에서 더 많은 학자들을 선정하여 종사해야 한다. 반드시 학문만 연구한 사람 위주로 할 것이 아니라, 유학을 실천하기 위해 애쓴 경세가(經世家)들도 선발하여 배식(配食)하는 것이 순리이다.

조선시대를 하한(下限)으로 할 것이 아니라, 대한제국시대는 물론이고 왜정시대에 유가적 신념에 입각하여 항일구국운동을 했던 인물들도 문묘에 배향하여 민족정기를 바로잡는 계기로 삼아야 한다. 한 국가가 반석 위에 의연히 정립하여 위용을 발휘하기 위해서는 문묘뿐만 아니라 무묘(武廟)도 반드시 설립해야 한다. 일찍이 양성지가 주장했던 대로, 무묘를 설립하여 고구려의 '을지문덕' 신라의 '김유신' 고려의 '강감찬·윤관' 등을 위시하여 조선조의 무장(武將)들도 선정하여 여기에 배향할 필요가 있다. 문묘가 문묘로서 기능을 십분 발양하기 위해서도 무묘는 꼭 설립되어야 하는 것이다.

무묘 문제는 일단 접어둔다 해도, 성균관의 문묘만큼은 우선 오늘과 먼먼 미래를 위하여, 새로운 중요한 인물들이 다수 선정되어 배향되어야 한다. 현대적 시각에 의해 선정된 인물이 배향되었을 경우, 각계각층의 백성들로부터 문묘가 더욱 존숭받는 성전으로 부상될 것이다. 문묘 배향인물의 확충을 위해 유림을 중심으로 한 제사회단체와 뜻있는 인사들로 구성된 위원회가 구성되어 추가배향인물의 선정과 문묘의 한국화와 나아가서 세계화를 위한 건설적인 작업이 시도되기를 기대한다.

〈문묘배향인물의 증광을 제안. 1999〉

7.

韓文學과 유가미학儒家美學

① 유가문학(儒家文學)의 지평　　　유가(儒家)는 종교가 아닐 뿐 아니라, 설사 종교라고 해도 '불교·도교·기독교·회교·힌두교' 등 여타의 종교들과는 다르다. 따라서 유가문학은 불교문학이나 도교문학, 기독교문학 부류에 함께 놓을 수 없다. 각종의 종교문학은 주제가 결정된 목적문학인데 반해 유가문학은 종교적 목적의식이 없다. 인류 문화사에서 가장 영향력이 강하고 생명이 긴 것은 종교이다. 그러나 종교문학의 경우는 세계 모든 나라의 문학사에서 이를 배제하는 것이 통례로되어 있다.

유가의 본고장인 중국에 있어서도 자생종교인 도교와 외래종교인 불교에 대해 유교가 항상 우위에 있었다고 말할 수는 없었다. 정치적 후원을 받지 못했을 경우 유가는 언제나 열세였다. 이 같은 경향은 한국의 경우도 예외는 아니다. 유가가 본격적으로 영향력을 행사하기 시작한 고려조나 조선조에서도 노상 불교에 밀리는 처지에 있었다. 조선조는 유가를 국가 이데올로기로 채택하여 개국(開國)한 체제였다. 조선조가 500년간 불교를 탄압하고 유가를 부양했지만, 조선조 소멸 이후 유가는 그 광휘를 잃은 정도가 아니라, 역으로 불교에 압도되고 잇는 것처럼 생각된다.

고려조는 불교국가로 인식되고 있지만, 국가 통치는 유가로 했음이 곳곳에 확인된다. 국가는 특정종교에 종속되어서도 안 되고, 또 종속될 수도 없다. 우리나라가 강대국 옆에서 오천년간 국가의 정체성(正體性)을 유지했던 근본이유도 특정종교에 국가를 예속시키지 않았기 때문이다.

동양에 있어서 특히 한국과 중국은 서양과는 달리 문학을 정치와 직결시켰다. 문학을 보면 그 나라의 상황을 알 수 있고, 나아가서는 미래까지도 예측할 수 있다고 단정했다. 중국 최고의 문학인 『시경(詩經)』역시 당대의 정치현실과 밀착되어 있었다. 문학이 정치와 연결된 것이 문학을 위해 다행인지 불행인지는 섣불리 결론지어서는 안 된다. 문학이 분방한 쾌락적 서정 일변도로 되었을 경우, 그 폐단도 간단하지 않기 때문이다. 문학과 정치의 접맥은 지금도 소멸된 것이 아니라, 일부 사회주의 국가에서 완강하게 실천되고 있다.

조선조는 고려조의 문학을 부정했다. 고려조의 멸망을 문학에도 일정한 책임이 있다고 조선조 개국파(開國派 - 조선조 개국을 주도한 인물들)는 믿고 있을 정도였다. 그러나 유가문학은 조선조에 와서 중국의 모방에서 벗어나 세계에서 유래가 없는 조선조 나름대로의 독창적인 '조선문학(朝鮮文學)'을 확립했다. 만일 양식 있는 저술가가 세계문학사를 저술한다면, 조선조의 유가문학을 대서특필해야 할 것이다.

② 유가문학의 미의식　　문학은 미의식을 근저로 한다. 미의식이 결여된 문학은 단순한 기록이지 문학이 아니다. 한국문학사에 나타난 유가문학은, 한국 특유의 미의식을 창출하여 이에 입각해서 창작활동을 했다. 한국의 유가문학은 최치원을 대표로 한 빈공과(賓貢科) 지식인들

에 의해 본격적으로 시작되어, 후삼국시대와 고려조를 거쳐 조선조 중기에 이르러 퇴계와 율곡에 의해 완성되었다. 퇴계는 '남인문학(南人文學)'의 영수가 되었고, 율곡은 '서인문학(西人文學)'을 확립하였다. 남인문학은 성리학(性理學)의 주리론(主理論)을, 서인문학은 주기론(主氣論)을 대체로 그 이념적 바탕으로 삼았다. 그 밖에 중요한 인물들에 의해 '북인문학(北人文學)', '소론문학(少論文學)' 등도 유가문학의 분파로 엄연히 존재했다. 서인문학은 후에 '노론문학(老論文學)'으로 정립되어 광범하게 펼쳐졌다. 당맥과 문학은 좋든 싫든 간에 엄연히 연관되었던 만큼, 이를 외면하고는 유가문학의 실상은 밝혀지지 않는다.

당맥과 문학이 결부된 것은 한국 유가문학의 다행이지 결코 불행은 아니다. 필자가 나눈 이들 네 종류 유가문학의 각 분파에도 유가적 미의식이 핵심으로 작용했다. 유가의 미의식은 간단하게 정리하기는 어렵지만, 우선 '성정미학(性情美學)'과 '사회미학(社會美學)'으로 양분하여 그 일단을 밝히겠다.

성정미학에서 성정은 '음영성정(吟詠性情)'에서 취했고, 미학은 성정을 시문에 형상시키는 예술적 구도와 장치를 뜻한다. 성정은 서양문학에 말하는 정서나 정감과는 다르다. 성정을 음영한다고 했을 때, 이 경우 성정은 성리학적 관념이지 일반적이고 보편적인 정서는 아니다. 유가문학이 완성된 조선조 중엽부터 당대 학계에서 사용했던 '성정'은 중국이나 조선조 이전에 사용했던 '성정'과는 질적으로 상이했다는 것을 전제로 했다. 그러므로 성정미학에 의해 창작된 시문의 주제영역에는 격정이나 음욕 그리고 관능적 쾌락 등은 절대로 포함될 수가 없고, 단지 진리나 정의 같은 올바른 것만이 형상되었다. 이를 퇴계는 사단(四端-인의예지)으로 보았고, 율곡은 칠정(七情-喜·怒·哀·樂·愛·惡·慾) 가운데 선정(善情)으로 인식했다. 조선조의 단가(시조)가 고려조의 가곡(歌曲)보다 그 주제가 온유하고 충담(沖澹)한 것은 성정미학적 미의식에 말미암았고, 고려가곡보다 조선조의 단가(短歌)가 일견 무미건조하여 흥미를 유발시키지 못하는 까닭도 여기에 있다.

성정미학이 국문 작품이었던 한시문이던 간에, 성정을 형상하는 매체는 대부분 강호산수의 외물(外物)이 중심이 되었다. 조선조의 한시가 대부분 산수시(山水詩)인 까닭도 여기에 기인했고, 단가의 소재가 대부분 강호산수인 연유도 여기에 있다. 유가문학 역시 작자가 지닌 주제의식과 형상의식에 의해 창작되고, 주제의식과 형상의식은 작자의 미의식에 의해 재단되는데, 성정미학과 사회미학도 이 과정에서 형성된다. 즉 작자가 인간 내면에 있는 성정문제에 초점을 두느냐, 아니면 외면에 있는 사회문제에 관심을 갖느냐에 따라 작품의 성향이 달라진다.

중국의 『시경』도 성정미학과 사회미학적 미의식에 의해 창작된 작품이 태반을 차지하고 있을 정도로 이들은 미의식의 근간이다. 시경의 여러 시들을 '미시(美詩)'와 '자시(刺詩)'로 나눌 수가 있는 바, 미시는 성정미학, 자시는 사회미학으로 규정할 수가 있다. 미시가 긍정적이고 아름다운 내용을 노래하여 사람들이 이를 본받게 하는 데 목적이 있다면, 자시는 정당하지 못한 것을 형상하여 경계심을 일깨우는 데 목표를 두었다.

유가문학에는 흔히 서양의 리얼리즘 같은 사회를 비판하는 내용이 없는 것으로 알고 있지만, 이는 사실을 잘 모르는 데서 연유한 오판이다. 앞서 말한 대로 자시라는 장르가 시경시대부터 있었다는 점이 그 증거이다. 사회의 모순과 비리를 작품에 형상시켜 사회를 광정하려는 주제의식이 다름 아닌 사회미학의 지향점이다. 조선조 시인들이 시를 통하여 사회의 어두운 면을 형상한 것은, 조선조 체제를 부정하고 이를 전복시키려는 의도가 아니라, 조선조를 반석 위에 올려놓고자 하는 경국제민(經國濟民)의 뜨거운 의지에서 발로된 것이지, 일부학자들이 주장했던 것처럼 체제를 부정했다는 결론과는 무관하다. 역적모의를 했던 사람들조차도 특수한 경우를 제외하고는 조선조 체제를 부정한 예는 없었고, 단지 조선조의 단점을 바로잡는 데 목적이 있었다. 조선조의 통시적 지식인집단을 초기의 '개국파'와 '수성파', 중기의 '사림파', 후기의 '북학파'로 분류하는 만큼, 유가문학의 성향도 개국파와 수성파, 사림파, 그리고 북학파 등의 문학으로 나눌 수 있으며 이들 문학의 성향도 각각의 변별점이 있었다.

개국파는 친원적 색채와 불교적 성향의 고려조를 배격하고, 친명적 그리고 유가적 이념으로 무장된 신왕조를 창건해야 한다는 신념을 지녔던 지식인 집단이다. 이들 개국파 다음에 등장한, 신권(臣權)중심이 아닌 왕권중심의 나라를 만들어야 한다는 지식인 집단을 수성파(학계에서는 훈구파로 알려져 있다)로 지칭했다. 개국파와 수성파 지식인 집단은 주자학적 문학론보다는 범유가적 문학의식을 가졌다. 16세기 경에 등장한 사림파는 철저하게 주자학적 문학론을 신봉하고 실천했기 때문에, 사림파의 미의식은 성정미학이 핵심이었다. 사림파 이후 등장한 친청적 경향이 농후했던 북학파의 문학은, 사회문제에 관심을 가지고 이를 개혁해야 한다는 의지가 주축을 이룬 사회미학이 주된 미의식으로 자리 잡았다. 그러므로 필자는 학계의 통설과 달리 소위 실학파문학은 유가문학의 일부 단점을 지양한 또 다른 신유가문학으로 보고 있다.

❸ 유가문학의 미래　　오천년 민족문화사의 진행에 있어서 16세기에 완성된 유가문학은 세계문학사에서 찬란하게 빛나는 업적이다. 16세기 이후 우리 문학은 세계문학사에 자신 있게 내놓을 문학작품이나 문학론이 없다는 사실을 솔직히 시인해야 할 것이다. 유가문학론은 한국지성사에서 길이 빛나는 성리학의 업적을 바탕으로 하여 전개된 논

리 정연한 문학론이다. 한국의 유가 문학은 중국 유가문학의 아류가 아니라 한국적 특성을 살려서 중국이 계발하지 못한 많은 부분을 발굴하여 심화 확대했다. 특히 성정미학은 중국의 유가문학에서도 이 같은 성격과 업적을 찾기가 어렵다. 따라서 세계문학사에서도 찬연히 빛나는 우리의 유가문학론을 계승 발전시켜, 보다 참신하고 진보적인 또 하나의 미래지향적 문학론을 형성함에 있어서, 조선조에 완성된 유가문학론은 중요한 몫을 차지하고 있고, 또 차지해야 한다.

<「단대신문」 1043호. 2001>

8.

문정공文正公 외암巍巖 이간李柬

① '낭중지추(囊中之錐)'라는 말이 있습니다만, 사문(斯文)의 거목 외암 선생은 너무나 긴 시간을 주머니 속에 계셨습니다. 그러나 먼저 출발했다고 해서 반드시 목적지에 먼저 도착하지는 않습니다. 외암 선생은 조선조 후기 성리학사에서 큰 획을 그은 석학이십니다. 율곡을 태두로 하여 사계·우암·수암으로 이어지는 기호학파의 정맥을 계승한 성리학의 거벽이면서, 낙학의 영수로서 한국지성사에 우뚝 선 선생이십니다.

학문과 인격을 겸비한 학자는 많지 않습니다. 학문이 뛰어나면 인격에 문제가 있고, 인격이 훌륭하면 학문의 심도가 얕은 것이 상례인 터에, 외암 선생은 학문과 인품 모두 높은 경지에 이른 분이었습니다.

『숙종실록』에 유일로서 "호서사인 중 이간 등 한두 분은 등용해야 한다."고 천거하자 숙종은 이를 재가했고, 계속하여 "자의 이간은 권상하의 문인으로 온양에 살고 있는데 학문과 행동 공히 호서에서 가장 뛰어난 인물"이라고 기록하고 있습니다. 이로써 보건대, 외암 선생은 말과 행동과 사유가 일치하는 호서의 최고 선비였음을 당대의 세론도 인정한 것입니다.

회덕 현감으로 재직 시 학문의 요체를 영조가 하문하자, 외암 선생은 지와 행에 있어서 이론과 진실을 추구하여 대치에 이르게 하는 것이라고 하고, '선선오악(善善惡惡)'을 강조하였습니다. 영조는 의리의 대체를 한마디로 요약했다고 격찬하고 조만간 상경시켜 자신의 부족한 부분을 보완하게 하라고 교시했습니다. 군상에게 적실하게 강학할 인물을 얻기는 쉽지 않다고 영조가 말한 것은, 장광설을 퍼뜨려 시간만 때우는 범상한 강학인에 대한 경고입니다. 선한 사람을 기리고 상주며 악한 사람을 징계하고 처벌해야 한다는 서릿발 같은 외암의 기상을 여기서 읽을 수 있습니다. 선인이나 악인을 가리지 않고 두루 칭찬만 일삼는 무골호인을 '인인(仁人)'이라고 하는 풍조에 대한 반박으로서, 외암의 의연한 정신은 오늘날에도 귀감이 되어야 합니다.

경연관으로 계실 때 올린 상소문에 주자의 말을 인용하며, '마음을 순수하게 지니시면 현명한 인재가 와서 보필할 것이고, 현자가 왕을 보좌하면 천하가 태평해질 것'이라고 하자, 영조는 언사가 '절실'하다고 격찬하고, 즉각 입조시켜 자신을 보좌케 하라고 교시했습니다. 마음을 순수하게 하라는 것은 쓸데없는 사념을 비우고 정언(正言)을 청취할 자세를 가지라는 충고였습니다. 독을 빚을 때 속을 비워야만 곡식을 담을 수 있는 것처럼, 잡다한 생각들을 모두 버릴 때 순수한 마음이 되고 나아가서 그것이 바로 실심이라는 주장을 편 것입니다. 무지개 같은 형이상학을 개진했던 당시의 성리학자들과 차이가 나는 점이기도 합니다. 『순조실록』에는, 외암 선생을 일컬어 학문에 두루 통달했고 행동에도 규범을 잃지 않아 찬연하고 우뚝한 유자였다고 평했습니다.

외암 선생은 '인물성동론자(人物性同論者)'로서 낙학(洛學)의 대가입니다. 따라서 하잘 것 없는 모든 사물에도 이치가 함유되어 있다고 인식했기 때문에, '물아일체'라는 외물에 대한 외경심을 가졌다고 이해됩니다. '인물성동이론'에 대해서 필자는 잘 알지 못합니다만, 내아와 외물이 동등하고 하나라는 인식은, 환경보호와도 직결되므로 오늘날에도 의미 있는 이념으로 파악됩니다.

외암 선생이 서거하자 영조는 놀라 애도한 후, 예관을 보내어 장례를 엄숙하게 치르게 지시했습니다. 함께 일했던 경연관들이 증직의 은전을 내리시길 청하자, "산림에 있는 사람을 비록 초치했지만, 작록으로 구속하지 않았던 것은, 본인이 원하지 않은 것을 강제로 시행했을 때 예우가 아님을 알았기 때문이다. 만일 사망한 뒤 증직을 한다면 살아 있을 때와 죽었을 때의 대우가 달라질 것이니, 어찌 그렇게 할 수 있겠는가?"라고 하면서 이 같은 뜻을 담아 제문을 지어 올리라고 교시했습니다. 이는 영조 3년(1727) 윤삼월에 만들어진 졸기(卒記)의 기록입니다. 이처럼 영조는 벼슬에 연연하지 않았던 외암 선생의 뜻을 거역하지 않으려고 했던 것입니다. 그러나 외암 선생의 본의와는 달리 순조 11년(1811) 7월에 이조판서로 증직되고 문정공(文正公)이라는 시호도 내려졌습니다. 이 같은 증직과 시호(贈諡)를 두고 외암 선생이 피안에서 어떻게 생각하셨는지는 우리 후학들이 쉽게 판단할 수 없는 일입니다.

❷　외암 이간(李柬)선생은 아산 지역은 물론이고 호서·경기·삼남 지역과 나아가서 전국적인 학자임은 널리 알려진 사실입니다. 호서학맥(湖西學脈)의 태두인 외암선생의 학덕과 인품을 기리기 위해 설립된 "외암사상연구소"에서 "조선시대 아산지역 유학자 발굴과 조명"이라는 주제를 선택한 것은 매우 뜻깊은 시도입니다.

일찍이 공부자(孔夫子)는 요(堯)임금을 일컬어 '외외(巍巍)'하다고 했으며, 순(舜)과 우왕(禹王)에게도 이 같은 표현을 했습니다. 맹자(孟子)도 공부자의 뜻을 이어서 '요(堯)·순(舜)'을 두고 '외외'하다고 평했습니다. 외암선생은 당신이요순과 같은 덕을 지녔다고 생각하지는 않았을 것입니다. 단지 높고 큰 바위처럼 비굴하지 않고 학문에 열중하면서 당당하게 살겠다는 뜻을 탁의(托意)한 것으로 생각됩니다. 외암 이간선생은 아호처럼 벼슬길에 연연하지 않고 강직하게 생활하신 선비였습니다.

외암 선생의 학문은 기호학파의 주류였던 주기설(主氣說)에 국축되지 않고 주리적(主理的) 성향을 보인 것은 높고 큰 기개가 없었으면 불가능했을 것입니다. 그러므로 선생의 아호 "외암"은 선생의 학덕과 인품을 정확하게 나타낸 것으로 인정됩니다. 외암은 삼라만상 모두에 '리(理)'가 있다는 율곡의 설을 추종하면서 주리론(主理論) 쪽으로 사유체계를 넓힌 것이, "낙학파(洛學派)" 사림의 지지를 받은 요인으로 작용한 듯합니다. '외암'의 이 같은 사유체계는 아산지역을 뛰어넘어 전국적인 학자로 발돋움한 근저가 되었습니다.

외암선생은 복이 많은 분입니다. 훌륭한 '후인(後人)'을 두었고 탁월한 '학인(學人)'을 문하에서 배출했으며 많은 '동학(同學)'을 가졌습니다. 여기서 말하는 후인은 자손들을, 학인은 문도와 후학들을 가르친 것입니다. 우리나라는 통시적으로 훌륭한 분들이 많았지만, 후인과 동학 및 학인의 복을 타고나지 못한 학자들은 아쉽게도 학술사의 뒤안길로 사라졌습니다. 이에 반해 외암은 당시 유명한 동학들의 기림을 받았을 뿐 아니라, 시간이 흘러갈수록 후인과 학인들의 수가 늘어나고, 위상 또한 높아지고 있습니다.

외암이 서거한 지 3세기가 가까워 졌지만, 시공을 뛰어 넘어서 이 자리에는 아산 지역의 명사와 문중 대표들, 그리고 명망있는 석학들이 참여하여 학술회의를 개최하고 있으니 어찌 복이 없다고 하겠습니까. 앞으로 외암은 더 많은 조명과 관심의 대상이 되어 학계에서 한층 더 주목받을 거목으로 우뚝 설 것입니다. 그리하여 수많은 가지를 뻗고 무성한 나뭇잎을 피워서 넉넉한 학문적 그늘을 드리울 것으로 믿습니다.

외암이 생존했던 시대에 뜨거운 문제가 되었던 "주기설"과 "주리설" 및 "인물성동이론(人物性同異論)" 등은 많은 시간이 경과한 지금에 와서, 옛날처럼 초미의 관심사는 아닐 것이고 또 그래야만 합니다. 왜냐하면 주리와 주기는 통합되어 극복되어야 할 학설이기 때문입니다. 역사를 통해 볼 때 동서고금을 막론하고 한때의 맹렬한 논쟁대상이었던 주제는 별 의미가 없는 것으로 결론이 내려진 것도 많습니다.

그 한 예로서 조선조 국립대학이었던 성균관의 공관(空館)과 권당(捲堂)의 원인으로 부각되었던 사안들이, 지금의 시각으로 볼 때 이래도 좋고 저래도 좋은 사소한 문제에 불과했던 것이 태반이었습니다. 그 같은 사소한 문제들 때문에 유생들은 학업을 폐하고 허다한 시간을 허비했던 것입니다.

❸ 성리학의 문외한인 필자의 시각으로 볼 때, 외암의 성리학 이론은 주리와 주기설을 뛰어넘거나 포괄하는 단서를 제시했던 것으로 인식합니다. 비전문가가 직관으로 보는 시각이 경우에 따라 정곡을 찌를 수도 있다는 기대를 해봅니다. 복잡다단한 인성(人性)과 물성(物性)을 주기나 주리설 하나에 국한시켜 해석하는 것은 본래부터 무리가 아닌지 모르겠습니다.

공부자(孔夫子)가 공부자일 수 있는 것은 동중서가 있었기 때문이었고, 소크라테스가 소크라테스로 존립한 것은 플라톤과 아리스토텔레스가 있었기에 가능했고, 석가가 석가로 우뚝 설수 있었던 원인은 "아쇼카" 왕이 있었기 때문입니다. 퇴계가 도산에서, 율곡이 고산에서, 대곡이 속리산에서, 하서가 장성에서, 남명이 지리산에서, 각각 학맥을 형성하여 한국 학술사를 찬란하게 빛나게 했던 것도 모두 후학(後學)을 잘

두었기 때문에 가능했습니다. 외암 역시 아산에서 착실한 후인(後人)과 진지한 후학(後學)들을 두고 있는 만큼 해가 갈수록 더욱 외암(巍巖)처럼 흘립할 것으로 확신합니다.

우리 민족은 세 차례 세계 학계나 기술계에 정상을 차지했습니다. 그 첫 번째는 8세기 무렵 '원효·의상·혜초' 등에 의해 불교학에서 세계 정상에 올라섰고, 16세기 이후 '퇴계·율곡' 등 위대한 학자들이 배출되어 성리학에 관해서 세계의 정상을 차지했습니다. 이로부터 400여 년 흐른 지금 우리는 아이티 분야에서 세계 상위권의 영광을 누리고 있습니다. 우리 민족이 이와 같이 한번도 아니고 세 번이나 세계 정상을 차지한 것은 학문에 대한 열정에 기인한 것입니다. 성리학은 중국에서 발생하여 '신유학(新儒學)'이란 칭호를 얻은 것은 인도의 불교철학을 수용했던 데에 기인했습니다.

외래 문화를 받아들이지 못한 모든 민족은 소멸했습니다. 우리는 성리학을 받아들여 발상지인 중국을 능가했습니다. 조선조 학계가 성리학을 수용하여 이를 발전시켜 세계의 정상을 차지한 것은, 외암을 비롯한 호서학인(湖西學人)들의 업적도 작용한 것입니다. 우리는 중국이 "이이제이(以夷制夷)"를 했다고 알고 있습니다. "이이제이"를 통하여 주변의 약소민족을 제어한 것은 사실입니다. 그러나 사이(四夷) 중 우리 민족만이 중국의 선진 문물을 과감하게 받아들여 많은 분야에서 오히려 중국을 압도한 것은, "이화제화(以華制華)"의 지혜를 가졌기 때문입니다. 인도에서 발원한 불교 철학을 중국을 통해 수입하여 인도와 중국을 제치고 세계 최고봉으로 오른 것도 "이화제화"적 사고에 말미암았고, 서구로부터 아이티 기술을 받아들여 미국과 일본을 추격하여 세계 상위권에 우뚝 선 것 역시 같은 이유라고 믿습니다.

예부터 아산지역에는 '맹사성·조영규·표연말·김행도·김구' 등 수많은 인물들이 배출되었습니다. 이번에 집중 조명될 '조익·홍가신·

박지계' 등의 선학도 아산지역을 중심으로 한 호서인맥들입니다. '외암
사상연구소'의 기획에 의해 숨겨졌거나 제대로 평가 받지 못한 선인들
의 실상이 밝혀진 것은 다행이 아닐 수 없습니다.

〈'외암사상연구소' 창립 강연. 2006〉

9.
조선조 시가와 성균학맥成均學脈

① 우리 동방에서는 '천(天)·지(地)·인(人)'을 '삼재(三才)'라 일렀고, 이를 우주론의 근간으로 삼았다. 하늘과 땅 그리고 인간을 어느 하나에 예속시키지 않고 각각 제나름의 의미를 지닌 채 병렬적으로 존재하는 것으로 파악했다. 필자는 이 같은 우리들의 정통적 우주관을 서양의 그것과 비교해서 매우 진보적이며 미래지향적인 사유라고 확신하고 있다. 땅을 인간의 예속물로 생각하는 서구적 발상이 빚은 자연 파괴가 인류의 미래에 어느 만큼의 폐해를 줄 것인지를 생각하면 우리의 우주관이 얼마나 값진 것인가를 확실하게 느낄 수 있다.

하늘에는 하늘의 질서가 있고, 땅에는 대지의 질서가 있으며, 인간에게는 인간의 질서가 엄연히 존재한다. 하늘의 질서가 파괴되어 북극성과 북두칠성을 비롯한 은하계가 제자리를 지키지 못하고 이탈한다면, 그것은 하늘의 파괴요 괴멸일 것이다. 땅 역시 이와 같아서 백두산과 태백산과 한라산이 주저앉거나 위치를 달리하거나, 압록강과 대동강 혹은 낙동강이 흐름을 바꾼다면, 조국 한반도는 파괴되어 붕괴되고 말 것이다.

하늘과 땅에 질서가 있는 것처럼, 인간에게도 보존해야 할 질서가 있기 마련이다. 인간질서의 갈래는 수만가지가 되지만, 이중에서 우리가 특별히 관심을 갖는 것은 학문적 맥락이다. 하늘을 나는 새들도 그 종류에 따라 그들이 가는 일정한 길이 있고, 숲속의 짐승들도 아무 데나 가는 것이 아니라 무리별로 그들이 다니는 길이 있으며, 물속의 고기들도 종류에 따라 헤엄치는 길이 있는 것으로 알려져 있다. 금조나 어패류 등에도 길이 있는 터에 하물며 만물의 영장인 인간에게 일정한 길이 있는 것은 너무나 당연하다. 인간이 무한한 자유를 누리며 방방곡곡을 무소불위로 다니고 있는 것으로 착각하고 있지만, 알고 보면 한 개인이 다니는 행로는 평생을 두고 봐도 지극히 단조로운 역정을 벗어나지 못하고 있는 것이 사실이다.

한 개인이 전심전력을 경주하여 연구하고 있는 학문의 경우도, 연구영역이나 분야가 넓다고는 할 수 없고, 어찌 보면 지극히 작은 분야에 국한하여 연구에 몰두하고 있다고 보는 것이 정확할 것이다. 학계의 넓은 영역 중에서 옹달샘 하나라도 확실하게 차지하여 구석구석까지 정밀하게 내용을 밝혀내는 것이 올바른 연구방법일 것이며, 이 같은 태도가 학계에 기여하는 첩경일 수도 있음을 우리는 알고 있다.

❷　반교어문연구회에서 반교어문총서 제1집으로 『신라가요의 기반과 작품의 이해』를 엮어 낸 다음, 제2집으로 『조선조 시가의 존재양상과 미의식(美意識)』이라는 명제로 또 하나의 총서를 펴내게 되었다. 반교어문연구회 소속의 회원들은 거의 비슷한 성향을 지닌 일군의 연구자들로 구성되어 있는데, 특히 고전시가의 경우는 학계의 많은 연구집단 가운데에서 변별되는 독특한 색채를 갖고 있는 연구자들로 짜여져 있다. 여기 논문을 낸 필자들은 한마디로 말해서 성균학맥(成均學脈)에

포괄되는 고전시가 연구자들이다. 성균학맥이라고 규정한 것은 학계에 존재하는 무수한 학파들과는 변별되는 학풍을 갖고 있기 때문이다. 학문의 발전은 다양성과 복합성을 전제로 할 때 그 광휘가 더욱 찬란해진다. 그런 의미에서 학파가 많을수록 학문이 발전한다는 견해에 우리는 동조하고 있다. 학맥이 지닌 문제점은 자기들과 다른 학파와 이들의 연구업적을 인정하지 않으려는 편협성이다. 그러나 반교어문연구회는 이 같은 편견을 과감하게 떨쳐버리고 다른 학파의 연구자와 연구업적을 존중하는 전통을 갖고 있다.

학맥은 그 해당자가 어디에서 태어났으며 어디에서 성장했으며 어느 학교에서 어떤 선생에게 훈도를 받았느냐에 따라 결정된다. 성균학맥은 태어난 곳과 성장한 곳은 비록 다르지만, 교육받은 곳과 훈도받은 선생은 동일하다. 그러므로 일정한 학문적 성향을 공유하게 되었고, 이로 인해 성균학맥이 형성되었으며, 성균학맥으로 형성되었기 때문에 학계의 여러 학파들과는 다른 특성을 갖고 있다. 우리는 단지 학계의 여러 학파들과는 변별되는 특성을 갖고 있음을 강조하는 것이지, 성균학맥이 최고라거나 여타의 학파가 무의미하다는 생각은 결코 갖고 있지 않음을 다시 한번 강조하고자 한다.

성균학맥에 소속된 연구자들 중에서 고전시가 전공자들이 '시조(時調)와 가사(歌辭)'에 한정시켜 연구한 논문들을 한데 묶어서 반교어문총서 제2집으로 발간함에 있어서, 각각 다른 시기에 다른 연구자들에 의해 집필된 27편의 논문들을 미의식(美意識)과 장르적 척도에 근거하여 학적 질서를 부여코자 했다. 그러나 집필 연대가 다르고 필자들이 다수였기 때문에 일사불란한 체계를 잡는 데는 문제가 있었음을 인정한다.

제1부는 '시조(時調)의 미의식(美意識)과 품격론(品格論)'이고, 제2부는 '시조(時調)에 형상(形象)된 자연미(自然美)'이며, 제3부는 '시조(時調)의 장르와 미의식(美意識)'으로 시조(時調)에 관한 논문 17편을 모았고, 제4

부 '가사(歌辭)의 유형(類型)과 장르론' 및 제5부 '가사(歌辭)의 형상성 (形象性)과 미의식(美意識)'은 가사에 관한 논문 10편으로 짜여져 있다. 전 5부로 편차된 본 반교어문총서 제2집은 '미의식(美意識)과 품격론(品 格論)' '장르론' '자연미'를 시조와 가사에서 추구하는 것을 주목적으로 삼았고, 또 이 점을 고전시가의 경우 성균학맥의 특성으로 인식하고 있 다. 시조와 가사에 대한 이 같은 연구시각이 학계, 특히 고전시가 분야 에 하나의 문제제기가 되었으면 하는 것이 우리의 겸허한 바람이다.

<『조선조 시가의 존재양상과 미의식』 서문. 1999>

10.
한능원漢能院의 소명

❶　'만시지탄(晩時之嘆)'이라는 말이 있다. 그러나 늦게 출발했다고 해서 목적지에 늦게 도착하는 것은 아니다. 출발과 도착은 반드시 일치하지 않는다. 충분한 힘을 비축한 뒤 출발했을 때, 준비 없이 앞서간 사람보다 먼저 도달하는 것이 상례이다. 그동안 우리 한능원(한국한자한문능력개발원)은 엄청난 지혜와 능력을 축적했음에도 불구하고, 신중을 기하느라 성급하게 행동하지 않았다.

오랜 시간동안 응축되었던 에너지가 마침내 국가공인이라는 성과를 얻어서 역동적으로 분출하게 되었다. 그동안 은인자중(隱忍自重)하면서 장구한 시간동안 묵묵히 힘을 저장해온 한능원 사무국장과 정치한 문제를 내주신 출제위원들과 실무 일을 맡아 열심히 일했던 관계자 여러분들에게도 진심으로 감사를 표한다. 여타의 단체들과 달리 우리 한능원은 가진 바의 기반과 역량은 광대하고도 탄탄하여 타의 추종을 불허한다.

한국이 세계 초강대국 옆에서 오천년 동안 주체성을 지키며 존속한 이유는 한민족(韓民族)의 뜨거운 교육열에 있다는 점을 한능원은 일찍이 간파하여, 이에 부응하는 한자보급을 위한 절목(節目)의 창출과 개발 그리고 보급에 온갖 힘을 경주했다.

한국이 중국 주변 여러 민족들과 달리 무력해졌거나 강대국에 동화되어 정체성이 소멸 또는 약화되지 않고, 욱일승천의 기세로 21세기를 맞이한 것은, 무력이 강하거나 인구가 많아서가 아님은 모두들 알고 있다. 우리 민족은 미국, 러시아, 중국, 일본 등 주변 강대국들과 무력으로 대항하기는 쉽지 않음을 인식하고, 현명하게도 무(武)보다 문(文)에 비중을 두어서 국가를 경영했다.

韓文化는 웅혼(雄渾)하고 미묘(微妙)하며 단아(端雅)할 뿐 아니라 유연성도 갖고 있다. 주변의 강성문화(强性文化)와 충돌하여 살아남은 중요한 이유 중에 하나는 이 같은 유연성에 있다. 연성문화(軟性文化)는 탄력성을 갖고 있으며 탄력이 있는 까닭으로 막강한 외래문화와 충돌하여 파괴되지 않고 반대로 이를 자양분으로 삼아서 가일층 발전했다.

우리겨레가 세계인이 주목하는 민족으로 급성장한 것은 韓文化를 가졌기 때문이고, 韓文化 성립의 중요한 인자 중에 하나는 바로 다름 아닌 한자(漢字)이다. 한자는 중국만의 글자가 아니고 동아시아의 공용문자이다. 중국 주위의 국가와 민족 중 한자를 사용한 나라는 홍성했고, 한자를 버린 민족은 쇠락의 나락으로 떨어진 사실을 우리는 역사를 통하여 확인할 수 있다.

한능원은 한자가 갖는 문화사적 의미를 일찍부터 깊이 인식하여, 남보다 제일 앞서서 이를 전방위적으로 교육하고 보급해왔다. 그동안 실(實)에 비해 명(名)이 다소 약했던 현실에서 탈피하여, 명실상부(名實相符)한 호기를 잡았으니 韓文化의 심화와 발전을 위하여, 한자를 더욱더 널리 보급시켜 서구어에 오염된 우리말을 차원 높은 한어(韓語)로 격상시켜야 할 것이다.

개인이나 사회나 단체에도 홍망성쇠(興亡盛衰)가 있다. 우리 한능원은 바야흐로 홍성(興盛)의 시대를 맞았으니, 구성원 모두가 일치단결하여

배전의 노력을 기울여 韓文化의 융성을 위해 다함께 노력해야 할 것
이다.

② 우리 한능원은 2001년 2월에 설립되어, 그동안 공익법인으로서
기획했던 사업과, 사회가 요구하고 있는 일들을 전 조직원이 일치단결
하여 충실히 이행해오고 있다. 해당분야 여타 단체들과 비교해 한능원
이 설립년도에 비해 비약적인 발전을 한 것은 원칙을 지키며 합리적인
운영을 했기 때문이다. 원칙을 지킨다는 것은 목적 달성을 위해 성급한
행동을 하지 않았다는 의미이며, 목표에 도달하기 위해 편법이나 얼버
무리는 따위의 졸속을 하지 않았다는 의미다. 졸속의 유혹을 뿌리친다
는 것은 쉬운 일이 아니었지만, 우리 한능원은 이 같은 유혹에 현혹되
지 않고 의연하게 처신한 것으로 자부하고 있다. 그 결과 이제는 엄연
한 국가공인 기관으로 우뚝섰다. 엄정한 시험관리와 정치(精緻)한 출제
와 채점, 그리고 적절한 합격률도 우리 한능원이 자랑할 사항이다.

한자한문(漢字漢文) 교육은 어느 시기에 유행처럼 나타났다가 소멸될
그런 것이 아니다. 한자와 한문 교육을 시키지 않았던 민족은 소멸되었
거나 낙후되었는데, 북방의 몽골족과 글안족, 만주족, 흉노족이 그 실례
이고, 지금 국가와 민족이 존재 하느냐, 마느냐의 기로에 서있는 티벳
트족과 위글족 역시 한자한문 교육을 경시했다. 우리나라도 한때 한자
한문 교육의 중요성을 깨닫지 못하고 있다가 지금은 그 필요성을 깨달
아 초·중학교에서 한문(漢文)을 가르치고 있다.

그러나 사실 중등학교에서 명실상부하게 한자한문 교육이 응분의 대
접을 받고 있느냐고 반문할 때, 그렇다 하더라고 명쾌하게 대답하기는
쉽지 않을 것이다. 형식적인 면책용 교육은 오히려 한자한문 교육의 역

기능으로 작용할 소지가 더 많기 때문이다. 국가가 단안을 내려 한자한문 교육을 실시한 이상, 한자한문 교육을 목표로 삼고 있는 단체들은 이를 열심히 수행할 소명이 있다. 따라서 우리 한능원은 이에 부응하여 새로운 유형의 문제개발과 다방면에 걸친 문화사업을 역동적으로 추진해왔고, 이 사업들의 효과가 상당히 있었음은 자타가 공인하고 있다.

또한 요즘 각 대학에서 논술시험이 화급한 현안으로 대두되고 있는데, 우리 한능원은 일찍부터 논술의 기반이 한자와 한문임을 간파하고 시험문제도 논술에 응용되거나 관련이 있는 쪽으로 초점을 맞춰왔다. 논술문장은 한자어(漢字語)와 한문(漢文)을 배제하고는 작성자체가 불가능하다는 것은 널리 알려진 사실이다.

우리 한능원 임직원일동은 시대적 요청에 임해서 심각한 사명감을 갖고 앞으로 계속 한자한문을 보급시켜 한문화 육성에 기여할 것을 다짐한다. 한자한문의 중요성은 21세기에 접어들어 더욱 강해지고 있다. 해양문화(海洋文化)의 전성시대에서 대륙문화(大陸文化)의 반격이 시작되었을 뿐 아니라, 21세기 중엽을 지날 무렵에는 역전될 가능성도 상정할 수 있다. 이 같은 문화의 충돌과 변화에 능동적으로 대응하고, 韓文化의 종국적 승리를 위해 한자한문의 교육과 보급은 더욱 절실하다. 이를 위해 우리 모두가 힘을 합쳐 배전(倍前)의 노력을 경주할 것을 다짐한다.

〈『한자와 생활』 봄 · 가을호, 2006〉

11.
민족사의 진행과 포항인맥

❶ 동서고금(東西古今)을 막론하고 국가는 인맥(人脈)에 의해 정치와 문화가 좌우되었다. 우리나라의 경우 인맥이 현저하게 두드러진 것은 조선조의 소위 남인·북인·노론·소론 등의 당맥일 것이다. 멀리 삼한시대나 삼국시대에도 당시 국가를 이끌어 왔던 인맥은 있었을 것이지만, 역사가 이를 자세하게 전하지 않았기 때문에 우리가 모르고 있을 따름이다. 따라서 각각의 지역과 시대에 등장했던 인맥들의 성향과 자질에 따라 상이한 역사가 창출되었다. 그러므로 훌륭한 인맥을 만났을 경우, 그 역사는 찬란한 광채를 발했고, 용렬한 인맥이 나라를 이끌었을 경우, 그 역사는 빛을 잃고 침체의 늪으로 빠졌다.

우리 민족은 성향이 약간 차이가 나는 두 집단으로 형성되었다고 필자는 생각하고 있다. 만주 지역을 중심으로 활동했던 부여계(夫餘系)와 압록강 두만강 이남의 한반도를 중심으로 활동했던 삼한계(三韓系)가 그것이다. 부여계와 삼한계는 고대사의 시각으로 볼 경우 상징적으로 단군(檀君)의 두 아들로 인정된다. 지배계급을 기준으로 할 때 부여계의 선인(先人)이 창출한 국가는 부여와 고구려·발해·백제를 들 수 있고, 삼한계는 마한·진한·변한·신라 등으로 구분할 수 있다. 이들 국가들이 통치형태나 문화면에 있어서 근본적으로는 동일하지만, 구체적 성향에 있어서는 차이가 나는 것은 사실이다.

부여계와 삼한계의 지도자를 개괄적으로 단순화시키면, 장수왕과 진흥왕을 그 대표자로 규정할 수 있다. 장수왕은 부여계의 기본 전략이었던 남진정책(南進政策)을 성공적으로 수행했고, 진흥왕은 삼한계의 기본 전략이었던 북진정책(北進政策)을 성공리에 성취한 지도자였다. 부여계는 따뜻한 남쪽 지역을 탐했고, 삼한계는 광활한 만주지역을 소유하고자 했다. 흔히 장수왕을 민족 최고의 위대한 지도자로 보고 있는데, 필자는 이 같은 견해에 대해 동조하지 않는다. 왜냐하면 장수왕이 우리 부여계의 주력 부대와 겨레를 이끌고 압록강 유역에 있었던 수도 국내성을 버리고 대동강가의 평양으로 천도한 것이 민족사(民族史)의 위축의 결정적인 계기가 되었다고 믿기 때문이다.

중국민족은 북방민족의 침입을 끊임없이 받았던 지키기 어려운 북경을 포기하지 않고 줄곧 수도로 삼았던 이유로 해서 결국 광대무변한 만주지역을 차지했다는 역사적 사실을 상기할 때, 필자의 이 같은 견해가 납득되리라 믿는다. 따라서 필자는 민족사의 정당한 진행과 발전에 입각하여, 고찰할 경우, 신라의 진흥왕을 고구려의 장수왕보다 훌륭한 지도자라고 생각한다. 그럼에도 불구하고 경주 서천(西川)너머 진흥왕릉이라고 전해지는 능침을 볼 때, 왕릉으로서 너무나 초라할 뿐 아니라 그 옆에 들어선 사인(士人)의 무덤과 비교해도 망연한 심정을 금할 수가 없다.

부여계와 삼한계는 지금도 소멸된 것이 아니라 확연한 모습으로 남아 있다고 생각한다. 우리 대한민국과 북한이 삼한계 및 부여계의 특성을 그대로 각각 보존하고 있는 사실이 한 실례가 될 것이다. 북한은 남진코자 하고 대한민국은 북진하고 싶은 의지를 깔고 있는 것을 부인하기 어렵다. 우리가 순수한 뜻으로 고구려를 예찬할 때, 은연중 그것이 북한의 남진정책을 돕는 것이 아닌지 한번쯤 생각해 볼 근거가 있다. 북한은 단군조선과 고구려·발해·고려를 계승한 체재로 자긍하고 있다. 수도가 남쪽 서울에 있었던 조선조를 은연중 정통국가에서 약간 소외시켜 고구려나 고려처럼 내세우지 않는 까닭이 무엇인지도 함께 음미해 볼 필요가 있다.

천년간 존속했던 신라는 삼한을 통합하여 세계화 정책을 시행하면서 우리 민족 최초의 통일국가를 이룩했고, 아울러 한민족의 민족의식을 확고하게 뿌리내리게 한 왕조였다. 신라가 민족사에 기여한 이와 같은 웅장한 업적에도 불구하고, 고구려의 민족통일을 방해한 국가로 잘못 인식하고 있는 왜곡된 현실이 안타깝다. 고구려는 망할 만한 이유가 있어서 망한 국가였고, 신라는 삼한을 통합할 능력이 있었기 때문에 통일의 위업을 이룩한 국가였음을 우리는 명심해야 한다.

❷ 민족사의 창출은 앞에서도 지적한 것처럼 인맥에 의해서 결정된다. 고구려가 멸망한 것은 부적절한 인맥이 국가를 장악하고 있었기 때문이고, 신라가 삼한을 통합한 것은 훌륭한 인맥이 나라를 이끌고 있었기 때문이다. 우리는 지금 고구려를 예찬하고 신라를 폄하하는 잘못된 풍조에 휩싸여 있다. 사실 신라는 민족의 강역을 북방으로 확장하기 위하여 진흥왕 같은 위대한 지도자가 나타나서 과감한 북진정책을 감행했고, 이에 힘입어 문무왕은 한민족의 위대한 과업인 통일국가를 최초로 이룩했다. 신라의 이 같은 정당하고도 원대한 민족사적 위업이 과소평가되는 비상적인 현상은 반드시 시정되어야 한다. 그러므로 부여계의 주력부대를 끌고 광활한 만주지역을 뒤로 하고 남하한 장수왕보다 삼한계의 백성을 이끌고 한반도 북반부로 진격한 진흥왕이 칭송되어야

마땅하다.

청(淸)나라의 태조(太祖)와 태종(太宗) 세조(世祖)에 뒤를 이어 강희(康熙)·옹정(擁正)·건융제(乾隆帝) 등은 위대한 제왕으로 알려져 있다. 이들은 저들 겨레인 만주족을 이끌고 중원으로 진입하여 영토 확장은 물론이고 문화적으로도 크나큰 업적을 남겼다고 역사는 평가하고 있다. 그러나 필자는 이들 지도자들이 결과적으로 한민족(漢民族)을 위하여 저들 본거지인 만주지역을 중국에 헌납했을 뿐만 아니라, 자신들의 겨레조차 소멸시킨 만주족의 반역적 지도자로 단정하고 싶다. 지금도 중국에는 만주족이 약 구백만 정도가 남아 있지만, 만주어와 만주문자를 말하고 해독하는 사람은 열 명도 안 된다고 하고 있으니, 이들 제왕들을 일러 고의는 아닐지라도 만주족의 반역자라고 지칭해도 손색이 없다.

만주족과 몽골족이 한때는 중국대륙을 차지하고 천하를 호령했지만, 그 결과는 몽골족의 경우 수백만에 불과한 겨레를 보존한 채 북쪽 초원 지방에서 숨을 죽이고 있고, 만주족은 얼이 빠진 채 만주지역에서 원숭이 집단이 되어 한족(漢族)의 눈치를 보며 민족소멸의 늪으로 빠져들고 만 것이다. 이에 반해 우리 민족은 중국에 적절히 사대(事大)를 하면서 우리의 민족어와 민족문자와 민족문화를 확고하게 전승한 채, 칠천만의 겨레로 성장하고 번창하여 세계의 유수한 경제대국으로 발돋움했을 뿐 아니라, 새롭게 펼쳐지고 있는 21세기를 향하여 활기차게 매진하고 있는 흥융하는 시기를 맞고 있다.

한민족이 흥융하는 시기를 맞은 것과 때를 같이하여, 한반도 남반부의 지정학적 요충지역을 차지하고 있는 우리 포항과 포항인맥의 역할이 절실하게 요구되는 시점에 와있다고 필자는 확신한다. 우리 고장 포항은 행정구역 개편과정에서 과거 영일현과 "장기현·홍해현·청하현" 등의 광활한 지역을 포괄하는 행운을 얻었다. 그러므로 포항인맥은 이들 군현(郡縣)들에 뿌리를 내리고 살고 있는 사람들과 이곳에서 살다가 외지로 이주한 사람들 모두를 포함한 개념이어야 한다. 왜냐하면 만주나 시베리아 또는 미국 등에 이민 가서 살고 있는 사람들도 우리 겨레로 생각해야 하는 터에, 하물며 대한민국의 주권이 미치는 곳에 살고 있는 사람들을 배제할 이유가 없기 때문이다. 바다가 넓은 까닭은 큰 강이나 작은 냇물 또는 흐린 물이나 맑은 물을 가리지 않고 수용했기 때문이라는 사실도 참고가 된다.

우리 고장 포항은 민족사의 활기찬 전개를 위해 준비된 젊고 비옥한 새로운 대지(大地)이다. 오래된 밭은 지기(地氣)가 빠졌기 때문에 곡식을 심으면 수확이 신통치 못한 것이 통례이다. 이와는 달리 포항권역은 젊고 비옥한 땅인 까닭으로 뿌린 곡식이 울창하게 자라서 풍성한 수확을 기약할 것이 분명하다. 우리나라의 역사는 반만년이 흘렀고, 반만년의 역사 속에서 '서라벌·국내성·평양·개성·한양' 등지에서 배출된 인맥들이 주역이 되어 민족사를 엮어왔다. 그러나 이제부터는 새로운 땅, 새로운 지역에서 배출된 인물들이 21세기의 역사를 이끌어 갈 것이고, 또 그래야만 한다고 단언한다. 이 같은 진단이 타당하다면 우리 고장 포항은 오천년간 지속된 유구한 문화의 토대 위에 포항종합제철을 위시한 최첨단 산업이 절묘하게 조화된 터전인 만큼, 현재나 미래에 민족사를 이끌어갈 주역들이 탄생할 것은 너무나 당연하다.

❸ 민족사 전개의 주역들의 본거지는 이제 내륙지역에서 해안지역으로 이동하고 있는 것도 눈여겨볼 대목이다. 그러나 인물의 출현과 인맥의 형성은 하루아침에 이루어지지도 않을 뿐 아니라, 해당 지역의 민중들로부터 배려와 보살핌이 없으면 큰 인물과 인맥으로 성장할 수도 없다. 과거나 현재에 걸쳐 민족사를 이끌었던 인물들이 배출된 지역을

통시적으로 살펴보면, 해당 지역의 백성들이 합심하여 인물들을 키웠다는 사실이 확인된다. 현재에 두각을 나타낸 인물이나 또는 성장 가능성이 있다고 생각되는 인물이 있다면, 모두가 합심하여 이를 키워주어야 한다는 점을 포항인들에게 호소하고 싶다. 그러기 위하여 이미 등장한 인물에 대해 시기하지 말아야 하며, 단점을 애써 찾아내어 침소봉대식으로 떠벌이는 것도 억제할 필요가 있음은 물론이고, 반대로 이들 인물의 장점을 발굴하여 이를 천양해야 할 것이다.

포항은 한반도의 남쪽에 처해 있다. 따라서 우리 포항인맥이 활동해야 할 내륙 영역은 북쪽이다. 남쪽과 동쪽은 바다가 막혀 있기는 하지만, 오히려 광대무변의 태평양과 남지나해 그리고 인도양이 우리의 진출을 기대하고 있는 유리한 지점에 있기도 하다. 오천년간 민족사의 전개에 있어 포항인맥이 확보했던 영역은 극히 미미했음을 시인하지 않을 수 없다. 그러나 역사는 바뀌어 이제 우리 포항인 앞에는 민족사의 주역으로 군림할 절호의 기회가 찾아오고 있다. 개인은 약하지만 조직 속에 포함된 개인은 막강하다. 미래가 기대되는 인물이 탄생했으면, 그 인물을 개인으로 방치하지 말고 포항인맥 조직 속의 인물로 좌정시켜, 물을 주고 거름을 줘서 낙낙장송으로 키운다는 각오를 포항인 모두가 가졌을 때라야만, 민족사가 포항과 포항인에게 부여한 절호의 기회를 우리는 보람 있게 향유하게 될 것이다.

포항은 늙고 병든 노쇠한 땅이 아니고, 21세기를 맞아 새로이 부각된 젊고 건강하고 혈기방강한 대지인 만큼 훌륭한 인물이 태어나 활동하고 있고 또 계속 태어날 것이 확실하다. 우리는 인내심을 가지고 이들 인물들을 키워 탁월한 인맥을 만들어서 민족사의 주역으로 등장시켜야 할 소명이 있다. 그러기 위해서는 진흥왕과 문무왕의 기개를 계승하여 각계각층에서 맡은 바의 직분을 충실히 이행하고 또 많은 업적을 쌓아 거국적으로 인정받는 인물들이 계속하여 탄생하고 성장해야 한다.

끝으로 이제 우리 포항과 포항인 모두는 지금까지 해왔던 것처럼 국토의 변두리를 차지하고 그리하여 민족사의 조역 정도의 역할을 과감하게 청산하고, 역동적인 민족사의 주역으로 등장하기 위해 다함께 노력할 것을 천명한다.

<「열린포항」 35호. 2000>

제 3 장 韓文化와 대학

1.

무명자 윤기尹愭와 「반중잡영泮中雜詠」

❶ 「반중잡영」은 영·정조 시대의 학자인 윤기(尹愭, 1741~1826)가 성균관에서 근 20년 동안 머물면서 보고 느낀 것을 220여 수의 시로 표현한 것으로, 오늘날 성균관의 역사를 연구함에 있어서는 없어서는 안될 중요한 자료이다. 「반중잡영」은 윤기의 유고(遺稿) 『무명자집(無名子集)』시집(詩集) 권2에 수록되어 있다. 『무명자집』은 후손이 쓴 발문(跋文)에 의하면 총 27권이었는데, 현재 8권은 없어지고 19권만 전해져서 1977년에 성균관대학교 대동문화연구원에서 간행되었다.

무명자 윤기에 대한 본격적인 연구 논문은 아직 없지만, 민족사에 대해서 투철한 주체의식을 가지신 분으로 인정된다. 「반중잡영」220수와 아울러 「영사(詠史)」400수, 한국의 역사를 시로 표현한 「영동사(詠東史)」600수는 앞으로 연구되어야 할 좋은 자료이다. 그의 전기와 문집 간행에 관련된 자세한 내용은 방계(傍系) 5대손 목구(牧九)가 단기 4310년(1977) 가을에 쓴 발문에 실려 있으므로, 그 일부를 번역하여 독자의 참고로 삼고자 한다.

남긴 문집이 후세에 전해지는 것은 또한 하늘이 내려준 운수가 아니면 불가능하다. 옛 사람이 저술을 했으되 책이 완성됨을 보지 못하고 사려져 버리는 경우도 있고, 진행되는 것을 자신이 직접 보았지만, 오랜 세월이 지나면서 현재에 남아 있지 않는 경우도 있다. 그런데 지금 『무명자유집(無名子遺集)』은 거의 흩어 없어지고 사라져버릴 지경이었는데, 하늘의 도움을 받아서 다시 세상에 퍼지게 되었으니, 이를 일러 천운이라 할 만하다.

무명자는 나의 방계 5대조이시다. 성은 윤씨(尹氏), 이름은 기(愭), 자는 경부(敬夫), 관향은 파평(坡平)이고, 영조 17년 신유년(辛酉年, 1741) 6월 16일에 서울의 서문 바같의 냉천동(冷泉洞)에서 태어나셨다. 타고난 자질이 총명하여 5·6세에 이미 시를 지을 줄 알았고, 경진년(庚辰年, 1760) 공의 나이 20세에 성호(星湖) 이익(李瀷) 선생을 찾아가 뵙고 배우기를 청하였다. 영조 계사년(癸巳年, 1773)에 증광 생원시에 합격하여 성균관 유생으로 오랫동안 반궁에 머물렀다. 본 문집에 실려 있는 「반중잡영」200수의 시는 성균관 재학시절에 지은 것이다.

정조 15년 신해년(辛亥年, 1791) 정시(庭試)에서 장원으로 뽑혀 승문원(承文院) 정자(正字)를 제수 받고, 임자년(壬子年, 1792)에 가주서(假注書), 계축년(癸丑年, 1793)에 국자전적(國子典籍) 곧 이어 종부시(宗簿寺) 주부(主簿)로 옮겨갔으며, 갑인년(甲寅年, 1794)에 예조좌랑(禮曹佐郎)이 되었다가 강원도사(江原都事)로 나갔으며, 을묘년(乙卯年, 1795)에 사헌부(司憲府) 지평(持平), 병진년(丙辰年, 1796)에 병조좌랑(兵曹佐郎)·이조좌랑(吏曹佐郎), 정사년(丁巳年, 1797)에 남포현감(藍浦縣監)이 되어 주문공(朱文公) 영당(影堂)과 백이재(白頤齋)·백이정(白頤正)사당을 세우고 얼마 뒤에 벼슬을 그만두었으나, 곧 황산(黃山) 찰방(察訪)이 되었으며 무오년(戊午年, 1797)에 사헌부 장령(掌令)이 되었고 또 『정조실록』 편수관이 되었다. 순조(純祖) 경진년(庚辰年, 1820)에 첨지중추부사(僉知中樞府

事), 신사년(辛巳年, 1821)에 호조참의(戶曹參議)가 되었다. 순조 26년 병술년(丙戌年, 1826) 8월 18일에 향년 86세로 돌아가셨다. 이것이 공께서 관직 생활을 지낸 대략의 줄거리다.

공이 지은 시문(詩文)은 총 27권인데, 수정을 거치지 않고 책상 속에 보관되었다. 공의 증손(曾孫)인 승선공(承宣公) 시영(始永)이 책으로 간행하여 오래도록 전하고자 하였으나, 일은 크고 힘이 모자라 실행하지 못하였다. 승선공이 돌아가신 후, 나의 선군(先君)이신 시재공(是齋公) 철수(喆秀)께서 원고를 받아서 보관하였지만, 역시 역량이 미치지 못하여 책을 간행하지 못하였다. 문중에서 이를 애석히 여기던 차에, 녹문공(鹿門公) 호영(鎬永)과 진사공(進士公) 세영(世永)이 각각 여러 책으로 나누어 보관하였는데, 선군께서도 12책을 갖고 있었다. 관련된 여러 사람이 세상을 하직하시니, 까마득한 후생들이 어찌 선조들의 문집의 중요성을 알겠는가.

『무명자유고』는 여러 권으로 나누어 흩어져 장사치들의 손에 들어갔으나, 오직 선군께서 소장하신 12책만을 아우 현구(炫九)가 서울로 가져갔으니 어찌 다행이 아니겠는가. 시집 6권은 장독 뚜껑이나 덮는 휴지로 사용되지 않고, 고(高)씨 성을 가진 고서점으로 들어갔다가, 단기 4289년(1956)에 5책은 연세대학교 김동욱(金東旭)교수가 구입하였고, 1책은 성균관대학교 김종국(金種國) 교수가 매입하여 오늘날까지 남게 되었다. 이 같은 사정을 감안하여 나는 하늘의 운수가 있다고 하는 것이다. 그 후 김동욱 교수가 본 집중에 실린 「반중잡영」으로 논문을 발표하여 학계의 이목을 끌었고, 김종국 교수 또한 저자가 누구인지 알고자 하여 신경을 써가며 수소문을 하다가, 마침내 일가인 윤영철씨의 소개로 아우인 현구와 비로소 알게 되었다.

4299년(1959) 봄, 김종국 교수가 「반중잡영」을 성균관의 유사(遺事)로 생각하여 성균관대학교 대동문화연구원에서 간행하려고 하였으니 너무도 마땅한 일이다. 아우와 김동욱 교수에게도 의론하자 모두 허락을 받아서 아우 소장본 12책, 김동욱 교수 소장본 5책을 모두 김종국 교수에게 주었고, 김종국 교수 소장본 1책을 여기 합하여서 모두 18책이 된 것이다.

❷　반중(泮中)이란 반수(泮水)의 안이니 곧 반궁(泮宮)이다. 반궁은 주(周)나라 때에 제후국(諸侯國)의 학궁(學宮)을 일컫던 말로서, 제후가 향사(饗射)를 행하던 궁(宮)인데, 후대에도 이 말을 본 따 태학(太學)을 반궁(泮宮)이라 하였으니, 조선조의 성균관(成均館)을 반궁이라 했던 것이 바로 그 예이다. 윤기는 반궁, 즉 성균관을 소재로 하여 220수의 시로써 읊고, 자세하게 부주(附注)까지 달고, 이를 「반중잡영(泮中雜詠)」이라 하였다. 잡영(雜詠)이라 함은 다양한 주제를 읊었다는 뜻이며, 이에 딸린 부주(附注)는 『성전(成典)』·『태학지(太學志)』와 더불어 조선후기 성균관의 교육내용을 아는데 중요한 자료이다. 윤기는 자서(自序)에서 성균관의 내력을 형상한 「반중잡영(泮中雜詠)」을 짓게 된 경위를 아래와 같이 밝혔다.

내가 성균관에 드나든 지 거의 수십 년은 된 것 같다. 고노들의 말씀을 듣고 전적을 살피니, 선왕께서 선비를 우대하신 뜻이 몹시도 융성하였는데, 세대가 점점 멀어지자 시속도 하락하고 법도도 갈수록 더욱 피폐해졌다. 근래에 와서 선비 된 자는 이미 옛날의 선비처럼 자긍할 수도 없고, 하부류들 역시 모두 기만하고 숨기며 능멸하고 거만한 짓만 일삼는다. 그리고 관장(館長)이란 자들도 건성으로 일을 처리하고 임시 방편에 급급하여, 심지어는 하속들의 요구를 따라 선비들의 기상을 억

누르고 선비들을 공궤하는 비용까지 삭감할 정도였다.

달이 바뀌고 세월도 달라져서 어느덧 오늘에 이르러서는 무릇 모든 일이 일체 유명무실의 지경에 이르러 재고의 여지가 없게 되었다. 그래서 자긍심을 가진 자들은 모두 성균관에 들어오기를 꺼려하니, 아! 참으로 서글프다. 내가 근래 한가히 지내며 일이 없기에 붓 가는 대로 기록해서 무잡하게 음영을 했는데, 급기야 220수의 분량에 이르렀다. 이를 읊조리기를 반복한다면, 성균관의 옛날이 저와 같이 성하였는데 반해, 그 말로는 수습할 수 없을 정도임을 알 수 있을 것이다. 내가 이를 '잡영'한 뜻은 애오라지 옛 현인들이 옛 것에 감탄하고 오늘을 상심했던 뜻에 붙여서, 후인들이 근원을 추적하는 자료로 삼게 하려는 데에 있다.

자서의 내용을 자세히 따져 보면, 윤기가 태학의 제반사항을 잡영했던 뜻을 헤아릴 수 있다. 윤기는 오랫동안 성균관에 몸담고 있었는데, 1773년(영조 49) 그의 나이 33세에 늦게 사마시(司馬試)에 합격하여 성균관에 들어가 20년간을 출입하다가, 1791(정조 15) 그의 나이 51세에야 대과에 급제하여 성균관을 떠났다. 성균관은 입학하기는 어려워도 그만두는 것은 제 마음대로인데다, 대개는 과거에 급제하는 시기가 바로 성균관을 나가는 때이니, 윤기의 경우도 그러했을 것이다.

윤기가 이 「반중잡영」을 지은 기간은 "내가 성균관을 드나든 지 거의 수십 년은 된 것 같다"는 표현으로 보아, 다년간의 노작(勞作)으로 생각되고, 원고의 완성은 과거를 급제한 전후의 시기인 것으로 볼 수 있는데, 아무리 늦게 잡더라도 정조의 재위 시기였으니 1800년(정조 沒年), 즉 그의 나이 59세 이전으로 생각된다. 자서의 내용을 보면, 당시 성균관의 사정은 매우 열악했던 것으로 보인다. 선왕대에는 선비를 우대하신 뜻이 매우 융성하였으나, 후대로 내려오면서 더욱 피폐해져, 재학하는 선비들의 위상도 자긍할 수 없는 형편이었고, 하속배들마저 기만하고 숨기며 능멸하고 거만한 짓만 일삼는 지경에 이르렀다고 하였다. 선왕대에 선비들을 우대하신 뜻이 융성했다는 것은, 개국 초부터 세종, 세조, 성종 때의 성균관이 누렸던 높은 위상과 태학(太學)에 대한 풍성한 재정적 지원을 뜻하는 듯하다.

시대가 흘러 영·정조(英·正祖)무렵에 와서는, 성균관 대사성 이하 각급 관료들과 비복들이 각각 맡은 일에 열의가 없고 매사를 건성으로 처리하고, 심지어는 금전적인 비리까지 저지르고 있다고 탄식했다. 이 같은 성균관의 퇴락으로 말미암아 훌륭한 인재들이 입학을 꺼렸기 때문에, 자연 학생들의 질이 저하된 점도 지적했다. 그러나 윤기는 그의 모교인 성균관에 강한 애정을 가지고 여러 문헌들을 참고하여 반궁의 내력과 실상을 자세하게 기록하여 후대에 남겼으니, 그 의도는 매우 값진 것이다. 그는 당시 추적할 수 있는 자료들을 남김없이 참고하고, 이에 만족하지 않고 고노(古老)들에게 탐문하여 그 내용을 상세하게 부주에다 수록했다. 그리하여 『조선왕조실록』을 비롯한 사서들에 실리지 못한 구체적이고 일상적이면서, 후세인들에게 관심이 되는 많은 부분들을, 시와 주석들을 통하여 후세에 남겨 주었다.

③ 「반중잡영」의 체제는 칠언절구(七言絶句) 220수와 시 내용에 딸린 주석과 저자 서문으로 되어 있고, 앞부분에는 서시(序詩)에 해당하는 두 수를 필두로 하여 38항목으로 분류된다. 38항목은 학궁(學宮)을 머리로 하여 대학촌에 준하는 반촌(泮村)과 기숙사인 동재·서재에서의 생활상 및 식당에서 식사하는 범절과, 후배들의 기율을 잡는 면책(面責) 내용을 담은 항목도 있고, 동궁(東宮)의 입학과 제주도에서 왕궁에 올

린 감귤을 성균관에 하사하면 이를 기념하는 행사 내용들도 구체적으로 묘사되어 있으며, 동맹휴학인 권당(捲堂)과 현실문제에 대한 시정을 요구하는 유소(儒疏)와 당시 성균관 주변의 풍광을 소상하게 묘사한 반동명승(泮洞名勝)부분도 있다.

「반중잡영」38항목 중 저자의 의중에 따라 작자가 중시한 항목에는 수십 수를 배정했고, 중요하지 않다고 생각한 항목에는 단지 한 수만 편차한 경우도 간혹 있다. 저자는 특히 문묘(文廟) 제사인 석채(釋菜)항목의 경우 26수를 배정하여 많은 비중을 두었고, 그 다음은 나라에서 선비를 대하는 절차를 읊은 대사제절(待士諸節)이 17수이고, 성균관의 교원(校園)을 노래한 학궁(學宮)조도 18수나 되고, 유생들의 학교생활을 형상한 재중제절(齋中諸節)과 식당고사(食堂故事)도 15수나 되며, 태학생(太學生)들의 현실참여인 유소 조도 16수에 달한다. 저자가 스스로 유분(類分)한 38항목 중 시의 분량의 차이는, 작자가 중시하고 의미를 부여한 정도와 관계가 있다. 이를 척도로 할 때, 윤기는 '석채'와 '학궁', '대사제절 및 식당고사', '유소'에 특히 관심을 가진 것으로 생각된다.

「반중잡영」은 조선시대 발간되었던 『성전』과 『태학지』 등과는 달리 야사적인 성격을 지닌 것으로, 『성전』과 『태학지』에 수록되지 않은 태학생들의 실생활을 집중적으로 묘사해 놓았다. 이는 무명자 윤기가 후대인들이 태학에 대해서 알고자 하는 바를 수백 년 전에 꿰뚫어 보고 있었지 않았나 하는 생각이 들 정도이다. 저자 윤기는 남인계(南人系)와 정서가 닿는 사인으로 인정되지만, 어느 당맥(黨脈)에 치우지치 않고 공정하게 태학의 제반 문제를 다루었음이 확인된다. 조선조 500여 년 동안 태학 성균관 출신들이 헤아릴 수 없을 만큼 많았지만, 「반중잡영」의 창작자 윤기만큼 모교를 사랑했던 사람은 없었지 않았나 한다. 왜냐하면 뜨거운 애정이 없으면 이 같이 방대한 시를 지을 수 없고, 그처럼 세밀한 주석을 달지 못했다고 생각되기 때문이다.

독자의 편의를 위해 정조(正祖) 9년(1785)에 편찬된 『태학지』에 수록된 조선조 성균관의 '반궁건치도(泮宮建置圖)'와 500여 년간 태학의 수장이었던 대사성(大司成)들의 명단과, 근래에 완성된 성균관의 실측도(實測圖) 및 『무명자집(無名子集)』에 있는 「반중잡영」의 원문 전부를 수록하였다.

번역문은 작품의 성격상 직역을 원칙으로 했기 때문에 산문적 경향이 강할 수밖에 없었고, 「반중잡영」 220수 중에는 간혹 난해한 부분도 있어서 번역에 오류가 있을 수도 있음을 자인한다. 제현들의 이 같은 잘못된 부분들에 대한 질정을 참고하여 계속 수정 보완할 것임을 밝혀둔다.

<완역 「반중잡영」 서문. 1997>

2.
한국 대학의 좌표

① 역대왕조의 교육이념   고구려를 비롯한 한국의 역대 왕조는 왕조의 수립과 동시에 국립대학을 창설했다. '태학·국학·주자감·국자감·성균감·성균관' 등이 왕조에 따라 명명된 국립대학의 명칭이다. 왕조마다 이와 같이 명칭에는 얼마간의 변화가 있었지만, 건학이념은 언제나 불변이었고, 교과내용의 핵심은 유가사상이었다. 고구려·신라·백제·발해·고려·조선조로 이어지는 민족정통왕조의 맥락에서, 이들 왕조가 창건한 국립대학의 교육지표가 변하지 않고, 계승 발전된 사실은, 강대국 틈바구니에서 우리의 민족사가 단절되지 않고 지속된 중요한 요인이 되었다.

20세기에 들어와서, 오천년 역사의 진행에서 수천 년간 승계된 국립대학의 일관된 교육이념을 포기하고, 서구 및 동구의 교육이념을 표방한 현재의 교육현실이 현재와 미래에 어떤 영향을 줄 것이며, 또 그 결과가 어떤 모습일지는 자못 우려되는 바가 있다. 대한제국의 멸망 이후, 우후죽순처럼 탄생한 외래적 이념과 종교들에 기저하여 창설된 무수한 각급의 학교들은, 우리의 정통 민족대학의 이념과는 상당히 이질적인 면이 많다. 이 같은 서구 및 동구에 영향을 받은 교육기관들이 현대사에 기여한 점을 과소평가할 수는 없지만, 미래에도 현재처럼 긍정적으로 기여할 것인지는 더 두고 봐야 할 문제이다.

대한민국 정부가 수립된 후 서울대학을 비롯하여 각 도마다 국립대학이 막연하나마 대한민국의 건국이념을 바탕으로 하여 개설되었다. 이들 국립대학의 건학이념은, 문헌에 나타난 한국 최초의 국립대학인 고구려의 태학(太學, 단기 2705년 서기 372년에 설립됨)을 비롯하여 신라·백제·발해·고려·조선조를 거쳐 대한제국의 국립대학인 〔성균관〕의 그것과는 본질적으로 다르다. 북한의 모든 국립대학의 건학이념 역시 민족 정통의 역대 국립대학과는 현격한 차이가 있다. 그렇다면 우리는 20세기에 들어와서 오천년간 이어온 민족정통의 교육지표를 포기하고, 서구 및 동구의 교육이념을 척도로 한 교육 개조를 시도했고, 이를 지금도 수행하고 있다는 얘기가 된다. 수천 년간 계승되어 온 교육이념의 이와 같은 폐기와 변혁이 초래할 결과에 대해서, 우리는 아직도 지나치게 낙관하고 있는 것은 아닌지 모르겠다.

② **정통 교육이념과 서구적 교육이념**　　대한제국 융희(隆熙) 4년(1910) 8월에 한일합방조약이 체결되고, 이듬해 1911년 8월에 이른바 교육령이 공포된 후, 그 해 9월에 민족의 정통 국립대학이었던 성균관이 폐교되었다. 그 후 30여 년간의 일제시대를 거쳐, 1945년 조국해방 이후 3년간의 미군정 시기를 지나 1948년 대한민국이 개국되었다. 대한제국의 멸망에서 대한민국의 수립까지 약 반세기 동안 우리는 우리의 가장 민족적인 교육이념을 타의에 의해 완전히 상실하고 있었다. 이 기간 동안 우리 민족의 교육은 일제와 미국의 군정이 장악했다.

이 시기는 우리의 교육목표와 전혀 다른 이민족의 국가인 일본과 미

국의 교육자들에게 본의 아니게 우리 겨레의 교육을 맡겼던 민족정통
교육의 공백기였다. 그러나 문제의 심각성은, 이민족인 그들이 그들의
국익을 위하여 반세기 동안 우리나라에서 실시한 교육정책을, 대한민국
이 수립된 이후에도 이를 반성 없이 그대로 도습했다는 데 있다. 이것
은 민족교육의 포기요 반역이긴 하지만, 다행스럽게도 우리는 이를 통
하여 서구의 자본주의 문화를 수입하여 경제적 풍요를 누리는 이득을
챙길 수가 있었다. 북한의 경우는 일제와 미군정이 시행했던 교육을 폐
기하고, 동구의 사회주의 교육이념을 근간으로 하여 거국적으로 이를
시행하고 있는데, 그 결과에 대해서는 필자가 평가할 능력이 없다.

　이제 이와 같은 서구 및 동구의 교육이념에 의한 교육은 한계에 도
달했다. 이들 교육이념이 지녔던 긍정적인 부분에서 배태된 열매는 거
둘 만큼 거두었다. 만일 앞으로도 계속해서 서구 및 동구적 교육이념과
제도를 그대로 지속시킨다면, 외래적 교육이념과 제도가 지닌 부정적인
요소가 극대화되어 민족의 심성과 문화에 나쁜 영향을 증폭시키지 않
을까 걱정된다. 다시 말하면 우리가 얻을 수 있는 것은 죄다 얻었다는
것이고, 그대로 이를 지속시킨다면 얻을 것보다 잃을 것이 더 많다고
필자는 생각하고 있다.

　현재의 이 같은 서구적 교육이념과 제도에 대해서 유일하게 우리 성
균관대학교는 이를 지지하지 않고 비판적으로 수용한 지혜를 지녔다.
대한민국의 수립과 더불어 개설된 모든 국립대학과 사립대학들과는 달
리, 성균관대학교는 고구려의 태학을 시발점으로 한 국립대학의 전통을
계승하여 가장 민족적인 정통사상을 건학이념으로 삼았다. 민족의 정통
대학의 이념을 근본으로 하고 서양의 기술적인 부분을 방법으로 삼아,
근대적 대학으로 부흥한 성균관대학교의 건학이념이야말로 21세기 미
래 대학의 전범이라고 확신한다.

　왜냐하면 가장 민족적이고 전통적인 것이 가장 세계적이며 가장 진

보적이기 때문이다. 따라서 성균관대학교의 전신인 고려조 국자감 및 성균관의 성립과 발전 그리고 조선조에로의 계승을 검토하여 국립대학 전승의 맥락을 밝히는 일은, 미래 대학교육의 정당한 위상을 위해 반드시 검토되어야 하고, 그러므로 북한의 고려 성균관과의 자매결연과 활발한 교류는 통일한국의 미래 교육을 위해 꼭 성취시켜야 할 중차대한 과업이 아닐 수 없다.

❸ 서구적 교육이념과 국가의 장래　　조선조가 반천년 이상이나 조국의 강역과 만백성을 장악하며 탄탄한 국권을 행사한 것은 교육제도에 있었다. 특히 고려조에 문란했던 성균관을 정비하고, 난립했던 사립학교를 폐지하고 명실상부한 국립대학인 태학 성균관을 경영한 것이 체제유지의 수훈이 되었다. 조선조 전기를 지나면서 사립학교인 서원들이 곳곳에 생겼지만, 교육 이념은 국립인 성균관이나 향교들과 동일했고, 오히려 강화되었다고 여길 수도 있었다. 우리는 조선조에서 배울 점이 한 두 가지가 아니겠지만, 특히 국립대학인 성균관의 건학이념과 제반 문물제도는 경건하게 재평가될 사항 중의 하나이다.

　필자는 과거 역대왕조들과 조선조의 교육제도가 모두 완미했다고는 생각하지 않는다. 다만 우리들이 옥석을 구분하지도 않고 모조리 폐기시켰던 점에 대해서 경고를 하고자 한 것이다. 현재의 남북한은 과거 조선조보다 월등하다고 주장하기에는 너무나 문제가 많다. 조선조가 남겨준 강역에서 한 치도 더 차지하지 못한 것은 말할 것도 없고, 1억도 못되는 민족조차 통합하지 못하고 사분오열된 상황으로 몰아넣었다. 압록강 두만강에서 한라산까지 삿갓을 쓰고 지팡이를 짚고 유유자적하게 여행했던 선인들을 생각할 때, 요즘에 우리는 휴전선 남북으로 한걸음도 못가고 있는 실정이 웅변으로 말해준다.

대학의 경우도 마찬가지이다. 조선조 성균관의 위상만큼 무게를 지닌 국립대학 하나 제대로 갖고 있지를 못하다. 국립대학의 건학이념 역시 국적불명의 잡다한 서구 및 동구의 이념과 문물이 두서없이 착종되어 종잡을 수 없게 되어 있다. 전국에 산재해있는 소위 국립대학에서 교수되고 있는 교육 내용이 우리의 현재와 미래에 얼마나 보탬이 되고 있으며, 또 될 것인지를 생각해보면 착잡한 심정을 가눌 수 없다. 조선조 성균관의 경우 윤리 교육 하나만은 확실하게 시행하여 지식을 겸한 도덕적인 인재를 배출하여 국가의 기강이나 사회의 질서를 잡는 데는 기여했다. 반면 요즘의 국립대학은 인성교육 하나 제대로 시키지 못하고 도덕과 무관한 기능인들만 양산하고 있는 실정이다.

자연계는 접어두더라도, 인문학의 경우는 실로 암담하다. 중문학·영문학을 위시해서 세계 각국의 어문학과가 개설되어 '두보·도연명·셰익스피어·헤밍웨이·도스토예프스키·세르반테스·괴테·루소·입센·플라톤·단테·니체' 등에 대하여 무수한 인재들이 모여서 열심히 연구하고 있는데, 이들 세계 각국의 문인 및 사상가들 작품과 논저들의 연구가 우리들에게 얼마만큼의 도움이 되고 있는지 또는 이들을 계속 이 같은 방법으로 연구해도 되는 것인지에 대해서 심각하게 생각할 때가 되었다.

❹ 민족적 교육이념의 확립　　조선조 500년간의 국립대학인 성균관의 교과내용을 일거에 폐지하고, 서구 및 동구의 문학작품과 사상 및 문화를 수입하여 반세기 동안 열심히 가르치고 교육받은 결과가 무엇을 가져다주었는지 반성해야 하고, 또 앞으로 이러한 교과 내용들이 꼭 필요한 것인지를 검토하여, 계속 존속시켜야 하는지 여부도 따질 때가

되었다.

고구려의 태학(太學) 이후 한국 역대 왕조들의 국립대학은, 교과 내용이나 기타 교육제도 등을 철저하게 동양문화에 기반을 두고 있었다. 개항 이후부터 동양 문화권에서 벗어나, 서구 및 동구 문화권으로 이입된 지도 어언 일세기가 가까워 온다. 남북한을 막론하고 수천 년간 지속되어온 정통 국립대학의 정통성을 부정하고, 서구 및 동구적 제도와 양식 및 교과내용으로 대학을 경영하고 있다. 이 과정에서 우리가 겪은 수모는 말할 것도 없고, 우리 문화를 폄하하는 자해행위적인 의외의 결과를 초래한 부분도 많았으며, 또 이를 일러 근대화라고 착각한 예도 적은 편이 아니었다. 이 같은 서양문화에 대한 심취는 또 다른 사대주의를 양성시켜 국적불명의 해괴한 잡종 문화가 도처에서 만발했고, 이 같은 현상을 두고 우리는 근대화 및 현대화라고 강변하고 있다.

조선조 초기의 선각자 양성지(梁誠之, 1415-1482)는 세조(1417-1468) 원년(1455)에 올린 상소문에서 민족의 전통을 지켜야 한다고 주장하면서, 서하(西夏)가 그들의 문화를 고수했기 때문에 수 백년간 지탱했으며, 金·遼·元朝 역시 자기들의 전통문화를 지켰기 때문에 중원을 상실하고도 지탱했다고 역설한 바 있다. 그는 민족 고유문화를 지키고 창달했던 왕건 태조를 격찬하면서, 훈요십조(訓要十條) 중에서 전통문화의 준수를 언급한 제4조 부분을 상소문에다 재인용했다.

세계화의 폭풍우 속에서 민족의 정체성과 고유문화가 위기에 처해 있는 현재 우리의 현실에서, 수천 년간 지속되었던 성균관의 건학이념의 정당한 재평가와 아울러 진실로 진보적 선인들의 올바른 주장들을 되살려서, 수많은 민족국가들의 소멸이 예상되는 현재의 세계정세 속에서 우리의 국권을 공고히 하고 우뚝 선 한국을 확립시키기 위해 성균관대학교의 건학이념은 거국적 차원에서 준수되고 재창조될 필요가 절실하다.

<건학600주년기념창단공연 '나는 누구냐?' 해설. 1998>

3.
성균관成均館과 통일조국

① 성균관과 대학의 정통성　　『증보문헌비고(增補文獻備考)』는 조선조 영조대에 시작하여 정조대에 일단 완성되었지만, 순조·헌종·철종대를 지나면서 백여 년간 출간되지 못하고 있다가 광무 7년(1903)에 증보를 거친 후 융희 2년(1908)에 출간 된 오천 년 민족사의 통시적 유서(類書)이다. 이 책은 제후의 역사가 아니라, 황제의 역사라는 자존적 시각에 입각하여 편찬되었다. 왕계(王系)를 제계(帝系)로 고치고 조빙(朝聘: 朝貢의 의미가 있음)을 교빙(交聘: 대등한 관계의 교류를 뜻함)으로 수정하고 성균관을 태학(太學)이라 칭한 것들이 그 일례이다.

오천 년 민족사의 일통지서(一統之書)인 이 책은 단군·기자 조선부터 고려·조선조를 지나 대한제국 말엽까지의 역사를 빠짐없이 주제별로 맥락을 지어 서술했다. 그 중 학교고(學校考)는 역대 왕조의 국립대학을 계승적 맥락으로 파악하여 특히 주목되는데, 고구려의 태학(372), 신라의 국학(682), 고려의 국자감(992), 국학(1275), 성균감, 성균관, 국자감(1356), 성균관(1362) 등의 역대 국립대학을 일괄적으로 정리하였다. 홍문관(弘文館)에서 당대의 석학들을 모집하여 수백 년에 걸쳐 완성한 이 유서는 조선의 성균관이 고구려 태학에서 고려조 성균관에 이르기까지 단절되지 않고 계승된 국립대학의 정통(正統)을 이어받았음을 확실하게 기술하고 있다.

국자감에서 성균관으로 명칭이 바뀐 것은 중국의 압력 때문이다. 당시 중국의 압력을 정면으로 거부할 입장이 아니었던 점은 충분히 이해된다. 여하튼 우리 교육사에서 성균관이라는 명칭은 충선왕대에 잠깐 나타났다가 잠적한 뒤 공민왕 11년(1362)에 다시 등장하여 1911년 9월 왜정(倭政)에 의해 경학원(經學院)으로 강등되기까지 일관되게 국립대학의 호칭으로 사용되었다. 한 명칭이 육백여 년 이상 변치 않고 사용된 것은 세계사에서도 그 예를 쉽게 찾아 볼 수 없는 대단히 소중한 경사이다. 자본주의가 횡행하는 오늘날의 국제질서에서 유명 상표의 가치도 귀중하다고 여겨지는 터에, 정통 국립대학의 호칭이 육백여 년을 존속했고 앞으로도 무궁한 시간 동안 불리어질 것이니, 그 이름의 가치는 무엇으로도 가늠할 수 없을 것이다.

❷ 성균관대학교 건학 601년　　1945년 11월 명륜당에서 남북한의 유림 일천여 명이 모여 성균관대학교 설립을 위한 재단 결성을 결의한 후, 위원장에 김창숙(號 心山)을 선출했고, 이듬해 9월 심산을 초대 학장으로 하여 성균관대학교를 정식 개교했다. 논자에 따라서는 이때를 성균관대학교의 출발로 보기도 한다. 또 '성균관'이 정식으로 발족한 공민왕 11년(1362)이나 고려 '국자감' 개설 연대인 992년으로 보기도 하고, 민족 최초의 국립대학인 고구려 '태학'의 개교 연대인 372년으로 보는 주장도 있다. 각 주장마다 일말의 근거가 있기는 하지만, 수십 년 전 각계각층의 석학들이 모여 위에 열거한 문제점들을 충분히 검토한 후, 학교 당국에서 공식적으로 태조 7년(1398)을 건학원년으로 결정했

기 때문에 이를 다시 원점에서 논의한다는 것은 무의미하다.

건학 원념을 결정함에 있어서 가장 중요한 것은 건학 이념과 교원(校園 : 캠퍼스)의 위치이다. 건학 이념의 경우 역대 국립대학들이 모두 동일하지만, 교원의 경우 태학은 '국내성'이나 '평양'에 있었고, 국학은 '서라벌'에 있었으며, 명칭이 자주 바뀌었던 고려시대의 대학은 '개성'에 있었다. 건학 이념과 교원의 위치 등 모든 조건을 함께 충족시킨 점에서 성균관대학교의 건학 원년을 1398년으로 경정한 것은 추호의 하자도 없으며, 이러한 타당성을 무시한 채 개인적 취향에 근거한 한 가닥의 논리로 반론을 제기하는 것은 백해무익하다고 생각된다.

1398년 바로 이 자리에서 성균관의 교원이 조성되어 조선의 국립대학으로 출발한 사실은 누구도 부인할 수 없을 것이다. 성균관이란 명칭이 공민왕 11년(1362)에 확정되기는 했지만, 교원의 위치는 개성이었다는 것을 상기할 필요가 있다. 성균관대학교의 건학원년을 논함에 있어서 수천 년간 일관되게 지속되어 온 국립대학의 맥락을 염두에 두지 않고, 대한민국 정부수립 이후 중흥된 시점부터 계산해야 한다는 급진적 주장에 이르러서는 아연실색할 따름이다. 이는 외래 이념이나 종교적 사유를 바탕으로 민족사를 단절시키고 서구식으로 국가를 새롭게 단장해야 한다는 발상과 유사한 것으로 반민족적인 착상이라고 할 수 있다.

새로운 이데올로기는 항상 정당하고 참신하며, 과거부터 있어왔던 이념은 진부한 것이라는 진실로 진부한 고정관념에서 우리는 벗어나야 한다. 과거부터 있어 온 이념은 긴 시간과 싸워서 살아남았을 뿐 아니라 검증된 것이다. 성대의 건학 이념인 유가사상 역시 시대에 뒤떨어진 낡은 사유가 아니라 초시대적 이념인 것이다. 물론 이것이 시대의 역동적인 진행에 따른 부단한 재창출을 전제한 것임은 두말 할 필요도 없다. 지금 나라 안은 밀레니엄이니 새 천년이니 하면서 요란하지만, 사

실상 이는 서양식 서력기원에 기준한 것이다. 밀레니엄이라는 외래어에
엄청난 의미를 부여하기 전에, 건학 원년에 관한 소모적 논란을 접고
성균관대학교의 새로운 육백년을 향한 출발을 더 높이 천양할 것을 제
언한다.

③ 성균관대학교와 통일조국　　　조선조는 국립대학을 '개성'과 '한
양' 두 곳에 경영했다. 이는 탁월한 교육정책의 구현이었으므로 마땅히
칭송되어야 한다. 1992년 북한은 개성에 있는 전문대학을 '고려 성균관'
으로 개칭하고 개교 일천주년 기념행사를 열었다. 성균관 앞에 '고려'를
붙인 것은, 조선조를 폄하하는 한편 우리 성균관대학교를 의식한 탓인
듯하다. 그러나 건학이념과 교원의 위치가 일치되는 우리와는 달리 북
한의 경우 교원의 위치에 기준한 것일 뿐 고려 국자감의 건학이념과는
사실상 상관이 없다.

남북한이 서로 대치한 지 어언 반세기가 지났다. 그간 쌍방이 서로
의 주장을 반대만 해 온 상황에서 서울과 개성에 같은 이름의 성균관
대학교가 존재한다는 것은 통일을 향한 여로에 한 줄기 서광임이 확실
하다. 그러므로 남북의 성균관대학교는 민족 대통합을 위한 출발점으로
귀중한 역할을 수행할 의무가 있는 것이다.

조선조가 국립대학을 두 곳에 개설하여 경영했던 것처럼, 남북한이
우연찮게도 서울의 성균관대학교를 본받아 고려 성균관을 개교한 것은
역사적 의미가 있다. 통일이 되면 서울과 개성에 이어 평양·경주·부
여·광주·부산 등 한반도의 역사적 연고지에도 여타의 성균관이 개설
되어 민족의 정통성을 계승하고, 이를 바탕으로 세계로 진출한 인재를
양성해야 한다고 필자는 믿는다. 주체 의식을 잃게 되면 민족의 경우

정체성을 상실한 원숭이 집단으로 전락하게 되고, 학교는 식민지 교육 기관으로 변질되고 만다.

　영원한 베스트셀러인 『논어(論語)』의 첫머리가 교육과 관련된 <학이(學而)편>임은 결코 우연이 아니다. 교육의 중요성이 이 같이 엄중함에도 불구하고 대한민국 정부는 너무 안이하게 각급 학교를 운영해 온 것은 아닌지 반성할 시점에 와 있다. 어느 시대를 막론하고 시행착오는 있는 법이니, 지금이라도 통일조국을 위해 우선적으로 대학교육에 대해 거국적인 관심을 경주해야 할 것이다. 우리가 반드시 이룩해야 할 통일조국과 그 통일조국의 정통대학을 위해, 우리 '성균관대학교'와 북한의 '고려 성균관'은 다 함께 막중한 민족 교육사적 사명감을 가질 수밖에 없는 시점에 와 있다.

<「성대신문」 1257호. 1999>

4.
조선조 개국開國과 성균관 600년

❶　서기 1392년 7월(동양력) 17일 고려조가 멸망하고 태조 이성계 (李成桂：1335~1408)에 의해 조선조가 창건되었다. 조선조는 당시 세계 사에 있어서 가장 진보적인 체제였다. 오늘날의 시각에서 보면 문제가 없는 것은 아니지만, 14세기 말엽의 유럽이나 동아시아 및 일본의 경우 와 비교할 때 조선왕조는 중세세계 각 국가 중에서 가장 민본적(民本 的)인 국가였다. 당시 신흥국가로서 세계최강국의 하나였던 명조(明朝) 와 밀월관계를 유지하면서, 북방의 제 민족(몽고·여진)과 동방의 일본 을 압도하는 사대교린(事大交隣)의 외교정책을 구사하여 국가를 안정시 켰다.

　조선조 건국부터 임진왜란(壬辰倭亂)이 일어나기까지 약 200년 동안, 우리 민족은 역사상 유래가 없는 평화와 번영을 누렸고, 이러한 치세 (治世)에 힘입어 제반 문물제도의 완비와 찬란한 문화를 이룩했다. 이 같은 대세를 무시하고 조선조에 대하여 서양사적 시각에 입각하여 사 소한 사건들을 침소봉대하여 봉건통치 지배의 착취기간이니 민생이 도 탄에 빠졌던 시기라고 운위하는 잘못된 역사 인식은 시정되어야 한다. 동서고금을 막론하고 추호의 하자가 없는 극락세계나 천당 같은 국가는 존재하지 않았고, 앞으로도 결코 존재하지 않는다고 단언한다.

15·16세기의 조선조를 평하면서 풍요한 자본주의의 물질문화가 난만한 20세기의 서구라파나 일본 등지의 상황을 척도로 하여 관찰하는 것은 비과학적인 시각이다. 그러므로 설사 얼마간의 문제가 없는 것은 아니지만 당시(14·15·16세기)에 있어서 가장 선진적이고 진보적인 국가였다고 필자는 확신하고 있다. 실질적으로 이태조(李太祖)에 의해 통치되던 공양왕(恭讓王 : 1345~1394) 원년(1389)에 대사헌(大司憲) 조준(趙浚 : 1346~1405)은 '학교는 교화의 근원인데 근래 병란으로 인해 학교가 황폐해져 무성한 풀밭이 되었고, 향원(鄕原 : 지방의 토착유지에 해당됨)들이 유생의 이름을 군역(軍役)을 피하는 구실로 삼으며, 5·6월 사이에 동지들을 모아 당송(唐宋)의 시구를 읽히게 하고 이를 일러 하과(夏科 : 여름의 과제)라고 강변하니, 이와 같이 하고서야 어찌 경전에 밝고 행실을 올바르게 하는 선비를 양성할 수 있겠느냐'는 상소를 올린 바 있다.

여기에서 우리는 학생에게 군역을 면제하거나 연기해주는 전통은 그 역사가 매우 오래되었고, 학문을 연마하는 학교를 역대의 왕조들이 얼마나 중시했는지를 알 수 있다. 조준은 또 학교 교육은 모름지기 사장(詞章 : 詩·賦) 등의 문학작품을 금지하고 『사서오경(四書五經)』 위주로 교육해야 한다고 강조하기도 했다.

사장을 배격하고 경전위주의 교육을 제창함과 아울러, 공양왕 3년(1391)에 성균관 생원 박초(朴礎 : ?~1433)가 불교의 폐해에 대해 극력 상소한바 있으며, 김첨(金瞻 : 1354~1418)은 원자(元子)와 종실의 자제들을 성균관에 입학시켜 성균관의 위상을 제고해야 한다고 역설했다.

공양왕 때 중요한 교육기관에 대한 개혁 조치가 있었는데, 이른바 12도(十二徒)로 알려진 사학(私學)을 혁파한 사실이 그것이다. 사장학(詞章學)의 억제와 불교의 배척, 그리고 사립학교의 폐지 등은 조선조에 건설된 국립대학인 태학(太學) 성균관의 성격을 엿볼 수 있는 단서가 된다. 특히 사립학교 폐지는 이후에 전개될 조선조의 교육 정책의 큰 가닥이 되었다고 생각이 된다. 이는 고려조의 성균관과 신흥국가인 조선조 성균관의 차이점과 실상의 변화를 읽을 수 있는 부분이다.

한민족 정통 국립대학인 조선조 성균관의 교원(敎園)은 태조 6년(1397) 2월 을유(乙酉 2일)에 도평의사사(都評議使司)에게 명하여 문묘(文廟 : 성균관도 여기에 포함됨) 터를 한양의 동북 모퉁이에 잡은 후, 여흥부원군(驪興府院君)인 태종(太宗 : 1367~1422)의 장인 민제(閔霽 : 1339~1408)로 하여금 공사를 총괄하게 했다. 이듬해 태조 7년(1398) 7월에 문묘(大成殿)가 낙성되었는데, 성균관은 문묘의 북쪽에 배향되었다. 『증보문헌비고』에는 2월, 『연려실기술』에는 3월에 터를 잡고 공사를 시작한 것으로 되어있고, 『조선왕조실록』에는 2월에 터를 관찰케 했다고 했으며, 변계량(卞季良 1369~1430)이 찬한 '문묘비(文廟碑)'에는 1397년 3월에 건축을 시작하여 이듬해 7월에 완공했다고 기술했다. 이들 기록에서 한 달간의 착종이 있는 것은 아마도 2월에 터를 확정 지은 후 3월부터 본격적으로 공사가 시작되었음을 밝힌 것으로 생각된다.

❷ 이태조 3년(1394)에 한양을 수도로 확정했고, 종묘, 사직, 조정, 시장, 성곽, 궁실 제도가 완비된 후 문묘와 성균관을 건축했다. 성균관이 태조 7년에 개교했다면, 조선조 건국 후 7년간의 교육공백이 있었다고 생각하기 쉽지만 이는 잘못이다. 왜냐하면 구도(舊都) 개성에 완비된 성균관이 있었고, 거기에서 교육은 지속되고 있었기 때문이다.

조선조에는 주현(州縣)마다 공립학교인 향교가 있었지만, 특히 중요한 학교는 '한양, 송도, 평양에 있었던 삼대 국립대학이었다. 평양의 문묘는 송도 못지않게 조선시대에 중시되었다. 평양은 중국에서 파견된 사신의 통과지로서 그들은 반드시 문묘를 배알했다.

문묘에 종향(從享)한 제현(諸賢)은 중국의 제도를 따랐고, 우리나라 제유(諸儒)의 종사(從祀)는 고려의 제도에 의거했다. 조선조 국립대학인 성균관 역시 국립대학의 정통성을 그대로 준수했다. 교육내용과 교육제도는 함부로 시대적인 풍조에 따라 변화해서 안 된다는 인식을 우리 선인들은 갖고 있었다. 성균관의 주산(主山)은 창덕궁과 마찬가지로 응봉(鷹峯)이다. 전국 각지에 산재한 주산 또는 진산(鎭山)은 그 지역의 전략적 요충지였다. 조선왕조가 국가적 차원에서 제사를 올렸던 모든 산(치악산·계룡산·용문산·감악산 등)들에 현재에도 이들 산마루에는 거의 모두 군사 기지가 있는 점을 참작컨대, 소위 풍수지리가 단순한 미신만은 아닐 듯하다.

학교 터를 잡는데 있어서 지형이 갖는 교육적 효과를 우리 선인들은 파악하고 있었다. 이는 서양의 교육학이 미처 보지 못했던 영역이다. 산골에서 자란 아이와 바닷가에서 성장한 아이와 도시 및 시골에서 자란 사람들의 성격이 다른 것은 환경이 인간에게 얼마나 많은 영향을 주는 것인가를 실증적으로 보여주는 부분이다.

지금 응봉에 군사기지가 있는 것도 의미심장한 바가 있다. 조선조는 응봉의 산자락이 뻗어내려 현 명륜당 뒤쪽에 머무는 형국을 절묘하게 살려서 그 아래에다 성균관의 각양각색의 시설을 갖추었다.

변계량은 '문묘비(文廟碑 : 대성전 뜰 안에 있음)'에서 '산이 뻗어와 멈추었고, 땅은 평탄하고 물은 반원을 그리며 돌아가는 터전에 남쪽을 향하여 건물을 안치했다'고 하였다. 이정귀(李廷龜 : 1564~1635) 역시 <문묘비음기(文廟碑陰記)>에서 '태조 강헌대왕이 도읍을 정한 후, 먼저 묘학(廟學)을 세우려고 한성의 동북 모퉁이 숭교방에 터를 잡았다고 하면서 산이 안아서 휘감은 평탄한 자리에 두물(東泮水·西泮水)이 에워싸며 흘러 절로 반쪽 구슬(半璧 : 泮宮을 반쪽 구슬에 비유했음)이 되었으니 진실로 하늘이 내린 신령스런 지경[靈境]이라'고 격찬했다. 성균관의 교원(校園)은 성균관 유생들의 심신도야와 정서순화에 도움을 주는 지형을 취하고 있다. 선인들은 이 같은 자연 환경을 일러 풍수지리설로 표현했던 듯하다.

『성종실록』에 의하면 성종 6년(1475)3월, 경연(經筵 : 왕 앞에서 경서를 강의하며 학문을 논하는 자리) 석상에서 노사신(盧思愼 : 1427~1498)은 '옛적 황사(皇使 : 중국사신) 김식(金湜)이 문묘를 방문하여 성균관의 지세를 본 후 단정하여 이르기를 수많은 인재를 배출할 땅'이라고 말한 바 있음을 성종에게 아린 것도 풍수사상과 관련된 것이다. 황사 김식은 유명한 풍수가로 알려져 있었다. 풍수와는 관계가 없다고 하겠지만 조선조 5백 년 동안 국가를 다스렸던 기라성 같은 인물들이 성균관에서 배출된 것은 사실이다.

조선조 성균관은 고려조의 성균관과 단절시킨 것이 아니라, 계승한다는 의지를 그 바탕으로 하여 건립되었다. 개성 성균관의 서적들과 기물들은 물론이고, 부속된 노비들까지 고스란히 한양의 성균관으로 옮겼다. 특히 태종 이방원이 성균관 출신이었기 때문에 한양의 성균관을 고려조 성균관의 계승으로 확고하게 인식코자 했을 것이다. 태종이 잠저(潛邸)시 성균관에 공부했을 때 유생들이 사용했던 화종자(畵鍾子) 그릇을 각별히 사랑하여, 즉위한 후 이를 갑 속에 넣어 간수하게 한 사실도 참고가 된다.

역대 왕조들이 오늘날처럼 전조(前朝)의 국립대학을 청산한다거나 폄하하는 따위의 경솔한 태도를 취하지 않고, 이를 계승, 발전시킨다는 전통의식을 지녔던 선인들의 지혜는 지금은 물론이고 미래에도 귀감이 되어야 한다.

〈「유림춘추」 472호. 1998〉

5.
벽송회碧松會의 연원

조선조 태종(太宗 : 1367~1422)은 역대의 제왕 중 성균관에 특별한 관심과 애정을 가졌다. 그는 고려 성균관에서 정식으로 교육을 받았고, 또 성균관을 통하여 과거에 합격한 영명한 지도자였다. 조선조는 교서관(校書館)·예문관(藝文館)·성균관(成均館)을 칭하여 삼관(三館)이라 했다. 이들 삼관은 문헌의 출판과 왕의 지시사항과 외교문서 등을 관할하고 대학교육을 담당하던 조선조의 중요한 기관이었다.

태종은 1402년 2월 28일 이들 삼관에 근무하는 지식인과 태학생(太學生)들의 사기를 진작시키기 위해, 교서관에는 홍도연(紅桃宴), 예문관에는 장미연(薔薇宴), 성균관은 벽송연(碧松宴)이라 하여 3년마다 돌려가며 궁정의 술과 음식을 내려 잔치를 베풀게 하라고 교시했다. 성균관에서 개최되는 연회 이름을 '벽송연'이라 한 것은, 본래 성균관의 주산인 응봉(應峯) 자락에 소나무가 많이 있었지만, 계속 소나무를 심어서 이로 인해 독야청청의 낙락장송이 장관을 이루었기 때문에 그 뜻을 취한 것이다.

또한 늘 푸른 소나무의 기개를 따서 벽송정(碧松亭)이라 명명한 정자를 명륜당 위쪽 응봉 산맥 말미에 축조하여 성균인들의 토론장과 유희

장으로 활용하게 했다. 벽송정에서는 성균인들이 함께 술을 마시며 학문과 천하대세를 논하기도 했고, 때로는 시국선언과 시위 계획을 짜는 장소로도 사용되었다. 성균관의 연회 이름을 조정에서 '벽송연'이라 일컬은 것은, 조정의 관료가 될 성균관의 선비들이 불의와 타협하지 말고 국가와 민족을 위해 소나무와 같은 기개로 임하라는 엄숙한 의미가 담겨 있다. 그러므로 600여 년이 지난 오늘 성균관대학 출신 교수들의 모임을 칭하여 '벽송회'라 한 것은 지극히 타당하다.

기록에 나타난 최초의 벽송회음(碧松會飮) 또는 벽송연은, 1402년 4월 17일에 대언(代言) 이응(李膺)을 성균관에 파견하여 주식을 내렸고, 성균관에서는 이들 음식을 받아서 연회를 성대하게 베푼 것이 효시이다. 벽송연의 기록은 후대에 별로 나타나지 않는다. 그러나 아마도 성균관 자체에서 음식을 마련하여 벽송연을 계속 삼 년마다 개최하지 않았나 한다. 조선조는 국립대학인 성균관이 두 개가 있었는데, '개성 성균관'과 '한양 성균관'이 그것이다. 그러므로 개성과 한양 성균관에서 함께 벽송연이 설행된 것처럼 여겨진다. 이처럼 장구한 유서를 가진 벽송연이 오늘날 '벽송회'라는 이름으로 활발하게 계승되어 지속되고 있는 것은 결코 우연이 아니다.

〈벽송회 모임에서. 2002〉

6.
반촌泮村의 역사와 반촌길

① 동서고금을 막론하고 젊은이가 있는 곳에는 사람들이 몰리고, 발랄한 천연문화가 형성되기 마련이다. 조선조 오백년간 한민족의 태학(太學) 성균관이 위치했던 숭교방(崇敎坊)에도 오늘날의 대학가에 해당하는 반촌(泮村)이 존재했다.

반촌은 반수(泮水) 주변에 형성된 마을이었기 때문에 얻은 명칭이다. 반수는 동반수와 서반수가 있었고, 이들 두 물줄기가 만나서 남쪽으로 뻗어 현재 명륜동 육교 근처를 지나 다시 동쪽으로 가다가, 옛 서울 문리대 앞으로 뻗은 대로를 경계로 하여 동반촌과 서반촌으로 나뉘어졌고, 성균관에서 반촌으로 나가는 입구에는 하마비(下馬碑)가 높이 솟아 있었다.

반촌에 거주한 사람들을 일러 반인(泮人) 또는 관인(館人)이라 불렀다. 물론 신분적으로는 차이가 엄연했지만, 인간적으로는 고향을 멀리 떠나온 당대의 성균인들과 남다른 정의(情誼)가 있었을 것이다. 그들은 원래 한양 사람이 아닌 멀리 개성에서 온 이주민들이었다. 서명응(徐命膺 : 1716~1787)은 반수를 중심으로 형성된 반촌의 반인들이 수천 명에 이르며, 그들은 고려 말 안향(安珦 : 1243~1306)이 개성의 성균관에 공여한 가동(家僮) 백여 인의 후예라고 했다.

반인들은 반촌에서 태어나 생장했으며, 반촌 밖으로 주거지를 옮기지 않았기 때문에 그들 나름의 독특한 문화를 가졌고, 또 이를 계승해 왔다. 이들 중 일부는 주먹을 휘두르고 도박을 일삼으며 사소한 이익을 추구하던 인물들도 있었다. 그러나 숭교방(崇敎坊)에 거주했던 수천을 헤아리는 반인들은 반촌 북쪽에 단(壇)을 만들고 그들의 과거 주인이었던 안향(安珦)을 위해 기일(忌日)마다 정중하게 제사를 올리며, 추모의 정을 수백 년이 지난 당시(18세기)까지 연면하게 지녔던 의리의 사람들이기도 했다.

그런데 반촌의 풍속을 보면, 남녀의 복장이 사치스럽고 화려했으며 그들 나름의 독특한 노래와 언어도 있어서, 당시 유교에 의해 절제되던 수도 한양의 사회 분위기와 사뭇 달랐다. 이른바 수선지지(首善之地)에서 배태된 이 같은 비유가적(非儒家的)문화를 고쳐보겠다는 의지를 가진 안광수(安光洙)라는 인물이 나타나 '제업문회(齊業文會)'라는 조직을 만들어, 대학가인 반촌의 정화운동을 시도했다.

이 정화운동은 솔선수범하는 안광수의 노력에 힘입어, 반인들은 학문과 윤리를 알게 되어 젊은이는 노인을 공경하고, 강한 자는 약한 자를 도와주는 건전한 풍속이 형성하였고, 이를 감사하게 여긴 모든 반인들이 재물을 갹출하여 안광수의 제사를 올리기도 했다.

❷ 반촌의 반인들은 성균관의 사무·수위·주방·청소 등의 직책을 맡았고, 이와는 달리 협객과 도박꾼, 재인(宰人, 백정) 등도 더러 있었다. 이들은 단결력이 특히 강하여 경우에 따라 집단행동을 하기도 했다. 반촌의 문화는 고려조의 수도였던 개성의 유풍이 상당히 남아 있었

다. 그러므로 당시 한양 사람들에게 반촌은 매우 특별하게 취급되었고, 한양과는 다른 별다른 세계로 인식되었다.

이들 수천의 반인들은 성균관 유생들과 매우 *끈끈한* 인간관계를 형성하고 있었다. 한달에 서너 차례 있었던 휴일, 반촌 동쪽의 앵두밭과 벽송정(碧松亭) 주변에 펼쳐진 울창한 소나무 숲 속에서 우리들의 선배였던 유생들과 남녀 반인들의 낭만적인 만남도 충분히 예상된다.

『경국대전(經國大典)』에 의하면, 매년 방학은 6월 7월과 11월 12월 두 차례 있었고, 휴일은 1일, 8일, 15일, 23일 등 네 번이 있었는데, 이는 오늘날의 방학·휴일 등과 그 기간이 거의 일치한다. 지금도 도하의 대학생들이 이곳에 운집하여 학문과 예술을 논하며 낭만을 즐기는 장소가 된 것은 우연이 아닌 필연이라 하겠다.

성균관을 중심으로 형성된 대학가인 반촌을 말할 때, 고려시대의 안향과 조선조 후기의 안광수를 잊을 수가 없다. 안향은 반인과 반촌의 형성에 관계가 있다면, 안광수는 피폐하고 문란한 반촌사회를 정화하여 대학가의 올바르고 건전한 문화를 창출한 분이다.

성균관대학교와 옛 경성제대 자리와 명륜동·혜화동·동숭동 등 과거 숭교방 전 지역도, 다시 정화되어 건강한 문화의 거리로 변모될 필요가 있는 만큼, 정부차원에서의 재정비가 시급히 요망된다. 또한 조선조 600년의 대학문화가 깃들어 있는 이 지역에 반촌길로 명명된 가로가 있어야 함은 너무나 당연하다.

〈반촌길 명명을 제안하면서. 2000〉

7.
대학의 지정학地政學과 학풍

❶ 대학의 생명은 학문에 있다. 학문이란 단순한 지식의 집적이 아니라 어떤 관점에 의해 주장된 주제다. 이것을 우리는 학풍이라 이른다. 여기서 '풍(風)'이란 일찍이 최치원이 말했던 '나라에 현묘한 도가 있는데 그것을 이름 지어 풍류(風流)라 한다.'의 '풍류'와 관계가 있다. 풍류의 '풍'은 고유의 전통과 접맥된 것이다. 따라서 대학에도 단순한 지식의 축적이나 전달의 차원이 아닌 특유의 학풍이 있다. 우리 대학이 지닌 학풍의 성격과 품격 여하에 따라 우리 대학의 질이 결정된다. 이에 우리는 우리가 향유한 학풍에 대해 돌아 볼 필요를 느낀다.

우리 대학이 위치한 청주는 우리 민족의 역사와 더불어 부침을 거듭한 한반도의 심장부다. 충청도는 본래 마한의 땅이었다가 신라와 백제에 분할되었고, 이어서 신라에 합병된 유서 깊은 고장이다. 청주는 백제 시에는 '상당현 낭비성 낭자곡(上黨縣 娘臂城 娘子谷)'이라 불렸고 신라는 '서원경'이라 이름했으며, 청주라는 명칭은 고려 태조 때부터 비롯되었다. 청주가 속했던 '도명'도 다단하다.

중원도, 관내도, 양광도, 충청도, 하도도 등이 그것이다. 이것은 청주가 한반도 심장부에 위치하여 무수한 정치적 시련과 아울러 그것들이 가져온 다양한 문화가 교차한 곳임을 느낀다. 우리 대학이 있는 청주는 외부로부터 엄청난 도전을 받아온 시련의 땅이다. 이 밖으로부터 수천 년을 두고 밀려오고 간 도전을 청주는 어떤 형태로 응전을 했느냐가 관심사이고 이것이 곧 청주의 성격이며 나아가서 우리 대학 학풍과도 연관이 있다.

외래문화의 수용에 대해서 두 가지 실패한 유형을 지적할 수 있다. 아메리카인디언은 외래문화를 전혀 수용하지 못했기 때문에 멸망했고, 청나라 민족은 외래문화인 중국문화를 너무 열광적으로 받아들인 나머지 민족 모두가 소멸하고 말았다. 여기서 우리는 토착성과 외래성의 미묘한 관계를 응시할 수 있다. 토착성을 배제한 문화란 문화가 아닌 모방이요, 흉내요, 복사이다. 토착성 자체에도 문제는 있다. 그것이 무작정 과거의 지속이거나 신풍을 거부하는 것이어선 안 된다. 풍을 수용하여 재창조하는 진취성을 발휘할 때. 그 토착성은 보배로운 것이다.

'한단지보(邯鄲之步)'는 한단의 걸음걸이를 모방하다가 자기 고향의 보격조차 잃어버리고 뒤뚱거리는 걸음걸이를 하는 우리에게 무언의 경고를 하고 있다. 이런 곳에서는 학풍이 설 땅이 없다. 옛날 송나라에 대대로 세탁업을 전문으로 하는 사람이 있었는데, 손발이 트지 않은 비방의 약을 갖고 있었다. 어떤 사람이 그 비방이 있음을 듣고 백금을 주고 샀다. 그는 곧 그 비방으로 오왕(吳王)의 신하가 되어 그해 겨울 수전(水戰)에서 월(越)을 쳐부수고 그 공로로 할지(割地)의 봉(封)을 받아 후(候)가 되었다.

똑같은 비방을 가지고 대대(代代)로 세탁하는 데 사용하는 이가 있는가 하면 그것으로 봉후(封候)가 되는 사람도 있다. 우리는 이 고사에서 많은 암시를 얻는다. 비방은 대대로 빨래하는 데만 사용하는 옹졸함을 과감히 벗어나서 국가군 전쟁에서 승리를 가져다주는 발전적 지향의 대상으로 삼아야 한다. 우리 대학의 학풍도 이런 차원에서 재정립되어야 할 줄 안다.

충북대학은 호서지방에 있으니 호서지방에 특성을 살려야 한다는 말을 듣는다. 일견 타당한 말이다. 그러나 이 말에는 일말의 아쉬움이 있다. 호서지방을 대표하는 데만 머문다면 지방대학으로 머문다는 것과 같다. 앞서 청주는 한반도의 심장부라고 말한 바 있다. 한반도의 심장부에 위치해서 좁은 호서에 정착하고 만다는 건 아무래도 안타깝기 그지없는 노릇이다. '호서(湖西)'라는 명칭 자체도 너무 편협하다. 충청도의 옛 지명에는 전국적이고 한반도 전체를 포괄하는 명칭의 의미가 있었다. '관내(關內)'와 '중원(中原)'이 그것이다. '관내'와 '중원'은 바로 한반도의 심장부라는 개념을 지닌 어휘인 것이다. 이에 우리는 '호서'의 테두리를 탈피하여 '중원'으로 확대할 필요를 느낀다.

❷ 옥스퍼드대학은 런던에 있지 않으며, 캠브릿지 역시 동일하다. 하바드나 예일대학 또한 워싱턴에 있지 않다. 그런데도 이들 대학은 세계적인 대학이며 옥스퍼드, 캠브릿지 지방을 대표하는 학교가 아님을 생각할 때, 우리 대학도 호서의 대학에 머물러 안주할 수 없는 소명감을 느끼게 된다. 청주는 역사의 파란 이끼가 탐스럽게 자라고 있는 고장이다. 따라서 청주는 「중원」의 청주이여야 하며, '관내'의 청주여야 한다. 그러므로 우리 대학은 호서학풍을 육성하면서 중원학풍으로 발전, 승화시켜야 하는 것이다.

청주가 지닌 그 특유의 고집은 모태(母胎)다. 이 모태의 기층에다 우리는 웅장한 탑을 세워야 한다. 그것이 단순한 '청주풍'이나 '호서풍'에 머물지 말아야 하며 한반도 심장부 위치한 긍지를 살려서 적어도 '중원풍'의 위용은 갖추어야 한다. 우연치 않게 우리 대학의 주소가 개신동

이다. '개신동(開新洞)'은 우리 대학의 나아갈 바를 제시한 어떤 묵시가
아닌가 한다. 개신은 곧 '일일신(日日新)'이다. '일일신'은 끊임없는 자기
해체요, 자기부정에서 이루어진다. 우리는 아메리카 인디언이 되어서는
안 된다.

대학의 자랑이 비단 웅장한 건물과 광대한 부지만을 일컫는다고 말
할 수는 없다. 웅장한 건물과 광대한 부지는 경제적 여건만 되면 일
년 안에 다 마련할 수가 있다. 반면 대학의 본질인 학풍은 경제력으로
도 안 되고 일 년 만에는 더욱 불가능하다.

따라서 건물과 부지는 대학의 중요한 요소이긴 하나, 그것은 학풍
조성을 위한 최소한의 수단이어야 하며 그 이상은 안 된다. 우리 대학
의 학풍은 개성적인 개신인을 양성하는 데 있다. 개성적 개신인이 우리
문화에 기여하는 것으로 무개성의 평범한 개신인을 우리 대학이 다량
으로 배출한다면, 그것은 평범한 문화의 단세포적 증식에 이바지할 따
름이다. 여기에 우리는 우리 대학의 학풍을 키워야 하며 발전시켜야 할
까닭이 있는 것이다. 학풍의 성격에 관해서 단정짓는 것은 간단하지가
않다. 그러므로 우리는 계속 우리의 학풍에 대한 연구와 검토를 해야
하며 꾸준한 변화와 발전을 거듭해야 한다.

그러기 위해선 청주가 지닌 전통을 모태로 해서 그 위에 일일신의
새로운 학풍을 불어넣어 '중원학풍'을 양성해야 한다.

〈'충북대신문' 사설 242호. 1980〉

8.
캠퍼스의 미학

❶ 캠퍼스는 학풍과 더불어 대학에 가장 중요한 요소이다. 학풍이 내면적 요소라면 캠퍼스는 외면적 요소다. 캠퍼스는 그것이 위치한 자연환경과 건축물로 크게 나눌 수 있다. 따라서 자연환경과 구조물의 조화는 대단히 중요한 것이다. 대학시절에 거닐던 캠퍼스의 길과, 그 길을 거닐면서 보았던 건물의 모습은 평생을 두고 잊을 수 없다. 아울러 여기서 받은 인상은 인격형성에 큰 작용을 한다. 중앙청(전 조선총독부)과 정부종합청사를 보았을 때 그 느낌은 상당히 다르다. 느낌은 보는 이의 성격에 영향을 주게 마련이다. 우리 선인들은 이미 건축물이 주는 어떤 영향을 의식했던 것이 아닌가 한다. 경복궁을 위시한 궁궐과 불국사를 비롯한 모든 사찰과 전통적인 한옥이 갖는 외양은 확실히 우리의 정서에 작용을 하고 있다.

그 작용이 어떤 성질의 것인지는 정확히 단정할 수 없으나, 분명한 것은 부정적인 작용은 아니라는 점이다. 그런데 현대적 건물은 외래건축의 이식이거나 단순한 모방에 불과하여 보는 이의 미적감응은 별로 좋지 않은 듯하다. 이로써 보건대, 캠퍼스의 자연환경과 건물의 미적 구조는 매우 중요하다고 본다. 왜냐하면 캠퍼스는 그 자체가 하나의 무언의 교육이기 때문이다. 이 무언의 교육은 강의나 기타 학습에 필적하는 효과를 갖는다.

인간이 향유하는 미적 범주는 대체로 숭고미, 우아미, 비장미, 골계미, 넷으로 나눈다. 캠퍼스의 구조물이 골계스럽거나 경박하다면 대학인의 정서를 해친다. 숭고미를 지닌다면 그 이상 바랄 바가 없겠으나 그것이 어렵다면 장중한 멋을 풍겨야 한다. 그러므로 건물의 기둥 하나, 벽돌 한 장에 신경을 써야 함은 물론이고, 특히 지붕의 구조미는 더욱 중시해야 한다.

충북대학교는 훌륭한 터전에 자리 잡았다. 광활한 부지며, 원시림을 연상케 하는 울창한 숲이며, 알맞게 굴곡진 구릉이며, 애 굽은 반송이며, 졸졸 흐르는 시냇물 등등 실로 천혜의 터전인 듯하다. 이 아름다운 천혜의 터전을 교육적 차원에 입각하며 미적으로 승화시킬 의무를 절감해야 한다. 특히 유의할 점은 입목의 벌채에 있다. 현재 우리 대학 내에 서있는 나무는 적게는 수십 년 많게는 수백 년의 연륜이 쌓인 고목이 대부분이다. 오늘의 이 나무와 숲은 적어도 오십 년 전에 심어진 것이니 반세기의 역사를 지녔다. 새 건물이 들어설 때마다 베어지는 나무에 우리 개신인은 아픔을 느낀다. 건물을 짓기 위해선 어쩔 수 없는 일이라고 모두들 공감을 하지만 아픔은 역시 아픔인 것이다.

건물은 반년 만에 지을 수 있으나, 나무는 그렇지 못하다. 따라서 우리는 우리 대학 내에 있는 소나무 한그루, 도토리나무 한그루, 버드나무 한그루, 벚나무 한그루에 깊은 애정을 지녀야 한다. 입목에 벌채는 최소화해야 한다. 공사용 차가 좀 돌아가는 한이 있어도 공사에 조금은 불편이 있다 해도 입목을 최대한으로 살려야 하는 것이다. 대학 건설본부에서 애정을 가지고 설계했고 건축하고 있을 것이라 생각한다. 지금 들어선 건물도 상당한 노력과 연구의 결과임을 안다. 건물의 미적 감각도 매우 훌륭하다고 느끼고 있다. 다만 우리의 바라는 바는, 보다 장중하고 숭고하고 우아하기를 욕심내는 것이다. 왜냐하면 앞서 지적한 대로 캠퍼스의 미학은 곧 말없는 교육인 까닭이다.

❷ 넓은 초원을 바라보며 성장과 사람과, 광대한 바다를 응시하며 자란 사람과, 협착한 골짜기에 산을 쳐다보며 자란 사람들의 성격은 여러모로 다르다. 협소한 캠퍼스에서 볼품없는 건물을 응시하며 학창 시절을 보낸 학생과 웅장한 건물을 바라보며 생활한 대학인은 그 마음이 다르리라고 본다. 졸업 후 사회 속에 뛰어들어 삶에 임하는 자세 또한 다를 것이 분명하다. 그저 넓기만 하고 방만한 캠퍼스에서 생활한다면 성격형성이 산만해질 우려가 있다. 그래서 넓은 캠퍼스일수록 밀도 있는 설계와 건물 배치, 그리고 입목 등 자연과의 조화가 필요한 것이다. 그러기 위해 요구되는 것은 캠퍼스의 구심점이다. 운동장이 구심점이 될 수도 있다. 그러나 운동장은 운동장으로써의 한계를 지닌다. 그러므로 운동장이 아닌, 보다 정신적이고 학구적이고 원초적이며 영적인 공간이 필요하다. 이곳에 수백 명이 모일 만한 공간이면 족하다. 그러나 이곳은 하루 한번쯤 개신인이면 누구나 찾아야할 그런 곳이어야 한다.

거기엔 충북대학교를 상징하는 그 '무엇'이 있어야 한다. 이 '무엇'에 대한 연구가 앞으로 있어야 할 줄 안다. 이곳은 개신인의 출발점이면서 아울러 종착역이 되어야 하며, 준성역의 성격을 지녀야 한다. 그곳은 전통의 시발점이요 학풍의 본원지여야 한다. 이 광장에 개신인의 상징이 혹은 조각품으로 혹은 주조물로 장엄한 모습으로 솟아 있고 그 아래 잔디밭이나 또는 의자에 개신이이 삼삼오오 무리지어 앉아 학문을 토론하고 인생을 의논하고 미래를 탐색하는 모습이 보여야 한다. 건설본부에는 이미 이런 계획이 수립되었는지 모르지만, 여하간 이러한 광장은 꼭 있어야 한다고 믿는다. 그 곳은 우리 대학의 명소가 되어야 하며 캠퍼스 미학의 정수여야 하는 것이다.

공과대학과 교육관이 완성되어 그 웅장한 모습을 드러내었고 인문대학이 특유의 단아한 모습으로 그 자태를 보이고 있으며, 곧이어 농과대학도 그 형태가 드러날 것이다. 이러한 신축 건물들이 기존 건물과 조화를 이루어야 하며, 나아가 캠퍼스의 자연환경과도 융화가 이루어져야 한다. 대체로 이 점은 성공했다고 개신인 모두는 보고 있다.

이에 욕심을 부려서 몇 가지 결론을 대신하여 제안하는 바이다. '개신인의 광장'에 유의해 달라는 것과 '캠퍼스의 미학'에 좀 더 신경을 써 달라는 것과 캠퍼스 안에 자라고 있는 '입목에 대한 애착'을 좀 더 가져달라는 것이다. 아울러 개신인 스스로가 캠퍼스 안의 돌멩이 하나, 풀 한포기, 나무 한그루에도 뜨거운 사랑을 지닐 것을 당부한다.

〈'충북대신문' 사설 246호. 1980〉

9.

개신벌의 개학

① 지나간 겨울은 유난히 길고도 추웠다. 매서운 북서풍은 서릿발처럼 온누리를 에였고, 한 자가 넘는 눈이 십여 차례나 이 땅을 뒤덮었다. 영하 십여 도의 혹한이 파상적으로 엄습을 되풀이했다. 무섭고도 추운 겨울이었다. 강산에 봄은 영영 오지 않을 것 같은 생각이 들 정도였다. 어찌 보면 진실로 겨울다운 겨울이었던 듯도 했다. 온 산야에 눈이 내리고 쌓였다. 전국 곳곳에 설야가 황홀하게 펼쳐졌고, 산이란 산은 모두 은산으로 승화하여 인간세계가 아닌 신선세계가 되었다. 삼라만상은 혹한과 적설 밑에 짓눌려 숨을 죽였다. 숨을 죽이다 못해 숨을 묻을 정도였다. 그러나 역시 겨울은 겨울이었고, 봄은 봄이었다. 만월은 하현에 이어 자취를 감추었다가 신월의 상현으로 되살아나듯, 그 기세등등하던 겨울도 사나운 날개를 접었다.

개신벌에도 봄은 왔다. 개신벌의 겨울은 참으로 장엄했다. 두꺼운 눈을 담은 넓은 운동장의 설원과 울울한 송백이 가지와 머리에 눈을 이고 축축 드리워진 의연한 자태며…, 눈으로 장엄하게 꾸민 이 개신벌의 하늘을 날개를 퍼덕이며 날던 까치의 울음소리가 새봄을 가져왔다. 까치는 개신벌의 상징으로 우리들의 머리 위를 영원히 날면서 동작대에서 무한한 비상의 몸짓으로 우리들에게 군림할는지도 모른다.

개신벌 어디엔가 동작대가 건립되어 개신인을 위해 상서로운 소리로 노래할 때가 멀지 않은 듯하다. 여하튼 개신벌에는 지금 까치가 봄을 노래하고 있다. 삼천여 명의 신입 개신인을 환영하고, 수천 명의 재학생과 끊임없는 정진을 다짐하는 까치의 상서로운 울음이 여기저기 명쾌한 가락으로 울려 퍼지고 있다.

개신벌은 광활하다. 무릇 삼천여 명의 신입생을 포용하고도 남을 만큼 개신벌은 여전히 넓고 크며 의연하다.

송백의 가지에 쌓였던 눈도, 잣나무의 계곡에 도사렸던 눈도 이제는 다 녹았다. 까치의 환성과 더불어 봄은 왔다. 찾아온 봄과 더불어 개학이 되었고 강의실마다 진리탐구의 열기로 가득 차 있다. 강의실을 꽉 메운 신입 개신인과 함께 개신벌의 캠퍼스도 질적으로나 양적으로 많은 변화가 일고 있다.

이 변화는 비록 우리 대학뿐만 아니라, 한국의 모든 대학이 다 겪고 있다. 이 변화에 우리 개신인은 지금 새로운 도전에 직면해 있다. 이 도전에 우리는 우리 나름의 응전의 자세가 필요하다. 그 방법의 하나가 향내적(向內的) 응집이 아닌가 한다. 향내적 응집이란, 개신벌을 힘차게 나는 까치소리에 귀를 기울이는 마음가짐이다. 개신벌은 단지 상아탑만으로 머무는 것이 아니라, 격변하는 국가사회의 일부로 강조되고 있다.

한반도의 심장부인 이곳에 우리 대학은 우뚝 서있다. 따라서 유구한 전통과 민족문화의 핵심의 일부를 우리는 가지고 있다. 그러므로 개신인은 유행처럼 나도는 한국학이 아닌 민족문화의 핵심을 파악하여 심화 발전시킬 의무를 지닌다. 우리 개신인은 열매를 맺기 위해 꽃을 피워야 한다. 화사한 색채만을 자랑하다 얼마간 피었다가 떨어져 열매도 맺지 못하는 그런 꽃을 피워서는 안 된다.

'소춘(小春)'이란 말이 있다. 가을이 지나고 초겨울에 1접어들 10월 무렵 십여 일간 날씨가 겨울답지 않게 따뜻하면, 철없는 개나리, 진달래 복숭아 배나무가 봄이 온 양 경솔하게 판단하여 다투어 꽃을 피운다.

분홍색 노랑색 백색의 찬란한 빛깔을 뽐내며 눈을 현혹시킨다. 그러나 현명한 사람은 꽃을 피운 개나리 진달래를 가련한 시선으로 바라본다. 왜냐하면 곧이어 무서운 북서풍과 차가운 눈보라가 휘몰아칠 것을 예상하기 때문이다. 아니나 다를까 과연 얼마 후 기온이 영하로 뚝 떨어져 눈보라가 천지를 뒤덮는다. 고운 빛깔로 뽐내며 피었던 개나리 진달래 도화 이화의 운명은 너무나 뻔하지 않는가. 그 꽃들은 꽁꽁 얼어 눈보라에 휘날려 흔적도 없이 사라지고 만다. 진달래 개나리가 후회해도 이미 꽃은 피었고 피어서 떨어져 눈보라 속에 휩싸이고 말았으니 소용이 없다. 쓸데없는 짓을 했다고 뉘우쳐도 때는 늦은 것이다. 늦은 가을 초겨울의 이러한 때를 우리는 소춘이라고 한다. 개신인은 적어도 소춘을 맞아 가슴 설레는 경솔함이 없어야겠고, 떨어지고 말 꽃을 피워선 안 됨을 깊이 깨달아야 한다. 열매를 맺고, 그리고 떨어져 흙속에 꽃잎이 묻혀 한 줌의 거름이 되어 열매를 살찌우고 익게 할 그런 꽃을 피워야한다.

❷ 개신인은 개학을 맞아 소춘이 아닌 대춘이나 진춘의 기후를 익혀서 진중한 자세로 영양분을 흡수하여 열매를 맺을 꽃을 피울 준비를 해야 한다. 자벌레가 몸을 굽히는 것은 앞으로 전전하기 위해서이다. 우리는 열매를 맺기 위하여 경박하게 날뛰지 말고 자중하면서 향내적 응집에 몰두하는 현명함을 익혀야 한다. 그러기 위해서는 자벌레의 지혜를 배워야 한다. 전진하기 위하여 몸을 구부렸다가 자로 재듯 쭉 뻗어 힘차게 나아가는 신중함과 박력을 본받아야 한다. 고목나무가 수백

년 혹은 수천 년을 살아 존속한 이유는 무엇일까. 그리하여 우람한 덩치와 울창한 가지를 드리워 그 아래에서 사람들로 하여금 장기를 두고 낮잠을 자게 하고 혹은 피곤한 몸을 쉬게 하는 대덕을 발휘하는 이유는 무엇일까. 고목이 그처럼 오래 산 이유는 쓸모없는 나무로 보여서 사람들의 도끼를 피한 것이 하나고, 다른 하나는 신이 사는 신목이란 인상을 주어 사람들이 경배했기 때문이다.

고목은 외양으로 쓸모없게 보였을 따름이지 실지로는 이처럼 많은 사람들에게 절대적인 필요를 충족시켰지 않았던가. 자벌레 역시 남들이 보기에 후퇴하는 인상을 주지만 기실 순식간에 앞으로 뻗어나간다. 우리는 '고목'과 '자벌레'의 지혜를 새겨야 할 필요가 있다.

앞서 대학의 변화를 말한 바 있다. 그 변화에 임하는 방법으로써 우리는 '고목과 자벌레'의 몸짓과 뜻하는 바를 가슴에 새겨야 한다. 아울러 소춘의 온화한 기후에 미혹하여 곧이어 닥칠 눈보라를 잊는 어리석음을 되풀이해서도 안 되겠다. 다소 춥게 느껴지더라도 얼마 후 '진춘'이 온다는 선견지명을 익히기 위해서라도 경박한 몸짓이나 우쭐대는 마음을 버리고 조용히 자기 속으로 돌아오는 향내적(向內的) 태도가 요청되는 때다. 그러기 위해서는 우리 개신인 모두는 연학(研學)과 연진(研眞)의 자세로 개신벌 서작(瑞鵲)의 울음소리에 귀를 기울이는 진중한 몸가짐이 절실하게 요청된다.

〈'충북대신문' 사설 255~6호. 1981〉

10.
대학인과 전통문화

①　한 국가의 존속과 강약은 그 나라가 지닌 문화의 정도에 달렸다. 대학사회의 발전과 진보, 또한 대학이 가진 문화에 크게 좌우된다. 대학은 우리 사회에 있어서 큰 비중을 차지고 있는 거대한 집단의 하나다. 대학이 영유한 공간은 우리 국토에 비할 때 엄청난 면적이 아닐 수 없으며 대학이 거느리고 있는 인구 또한 수십만을 헤아리는 대중이다. 대학인의 인적 구성은 비슷한 연령과 비슷한 지식 수준에다 출신계층도 대동소이하다. 대학인은 이처럼 많은 동질성을 그 특성으로 갖고 있다.

그러므로 대학인은 쉽게 단결하며 쉽게 의견일치를 보며 쉽게 행동통일을 한다. 또 대학은 사회로부터 독립하여 하나의 세계를 형성하여 대학의 법과 율로써 통제되는 준자치령의 성향을 갖고 일반사회를 향하여 많은 문제를 힘 있게 제기한다.

대학은 고도의 지성과 드높은 이상과 무후한 순수성을 지닌 채 과거도 현재도 아닌 미래를 응시하는 뜨거운 정열의 현장이다. 따라서 대학인의 문화는 사회의 관심사가 될 뿐 아니라 민감한 반응을 불러일으키기 예사다.

대학문화는 대학사회에 국한하는 것이 아니라, 한 나라의 문화에 변수로 작용하여 기성문화에 변혁을 시도하는 힘을 지닌다. 어느 시대를 막론하고 대학인은 당시의 기성문화에 불만을 품고 있다. 대학인의 불만 중에는 우리가 참작해야 할 요소가 있음을 인정해야 한다.

❷ 대학인의 장발은 사회인의 단발에 대한 불만의 표시이다. 일찍이 우리 민족은 머리를 짧게 깎은 적이 오천년 역사를 통하여 없었음을 대학인은 알고 있다. 정복국가인 청나라의 변발도 거부한 민족이었지만, 일제에게는 수천 년간 길러온 머리를 깎인 치욕의 경험도 있다. 이처럼 우리 민족은 오천년 역사라고 가정했을 때, 사천구백 오십 년 동안은 장발로 살아왔고, 나머지 오십 년 동안만 삭발에 가까운 짧은 머리로 살아온 것이다.

대학인의 장발은 사회로부터 강한 반발과 저항을 받았지만, 대학인의 끈질긴 집념과 반항으로 그 압력을 물리쳤다. 이것은 사회가 일제로부터 배운 단발령을 다시 대학인에게 내렸지만 대학인은 그것을 용납하지 않았다. 대학인에게 제2의 단발령을 내린 사회인은 일제에 의해 머리를 깎였지만 대학인은 그들의 머리를 지킨 것이다.

우리 민족은 외래문화에 대해 비교적 관대한 편이나, 20세기 후반인 오늘날 이 한반도에 살고 있는 시인들만큼 관대한 적은 없었다. 창피스러울 정도로 관대하다. 일찍이 불교가 이 땅에 들어왔을 때, 기층문화인 선교(仙敎)는 완강한 저항을 했다.

그러나 불교문화의 윤리성과 합리성 및 논리성 앞에 백기를 들 수밖에 없었지만, 선교는 불교 속에 많은 부분을 점유하여 불교의 본질을 한국적으로 변용한 저력을 과시했다. 따라서 당시의 선인들은 의연했고 당당할 수 있었다.

　신라의 '월명사'가 서라벌에 우렁차게 울려 퍼지는 이교의 범종소리를 들으며 선교의 황혼을 차탄하면서도 선풍의 피리를 힘차게 불었던 기개를 기억할 필요가 있다. 선인들은 이차돈 순교적 피를 보고도 놀라지 않았으며, 공경귀족들이 당나라에 유학하고 돌아와 고도의 지성을 뽐냈지만 선인들은 그들에게 경배하지 않고 여전히 선풍을 믿고 있었다.

　시대가 흘러 사찰의 범종소리가 가냘퍼지자 전국 방방곡곡에 대성전 명륜당이 들어서고 서원이 고을마다 건립되어, 『사서오경』 외우는 소리가 온 나라에 진동하기 시작했다. 이와 때를 같이하여 불교에 대한 박해가 절간에 몰아쳤지만, 선인들은 거기에 아랑곳없이 의연하게 '나무아미타불 관세음보살'을 염하기를 멈추지 않았다. 그러나 불교는 행정력과 밀착된 유학에 밀리지 않을 수가 없었다. 15세기 이후의 유가문화는 이미 중국의 것이 아니라 한국적 변용을 거친 한국의 유교가 되어 있었다. 유학은 유교로 승격되어 사람들의 예찬을 받았다. 여기에 질세라 도교 또한 불교와 전후하여 이 땅에 들어와 선교(仙敎)와 타협하고 어울려 '용왕님 칠성님'이라고 외치며 한반도를 누볐다.

　이들 유불선 삼교는 우리 문화를 풍부하게 살찌웠다는 긍정적 평가와 아울러 수용방법의 졸속으로 기층문화인 선교(仙敎)를 혹독하게 말살시킨 역기능을 상기할 필요가 있다. 선교 위를 휩쓴 유불선 문화의 태풍 속에서 민중은 심한 '아노미' 현상에 갈등과 분노와 망연자실의 상태에 표류하고 있었다.

　한국인의 종교와 문화의 갈등과 표류를 간파한 일제는, 독수리처럼 국권을 앗아간 것이다. 민중의 표류는 외국의 침략을 불러온다. 외세와 결탁한 부패한 관료들은 나라를 헌납한 대가로 작위를 받고 부귀영화를 마음껏 누리다가 천수를 마쳤다. 민족의 비극의 한 원인이 문화의

'아노미'에 있었음을 알아야 한다.

❸ 　지금도 우리의 문화는 계속 유린되고 억압되며 말살되고 있다. 이러한 고유문화의 말살이 진행될 때마다 우리의 귓전을 폭풍처럼 때리는 말이 있다. 국제주의니 세계주의니 사해일가니 눈은 밖으로 돌려야 하느니, 민족주의는 편협한 배타주의니 하는 따위의 말이 그것이다.

우리는 지금 외국을 배워야 한다. 대학인도 이 점은 누구보다 잘 알고 있다. 다만 대학인은 한국적 변용을 요구하며 한국적 재창조를 갈망할 따름이다. 대학인은 기성문화가 우리의 것을 억압하고 말살하고 매몰시키는 방향으로 문화가 형성되는 사실에 저항한다. 이에 대학인은 우리의 것을 지키고 우리의 문화를 바탕으로 새로운 문화를 창조해야겠다고 신념하고 뭉쳐서 대학문화의 기초를 닦고 있다.

일부 대학인은 누적된 문화의 퇴적 속에서 땅을 파헤쳐, '일곱 개의 방울이 달린 제기'를 찾아내어 손에 쥐고 흔들기 시작했다. 이 제기는 일찍이 범종소리에 짓눌려 땅속에 매몰된 지 천여 년 만에 대학인에 의해 빛을 보게 되었다. 질박한 우리 선인들이 권위와 신비와 주력을 뽐내며 쥐고 흔들었던 신성한 물건이었다.

대학인이 이 옛날 옛적의 제기를 쥐고 흔들지라도 그들은 복고가 아니며 원시에의 환원이 아니다. 이 '방울'소리는 범종소리에 매몰되었고, 범종소리는 『사서오경』 외우는 소리에 매몰되었고, 『사서오경』 외우는 소리는 다시 '찬송가와 차임벨' 소리에 매몰된 우리 문화의 퇴적 속에서, 대학인은 용하게도 안개와 구름을 헤치고 '방울'을 발굴해낸 것이다.

사회는 대학인을 응시하고 있다. 두려움과 선망과 기대에 찬 눈으로 응시하고 있다. 그들은 특히 대학인이 쥐고 있는 '일곱 개의 방울'에 관심을 기울인다. 그 '방울'이 지닌 의미를 연구하고 있다. 뜻있는 사람은 대학인 손에 쥐어진 '방울'을 예찬하고 그 방울 소리가 캠퍼스에서 우렁차게 울려 퍼지길 기대하며 나아가선 사회 속으로 들어오길 바란다. 한편 국제주의자들은 이 '방울'소리에 전율을 느껴 전전긍긍한다. 그들의 권위와 위선과 영화를 감싼 헝겊을 찢는 가위이기 때문이다. 그들은 그 '방울'을 빼앗아 다시 땅속에 묻으려고 한다. 그러나 그 방울을 움켜진 대학인의 주먹이 너무 강하여 그들은 당황한다. 이 방울소리의 '리듬과 멜로디' 중의 하나가 바로 대학인에 거행되는 탈춤이요, 캠퍼스에 울려 퍼지는 징소리, 꽹과리소리, 북소리인 것이다.

그들은 방울을 빼앗을 궁리를 하다가 묘책을 발견했다. '이이제이(以夷制夷)'의 법칙이다. 대학인이 향유한 문화 중에서 가장 문제성이 있는 것을 골라 그것을 부각시켜 방울소리를 압도하려고 했다. 대학인이 심심풀이쯤으로 여기고 퉁기는 '기타'와 가볍게 흥얼거리는 '가요'를 골라 극대화시켜 캠퍼스에 소나기처럼 확성기로 퍼 불었다. 대학인은 어리둥절하다가 급기야 발장단을 하기 시작했다. 여기에 용기를 얻은 그들은 신문, 라디오, 텔레비젼 따위의 매스컴을 총동원하여 선양하기 시작했다. 그래서 대학가요가 대학문화의 본질로 착각하게 하려고 했다. 그러나 대학인은 현명하여 이들 가요를 즐기면서도 손에 쥔 '방울'은 놓지 않고 계속 흔들며 민족의 긍지와 전통과 주체성을 구가하고 있다.

❹ 대학인은 선인들이 외래문화를 수용하며 저질렀던 과오를 비판하며 외래문화를 올바르게 받아드리자고 말한다. 그 방법의 하나로 매몰되었던 방울을 찾아내어 흔들고 있는 것이다. 다행스럽게 우리 사회는 한국학의 열풍이 불고 있다. 이 열풍이 바로 대학인이 바라던 바였

고, 대학인이 외쳐온 바람의 열매인 듯도 하다. 그러나 여기에도 주의할 점이 있다. 세계도처에 일고 있는 한국학의 관심이 자칫하면 중국인이 기록했던 현대판 『「삼국지」 위서 동이전』의 재판이어서는 안 된다는 점이다. 대학인은 이 점을 경계하고 쥐고 있는 방울을 놓지 말고 계속 흔들어야 하며, 그것을 닦고 닦아서 광택을 내어 후배에게 전승해야 할 의무가 있다.

<'충북대신문' 252호. 1981>

11.

대학원 교육과 연구영역의 새 지평

❶ 단기 4234년 서기 1920년 대한제국이 멸망한 이듬해인 1911년에 민족정통대학이었던 성균관이 폐쇄되고, 서구·동구의 이데올로기와 종교 및 학문을 기반으로 한 대학들이 우후죽순처럼 설립되기 시작했다. 오천년간 지속되었던 정통이념과 학문을 일거에 폐기하고 서양 해양문화권에서 배태된 서구식 대학 체제를 수립하여 소위 신학문을 교육하기 시작했다. 이 과정에서 반만 년 간 전래되었던 우리 고유의 소중한 문화와 학술들을 심각한 검토도 없이 하루아침에 소멸시키는 우를 범했다. 서구와 동구의 신학문을 수용하여 약 한 세기 동안 마치 그것이 만병통치약인 양 신바람 나게 대학에서 연구에 열중하였다.

이와 같은 연구의 결과로 우리는 일정한 한계 안에서 물질적 풍요와 더불어 문화면에 있어서도 얼마간의 발전을 이룩했다. 그러나 우리가 성취한 이 업적들은 모두가 우리의 정통문화와는 관계가 없는 이질적인 것이었기 때문에 순기능 못지않게 역기능이 더 많았음을 시인하고, 이에 대한 반성과 진지한 비판을 해야 할 시기에 도달했다. 서구의 자본주의와 동구의 사회주의를 기저로 하여 배양된 모든 이념과 이를 바탕으로 해서 생성된 문화가, 우리의 토양에 이식되어 한 세기 동안은 그럭저럭 자라왔지만, 기후와 풍토의 본질적 차이로 말미암아 이제 더 이상 자라지 못할 처지가 되고 말았다. 그러므로 지금부터는 과감하게 이를 뽑아내거나 전지를 할 때가 되었다.

우리 풍토에서 괴이한 모습으로 변질되어 나타난 외래적 한문의 꽃과 열매에 더 이상 미련을 가질 이유가 없다. 학문의 경우도 역시 국제무대에서 확고하게 자리를 차지하고 제대로 성장하기 위해서는 모방이나 복사된 외래적인 것으로는 제구실을 하기가 어렵다. 사정이 이렇게 변했다면, 우리가 수입하여 그처럼 열광했던 서구 및 동구의 학문 영역과 분야에 대해서 심각한 재평가가 있어야 하고, 이렇게 평가된 내용과 기준치에 따라 다시 한 번 확실한 변화가 있어야 할 때가 된 것이다. 우리가 음식물을 외국에 수출할 때, 우리 고유의 '식혜'나 '엿' 등으로 승부를 걸어야지, '피자' 따위로는 국제무대에 나설 수가 없다. 학문 역시 이와 같아서, 우리 나름의 특성을 가진 분야와 영역을 개발하여 세계 속으로 뛰어들어야 국제무대에서 자리를 굳힐 수 있다.

그러므로 대학과 대학원의 교과내용도 50년 전에 설정된 서구 및 동구의 것을 그대로 준수할 것이 아니라 버릴 것은 버리고 취할 것은 취하여 참신하고 진보적인 새로운 영역과 방법론을 구축해야 한다. 여기서 말하는 진보적이라는 것은 민족문화의 약점과 단점을 찾아내어 부각시키거나, 아니면 서구와 동구의 이념적 척도를 근간으로 하여 민족문화를 비하시키는 반민족적 사이비 진보 이념을 말하는 것이 아니다. 조국해방 이후의 근현대사는 사이비 진보이념이 진정한 진보로 분식(粉飾)되어, 민족사의 진행을 퇴보시키는 경향이 있었다.

 대학원의 연구 영역도 혁신적인 변화가 있어야만, 대학원의 장

래가 보장된다고 필자는 주장한다. 인문학의 경우는 특히 적정평가가 결여되어 당대에 별 것 아닌 학문분야가 과대평가되어 연구의 양산 현상을 가져왔는바, 이에 대한 냉정한 비판과 반성이 절실히 요망된다. 전통적으로 중요한 분야가 과소평가되고, 우리에게 별의미가 없는 부분들이 서구적 척도에 의거했거나 또는 몇몇 대가들의 취향에 따라 과대평가된 면도 많았다.

잘못된 척도나 일부 소위 대가들에 의해 불공정하게 측정된 영역에, 후학들이 벌떼처럼 모여서 연구에 몰두한 사례도 적은 편은 아니었다. 이렇게 하여 대량생산된 거품과 같은 연구업적들에 대한 청산문제도 고려되어야 한다. 이러한 문제는 자연과학 또한 예외가 아니다. 외래학문의 주석이나 모방 또는 복사를 능사로 하면서, 학문을 한다고 자긍했던 시대는 확실히 지나가고 있다. 이는 마치 시장에 이미 나와 있는 물건을 본떠서 열심히 시간과 재력과 인력을 투입하여 만들어서 출시(出市)시키는 것과 같다.

우리의 대학원 교육이 21세기에도 살아남기 위해, 필자는 지금까지 외면하고 무시했던 연구 분야의 새 지평을 찾아내고, 과대평가되었던 연구영역의 거품을 제거하고, 우리 조상들이 중시했는데에도 불구하고, 서구적 척도에 의해 홀대했거나 과소평가되었던 진정으로 가치 있는 영역을 재발굴하여 정밀하게 연구할 시점에 와있다.

〈'성대 대학원신문' 74호. 1998〉

12.
연학硏學과 허심虛心

1   백성(百姓)에 대응되는 획일적으로 정의된 민중(民衆)이나, 국민에 상응하는 이념에 의해 구속된 인민(人民)은 모두가 결과적으로 지도자들에 의해 지배당하는 백성일 뿐이다. 우리는 이제 언어가 지닌 이같은 기교적 말장난의 환상에서 깨어나, 다양한 개성과 복합적인 문화의 향유를 인정하는 백성으로 다시 태어날 필요가 있다. 만일 지도자가 없고, 모든 백성이 죄다 지도자가 된다면 배가 산으로 가듯이 그 국가는 지리멸렬하여 방향감각을 상실하고 말 것이다. 그러므로 도덕적이고 총명한 올바른 민족의 지도자는 반드시 있어야 하고, 또 백성은 이를 양성해야 하며 아울러 그 지도자의 지휘에 따라야 한다.

대학 역시 교육자와 피교육자로 구성된 사회이다. 교육자는 교수가 주류이고, 피교육자는 학생이다. 교육자와 피교육자라 제 자리를 지키지 못할 때 대학은 표류한다. 우리는 해방이후 대학사회의 표류에 대한 숱한 기억들을 갖고 있다. 이제 더 이상 표류를 할 수 없는 상황에 이른 만큼, 함께 반성하고 미래에 대한 확고한 좌표를 설정해야 할 시기에 처해 있다.

대목(大木)이 집을 지을 때, 기둥을 세우고 대들보를 올린다. 그런 후

제3장 韓文化와 대학 181

대청이나 방을 만들 때 벽을 쌓은 후 그 공간을 채우지 않고 비운다. 왜냐하면 방안이 비어있어야만, 가구를 놓고 책상을 놓고 침상을 놓아 사람이 활동할 수 있기 때문이다. 옹기를 굽는 도공이 독을 빚을 때도 한가지이다. 독을 만들려면 반드시 그 독 안의 흙은 파내거나 아니면 비워둔 채 옹기를 빚는다. 독 안을 텅 비게 만들어야만, 그 안에 곡식이나 기타 물건을 저장할 수 있기 때문이다. 이와 같이 집과 독의 안은 비어 있어야만 제 구실을 한다. 집안이 흙으로 차 있고, 독 속이 빈틈없이 어떤 물체로 차 있다면 그것은 무용지물이다.

피교육자인 학생은 집과 독처럼 마음을 비워야 한다. 피교육자의 마음이 꽉 차 있으며, 교육자가 아무리 정성들여 교육을 해도 헛수고이다. 왜냐하면 마음속에 이상한 이물질로 꽉 메워져 있기 때문에 교육내용을 받아들일 공간이 없기 때문이다. 일부의 피교육자들은 고등학교를 졸업하고 갑자기 생긴 무한대의 시간을 잘못 활용하여, 외국에서 그들의 필요에 의해 창출된 서적이나 기타 삼류의 이념서적 약간을 읽고, 그것이 마치 만고불변의 진리나 되는 양 착각한 나머지, 교육자들의 강의나 기타의 훈도를 초개같이 여기고 백안시하는 경향이 있다.

❷ 인류가 축적한 지식의 양은 엄청나다. 평생을 터득해도 다 얻지 못할 만큼 풍부하다. 학생들이 읽은 책 몇 권, 친구나 기타 그들에게 영향력을 행사하는 사람들로부터 들은 몇 마디 말은, 망망한 지식의 세계에서는 바다에 떠 있는 좁쌀 몇 알에 불과하다. 삶의 결론은 60대·70대에도 내릴 수 없는데, 20대에 결론을 내리고, 그것에 어긋나는 모든 중요한 이념이나 지식들을 단호하게 배척하는 경솔한 행동은 삼가야 한다. 모름지기 학생들은 마음을 비우고 교육자들이 지닌 경륜과 지

식 그리고 산더미같이 쌓인 서적들에 축적된 지혜를 탐욕스럽게 얻어
내야 한다. 그러자면 반드시 여러분들의 마음속에 차있는 잘못된 신념
이나 속단과 같은 이물질은 떨어내야 한다. 한때 유행하는 이념이나 풍
조는 적당히 수렴할 것이지, 전심전력을 경주할만한 가치를 지니지 않
는 것이 대부분이다. 피교육자가 인생의 결론을 모두 내리고 그 결론에
부합되지 않는 모든 지식과 훈도를 배척한다면, 대학의 학적을 가지고
있을 이유가 없지 않은가.

　현재에 집착하면 미래를 상실한다. 피교육자는 미래를 위해 존재해야
하지, 현재에 얽매인다면 그것은 자신의 묘혈을 파는 것이다. 왜냐하면
미래에 대한 준비를 하지 못한 학생은 연면하게 흘러가는 역사의 물결
속에서 가치 없는 한줌의 거품으로 사라지기 때문이다. 소나무와 느티
나무 은행나무는 전지를 하지 않아도 아름답게 성장하여 보는 이를 즐
겁게 하고 훌륭한 동량지재가 된다.

　600년의 역사를 지닌 한민족(韓民族)의 태학(太學) 성균관대학교의 학
생은 모두가 소나무요, 느티나무요, 은행나무이다. 미래의 훌륭한 역군
이 되기 위해 검증된 정통이념과 지식을 탐욕스럽게 섭취할 필요가 있
다. 그러기위해 일부 학생들이 금과옥조로 믿고 있는, 시류에 편승한
사소한 지식들과 속단을 과감하게 버리고 마음을 깨끗하게 비우기를
당부한다.

〈'성대신문' 1212호. 1997〉

제 **4** 장 韓文化의 명암明暗

1.
언어민족주의와 韓文化

18세기 후반, 당시 선진국이었던 청나라를 다녀온 초정 박제가 (楚亭 朴齊家 : 1750~1805)는, 청조문물(淸朝文物)에 심취한 나머지, "우리나라는 지역적으로 중국과 가깝고 성음(聲音)도 비슷한 점이 많기 때문에, 우리말을 폐기한다고 할지라도 크게 손해될 것이 없으며, 우리나라의 화폐도 질이 나쁜 만큼, 중국 돈과 통용하는 것이 좋다"고 주장한 바 있다.

지금부터 200여 년 전에 언급했던 초정의 이 같은 주장이, 마치 요즘 각종 언론매체들에 횡행하는 논지들과 흡사하다는 사실을 확인할 때, 놀라움을 금치 못한다. 한자어가 수천 년 전에 들어와 이미 우리의 언어로 정착되었고, 또 현재 사용되는 어휘도 한자어가 절반 이상을 차지한다는 실상을, 손바닥으로 하늘을 가리듯 외면한 채, 한자 사용과 표기를 의기양양하게 엄금할 것을 호기롭게 주장하는, 근자의 숱한 지식인들의 외침과도 상통한다.

영어를 공용어로 하고 미국 화폐인 달러를 국내외에 제약 없이 유통시켜야 한다는 제안이, 서슴없이 언론매체에 대서특필되는 오늘의 현실을, 초정이 살아나서 다시 본다면 자신의 견해가 선진적이었음을 통쾌하게 여길지도 모르겠다. 초정보다 300여 년 전 당시 최고 지식인이었던 최만리(崔萬理) 등이, 훈민정음의 창제는 결과적으로, 뿌리를 내린 중원문화(中原文化)를 버리고 오랑캐문화로 돌아가는 시대에 역행하는 처사라고 비난했던 사실과도 맥락을 같이한다.

우리는 역사적으로 소위 중국 등 선진 문물에 대해 흠앙(欽仰)하는 경향이 강했고, 그리하여 우리의 고유문화를 비하하고 방기(放棄)하려는 시도가, 주로 사대적 지식인들에 의해 간헐적으로 자행되어, 민족문화를 지키려는 세력들과의 갈등이 통시적으로 존재했다. 우리 겨레는 한(漢)·당(唐)·송(宋)·명(明)이 전개한 한족문화(漢族文化)에 대해서는 호의적이었지만, 몽골족·글안족·여진족·일본족 등이 창출한 사이문화(四夷文化)에 대해서는 폄하하는 경향이 강했다. 사이문화를 배척했던 전통적 인식을 무시하고, 북학(北學)을 열심히 하여 청문화(淸文化)를 수용해야 한다는 초정의 신념은 신선할 수도 있다. 따라서 초정이 그의 저서명을 『북학의(北學議)』로 한 것은, 여진족이 주도한 중원문화와 융합된 사이문화를 긍정했음을 뜻한다.

그러나 19세기에 들어와서, 북학과 더불어 서학의 풍조가 거세게 일기 시작하자, 민족 정통문화의 위기를 절감한 지식인들이 이에 대항하여 우리의 동학을 지켜야 한다는 운동이 일어난 것은 당연하다 하겠다. 그 후 교두보를 확보한 서학파가 제도권과 밀착하여, 역대 어문정책의 핵심을 이루고 있던 한자와 한문을 불구대천의 원수로 여겨, 이를 말살코자 하는 의도를 공공연하게 각종 언론매체들과 연계하여 추진해 왔고 지금도 계속하고 있다.

반만 년 동안 줄기차게 구축되었던 우리의 정통문화를 폐기하고, 서구문화권으로 진입되어야만 국가와 민족이 발전한다는 의식을 지닌 서구 편향적 지식인들의 문화혁명적 목적의식은 지금도 증폭되고 있는 실정이다. 서학파의 이 같은 시도에 힘입어 영어의 위세가 질풍처럼 각계각층과 제반 문화문물에 침투되어, 민족어는 거의 만신창이의 지경에 이르고 말았다.

②　8세기 중엽 경덕왕(景德王 : ?~765)은 본래 순수한 우리말로 일컬어지던 전국의 지명을 한자어로 바꾸었다. 당시 우리말을 표기할 문자가 없었고, 이두와 같은 표기수단이 있었지만, 이두로 지명을 기록하기에는 여러 문제가 있었다고 해도, 경덕왕의 그 같은 대대적인 지명 표기 정책에 대해서 일말의 아쉬움은 남는다. 경덕왕 시대로부터 천이백여 년이 지난 오늘에, 다시 이와 유사한 상황이 전개되고 있다는 사실을 두고 어떻게 평가해야 할 것인지 곤혹스럽다.

한국 유수의 기업들과 심지어는 국영기업까지, 우리의 고유 칭호를 버리고 영어 자모를 사용한 영문 표기로 회사 이름을 바꾸었으며, 또 전국 방방곡곡의 중소 규모의 업체들을 위시해서 구멍가게에 이르기까지, 비정상적인 영어를 사용하여 상호를 변경했고, 전국 대도시와 중소도시를 막론하고 공동주택의 이름도 한결같이 국적불명의 요사스런 칭호가 난무하고 있는 현실은, 천여 년 전 경덕왕의 지명정책과 대비해 보더라도 한결 더 졸렬한 사대적 행위로 인식된다.

19세기를 지나 20세기 무렵부터 물색 모르는 일부 지식인들이 사해동포주의의 깃발을 들고, 대문을 열어 외래문화를 받아들인 결과는, 민족 정통성의 소멸에 이어 국권의 상실을 초래했음은 역사가 증명한다. 그들은 또 서구문화와 문물을 무차별적으로 수용하여 정신적 무장해제를 하게 하고, 안방까지 내주게 하면서 이를 근대화라고 강변했다. 21세기에 접어든 요즘에는 제2의 사해동포주의자들이 수없이 등장하여 '세계화'니 '글로벌화'니 '밀레니엄'이니 하면서 안방은 물론이고, 그나마

남아 있었던 안방의 장롱까지 열어 주면서, 이를 일컬어 '현대화'라고
주장하고 있다.

대한제국시대를 전후하여 일부 무주체적 사해동포주의자에 의해 감
행된 무모한 개항정책이 빚은 국권상실과 남북 분단 등의 갖가지 앙화
(殃禍)를 두고, 민족중흥의 경륜가였던 흥선대원군(興宣大院君 : 1820~1898)
에게, 모든 책임을 전부 전가시킨 것은, 사해동포주의자들과 그 후계자
들이 근원적으로 지니고 있었던 위선과 교활의 극치이다.

『언어민족주의와 언어사대주의의 갈등』이라고 이름 붙인 이 소저(小
著)는 위에서 말한 필자의 이 같은 의도에 입각하여 집필되었다. 이 책
의 핵심부분은 1997년 『KBS한국어 연구논문』 제48집에 발표된 「한국
역대왕조의 어문시책과 대한민국 방송언어의 현황」을 대폭 보완하였고,
그 뒤 2001년 『한문학보(漢文學報)』 제5집에 수록된 「흥노와 한국의
자주정신」이라는 논문을 추가하면서 '언어민족주의와 언어사대주의의
갈등 관계'를 집중 조명할 수 있는 내용들을 편장의 앞뒤에 보완하여
논리적 체계를 갖추고자 했다.

그러나 한 가지 화두에 몰입하는 과정에서 뜻하지 않은 다소간의 논
리상 괴리가 있을 것으로 예상된다. 특히 훈민정음 창제 이후에 전개된
조선조의 어문 시책을 본고에서 집중적으로 고찰하지 못한 아쉬움이
있지만, 다음을 기약할 수밖에 없다.

1574년 11월에 중국을 다녀온 중봉 조헌(重峯 趙憲 : 1544~1592)이 중
조문물(中朝文物)의 성대함에 감동한 나머지, 이를 우리나라에 그대로
이식(利殖)시키고자 하여 중국화 정책을 펴야 한다는 내용의 상소를 올
렸다. 이에 대해 "천백 리(千百里)의 상거(相距)가 있으면 풍속도 다르
게 마련인데, 풍기(風氣)나 습속(習俗)의 차이는 살피지 않고, 중국 문물
과 풍속을 일방적으로 본받고자 한다면, 모두들 의아하게 여겨 논란이
일어날 것이고 따라서 제대로 실현될 수 없을 것이다"라 하며 이를 거

부한 선종(宣宗 : 1552~1608) 같은 지도자의 출현이 그 어느 때보다 절실히 요망되고 있다.

언어민족주의가 언어사대주의에 의해 위축되거나 말살되지 않고, 요원의 불길처럼 되살아나기를 기원하는 필자의 간절한 소망이, 독자 제현들에게 공감되기를 기대한다.

<『언어민족주의와 언어사대주의의 갈등』 서문. 2002>

2.

민족이동의 이유와 의미

❶ 　5천년 민족사의 전개 과정에서 국가 간 혹은 자국 내에서 자의나 타의에 의한 민족이동이 번번했다. 삼국시대 최대의 민족이동은 장수왕이 천도를 빙자하여 부여계인 우리 겨레를 이끌고 압록강을 건너 평양으로 남하한 것은 아닐까. 장수왕의 평양 천도는 만주를 잃게 된 결정적인 요인이었다. 신라와 고려, 조선조가 북진 정책을 펴면서 삼한계 겨레를 함경도 방면으로 옮긴 것도 민족이동의 사례이다.

　근세에 들어와서 6.25사변 때 북한 주민이 대거 남하했다. 아마도 현재 북한의 사정이 이처럼 악화된 원인의 일단이 정권 창출 초기에 수많은 상층 백성의 남하에 따른 상실과 연관이 있는 듯하다. 이는 우리 한국의 정권 수립 이후 미국 등지로 수많은 사람이 이민을 하여 한국에 물심양면으로 도움을 준 것이 번영에 일조를 한 것과 대조된다.

　단기 2706년 서기 373년 신라 내물왕 18년 백제 근초고왕 28년에, 백제 독산성 성주가 주민 300명을 이끌고 신라로 투항했다. 내물왕은 이들 백제 주민을 기꺼이 받아들여 수도 서라벌의 6부에 나누어 거주하게 했다. 격노한 근초고왕은 편지를 보내 "두 나라가 화합하여 형제처럼 지내는 터에, 대왕(내물왕)이 우리나라에서 도망한 백성을 용납했으니, 이는 양국이 더불어 화친하고 있는 뜻에 어긋날 뿐 아니라, 내가 평소 대왕에게 바라던 바가 아닌 만큼, 청컨대 빨리 송환해 주시길 바랍니다."라고 항의성 글을 보냈다.

이 편지를 받은 내물왕은 "백성은 본래 항심이 없습니다. 그러므로 살기가 좋다고 생각하면 오고, 심사가 불편하면 떠나는 것이 상례입니다. 그런데, 대왕은 정치를 잘못하여 백성들을 불행하게 하신 것은 생각하지 않고, 과인에게 책임을 전가시켜 나무라고 있으니, 이것이 사리에 맞는다고 생각하십니까?"라고 응수했다.

②　지금부터 1600여 년 전 삼국으로 정립되었을 때, 신라의 내물왕과 백제 근초고왕이 국가 간의 민족이동을 두고 주고받은 편지 내용이 새삼 생소하지 않게 다가오는 이유는 무엇일까. 역동적으로 전개된 민족의 과거사를 폄하하고, 국가를 반석 위에 올려놓은 원로들에게 배울 것이 없다고 호기를 뽐는 현실에서, 위에 인용한 『삼국사기』, '내물이사금' 18년 조(條)의 기록은 하나의 경종이다. 우리는 역사와 역사의 물결을 타고 살아오신 노인들에게 배울 것이 너무 많다. 민족 이동은 비단 역사책에서만 있는 것이 아니라, 지금도 숱하게 일어나고 있고 앞으로도 계속될 것이다. 왜냐하면, 내물왕의 말대로 백성들은 자신들을 편안하게 해주는 나라를 선택하지, 억압과 불편을 주는 국가를 버리는 것이 순리이기 때문이다.

애국심이나 애당심을 거창하게 강조해 봤자, 그것은 한순간이지, 영원히 백성을 붙들어 둘 수는 없다. 미국이나 호주, 캐나다 등으로 이민 가거나 가고자 하는 사람들은 보았지만, 소련을 비롯한 과거 공산국가와 북한으로 가고 싶어 하는 사람이 전무한 사실도 이를 입증한다. 백성을 다른 나라로 유출시키고 싶지 않다면, 그 방법은 오직 하나, 내물왕의 말대로 백성을 배불리 먹이고, 따뜻한 방에 잠자게 하고, 마음의 자유를 누리게 하는 것이 첩경이다. 이 밖에 온갖 감언이설이나 거창하고 멋진 구호를 내걸어 봤자, 백성들은 얼마 안가 그것이 교활한 사기극에 불과함을 깨닫기 마련이다. 내물왕이 백제왕에게 보냈던 답서 중 "백성을 편안하게 해주시오."라는 내용은 1600여년이 지난 오늘에도 유효하다.

<「성대신문」 1361호. 2004>

3.
풍수학의 전말과 미래

① 병자호란 때 남한산성에서 청나라 군대에 포위되어 국가가 누란의 위기에 처했을 당시 인조(仁祖)는 척화파와 주화파를 향하여 "마음과 말이 다르다(心與口異)"고 갈파한 적이 있다. 말과 마음과 행동이 각각 다른 것은 정도의 차이는 있을지라도 동서고금을 통한 인간의 한 속성이다. 그러나 국가나 사회를 이끌어갈 인물들이 이 같은 면을 지녔다면 그것은 크나큰 불행이 아닐 수 없다.

청군에게 포위되어 절박한 상황에서 인조가 "마음과 말이 다르다."라고 한 것은 주로 소위 청나라와의 화친은 절대로 불가하다고 주장했던 일부 신료들을 염두에 둔 말이었다. 즉 내심으로는 빨리 화친하여 귀가하고 싶은 마음이 간절하면서도, 백성들로부터 강직한 의리의 인물이라는 평을 듣기 위하여 내세운 명분론에 불과하지 않느냐는 질책이기도 했다. 마음과 말이 다른 심여구이(心與口異)적 행태는 지금도 만연하고 있고 앞으로도 지속될 것이다.

속내와 말이 다른 사안 중 대표적인 것이 풍수학(風水學)이다. 풍수학은 풍수지학(風水之學) 또는 지리지설(地理之說)이라고도 호칭된 것으로, 우리 민족의 심금을 사로잡는 분야 중의 하나이다. 음택(陰宅)과 양택(陽宅)의 길흉을 말하는 것을 일컬어 학(學)이라 할 수 있느냐는 반론을 펴는 사람이 많은 것으로 안다. 그러나 풍수학을 두고 허무맹랑한 미신에 불과하다고 외치는 사람들 거의 대부분이 자신의 조상 묘터나 집터를 지을 때는 말과는 달리 풍수학에 근거하여 결정하는 사례를 많이 보아왔다.

❷ 세종조(世宗朝)에 집현전과 경연에서 풍수학을 논의한 예가 허다했고, 당시 모든 사람들이 정식으로 '풍수학'이라고 했으며 그 근저에는 지리지서(地理之書)가 있었다. '천·지·인'을 삼재라고 하고, 천에는 천리(天理)가 있고 땅에는 지리(地理)가 있으며 사람에게는 성리(性理)가 있는 것은 누구도 부정할 수 없다. 민족의 영명한 통치자인 세종도 지리지설은 전적으로 신봉할 것은 못되지만 전적으로 폐기할 것도 아니라고 한 후, 소식(蘇軾)이 숭산에 그의 어머님을 장사하고, 주자(朱子)가 자신의 장지를 미리 마련한 것을 봐도, 유학에 능통한 대현(大賢)도 풍수학을 내심으로 숭상한 증거라고 했다.

　조선조 초기부터 풍수학은 하나의 학문으로서 존재했고, 황희·정인지·하연(河演)·김종서·신상(申商)·허조(許稠) 등도 국가에 도움이 되는 부문이라는 견해를 피력했다. 그러나 곡학(曲學)과 관견(管見)을 고집하는 무리들에 의해 폐단이 많았음도 광범하게 지적되었다. 살아서 거주하는 주택과 사후의 장지는 양생송사(養生送死)의 중대사이다. 그러므로 풍수학은 인간의 현실적 삶과 연관된 피부에 와 닿는 학문일 수도 있다. 풍수학을 미신이라고 말하는 사람은 많지만, 서점가를 가보면 그들이 고상하다고 말하는 책이 진열된 서가보다 풍수학서가 주변에 사람이 많은 것은 우리 민족이 내심으로 이를 얼마나 중시하는가를 알 수 있는 단서이다.

풍수학의 묘리와 풍수학사(風水學史)에 대해서 필자는 명확하게 확언할 수 있는 처지에 있지 않다. 풍수학이 고려조에 들어와서 크게 위세를 떨쳤고, 송나라에 사신을 파견하여 지리서를 요구한 적이 있었으며, 이에 송태조(宋太祖)가 사본을 보내온 후로 더욱 학문적으로 좌정되어 성행했다는 기록이 전한다. 유구한 시간과 싸워서 살아남은 풍수학을 곡학집일지도(曲學執一之徒)와 폐습에 젖은 관견자(管見者)에게만 맡길 것이 아니라, 이제부터는 올곧은 사람들로 하여금 학술적으로 연구하고 검토할 게재에 와 있다.

그런 의미에서 유영봉 박사가 경기와 삼남지역의 택장지(宅葬地)를 두루 섭렵하면서 현장의 지리와 고노들의 전문과 각종 문헌에서 취한 자료를 바탕으로 하여 실증적으로 저술한 『하늘이 내신 땅Ⅰ·Ⅱ』은 풍수학의 격을 높인 저술로 평가된다. 자고로 지리(地理)는 현묘하여 속배들이 쉽게 알 수 없는 것이기 때문에, 발복(發福) 운운하며 백성들을 현혹시키는 것을 능사로 했다고 비판받았다. 묘역의 경우 묘지가 좋아서 자손이 흥왕했는지, 자손의 영달로 말미암아 묘소가 명당으로 평가되고 있는지는 아직도 미지수이다.

세종조에 황희를 위시한 많은 인사들이 풍수학을 긍정적으로 인식한 것과 달리 권제(權踶)는 허망하여 믿을 수 없는 사설이라 단정하고 배척했다. 주공(周公)·공부자(孔夫子)는 대성(大聖)으로서 제례작악(制禮作樂)하여 만세에 법을 드리운 분들인데 전혀 이에 대한 언급이 없고, 사마온공·주자 등 대현(大賢) 역시 장지 선정설에 대해 부정적이었다고 했다. 주공·공부자 등 대현이 부정하는 허망한 풍수설을 집현전에 명하여 해당 서적들을 고찰하라고 한 것은 최양선(崔陽善)의 탄망(誕妄)한 사설에 경도되었기 때문이라고 권제는 단정했다.

❸ 　권제의 이 같은 강경한 풍수학 폄하에 대해, 세종은 말과 속내가 다르다는 현상을 지적하면서 본마음은 긍정하면서 겉으로만 반대하는 것이라고 이를 반박했다. "태종께서 일찍이 이르기를 '건원릉(建元陵)과 경복궁 등도 지리설에 입각하여 조성된 것인데 이를 폐기할 수 있겠으며, 권근(權近, 권제의 아버지)을 장사지낼 때 그대는 지리설을 배제하고 물 깊이와 땅의 후박만으로 묘를 썼느냐"고 하고, "과거 유정현(柳廷顯)은 수륙재(水陸齋)의 폐단을 극언하며 폐지를 주장하여 이를 폐지했는데, 반대로 그가 죽을 때 수륙재를 해달라고 유언하여 아들 유장(柳璋)이 오천여 석의 경비를 들여 재를 치렀기 때문에 웃음거리가 된 적이 있다."고 힐난했다. 세종은 풍수지리설을 반대한 권제를 향하여 아버지인 권근의 묘소를 쓸 때 풍수지리설을 준용했음에도 불구하고 겉으로는 이를 허탄한 것이라 역설하고 있는 것은 위선이라고 반박했다.

　풍수학은 세종의 전교를 빌릴 필요도 없이 통시적으로 우리 민족의 뇌리에 깊숙이 각인된 것이다. 그러므로 정당성과 합리성 여부에 관계없이 모두들 가슴속 깊숙이 간직하고 있는 신앙과 같을 정신문화의 한 분야이다. 따라서 속내와 달리 표면적으로 배척하고 폄하하는 따위의 위선적인 태도를 지양하고, 환경과학과 자연보호 차원으로 접근할 필요가 있다. 모르긴 해도 우리 겨레가 존재하는 한 풍수지리설은 면면히 향유되고 전승될 것이다. 왜냐하면 한민족이 살아왔고 또 살고 있는 국토가 풍수지리설이 배태되어 양성될 여건을 두루 갖추고 있기 때문이다. 풍수지리설은 고려조 이후부터 풍수학으로 정립되어 계승된 생활학술인 만큼 현대적 시각으로 재정립하여 발전 계승되어야 할 것이다.

〈「하늘이 내리신 땅」 평설. 2000〉

4.

중국 사신들이 본 韓文化

① 신태영 박사는 학부 시절부터 현실적인 좋은 기회를 잡을 수 있었는데도 불구하고, 이를 거부하고 과감하게 연학에 뜻을 두었다. 학문에의 입지가 형극의 길임을 알면서도 안락한 삶을 마다한 것은 엄청난 용기가 아니면 불가능하다. 성균관대학교 대학원에 입학한 뒤 필자를 찾아와서 한국한문학을 전공하겠다 말했다. 한국한문학은 세속적 안일을 확보하는 데는 도움이 안 된다는 사실을 강조했지만, 신 박사는 자신의 뜻은 학문 연구를 하는 데 있다고 확언했다. 신 박사는 학문뿐만 아니라 행정이나 교육면에서도 남다른 소양이 있었기 때문에 인문과학 연구소 운영, 성균관대학교 600년사 편찬 및 한국시가학회 창립에도 괄목할 만한 업적을 남겨 지금도 이를 기리는 사람이 많다.

석사학위 논문은 「盧蘇齋의 詩 硏究」인데, 남들이 널리 연구하지 않았던 인물을 선택하여 소재 노수신에 관한 새로운 면을 밝혀 학계에 기여했다. 신 박사는 남이 간 길을 가지 않는 성격을 가졌다. 항상 새로운 길을 개척하려는 의지를 소유했기 때문에 결과를 얻기까지는 남보다 더 많은 노력과 시간을 소비했다. 지름길을 택하지 않고 돌아가는 길을 선호하는 것은 학문 연구에 무엇보다 필요하다. 돌아가는 과정에서 선택의 어려움이 있어서 한 때 방황한 것은 진실로 올바른 길로 들어서기 위한 진지한 고민의 소치였다. 얼마 동안 신박사가 우회로로 들어선 것은 학문의 다양한 분야를 접하는 긍정적인 기회를 잡아서 폭넓은 논의를 전개하는 데 도움이 되었다. 이 과정에서 신박사와 필자는 많은 대화를 주고받았으며 때로는 열띤 토론을 하기도 했다. 이는 연구 테마의 결정이 얼마나 어렵고 중요한 것인가를 함께 확인하는 계기가 되었고, 아울러 흔히 말하는 '선택과 집중'이 결코 간단한 것이 아니라는 사실도 새삼 느낄 수 있었다.

한국한문학 연구와 연구시각에는 본질적으로 사대주의적 인식이 암암리에 깔려 있다. 그런데 이 같은 면이 있다는 사실을 아는 사람은 거의 없을 뿐 아니라, 사대적 시각이 있다고 주장하는 연구자를 일러 국수주의자라고 비판하기를 능사로 했다. 일찍이 시는 당을, 산문은 한을 닮아야 하고, 그렇지 않은 면이 있을 때는 비난을 통시적으로 받아 왔다. 서거정이 중심이 되어 편찬한 『동문선』 서문에는 주체적 문학연구가 활발하게 전개되어야 한다고 주장하면서 '동방지문' 또는 '아국지문'의 가치를 천양한 바 있다. 조선조 개국과 더불어 편찬된 『동문선』은 이와 같은 패러다임을 근간으로 하여 발간된 문학선집이다. 따라서 한국한문학의 독립은 이미 15세기부터 시도된 것이지, 18세기에 비롯되었다는 주장은 문제가 있다. 돌이켜볼 때 18세기는 청문화를 열렬히 수용한 북학의 시대이지, 민족주의나 주체성이 발휘된 시기는 아니다. '학송(學宋)'이나 '학명(學明)'에서 '학청(學靑)'으로 바뀐 것을 두고 민족주의 운운하는 것은 잘못이다.

북학자가 만장의 기염을 토하던 18세기는 『연행록』이 한국한문학의 중요한 관심 분야로 떠올랐다. '조천록(朝天錄)'이라 하지 않고 '연행록(燕行錄)'이라 칭한 것도 문제이다. 북경이 명의 수도였을 때는 '황도'라고 했고, 청의 수도였을 때는 '연경'이라 일컬은 것도 반성할 부분이다.

조선조 지식인들이 소위 '연경'이나 '열하' 또는 '만리장성' 등을 둘러보고 여기에 완전히 압도되어 도취상태에서 이들 문물을 열렬하게 칭송한 것이 무수한 『연행록』의 공통된 주제이다. 찬란한 중국의 문물을 보고 감탄한 나머지 이를 현란한 문장으로 표현하는 것을 비난할 의도는 없다. 그러나 외국문물에 압도되어 입에 침이 마를 정도로 예찬한 글을 두고 최고의 걸작으로 치부하고 벌떼처럼 몰려서 연구하는 현상은 반드시 완미하다고 보기는 어렵다.

❷　어느날 신 박사는 왜 우리나라 학자들이 중국에 가서 중원문물을 칭송하는 것만이 훌륭한 작품으로 평가받느냐고 불만을 토로했다. 필자 또한 신박사의 이 같은 인식에 공감하고 의기투합하여 많은 대화를 나누었다. 그렇다면 어떻게 하는 것이 한국한문학 연구에 형평성을 갖는 것이냐고 필자가 물었다. 신박사는 이에 기탄없이 중국 사람들이 우리나라를 어떻게 인식했는가를 연구해야 한다고 단언하고, 우선 명나라 사신이 조선에 와서 조선의 문물을 보고 느낀 소감을 형상한 『황화집』의 작품을 고찰해야 한다고 역설했다. 명은 나쁘고 청이 좋다거나 명은 발달했고 청은 낙후되었다는 식의 양단논법은 모두 결함이 있다. 명과 청은 모두 공과와 명암이 있다. 16세기 한국지식인의 주류는 친송(親宋)이었지 친명이 아니었다. 반면 18세기는 친청파가 등장했지만 조선조의 주류는 아니었다. 후세 얼마 안 되는 이들 북학 또는 친청파를 집중적으로 연구하여 당시 실상보다 과장 또는 미화시킨 감이 있다.

　외국인이 우리의 문물을 어떻게 보았고 또 인식했는지를 규명해야 한다는 신박사의 주장을 접한 필자는 한국한문학 연구 패러다임의 획기적 전환을 시도하려는 의욕에 공감하고 갈채를 보냈다. 명나라는 만리장성을 수축한 폐쇄적인 체재였다. 세계화를 추구했던 원조(元朝)에 대한 반작용일 가능성도 있다. 조선조가 유학생을 파견하겠다는 간곡한 청도 그들은 거절했다. 국수주의적 성향을 얼마간 지녔던 명나라 사신이 우리를 어떻게 인식했는지는 중국과의 미래지향적 관계 설정에도 도움이 되는 만큼 누군가가 본격적으로 다루어야 할 과제이다. 『황화집』은 중국 사신의 작품만 실린 것이 아니라 이를 수용한 조선조 당대의 일류 문필가들의 작품도 함께 수록되었기 때문에 가치가 있다.

신태영 박사는 『황화집』을 오랜 기간 동안 정치하게 분석하고 『왕조실록』을 비롯한 해당 문인들의 문집까지 검색하여 수록된 작품들을 다방면에 걸쳐 고찰했다. 주제와 표현기법에도 관심을 가졌으며, 동일한 대상에 대한 명나라 사신과 조선조 접반사의 인식 차에 대해서도 면밀하게 대비했다.

『황화집』을 몇 개의 장절로 분류하여 독자의 이해에 편의를 준 것도 돋보이는 부분이며, 명사의 모멸적 조선인식에 대해 당당하게 대응한 접반사들의 기개를 부각시킨 점도 업적이다. 민족예악과 중원예악의 충돌양상과 단군과 기자에 대한 인식의 차이를 밝힌 것도 주목을 끈다. 조선사에 대한 명나라 사신의 부당한 인식을 문제 삼아 그 오류를 지적했고, 사신이 거부한 여악(女樂)에 대한 조선조 나름의 견해를 개진한 것도 평가받을 만하다. 6장에서 사행시문(使行詩文)이 조선 문학사에 기여한 면을 고찰하여 문학사적 의의를 밝힌 것으로 마무리한 논의의 전개도 긍정적이다. 이 책은 새로운 패러다임으로 한국한문학 연구의 새 지평을 연 업적으로 필자는 확신하고 감히 일독을 권한다.

<〈『명나라 사신은 조선을 어떻게 보았는가?』 추천사. 2005년〉

5.
무묘武廟 설립의 제안

① 　최치원은 조국을 위해 전장에서 산화한 영령을 추모하는 제문에서 '가족들이 지켜보는 가운데 침상에서 생애를 마치는 부끄러움을 면했다.'라고 말한 바 있다. 남자는 밖에서 민족과 국가를 위해 성명을 바쳐야 한다는 뜻이다. 일찍이 신라는 상류층만이 군인이 되었지만, 이조는 상류층은 면제되고 평민층이 담당했다. 요즘의 군대는 고졸이상의 고학력 엘리트만 현역이 된다. 이들 고학력의 인재들이 현역의 인원제한으로 인해 방위병으로 충당되는 경우도 있는 것 같다. 6·25를 전후하여 상류층의 자제들은 모두 군대에서 빠져 해외에 나가 공부를 했고, 영광스런 학위를 받아 금의환향하여 사회의 지도급 인물로 활약한 사실을 우리는 알고 있다.

삼국시대에는 고구려, 백제, 신라 모두가 군대를 가졌다. 그러나 역사의 영광을 향유한 군대는 신라밖에 없었다. 고구려, 백제의 군대는 역사의 음지에 매몰되고 말았다. 신라군부의 핵은 화랑정신이었다. 화랑은 민족 전통에 접맥된 뿌리 깊은 집단이었고 화랑도가 가졌던 정신 또한 민족정서에 근거한 것이었음을 기억해야 한다.

역사에 살아남을 확률이 가장 높은 것은 민족주의와 관련된 것이다.

민족주의를 국수주의로 착각하는 일부 지식인들은 이점을 상기해야 한다. 한 국가가 존재하는 데는 반드시 있어야 할 두 가지 축이 있다. '문(文)'과 '무(武)'가 그것이다. 그런데 긴긴 역사 속에서 '문묘(文廟)'는 있었지만 '무묘(武廟)'는 없었다. 중국에서도 공식적인 무묘는 없다. 그러나 비공식적이라고 생각되는 무묘는 있다. 관우를 모시는 묘가 무묘로서의 구실을 대행하고 있다. 지봉 이수광은 무묘의 필요성을 역설한 적이 있다.

무묘는 존재해야 한다. 우리민족은 세계 최강국 사이에 끼어서 살아 왔다. 앞으로도 그들과 함께 살아야 하는 것은 숙명이다. 우리 선인들은 겸허하게 이를 받아들이고 적당히 사대를 하면서 생존해 왔다. 그덕분에 중국 주변의 민족들이 거의 사양길로 접어들었던 것과는 달리 우리말 우리글 우리문화를 가지며 팔천만 동족을 가지게 되었다.

선인들은 우리들의 힘의 한계를 냉철하게 파악하고 어설픈 공격 전략을 버리고 철저한 방어 전략을 국방정책의 요체로 삼고 수천 년간 이를 지속했다. 높은 산에 성을 쌓고 다리를 가급적 설치하지도 않고 넓은 길도 내지 않았다. 아마도 대륙의 기병들을 막기 위한 의도도 있었다고 필자는 믿는다. 중국과 소련 일본 그리고 미국 등의 초강국 속에서 살아남기 위해 통일 조국에서는 적어도 백만 명의 정병을 가지고 있어야 한다고 주장한다. 어쩌면 백만 명이 적을지도 모른다. 압록강, 두만강, 낙동강, 금강 하류를 위시하여 마라도, 독도에도 주둔시키려면 이백만명은 있어야 할 것 같기도 하다. 이 모두는 방어 전략을 수행하기 위해서다.

 성균관대학교 문과대학 한문학과의 제대 복학생들이 모여 모임

을 만들고 그 모임의 회지를 낸다며 필자에게 글을 청했다. 요즘의 군대는 남성이 소멸된 사회에서 남성을 만드는 곳으로도 필요하다. 나약한 관념론이 판을 치고 유치한 격정이 범람하는 시대에 건강한 정신과 육체를 단련한 후 제대한 제군들은 우리 학과의 힘이고, 이성이다.

　뜨겁기만 한 열정을 식히고, 마냥 다급하게만 뛰는 심장의 고동을 진정시켜 바람직한 대학인이 되게 하는 역할을 기대한다. 감성이 얼마간 제거된 제군들에게 거는 기대가 적지 않다. 한문학과 아니, 민족문학과를 위하여 튼튼한 주춧돌이 되어줄 것을 당부한다. 모쪼록 학업에 정진하고 선후배간의 우의를 돈독하게 하여 우리 과의 긴긴 장정의 등불로서의 임무와 책임을 다하기를 바란다.

〈한문학과 『예 · 복 · 협지』 격려사. 1992.〉

6.
동해의 요충지 독도

❶ 독도(獨島)는 동북아시아의 제국주의와 민족주의 열풍의 외중에 있다. 소련의 전통적 남하정책과 일본의 북진(北進)·서진(西進)·남진(南進) 정책의 핵심에 독도는 홀로 외롭게 동해의 거센 파도와 싸우며 의연하게 솟아 있다. 중국은 일정한 거리를 두고 있지만 소련과 일본의 팽창을 억제하기 위해 우리의 수성(守成) 정책을 긍정하고 있다. 일본은 남북이 분단되어 있을 때 독도를 차지하려고 모든 힘을 경주할 것이다. 당(唐)나라가 침공했을 때 왜(倭)는 일만 명의 수군(水軍)을 파견하여 백제(百濟)를 도운 적이 있다. 통시적으로 일본은 중국과 소련을 경원(敬遠)했다.

일본은 지금 스스로는 민족주의의 부흥이라고 느끼고 있으나, 주변 국가의 시각으로 볼 때 해묵은 대동아공영권(大東亞共榮圈), 즉 동아시아를 염두에 둔 제국주의가 미국의 암묵적 묵인 아래 되살아나고 있다. 소련으로부터 소위 북방영토를 찾고 이에 편승하여 우리가 그 동안 소홀히 했던 독도를 교묘한 방법으로 침탈(侵奪)하려 하고 있다. 독도는 다시 강대국으로 복귀하고 있는 소련의 극동함대와 잠수함의 남진(南進)을 막는 군사적 요충지(要衝地)이다. 일본이 동아시아의 패권을 잡기

위해 소련을 견제해야 하고, 따라서 소련의 극동함대의 남진을 막아야
하며 그러기 위해 동해의 중심부에 위치한 독도를 확보해야 하는 것이다.

우리나라의 역대 왕조는 신라(新羅)의 장보고(張保皐) 이후 해양(海洋)
에 대해서 별다른 관심을 갖지 않았다. 임진왜란 때 왜(倭)에게 어처구
니없이 당한 이유는 해군력의 부실(不實)에 있었다. 해양과 해군에 관
한 인식은 지금도 확고한 편이 아니다. 대마도(對馬島)의 상실(喪失)도
해군력의 부진과 관계가 있다. 유구(流球) 즉 '오끼나와'는 조선조까지
독립국가였다. 유구국(流球國)의 귀족과 사신이 여러 차례 조정에 와서
일종의 조공(朝貢)을 바쳤는데 반해, 우리는 유구에 사신을 보냈다는
기록이 없다는 것은 해양진출에 대한 의지의 결여에서 비롯된 듯하다.
유구국과 유구의 백성들은 조선조에 대단히 호의적이었다. 대마도 역시
경제·문화 등 다방면에 걸쳐 당시 왜보다 우리나라에 더 많이 의존했
고 우호적이었다. 그럼에도 불구하고 당국자의 무관심과 해군력의 약화
로 인해 이들 도서(島嶼)를 확보하지 못했다.

일본은 우리의 약점을 꿰뚫어 보고 있다. 인기전술을 근거로 한 강
경한 발언과 백성들의 뜨거운 독도에 대한 관심이 시간이 가면 금방
식었다가 곧이어 망각한다는 점을 그들은 예측하고 있다. 이승만(李承
晩) 대통령은 이라인(李line)을 설정하여 독도를 우리의 영토로 확인하
고 독도주변의 해양을 영해로 선포했다. 그 후 역대 정권은 일본의 점
진적 간계에 조종되어 영해권(領海權)을 포기하는 우(愚)를 범했다. 독
도 해저(海底)에는 석유 이후 제3의 에너지원이 엄청나게 매장되어 일
을 뿐만 아니라, 무진장의 어류(魚類)가 서식하고 있기 때문에 경제적
으로도 매우 귀중한 우리의 국토이다.

❷ 조선조가 일찍이 육진(六鎭)을 개척한 후 여진족(女眞族)의 집요한 공격과 항의가 계속되자 신료들이 세종대왕에게 이를 포기하자고 제언했다. 평야도 아닌 산악지대를 두고 여진족과 마찰을 일으키는 것은 국익에도 도움이 안 된다는 무사안일적 판단에 근거한 것이었다. 이 제안을 받은 세종대왕은 조종으로부터 물려받은 땅은 한 치라도 양보할 수 없다고 단언하고, 오히려 적극적으로 육진에 군대를 증파(增派)했다. 만일 세종대왕이 함량미달인 신하들의 의견을 받아들여 육진을 포기했다면 함경남·북도는 지금 우리 땅이 아닐 것이다. 엄연한 우리 국토인 독도 주변의 영해권을 포기한 지도자는 역사의 준열한 심판을 받아야 마땅하다.

일본이 독도를 막강한 경제력과 군사력을 바탕으로 하고 외교적 술수까지 동원하여 침탈하려는 의도가 있음이 분명히 밝혀진 마당에, 이에 어떻게 대응할 것인지를 심각하게 검토할 시점에 와 있다. 그러기 위해서는 문화·군사·외교 등 다방면에 걸친 전략을 짜야 한다. 최우선적으로 필요한 것은 어떤 폭풍 속에도 군함과 배가 정박할 수 있는 접안(接岸) 시설의 대폭적 확장이다. 일본의 완강한 반대를 개의치 않고 대대적 항만시설을 설치할 의지가 있어야 하고, 이를 관철하기 위해 즉각적으로 토목공사를 착공해야 한다는 제안을 하고 싶다.

접안 시설의 확충이 끝나면 최첨단 장비를 갖춘 천문기상관측소와 해양연구소 및 어업자원 연구소를 세워 전문가를 상주(常住)시켜야 한다. 갑자기 육군과 해군을 주둔시키는 일은 보류하고 군대 이상으로 훈련된 경찰들을 파견하고 최첨단 무기를 공급하여 능숙하게 다루도록 해야 한다. 독도는 해군과 공군의 지원도 필수적이다. 그러므로 접안 시설에는 최신예무장 헬리콥터가 이착륙할 수 있는 착륙장 건설이 필수적이다. 독도의 해저 상황 여하에 따라 대 잠수함 방어체제도 갖추는 것이 순리이다.

위에 열거한 시설은 실질적으로 우리가 관할하고 있는 영토이기 때문에, 당국자의 의지만 있으면 충분히 가능한 일임에도 불구하고, 이제까지 실천하지 못한 이유가 무엇인지 궁금하다. 한 때 '독도는 우리 땅'이라는 대중가요까지 정부가 금지시켰다고 하는데, 금지시킨 이유가 무엇인지 도무지 납득이 가지 않는다. 여러 가지 정황을 참작컨대 독도의 위상이 여기에 이른 것은 정책 당국자들의 책임이 더 크다. 옛날 우산국(于山國 : 울릉도)의 부속 도서로서 신라의 엄연한 영토였음을 상기하고, 매스컴을 통하지 말고 매스컴이 알지 못한 상태에서, 세종대왕의 높은 뜻을 이어받아 단호하고 과감하게 실천하는 것만이 독도 영유권 확보의 지름길이 될 것이다.

<독도의 주권 수호. 2006>

7.

진흥왕과 장수왕의 재평가

① 우리 민족은 성향이 약간 차이가 나는 두 집단으로 형성되었다고 필자는 생각하고 있다. 만주 지역을 중심으로 활동했던 부여계(夫餘系)와 압록강 두만강 이남의 한반도를 중심으로 활동했던 삼한계(三韓系)가 그것이다. 부여계와 삼한계는 고대사의 시각으로 볼 경우, 상징적으로 단군(檀君)의 두 아들로 인정된다. 지배계급을 기준으로 할 때, 부여계의 선인(先人)이 창출한 국가는 부여와 고구려·발해·백제를 들 수 있고, 삼한계는 마한·진한·변한·신라 등으로 구분할 수 있다. 이들 국가들이 통치형태나 문화면에 있어서 근본적으로는 동일하지만, 구체적 성향에 있어서는 차이가 나는 것은 사실이다.

부여계와 삼한계의 지도자를 개괄적으로 단순화시키면, 장수왕과 진흥왕을 그 대표자로 규정할 수 있다. 장수왕은 부여계의 기본 전략이었던 남진정책(南進政策)을 성공적으로 수행했고, 진흥왕은 삼한계의 기본 전략이었던 북진정책(北進政策)을 성공리에 성취한 지도자였다. 부여계는 따뜻한 남쪽지역을 탐했고, 삼한계는 광활한 만주지역을 소유하고자 했다. 흔히 장수왕을 민족 최고의 위대한 지도자로 보고 있는데, 필자는 이 같은 견해에 대해 동조하지 않는다. 왜냐하면 장수왕이 우리 부여계의 주력 부대와 겨레를 이끌고 압록강 유역에 있었던 수도 국내성을 버리고 대동강가의 평양으로 천도한 것이 민족사(民族史) 위축의 결정적인 계기가 되었다고 믿기 때문이다.

중국민족은 북방민족의 침입을 끊임없이 받았던 지키기 어려운 북경을 포기하지 않고 줄곧 수도로 삼았던 이유로 해서 결국 광대무변한 만주지역을 차지했다는 역사적 사실을 상기할 때, 필자의 이 같은 견해가 납득되리라 믿는다. 따라서 필자는 민족사의 정당한 진행과 발전에 입각하여 고찰할 경우, 신라의 진흥왕을 고구려의 장수왕보다 훌륭한 지도자라고 생각한다. 그럼에도 불구하고 경주 서천(西川)너머 진흥왕릉이라고 전해지는 능침을 볼 때, 왕릉으로서 너무나 초라할 뿐 아니라 그 옆에 들어선 사인(士人)의 무덤과 비교해도 망연한 심정을 금할 수가 없다.

부여계와 삼한계는 지금도 소멸된 것이 아니라 확연한 모습으로 남아 있다고 생각된다. 우리 대한민국과 북한이 삼한계 및 부여계의 특성을 그대로 각각 보존하고 있는 사실이 한 실례가 될 것이다. 북한은 남진코자하고 대한민국은 북진하고 싶은 의지를 깔고 있는 것을 부인하기 어렵다. 우리가 순수한 뜻으로 고구려를 예찬할 때, 은연중 그것이 북한의 남진정책을 돕는 것이 아닌지 한번쯤 생각해 볼 근거가 있다. 북한은 단군조선과 고구려·발해·고려를 계승한 체제로 자긍하고 있다. 수도가 남쪽 서울에 있었던 조선조를 은연중 정통국가에서 약간 소외시켜 고구려나 고려처럼 내세우지 않는 까닭이 무엇인지도 함께 음미해 볼 필요가 있다.

천 년간 존속했던 신라는 삼한을 통합하여 세계화 정책을 시행하면서 우리 민족 최초의 통일국가를 이룩했고, 아울러 한민족의 민족의식을 확고하게 뿌리내리게 한 왕조였다. 신라가 민족사에 기여한 이와 같은 웅장한 업적에도 불구하고, 고구려의 민족통일을 방해한 국가로 잘

못 인식하고 있는 왜곡된 현실이 안타깝다. 고구려는 망할 만한 이유가 있어서 망한 국가였고, 신라는 삼한을 통합할 능력이 있었기 때문에 통일의 위업을 이룩한 국가였음을 우리는 명심해야 한다.

❷ 민족사의 창출은 앞에서도 지적한 것처럼 인맥에 의해서 결정된다. 고구려가 멸망한 것은 부적절한 인맥이 국가를 장악하고 있었기 때문이고, 신라가 삼한을 통합한 것은 훌륭한 인맥이 나라를 이끌고 있었기 때문이다. 우리는 지금 고구려를 예찬하고 신라를 폄하하는 잘못된 풍조에 휩싸여 있다. 사실 신라는 민족의 강역을 북방으로 확장하기 위하여 진흥왕 같은 위대한 지도자가 나타나서 과감한 북진정책을 감행했고, 이에 힘입어 문무왕은 한민족의 위대한 과업인 통일국가를 최초로 이룩했다. 신라의 이 같은 정당하고도 원대한 민족사적 위업이 과소평가되는 비정상적인 현상은 반드시 시정되어야 한다. 그러므로 부여계의 주력부대를 끌고 광활한 만주지역을 뒤로 하고 남하한 장수왕보다 삼한계의 백성을 이끌고 한반도 북반부로 진격한 진흥왕이 칭송되어야 마땅하다.

청(淸)나라의 태조(太祖)와 태종(太宗) 세조(世祖)에 뒤를 이어 강희(康熙)·옹정(擁正)·건융제(乾隆帝) 등은 위대한 제왕으로 알려져 있다. 이들은 저들 겨레인 만주족을 이끌고 중원으로 진입하여 영토 확장은 물론이고 문화적으로도 크나큰 업적을 남겼다고 역사는 평가하고 있다. 그러나 필자는 이들 지도자들이 결과적으로 한민족(漢民族)을 위하여 저들 본거지인 만주지역을 중국에 헌납했을 뿐만 아니라, 자신들의 겨레조차 소멸시키고 만 만주족의 반역적 지도자로 단정하고 싶다. 지금도 중국에는 만주족이 약 구백만 정도가 남아 있지만, 만주어와 만주문자를 말하고 해독하는 사람은 열 명도 안 된다고 하고 있으니, 이들 제왕들을 일러 고의는 아닐지라도 만주족의 반역자라고 지칭해도 손색이 없다.

만주족과 몽골족이 한때는 중국대륙을 차지하고 천하를 호령했지만, 그 결과는 몽골족의 경우 수백만에 불과한 겨레를 보존한 채 북쪽 초원 지방에서 숨을 죽이고 있고, 만주족은 얼이 빠진 채 만주지역에서 원숭이 집단이 되어 한족(漢族)의 눈치를 보며 민족 소멸의 늪으로 빠져들고 만 것이다. 이에 반해 우리 민족은 중국에 적절히 사대(事大)를 하면서 우리의 민족어와 민족문자와 민족문화를 확고하게 전승한 채, 칠천 만의 겨레로 성장하고 번창하여 사계의 유수한 경제대국으로 발돋움했을 뿐 아니라, 새롭게 펼쳐지고 있는 21세기를 향하여 활기차게 매진하고 있는 흥융하는 시기를 맞고 있다.

<「성대신문」 1275호. 2000>

8.

제3세계의 현실과 문학

① 제3세계의 개념은 제1세계, 제2세계의 존재를 전제로 하고 있다. 좀 더 부연한다면 제4세계 제5세계…도 존재할 수 있음을 가능케 한다. 통상적으로 볼 때, 제1세계는 해양문화의 속성을 강하게 지닌 자본주의 국가, 즉 자유세계를 지칭하고 제2세계란 대륙문화의 특성을 지닌 공산세계를 뜻하는 것이 상식으로 되어 있다. 제1세계는 로마 가톨릭의 성격을 강하게 받았고, 제2세계는 그리스정교의 영향을 많이 받았다고 알려져 있다. 이렇게 볼 때, 제1 제2의 세계란 서구적인 문화와 체제를 지칭하는 것이 된다. 바꾸어 말하면, 제1세계는 미국에 의한 세계의 평화(팍스 아메리카나)이고, 제2세계는 소련에 의한 세계의 평화(팍스 루시아나)라고 볼 수 있다.

여기서 말하는 평화가, 그 단어가 가진 평화의 의미를 진실로 가졌느냐하는 것은 별 문제이다. 이것은 일종의 세계주의다. 세계주의는 강대국 그들이 행사하는 영향력의 영역을 계속 확보하기 위하여 고취한 구호라고 여겨진다.

이들 세계주의 국가가 가장 혐오하는 말은 민족주의, 즉 국가주의라는 어휘다. 그리하여 그들은 국가주의를 편협하고 융통성이 없고 소아

병적이며 국수주의이기 때문에 국가의 발전을 저해하며 억제한다고 주장하고 있다. 제3세계라는 단어는 더 이상 강대국의 세계주의의 영역에 안주하면서 그들에게 봉사하지 않겠다는 국가주의의 외침인 것이다. 이들의 '외침'이 정당하냐? 부당하냐 하는 문제는 본고에서 다룰 성질이 아니라고 본다. 본고는 소위 제3세계의 문학이 어디에 어떤 모습으로 있으며, 또 어떻게 있어야 하느냐 하는 것을 살펴보는 데에 목적이 있다.

필자는 문학에 대해서 별로 아는 바가 없는 만큼 지극히 상식적이고 일반론적인 이야기밖에 할 수 없음을 밝혀 둔다. 아울러 이 문제는 너무나 광범한 것이기 때문에 한국문학에 국한시켜 무견(蕪見)을 피력할까 한다.

한국은 역사적으로 막강한 세계주의를 표방하는 강대국 주변에 위치하여 살아왔다. 그 강대국이 중국임은 말할 나위도 없다. 중국 최초의 통일국가인 진(秦)을 위시하여 한(漢)은, 우리나라를 단순하게 무력으로 점령하거나 무력을 시위하는 데 그쳤다면 간단하다. 그들은 논리적으로 잘 다듬어진 이데올로기를 주입했다. 전 논리(前論理)의 사회에 들어온 합리주의는 직관적이고 감성적인 전 논리를 마음껏 유린하여 정신적인 무장해제를 감행했다. 중국이 우리에게 준 이데올로기는 유학과 노장을 비롯한 불교다. 이들 고대의 이데올로기는 알게 모르게 중국의 세계주의의 구현과 질서에 공헌했다.

신라와 고려에는 불교를 바탕으로 한 세계주의가 풍미했고 조선조에는 유학의 철학화인 성리학을 기저로 한 세계주의가 우리나라를 휩쓸었던 것이다. 불교는 민중들로 하여금 관심을 내세로 이끌어 현실의 불행을 망각하게 하는 체념으로 이끌었고, 성리학 춘추대의라는 명분을 내걸고 시대를 합리화시켜 국가주의의 싹을 짓밟았던 것이다. 물론 유학이나 성리학 또는 노장이나 불교가 우리의 문화를 다양하고 폭넓게 발전 향상시킨 공적을 인정한다. 그러나 이들은 우리 한국이 중국의 예속에서 벗어나야겠다는 의욕마저 무산시켰다는 사실도 기억해야 한다고 본다. 중국적 세계주의의 질곡은, 청일전쟁에 청나라의 패배가 있은 후, 곧이어 일본적 세계주의가 우리를 덮쳤다. 일본의 세계주의는 대륙 민족의 그것보다 더욱 잔인하고 철저했다.

일본의 세계주의는 동서의 갖은 악랄한 방법을 다 동원하여 우리를 억압했다. 제2차 세계대전에서 일본이 패배하자, 일본적 세계주의는 물러가고 현하의 제1, 제2세계의 세계주의가 범람했다. 그리하여 기독교적 세계주의라는 또 다른 문화가 용암처럼 흘러 들어와서 세계 각국의 다양한 문화를 수용하게 된 것이다. 이들이 우리의 문화에 여하히 기여할 것인지는 후세에 판결이 나리라 본다. 이처럼 통시적으로 물결쳐온 세계주의는, 우리나라로 하여금 일종의 제3세계가 지닌 비극을 잉태케 했다. 제3세계라는 오늘날의 개념을 떠나서 한국은 아득한 옛날부터 대륙과 해양의 세계주의의 폭풍 속을 허우적거리며 살아온 것은 확실하다. 그렇다면 이러한 역사적 상황 속에서 우리의 문학은 어떤 특질과 성격을 가진 채 발달해왔느냐를 더듬어봄으로써, 제3세계의 문학이 어떤 형태로 존재해야 하느냐에 대한 조그마한 답이 될 것이다.

문학은 인간이나 사회나 국가에 큰 영향력을 은밀하게 행사한다. 그것이 은밀하게 행사되는 까닭으로 일반인은 쉽게 간파하기 어렵다. 그래서 종종 결과로 나타나서 깜짝깜짝 놀라기도 한다. 불란서 대혁명은 루소의 일련의 저서에 상당한 영향을 받았고, 미국의 노예 해방은 「엉클톰스케빈」이란 작품에 크게 힘입었음은 널리 알려진 사실이다. 그러나 이러한 엄청난 결과에 영향을 준 문학은 그 실제보다 과소평가를 받거나 모르는 것이 예사다. 문학의 효용과 기능은 마치 빙산과 같아서 불가관의 부분이 이처럼 많은 것이다. 따라서 문학은 소위 제3세계에도 알게 모르게 크게 기여했음이 분명하다. 그런데 여기서 문제가 되는 것은 그것이 어떻게 기여했느냐이다.

❷ 제1, 제2세계의 지배를 합리화시켰거나 지배의 영속화에 도움을 주었거나, 아니면 제3세계에 속해 있는 국가의 민중을 무력화하거나 체념하게 하는데 기여하지 않았나하는 점을 검토할 필요가 있다. 즉 문학의 역기능에 관한 문제이다. 민중을 무력화시키거나 현실의 부조리를 체념케 하는데 가장 효과적인 것은 종교가 아닌가 한다. 종교의 특질을 내세에다 둔다면, 현실이 여하히 참담하고 간곡해도 죽어서 행복이 충만한 세계가 있는데, 이 행복이 충만한 세계에 갈려면 모쪼록 현실이 참담할지라도 원망하거나 저항하지 말고, 그것이 하늘의 뜻이라고 체념하기를 강조한다. 이것은 제1, 제2세계가 기대하는 가장 바람직한 현상이 아닐 수 없고, 이러한 현상은 종교에 의하여 초래될 수도 있다.

한편 제1, 제2의 세계는 현실의 안락을 추구하며 온갖 행복을 만끽하며 지상천국을 건설하여 마음껏 즐기면서, 종교적 내세에는 별로 관심을 갖지 않는다고 하면 억측일까. 19세기의 제국주의가 종교를 앞세워 그 판도를 넓혔음은 상식에 속한다. 제1세계나 제2세계가 그들에게 예속된 나라가 제3세계라는 의식을 갖지 않게 하기 위하여 동원되는 수단은 여러 가지가 있지만, 그 중에 대표적인 것은 세계주의적 색채를 지닌 '이데올로기'와 '종교'가 아닌가한다. 여기에 문학이 이들 이데올로기나 종교를 노래하고 구가하면 토착화를 촉진시켜 민중의 의식 속에 뿌리를 내리게 하는 위력을 발휘한다. 이러한 상황에서 문학은 자칫 제1, 제2세계의 시녀가 될 위험이 있다. 아울러 밝혀두어야 할 것은 문학이 선진 제1, 제2세계의 현실이나 종교를 올바르게 수용했을 경우, 민중을 긍정적으로 계몽시킬 수도 있고, 나아가선 문학의 새로운 지평을 열 수도 있다.

우리 문학이 최초로 제1, 제2세계의 영향을 받은 것은 향가가 아닌가한다. 향가는 향가라는 명칭이 말하는 것처럼 외래의 노래가 아닌 우리의 노래라는 뜻이다. 그런데 향가는 본래의 기능이 약화되고 찬불가나 유가의 이념을 노래하기 시작했다. 이것은 결국 향가의 소멸을 촉진시킨 것이라고 여겨지고, 아울러 당제국의 예속에 약간이나마 기여하지 않았나 생각된다. 모르긴 해도 당은 불교나 도교, 유가사상을 십분 이용했다고 여겨진다. 제1, 제2세계로서의 중국은 끊임없이 한반도의 예속을 위하여 다방면으로 노력한 것은 사실이다. 3세기 무렵에 중국은 이미 한반도 제국의 풍속과 언어와 생활상을 친절하게 기록하였다. 그 기록이 『삼국지 위서 동이전』으로 나타난 것이다. 중국인이 이처럼 친절을 베푼 이유는 제1, 제2세계로서 한반도를 예속시키기 위한 기초자료 수집이었음은 두말할 나위도 없다.

만일 그 당시 우리가 제3세계의 의식이 있었다면, 동양의 역사는 달라졌음이 확실하다. 우리는 고도의 정치적 수완을 가진 그들에게 철저하게 농락당했을 따름이다. 더욱 통탄할 일은 그들에 의해 농락당하고 있다는 사실도 몰랐다는 그 점이다. 중국인보다 정치적 수완이 저급하다고 여겨지는 몽골제국조차도 고려의 예속을 위하여 심양에다 또 하나의 조정을 마련하여 '심양왕'이라 하고는 민중과 통치자의 합심을 저해하여 끊임없이 고려를 약화시켰다.

이 사이 고려는 참혹한 현실을 체념하면서 팔만대장경을 다듬고 사찰을 곳곳에 건립하여 극락세계를 꿈꾸며 몽골제국에 대한 저항과 반항을 삼켰을 따름이다. 이 시기의 문학은 민중의 기백과 저항심을 약화시키는 <만전춘>·<쌍화점>·<이상곡> 따위가 풍미했다. 이는 결국 제1, 제2세계였던 몽고제국의 통치와 억압을 방조하는 결과를 가져오지 않았나한다.

고려가 역사에서 사라지고 조선조가 등장했다. 조선조는 적어도 표면적으로는 제1, 제2세계를 배제하고 사대하는 것으로 출발한 나라다. 그리하여 『고려사』도 『삼국사기』의 <고구려본기·신라본기> 운운하는 명칭도 스스로 격화시켜 「세가(世家)」라고 하고는 대단히 만족해했다.

조선조의 지식인은 당시의 선진 제1, 제2세계였던 명제국의 모든 것을 열렬하게 모방하기 시작했다. 문학도 예외일 수가 없다.

중국의 문학이론이 여과되지도 않은 채 그대로 유입되어 도도하게 흘렀다. 중국인의 문학이론이라면 무조건 진보적이고 참신하며 합리적이라 굳게 믿었다. 이는 마치 서구의 문학이론이 판을 치고 서구의 문학방법이 적용되지 않은 것은 고루하고 비천한 것으로 여겨지는 현재의 상황과 비슷한 데가 있다. 우리의 지식인은 통시적으로 우리의 것을 배척하고 부정하는 것으로 그 권위를 키웠고 이름을 얻었다. 신라의 불교적 지식인이 그랬고, 이조의 유가적 지식인이 그랬고, 근대의 서구적 지식인이 또한 그 전철을 밟고 있다.

문학 역시 중국문학을 열심히 모방하다가 이제는 서구의 문학을 침을 흘리며 모방하기에 여념이 없다. 조선조가 망한 후, 한반도의 문학은 마치 고려조의 <만전춘>·<쌍화점>·<이상곡>을 연상시키는 비애 만장한 이른바, 병적 낭만주의가 홍수처럼 범람했다. 이를 본 일본제국은 쾌재를 불렀음이 틀림없다.

❸ 조선조의 문학도 그 일부는 제1, 제2세계의 제국주의적 이념으로 이용된 성리학의 도구로 전락하여 제1, 제2세계의 시녀 노릇을 했는지도 모르겠다. 조선조의 성리학적 지식인에 의해 창작된 오륜가 따위의 문학은 결과적으로 명제국의 예속에 기여했다고 볼 수도 있다. 일제시대 문학 역시 대부분이 일제의 통치와 그 예속을 인정하는 쪽으로 그 기능이 발휘된 듯도 하다. 일본말이나 일본글을 먼저 배워 일본의 문학작품이나 문학이론을 읽고, 그것을 베끼거나 적당히 번안하여 우리말로 만들어 놓은 것이 명작이나 명이론으로 평가되어 명망을 얻었다.

그것은 결국 일본제국을 위한 문학이 될 수 있는 함정이 그 속에 있는 것이다. 이는 그 시대를 사는 지식인의 피를 말리는 고통이나 고민도 없이 외국어나 적당히 익혀서 이른바 원서라고 미화된 제1, 제2세계의 세계주의적(그들에게는 민족주의적이다) 내용을 홍차나 커피를 마시면서 그대로 베껴 대가의 지위를 굳힌 후 종국에 가서는 그들이 옷깃을 여미며 본 원서의 나라의 이익에 기여하는 예도 적지는 않다고 본다. 이른바 원서에 담긴 내용은 우리의 입장에서 보면 특이요, 신기이니 만큼 호기심을 자극하기에 충분하다. 이리하여 뿌리 없는 문학이 판을 쳐 문학계는 온통 물거품으로 충만하게 된다. 언뜻 보면 그 위세가 대단하고 양도 풍부한 것 같으나, 한차례 바람이 불면 남는 것은 아무 것도 없다.

일제 36년간 그 어렵고 간고했던 긴긴 시간에 오늘날 우리가 기억할 만한 작품이 과연 얼마나 있는가를 생각해보면 알 만한 일이다. 이것은 결과적으로 이 시대의 문학이 일제의 세계주의에 기여했던 까닭이다. 현재 우리 한국은 어떤 세계에 소속되어 있는가. 제1세계냐, 제2세계냐 아니면 제3세계냐 또 제4, 제5의 세계에 있느냐가 문제다. 한 가지 분명한 것은 희랍정교의 성격을 지닌 공산주의의 이념을 표방한 제2세계의 일원이 아니라는 점이고, 대체로 로마가톨릭의 성격을 지닌 자본주의적 해양세력인 제1세계에 가깝다.

앞으로 우리는 여기에 계속 안주해야하느냐, 아니면 제3세계의 일원으로 진입해야 하느냐하는 어려운 선택의 시간이 다가오고 있음을 느낀다. 이러한 시점에서 우리의 문학은 어떻게 존재해야 할 것인지 난제가 아닐 수 없다. 자신 있게 말할 수 있는 것은, 신라나 고려, 조선조, 일제시대의 문학의 전철을 그대로 도습해서는 안 된다. 이 땅을 휩쓸었던 모든 이데올로기는 우리 주변에 있었던 제1, 제2세계의 세계주의의 기수였으니, 과거처럼 우리의 문학이 그 기수의 하수인으로 만족하거나

그것이 선진이요, 진보요, 참신이라는 착각도 되풀이해서는 안됨을 강
조하고 싶다.

<「충북대신문」 300호. 1982>

9.

글은 문명의 꽃이요 열매

1 공룡과 인류　　　인류가 지구의 주재자(主宰者)로 행세하고 있는 약 만여 년이라는 기간은, 무한한 지구의 연령을 감안할 때 수유(須臾)에 불과하다. 인류가 앞으로 얼마 동안 지구의 주인공으로서 군림할 것인지는 아무도 예측할 수 없고, 지금까지 누려왔던 만 년 정도를 다시 향유할 것인지도 미지수이다. 지구에서의 인류 역사는 과거 수억 년의 간격을 두고 석권했던 공룡을 비롯한 다양한 동식물에 비해 매우 짧다.

공룡의 소멸은 여러 가지 원인이 있겠지만, 그 중에서 공룡의 몸체가 지나치게 거대해져서, 환경의 변화에 유연하게 적응하지 못한 것이 주원인이라는 견해에 필자는 주목한다. 공룡은 거대한 몸체와 막강한 힘으로 전 지구를 휩쓸며 유아독존의 횡포를 감행했다. 천적이나 적대자가 없다는 것은 크나큰 행복이기도 하나, 응전력의 퇴화로 말미암아 통시적으로 계기되는 지구 환경의 변화에 무력해진다는 치명적인 결함을 내재하기도 한다. 오늘날 지구상에서 인간을 대적할 생명체는 없다. 따라서 인류는 지구상에 살고 있는 동식물은 물론이고, 무기물에 이르기까지 좌지우지하고 있다. 이는 수억 년 전 공룡이 지구 생물들에 저질렀던 행패에 비해서도 심한 것 같다.

이제 지구에는 인류라고 호칭되는 동물이 제2의 공룡이 되어, 하늘과 땅 그리고 바다에 이르기까지 오직 자신들의 편의만을 위해, 무자비하고 때로는 극악무도할 정도로 자연을 파괴하고 생물들을 학살하고 있다. 만일 인류가 공룡과 이러한 면에서 유사점이 있다면, 공룡처럼 파멸되어 화석으로 남는 전철을 밟지 않는다는 보장이 없다.

그러나 인류는 공룡과 달리 저지른 행위에 대해서 반성할 줄 아는 특성을 가졌다. 잘못을 뉘우친다는 것은 불합리하게 거대해진 자신을 적절하게 축소시킨다는 의미로 해석되고, 따라서 변모된 현실에 적응하는 능력을 갖게 됨을 뜻한다. 인류가 자신의 쾌락과 이익을 위해 분파가 다른 인종을 압살하고, 동식물들을 멸절시키는 것은, 결과적으로 적응력을 배양하는 것이 아니라 스스로의 묘혈을 파는 행동이다.

② 인류와 글   인류는 지구를 지배했던 모든 동식물과 달리 문자를 만들었고, 이 문자를 매개로 생각하고 행동한 사실을 글로 남겨야 한다는 인식을 가진 동물이다. 도구를 사용하는 동물은 인류 이외에도 많다. 그러므로 '호모사피엔스'라는 정의(定義)도 중요하지만, 국가나 사회단체 및 개인의 업적을 후세에 영원히 남기고 싶어 하는 인류의 본능적 심성에 더 많은 의미를 부여하고 싶다. 지능이 높다고 알려진 유인원을 비롯하여 '호랑이·말·개·돌고래' 등은 그들의 행위를 후세에 전달하고자 하는 의지는 없다.

인류가 자신이 이룩한 업적을 당대나 후세에 남기고자 하는 강인한 의지는, 어떻게 보면 유치한 발상이라는 평가도 있을 수 있다. 그러나 인류는 이 같은 인식에 입각하여, 남긴 글을 통해 잘잘못을 가려서 취할 것은 취하고 버릴 것은 버리는 지혜를 발휘했다. 죽고 난 뒤에 남는 이름이 무슨 가치가 있느냐는 시각도 일리는 있다. 자신이 알지도 못하는 사후의 영광과 오욕에 대해서, 개의할 필요가 없다는 생각을 가진 자는 흉포해질 가능성이 있다. 그러나 영광과 오욕이 그 자신은 물론이고 그들의 자손들에게도 영원히 대물림된다는 사실의 인식은, 함부로 행동해서는 안 된다는 장치로 기능한다.

따라서 내세(來世)가 있다는 상정(想定)은 인류에게 절대로 필요하다. 그런 의미에서 내세의 존재를 끊임없이 강조하는 종교를 인간이 가지고 있는 것은 다행이다. 종교는 종교에 포함되는 모든 것을 글로 수록하여 후대에 남겼다. 종교가 역사 못지않게 막대한 영향력을 행사하는 이유는, 역사를 기술한 문헌과 달리 성(聖)을 첨가하고 경(經)을 덧붙였기 때문이다. 종교를 다룬 글에 성과 경의 교조적 의미를 부여한 것은, 신성불가침의 권위를 얻는 것과 동시에, 내부의 절대부패를 예방하는 기능을 제거하는 역작용도 있었다.

인류 역사에 있어서 찬란한 문명을 오랫동안 향유했던 민족은 매우 많았다. 그럼에도 불구하고 현재까지 계승되어 남아 있는 문명은 열 손가락에도 미치지 못한다. 보는 시각에 따라 과거 존재했던 무수한 문명이 세계 도처에 남아 있다고 여길 수도 있다. 그러나 이 들 잔존한 문명의 흔적을 두고 문명으로 규정하지 못하는 것은, 글로써 자신들의 문명을 형상화시키지 못했기 때문이다.

글은 인류 문명의 꽃이요 열매이다. 당대에 터득한 문명을 후대에 남겨 주는 주된 전달 수단은 글이다. 혹자는 글보다 문명이 구상적으로 형상된 유적과 유물에 비중을 두기도 한다. 그러나 글로 뒷받침되지 않는 유적과 유물은 관광 차원에 불과한 문명의 잔흔(殘痕)에 지나지 못한다. 남북아메리카는 찬란한 문명을 이룩하여 장구한 기간에 걸쳐 영광을 누렸었다. 그러나 그 문명의 잔재인 거대한 유적들이 주는 비극적

이미지 또한 그들이 문명의 실상을 글로 형상하여 후대에 전하지 못한 것에 기인한다. 세계 7대 불가사의 중 하나인 캄보디아의 장엄한 '앙코르와트'가 전 세계에서 몰려온 관광객들의 어설픈 탄성이 뒤섞인 눈요기감 정도로만 남아 있는 것도 이 같은 이유에서다.

③ 글과 문명　　인류가 수천 년에 걸쳐 땀 흘려 형성한 문명들이, 간혹 철없는 정치가들에 의해 혁명이라는 이름으로 무참하게 파괴되는 사실을, 우리는 과거의 글을 통해 접하게 된다. 우리는 우리 당대에 혁명으로 포장된 문명반역(文明反逆)의 사례를 몇 차례 보아 왔다. 문명은 어느 날 갑자기 이루어지지 않는다. 과거를 모르는 부박한 현대인들이 마치 새로운 문명으로 오인하고 떠들고 있는 예도 있지만, 그것은 과거의 글을 읽지 않은 무식의 소치이다. 아메리카 대륙은 수억 년 전부터 있었고, 아메리카 원주민들의 화려한 문명도 오래 전부터 존재했는데, 이를 의도적으로 외면한 채 발견이라고 선전하는 것과 동일하다.

소수 민족의 문명을 총칼로 정복한 뒤 이를 해방이라고 강변한 강대국의 횡포를 수없이 보아 왔다. 강대국의 이 같은 횡포의 와중에서도 글을 가진 민족의 문명은 단절되지 않고 지속되어 국가와 민족의 정통성을 지켜 왔다. 그 중의 현저한 예로서 우리 한국과 중국, 일본 등을 들 수 있다. 중국은 이따금 부적절한 사고를 가진 인물이 지도자가 되어 문명반역을 시도하기도 했지만, 그 결과는 완전 실패였고 나아가서는 역사에 길이길이 치욕적인 오명만 남겼다.

다행히 우리의 문명사(文明史)는 이민족의 침략을 받은 동안을 제외하고는 우리 자신이 자행한 문명 말살의 행위는 없었다. 간혹 해외에서 생성된 삼류 이데올로기를 수입하여 문명변개(文明變改)를 시도한 적도 있었으나, 그 결과 역시 시행착오였음을 민족사가 증명하고 있다. 한국의 문명사적 글은 엄청나게 많다. 그 중에서 역사적 비중과 문명사적 의의를 함께 지닌 것으로 『삼국사기』와 『삼국유사』, 그리고 『고려사』와 『동국통감』 및 『증보문헌비고』 등을 들 수 있고, 이 밖에도 수많은 글을 우리는 가졌다. 우리가 이처럼 풍부한 글을 갖고 있기 때문에, 혹시 돌발적으로 나타나는 문명 파괴가 삼류 지도자들에 의해 자행될 것이라는 우려는 기우에 불과할 것이다. 문명과 문화는 대체로 같은 의미로 쓰이고 있다. 엄격하게 따지면, 문명은 물질적인 면에 무게를 두고, 문화는 정신적인 것에 비중을 둔다. 본고에서 필자는 문명의 개념을 정신적인 것과 물질적인 면을 함께 포함시켜 사용했다.

일찍이 토인비는 서구 문명을 제외하고 전 세계에 18개의 문명이 있었는데, 모두 소멸하고 네 개의 문명만 남았다고 말했다. 그러나 세계의 문명이 과연 18개밖에 없었느냐 하는 점에 대해서는 의문이 가지만, 문명을 척도로 세계사의 진행을 파악하려는 시각은 의미가 있다. 토인비의 문명 인식은 기독교를 중심으로 하여 형성된 '서구 문명'을 잣대로 하여, 여타의 다양한 인류 문명을 폄하적 시각으로 평결했다.

문명의 형성과 지속은 소위 고등 종교를 근간으로 해야만 가능하고, 그렇지 못할 경우는 금방 쇠퇴하고 만다는 그의 독선적 사고도 지적되어야 할 것이다. 토인비가 말한 소위 고등 종교는 '기독교·회교·불교·힌두교' 등을 지칭하고 있는데, 인류가 믿고 있는 무수한 신앙 가운데, 이 들 신앙에 국한시켜 '고등'이라는 관사를 붙이는 데에 필자는 동의할 수 없다.

토인비는 계속하여 현존하는 문명은, 기독교를 바탕으로 한 '서구 문명'과 회랍정교를 중심으로 한 '동구 문명', 그리고 불교를 근간으로 한 '극동 문명'과 회교에서 배태된 '이슬람 문명'과 힌두교에 뿌리를 둔 '인도 문명' 등 다섯 개의 문명만이 존재하고 나머지는 모두 소멸됐다고 했다. 이 주장을 인정한다 해도, 이미 멸망했다고 생각되는 수많은 문명들이, 앞에 열거한 문명의 위력이 쇠미하는 즉시로 되살아나서 꽃피울 것이고, 또 그렇게 되어야 할 것이다.

④ 글과 韓文化　　중국은 우리나라를 일컬어 문헌지국(文獻之國)이라 했다. 이는 우리 한민족(韓民族)이 중국 주변의 '몽골· 여진· 티벳· 월남' 등에 비해서 유달리 글을 좋아했기 때문에 붙여진 이름이다. 글을 잘 모르는 사람도 자본을 축적하면 난해한 내용이 담긴 문헌을 구입하여 집안을 장식할 정도로 책을 사랑한다. 이 같은 우리 민족의 성향은 칭송되어야 할 뿐 아니라, 앞으로도 후손들에게 전승시켜야 할 전통이다. 전 세계에서 인구와 경제력에 비해 문헌의 발간이 우리 정도로 풍부한 나라는 없다. 이에 부응하여 대형서점을 비롯한 책방이 우리만큼 광범하고 다양하게 존재하는 국가 또한 없다. 세계 초강대국 옆에서 오천 년간 민족의 정통성을 지키며 생존해온 것도, 글을 사랑하는 민족성과 깊은 관련이 있다.

현존 지구상의 허다한 민족 중에 자녀 교육에 관한 열정의 강도면에서도 우리를 능가할 민족은 없다. 흔히 한민족의 교육열을 유태인에다 비교하고 있지만, 어쩌면 유태인보다 더 강한지도 모르겠다. 교육열 내용에 있어서 세속적인 부의 축적과 별 관계가 없는 인문학(人文學)에 대한 열정을 기준으로 할 때, 우리 민족은 단연 세계 최고의 수준에 있다. 물질적 풍요와 다소 거리가 있는 인문학에 관한 열의를 한때 정부가 나서서 억제할 정도였다는 사실에서, 우리 민족의 희망찬 미래를 찾고자 하는 것은 꼭 낭만적 인식만은 아닐 것이다.

우리는 통시적(通時的)으로 한자(漢字)를 과감히 수입하여 민족문화를 글로 형상했다. 설총은 이두를 완성시켜 우리말을 주체적으로 표기하려고 했다. 그러나 이두는 하급 관료들이나 민간의 계약서 등에 사용되었고, 소위 고급문화와 문명에 포함되는 내용은 한자(漢字)와 한문(漢文)으로 표기했다. 따라서 한자를 고급문화로 생각하고 한자로 표기된 문장만을 참된 글로 인정하는 경향이 강했다. 그러나 15세기에 들어와 세종대왕이 어문민족주의(語文民族主義)에 입각하여 훈민정음을 창제한 뒤부터, 우리의 글은 한문과 공존하면서 민족 문명을 더욱 풍성하게 함양했다.

우리나라는 세계사에 빛나는 많은 문헌을 갖고 있지만, 그 가운데서 조선왕조 오백 년간 조야상하(朝野上下)의 모든 일을 종합하여 기록한, 방대한 『조선왕조실록(朝鮮王朝實錄)』을 첫머리에 들 수 있다. 인구나 영토 면에서 수십 배의 우위를 차지한 중국도 이같이 방대한 기록을 남기지 못했고, 세계를 호령하던 서양의 여러 열강 또한 이처럼 웅장한 글을 남기지 못했다.

한 때 봉건 통치배의 왕조 중심 기록이라고 일부 몰지각한 지식인들에 의해 폄하된 적도 있지만, 이제 이 같은 견해는 웃음거리에 지나지 못한 것으로 확인되었다. 한민족의 보물이면서 세계적 보배인 『왕조실록』가운데, 두 질(帙)은 대한민국이 갖고 있고, 한 질은 북한이 갖고 있다는 것도 의미심장하다. 나머지 한 질은 일제가 약탈하여 가져갔지만 동경 대지진 때 소실되고 일부만 잔존하고 있는바, 이는 두고두고 통한지사(痛恨之事)로 남을 것이다. 우리 선인들이 남긴 글은 너무나 호한(浩汗)하여 일일이 열거할 수 없을 정도이다. 여하튼 글이 없는 민족은 소멸하고, 글이 있는 민족은 번영한다는 것은 만고불변의 진리이다.

❺ 글과 인류의 미래　　　지구상에 살고 있는 동식물 중에서 사람만큼 자식을 오랫동안 양육하는 생명체는 없다. 어떤 동물은 출산과 동시에 망각하는 것도 있고, 많아야 일 년을 넘지 못하는 동물이 태반이다. 유인원은 오랫동안 자식을 데리고 다니며 교육을 시키지만, 사람에 비할 바가 못 된다. 게다가 인간은 글을 통해서 수천 년 또는 수만 년 전의 지식을 후손에게 전해 줄 정도이니, 인류가 지구의 주인공이 된 것은 당연하다. 역사상 광활한 땅과 민족들을 병합하여 대제국을 형성한 민족들은 모두가 자녀 교육에 남다른 열정을 가졌다.

그 한 예로서 로마제국을 들 수 있는데, 로마인들이 자녀교육에 할애한 시간과 자본은 엄청난 것으로 알려져 있다. 로마가 구라파를 석권한 이유는 훌륭한 인재를 양성했기 때문에 가능했다. 조선조 역시 개국이후부터 문헌을 완비하여 자제들을 교육시켰기 때문에 수성(守成)이 이룩되었다. 그리하여 15·16세기 무렵 세계에서 가장 발전한 국가로 발돋움할 수 있었다. 조선조가 왕조 차원에서 교육에의 투자를 삭감함과 동시에 쇠퇴기로 접어든 것은, 로마인들이 자녀교육을 노예들에게 맡기고 쾌락을 탐하는 데 많은 시간을 보냈기 때문에 멸망했다는 사실과 맥락을 같이한다.

영상매체가 활개를 치고 디지털시대로 접어들었다고 뽐낼 것이 아니라, 문명의 보고인 글을 발전시키고 정성스럽게 보존해야 인류의 장래는 보장될 것이다. 문명이 인류역사상 이처럼 발전한 적이 없었다고 우리는 자부하고 있다. 그런데 인류의 존속과 문명 발달의 기본이 되는 자녀출산과 교육의 현황을 냉정하게 주시할 때 불안한 심경을 가눌 수 없다. 인류 존속의 근간인 자녀 출산을 기피할 뿐 아니라 설사 출산했다 해도, 편안하게 젖을 먹여 양육할 시간마저 박탈당한 오늘의 문명 현실이 두렵기만 하다. 물질문명의 눈부신 발전에 만족하기에 앞서, 안방에서 잔잔한 음악을 들으며 자녀들에게 젖을 먹이며 글을 읽는 어머

니들이 많아야만, 인류의 장래는 먼먼 훗날까지 보장될 것이라고 필자
는 확신한다.

〈「디지탈 포스트」 2002.〉

10.
한글전용론과 한글의 위기

① 아리스토텔레스는 뜻한 바가 있어 아카데미아를 떠나면서 '스승은 소중하다. 그러나 진리가 더 귀중하다.'라고 말했다. 비록 존경하는 스승이 결정한 일이나 학설일지라도 그것에 문제가 있으면 과감하게 비판하고 극복하는 것이 정당한 태도이다. 이념도 예외가 아니다. 이념은 종교가 아니다. 이념은 의복과 같아, 길면 잘라야 하고 좁으면 늘려야 하고 낡으면 미련 없이 버려야 한다. 종교나 이념, 또는 학설과 주장도 인간을 위해서 존재해야 한다. 만일 인간의 삶과 행동에 방해가된다면 과감하게 고치거나 포기하는 것이 도리이다.

지금 와서 버려야 할 이념과 주장과 학설들이 너무나 많다. 폐기시켜야 할 것은 내심으로는 인정하면서 명분과 체면 때문에 억지로 지키는 것은 의리가 아니라 고루한 고집이다. 시대에 걸맞지 않고 변화시키거나 버려야 할 것은 떨어버리는 것이 진보요, 의리이다. 지금 와서 버려야 할 것이 산더미처럼 쌓여 있고, 또 쌓이고 있는데도 불구하고 그대로 갖고 있기 때문에 우리 사회는 쓰레기통이 된 지 오래이다. 불행하게도 버리지 말아야 할 것은 전부 억지로 버리고, 버려야 할 것은 막무가내로 쥐고 있는 것이 현재의 상황이다.

버려야 할 것 중에 대표적인 예 하나를 들라면 필자는 서슴없이 '한글전용'론을 제시한다. 한글을 전용해야 한다는 주장이 론이 될 수 있는지도 의심된다. 일제시대 일본의 글과 말을 사용했을 때는 혹시 이같은 주장이 설득력이 있었을는지는 모르나, 국제화니, 세계화니, 글로벌화를 외치고 있는 지금 현실에는 전혀 가당치도 않은 주장이다. 일찍이 선배 중에 한 분은 한글의 로마자화를 말한 적이 있다. 한글의 로마자화와 한글전용론이 어떤 관계가 있는지도 밝혀져야 할 것이다. 한글 전용은 국민의 대다수가 문맹이거나 지식수준이 낮을 때는 나름대로 의미가 있을 수도 있다. 그러나 인구비례 상으로 전 세계에서 미국이나 일본보다 대학생과 대학원 학생이 많은 오늘의 실정에서 과연 납득이 가는 주장일까. 청장년층은 물론이고 전 국민의 상당수가 영어를 나름대로 구사하고 있는 터에, 유독 한자와 한문에 대해서만 마치 불구대천의 원수나 되는 양 배척하는 이유는 무엇인가.

사회 각계각층에서 영어가 홍수처럼 범람하고, 일상 대화중에도 영어를 비롯한 외국어가 판을 치고 있을 뿐 아니라, 전국 방방곡곡 어디를 가도 영어간판이 즐비한 마당에, 유독 한자에만 신경을 곤두세우는 사고 양식은 어떻게 설명해야 하는가. 우리말 어휘의 3분의 2가 한자에서 발원한 것인데, 이를 한글로 써야만 정당하고 한자로 표기하면 비애국자인 양 외치고 있는 사람들이, 영어가 홍수처럼 도도하게 범람하는 언어현실에 대해서는 한 마디 항변도 안하는 까닭은 또 무엇인가.

간혹 이에 대해 언급하는 사람이 가뭄에 콩 나듯 있기는 하지만, 필자가 보건대 마지못해 시늉만 내는 형편으로 여겨진다. 한글을 그처럼 사랑한다면 한글을 지키기 위해 저들은 머리에 띠를 두르고 영어를 추방하고 한글의 순수성을 살려, 오로지 한글로만 글을 쓰고 외래어는 말끔히 추방시켜야 한다고 주장하며, 가두행진을 연일 계속해야 할 것이다. '이념'이라는 표기는 나쁘고 '이데올로기'는 수용해야 한다는 저들의 인식을, 중국을 버리고 서양을 흠모하는 '신사대주의'라고 단정할 수는 없는 것일까.

한자는 우리의 고유문자이며 국자인 한글을 발전시키고 고급 문화어로 만드는 자양분으로 수천 년간 기여했다. 한글 이전 몽골문자·티벳문자·만주문자·서하문자·쯔놈문자 등 중국 주변 사이(四夷)에 많은 문자가 있었지만, 이들 문자가 퇴조한 이유는 우리 한글처럼 한자를 제대로 활용하지 못했기 때문이라고 필자는 확신한다. 그러므로 한글이 오늘의 한글로 이와 같이 찬란하게 빛을 발하게 된 것은 한자의 도움이 있었기 때문에 가능했다.

한글전용을 주장하는 사람이나 이를 반대하는 사람은 모두 한자를 잘 알고 있는데 반해, 한글전용에 대해 별 관심 없이 생활하는 대다수의 청소년들은 한자를 모른다. 세대가 교체되어 한자를 아는 사람들이 사라졌을 때, 한자로 된 대부분의 어휘는 마치 라틴어처럼 신비한 것이 되어, 한자를 아는 사람이 칙사 대접 받는 시기가 올 것이다. 한글전용이라는 잘못된 주장을 학맥이나 인맥 또는 이해관계로 인해 그대로 따를 것이 아니라, 내심으로 생각하는 그대로 미련 없이 포기해야 그나마 누명을 덜 쓰지, 그렇지 않고 이를 묵수했을 때 멀지 않은 장래에 몰아칠 비판과 질책은 실로 엄청날 것이다.

❷ 한글전용론자가 한자에게 했던 것처럼 영어를 위시한 외국어와 외래어에 대한 완강한 방어 자세를 취했다면, 그나마 긍정적인 평가를 받을 수가 있고 또 그 순수성을 인정할 수도 있다. 그러나 한글전용을 외치는 사람들이 영어와 기타 외국어에 대해 예상외로 관대했기 때문에 한글전용론 내부에 깊숙이 감춰진 어떤 내막이 있는 것이 아닌가

하는 의심이 생기는 것이다. 지금 한자시대로 돌아가자고 주장하는 사람은 아무도 없다. 소위 국제화시대에 우리와 언어학적으로 전혀 접맥이 안 되는 영어·불어·소련어·터키어도 열심히 배우고 있다. 한자를 알면 동아시아권의 문화와 생활을 어려움 없이 접할 수 있는 이점이 많은데도 불구하고, 이를 이상한 논리를 동원하여 결사항전의 자세로 임하는 것이 과연 타당한 자세인가.

한글전용은 중세에도 일찍이 실시되었다. 「낙선재본」으로 알려진 엄청난 양의 언문소설과 유명한 <춘향전> 등도 대체로 한글전용으로 기록되어 전해진다. <춘향전>이 한글전용으로 되었기 때문에, 대학 강단에서 전공교수의 강의를 듣지 않으면 이해할 수 없는 부분이 절반이 넘는다. 이른바 낙선재본 언문소설 전부는 일단 한자나 한문으로 환치시켜야만 그 뜻을 겨우 이해할 수 있다. 지금 한글전용으로 저작된 많은 문헌들이 오래지 않아 낙선재본 언문소설처럼 되지 않을 것이라는 보장을 아무도 못한다.

그러므로 필자는 세종대왕이 한글을 창제할 당시처럼 국한문 혼용으로 언문정책을 바꿀 것을 제안한다. 아니면 괄호 안에라도 한자를 넣는 차선책이라도 써야 할 것이다. 그러기 위해 초등학교부터 일천 자 내외의 한자를 가르칠 것을 함께 제안한다. 초등학생에게 영어를 가르치는 것은 좋고, 한자는 안 된다는 발상은 도대체 어디에서 온 것이며, 이것을 정책으로 밀어붙이는 교육인적자원부의 어문정책은 어떻게 설명해야 하는가. 중학교 때 한문 시간을 별도로 배정하여 한자의 낱글자만 가르치는 따위의 옹졸한 한문교육도 시정되어야 한다.

중국에 사회주의 정권이 들어선 후 전개된 문자정책과 북한이 한글전용 시책을 감행한 것을, 우리가 그대로 모방했다는 일부의 비난도 겸허히 수용해야 한다. 영어가 문장을 통하여 단어를 익히게 하듯이 한자도 한문을 통하여 배울 때 효과가 배가된다. 따라서 중·고등학교 한문

교과서도 새로운 시각으로 재편성되어야 마땅하다. 지금과 같은 온갖 장치에 의해 제약된 한문교과서보다는 수백 년간 검증된 『명심보감』을 가르치는 것이 몇 백배나 더 낫다.

그러므로 한글전용론과 더불어 중·고등학교의 한문교과서도 미련 없이 버렸을 때, 우리의 한글이 세계적인 글로 격상될 것이라고 필자는 단언한다. 한글은 소위 한글전용론이 정책적으로 전개된 뒤부터 만신창이가 되어 이제는 사경(死境)에 이르렀다. 한글이 무의미한 부호로 전락하여 진가를 상실하기 전에, 한글전용론과 한글전용론자들의 대오각성이 절실하게 요망된다.

<『한자와 생활』 2005 봄>

제5장 韓文化와 정감情感

1.
삶의 오아시스

❶　사랑하는 사람과 미워하는 사람을 갖지 말라는 오래된 말이 있다. 사랑하는 사람은 만나지 못하거나, 만난 후 금방 헤어지고 미워하는 사람은 자주 만나게 될 뿐 아니라, 만남의 시간이 길게 지속되어 괴롭기 때문이라고 했다. 사실 만나고 싶은 사람은 만나기가 어렵고, 만나고 싶지 않은 사람은 자주 접하게 되는 것이 예사이다. 사랑할 사람을 사랑하고, 미워할 사람을 미워해야 한다고 고인은 말했다. 응당 미워해야 할 사람을 사랑하고, 사랑해야 할 사람을 미워하는 것은, 덕망이나 관용이 아니라 그것은 부도덕이다. 미워할 사람과 사랑할 사람을 얼버무려 함께 원만하게 대하는 사람을 일러, 세속에서는 덕을 갖춘 사람이라고 평하면서 기리고 있다. 미워해야 할 사람을 사랑하고 사랑해야 할 사람을 미워하면, 질서가 괴리되어 사회는 부패한다. 이 같은 사실을 간파한 공부자는 서기전 6세기에 이미 "능호인능오인(能好人能惡人)"하라고 교시(敎示)한 바 있다. 좋아할 사람을 좋아하고 미워할 사람을 미워해야만 군자(君子)일 수 있고 선비가 될 수 있다.

　사랑하는 사람을 갖고 싶은 것은 인간의 본능이다. 사랑하는 사람은 항상 곁에 두고 싶은 것도 본능이다. 그러나 사랑하는 사람은 오랫동안 함께 있어도 오래라고 느끼지 않으며, 함께 향유했던 시간도 사실보다 몇 갑절 축소된 것으로 인식한다. 시간에 대한 인식은 객관적이기 보다 주관적인 면이 강하다. 괴로운 시간은 실제보다 몇 배로 길게 느껴지고, 행복한 시간은 실제보다 훨씬 짧게 느껴지는 것이 사실이다.

사랑의 개념은 광범위하지만, 이 책에서 다룬 사랑은 남녀 간의 애정이다. 유가이념이 지배한 동아시아에서 상층의 인물들은 대체로 사랑을 말하거나 글로 표현하려 하지 않았다. 내심으로 뜨거운 이성간의 사랑을 하면서도 이를 표현하기를 꺼려하면서 점잔을 뺐다. 이 같은 상류층의 애정 인식을 두고 가식이나 위선이라고 비판한 사례도 없을 만큼 근엄한 사회였다. 도덕군자로 알려진 저명한 선인들 대개가 열렬한 사랑을 했다고 해도 무리가 아니다. 다만 이들의 후손이나 제자들이 그 같은 애정 문제를 문집이나 기타 기록물에서 과감하게 편집하여 후세에 전해지는 것을 봉쇄했기 때문에 전모를 알 수 없을 따름이다.

서구에서는 동양과 달리 남녀 간의 사랑에 대해 희랍신화를 비롯하여 지식인들 간에 활발한 논의가 있었다. 사랑의 신은 미의 여신 아폴로디테의 탄생을 축하하는 연회장 뒷뜰에서, 풍요의 신인 아버지와 빈곤의 신인 어머니 사이에 태어난 것으로 되어 있다. 사랑이 아름다움을 제재로 하고 만나도 만나도 또 만나고 싶은 것은 어머니의 빈곤의식을 닮았고, 연인들끼리 만남의 장소를 화려하고 근사한 곳으로 택하고자 하는 속성은 풍요를 지향하는 아버지를 닮았다는 설명도 의미심장하다. 혹자는 사랑의 결속으로 인정되는 결혼의 유형에는 개체를 위한 경우와 종족을 위한 두 종류가 있다고 했다. 일신의 안락을 추구하기 위한 배우자의 선택은 개체를 위한 것이고, 보다 나은 후세를 남기기 위해 현실적으로 나쁜 여건에 있지만 외모나 체격과 두뇌가 명석한 사람을 선정하는 것은 종족을 위한 결합이라는 것이다. 따라서 개체를 위한 결합은 애정이라기보다는 세속적 욕구를 추구한 시도로 인식되고, 애정

위주의 결혼관은 종족을 위한 결합으로 생각된다. 여성들이 예쁘게 몸단장을 하는 것은 남성을 위한 것이 아니라, 훌륭한 2세를 낳기 위해 완벽한 대상을 선정하려는 본능인 듯하다. 가능한 한 많은 남성을 자기 주위에 불러 모아서, 그 중에서 최상의 인물을 택하기 위한 원초적 의지가 화장과 몸매 가다듬기로 구현된 것이라고 필자는 믿는다.

여성의 아름다움을 불교에서는 매우 부정적으로 보았다. 여성의 고혹적인 몸매 안에는 핏줄을 비롯한 온갖 불결한 것들로 짜여져 있다는 것이다. 서양의 혹자도 여성의 미를 남성의 덫으로 생각했다. 그 한 예로 근육의 이상조직에 불과한 보조개에 반하여 평생을 부양하는 따위의 어리석은 짓을 하지 말라는 경고를 발하기도 했다. 동양에서도 규범 밖의 여색은 패망의 근원이라고 단정하고 철저하게 경계해야 한다고 주장했다. 검은 동자와 흰자의 분별이 선명한 여인의 눈빛이 남성을 매혹시켰던 점을 지적하여, 수천 년 전부터 계색(戒色)의 상징으로 거론되어 왔다.

❷ 이성에 대한 사랑의 욕구는 남녀가 동등함에도 불구하고, 인내심이 적은 남성이 먼저 법석을 피우는 관계로 인해, 여성은 고자세로 임해서 남성을 안달하게 하면서 이를 내심으로 즐긴다. 여성은 이미 오래 전부터 해당 남성을 사랑하면서도 시침을 떼고, 상대로 하여금 갈증을 일으키게 하여 초조해하는 모습을 보면 쾌감을 만끽하였다. 여성이 이처럼 남성에게 쉽게 애정을 확인시켜 주지 않는 이유는, 사랑을 획득한 남성은 그 순간부터 태도의 변화가 시작된다는 사실을 알기 때문이다. 열렬한 애정 공세를 폈던 남성의 태도변화를 두고, 애정의 냉각으로 판단하는 것은 잘못이다. 그것은 애정의 냉각이 아니라 애정의 정상

화인 것이다.

세상에 영원한 것은 없다. 이를 일컬어 제행무상(諸行無常)이라고 한다. 달도 차면 기우는 것은 만고의 진리이다. 사랑은 일찍부터 사탕과 같다고 했다. 사탕은 입안에 있을 때 달고 향기롭지만, 삼키고 싶어서 일단 식도로 넘어가는 순간 단맛은 없어진다. 따라서 영원한 만남이 없듯이 변함없는 사랑도 없을 것이다. 그리하여 회자정리(會者定離)라는 고사성어가 생긴 것이다. 만나면 헤어지는 것이 진리라면 버린 자와 버림받은 사람은 있게 마련이다. 흔히 사랑에 관한 한 역사적으로 남성은 버리는 자이고, 여성은 버림받은 대상으로 이해하지만 그것은 잘못이다. 버린 자와 버림받은 사람은 남녀 모두 반반으로 보는 것이 순리이다.

문헌에 나타난 최초의 버림받은 남자는 고구려의 유리왕이다. 일국의 제왕임에도 불구하고 그는 치희(雉姬)로부터 절연 선고를 받았다. 그리하여 생성된 노래가 그 유명한 <황조가(黃鳥歌)>이다. 긴긴 삼국시대에 남녀 간의 사랑 노래는 별로 없다. 백제 또는 후백제의 <정읍사(井邑詞)>가 있기는 하나, 그것은 행상 나간 남편을 그리워하는 아내의 노래이기 때문에 애절한 맛은 없다. 천여 년을 지속한 신라에 향가를 비롯한 얼마간의 노래가 전하고 있지만, 엄밀한 의미에서 사랑 노래는 없다.

고려조에 들어와서 우리는 사랑 노래가 많은 것으로 알고 있다. 그러나 자세히 고찰하면, 몇몇 가곡을 제외하고 나머지 대부분은 남녀 간의 애정에 의탁한 왕에 대한 충성심을 노래한 악장(樂章)이다. "내님을 그리워하여 우는 것은 산 접동새와 비슷하다"는 피맺힌 노랫말을 지닌 <정과정(鄭瓜亭)>이 사랑노래가 아닌 것이 그 한 실례이다. 송강 정철의 <사미인곡(思美人曲)>의 "이 몸 생기실 때 님을 좇아 생겼으니 천생연분인 만큼 하늘 모를 일이런가"를 두고 애절한 사랑노래로 해석할 수 없는 것과 동일하다.

조선조가 개국된 후 상류계층인 사인(士人)들이 수많은 단가(短歌:時

調)를 창작했지만, 사랑을 주제로 한 작품은 전무하다고 해도 과언이 아니다. 간혹 사랑을 노래한 것처럼 생각되는 작품도 있지만 그것은 추측에 불과하다. 따라서 15세기 이후 조선조 지식인들은 사랑을 문학적으로 형상시키는 문제에 관한 한 대단히 인색했다는 평가가 가능하다. 그러나 작자를 알 수 없는 수많은 만횡청류(蔓橫淸類)인 소위 사설시조에는, 애정을 물론이고 분방한 애욕이 넘쳐흐르고 있다. 일반 단가 중에서 황진이를 비롯한 기녀들의 작품에는, 심금을 울리는 절절한 사랑 노래가 많다. 그리하여 연구자들은 기녀들의 시조를 예찬하고, <도산십이곡>이나 <고산구곡가>류의 사대부 작품을 무미건조한 것으로 치부했다.

　기녀들의 종횡무진의 분방한 애정시조를 격찬한 그들 연구자들도, 황진이를 위시한 기녀들의 시조를 표구하여 집안에 걸었다는 말을 들은 적이 없고, 반대로 그들이 별로 높이 평가하지 않았던 '도산십이곡' 등을 표구하여 거실에 비치했다는 소문은 많이 들었다. 이로써 보건대 우리의 지식인들은 통시적으로 애정을 노래한 작품들을 많이 창작하지 않았을 뿐 아니라, 이에 대해서는 내심과 달리 이중적인 잣대로 임했음을 유추할 수 있다. 조선조의 국조 이데올로기인 성리학을 기저로 한 사회적 규범에서 일탈한 기녀들은, 남성들과 달리 거리낌 없이 남녀 간의 뜨거운 사랑을 한시나 단가를 통해 구가했다.

❸　일제(日帝)에 의한 대한제국의 멸망과 더불어 등장한 비반가(非班家) 계층을 중심으로 한 친일적 지식인들은, 조강지처를 버리거나 구박하면서 당당하게 소위 신식 여성들과 이중생활을 즐겼다. 소설이나 시는 물론이고 유행가의 가사들조차 이를 반봉건적 진보로 칭찬하기에

여념이 없었다. 그리하여 "나보기가 역겨워 가실 때에는 말없이 고이 보내드린다."라고 하면서 떠나는 사람을 잊으려고 하다가, 급기야는 "사랑이란 영원하지도 않는 것이다."고 외치며 립스틱을 붉게 칠하는 경지까지 도달했다. "춘풍 이불 아래 서리서리 넣었다가 님 오신 날 밤에 굽이굽이 펼치고자 한 정념"은 어느새 애정과 별 관계가 없는 열락 쪽으로 기울고 있다.

'애정은 영원한 것이고 영원해야 한다.'는 것은 하나의 이상에 불과한 것일까? 21세기에 접어든 오늘의 애정 상황은 황량한 사막지대로 변하고 있다. 따라서 사랑은 이미 더 이상 무릉도원이나 오아시스가 아니다. 통신 시설과 교통수단의 발달로 인해 대화나 만남 같은 애정 교감의 수단이 너무나 용이하여, 은은한 여운의 향훈이 남을 공간이 전무해진 것도 원인일 것이다. 조선시대의 3년 간 나눌 애정을 3일 동안에 탕진할 수 있는 근대적 여건과도 연관이 있다. 질풍노도와 같은 현대의 애정 현실에서 많은 사람들이 애틋한 중세(中世)의 사랑을 그리워하는 것은 당연한 귀결이다. 필자가 중세의 사랑에 관심을 가진 까닭은 여기에 있다. 요즘 인간다운 삶을 추구해야 한다는 소위 웰빙이 강조되는 것처럼 사랑다운 사랑도 되새겨 볼 시점에 와 있다. 왜냐하면 웰빙의 핵심요소가 사랑이기 때문이다.

인간은 과거에 대해서 양면성을 갖고 있다. 과거를 부정하고 싶은 마음과 과거에 대한 강렬한 동경이 그것이다. 과거에 일어났던 사건들은 군더더기는 떨어져 나가고 핵심만 남아서 뇌리에 각인된다. 과거 정인과 나누었던 사랑 또한 가급적 미화시켜 추억으로 남긴다. 인간 존재의 근본 인자는 사랑이다. 사랑에는 도덕적 사랑과 본래적 사랑이 있다. 본래적 사랑이 도덕성에 부합될 때 그것은 칭찬 받는 사랑이지만, 반대로 도덕성과 위배될 경우에는 불륜(不倫)이나 불장난 등의 관사가 붙어서 매도된다. 문제는 도덕적 사랑이 대체로 일반의 관심 밖에 있다는 점이다. 남편이 아내를 그리워하고 아내가 남편을 사랑한다는 주제의식은, 흥미를 끌지 못할 뿐만 아니라, 이를 작품으로 형상화한 예도 별로 없다. 단지 전쟁에 나간 남편의 안위를 걱정하며 무사귀환을 노래한 작품은 소재의 특이성으로 일정한 독자를 갖고 있다.

④ 이른바 불륜과 부도덕한 사랑에 관한 개념도 시대에 따라 상이하다. 과거 첩(妾)을 거느리는 것은 불법이 아니었고 사회가 인정했기때문에, 이를 두고 오늘의 가치관에 입각하여 불륜이라 규정하는 것은 잘못이다. 흔히 근대 이전의 부부 및 남녀관계를 일컬어 일부다처제(一夫多妻制)라고 하면서 비판한다. 조선조 개국 이후 우리는 위로는 제왕(帝王)으로부터 아래로 평민에 이르기까지 엄격한 일부일처제 하에 있었다. 제왕의 정식 아내인 '왕비'와 사대부와 평민의 아내인 '부인'은 오직 한 사람밖에 없었다. 왕실에 거주했던 수많은 여인들은 전부 왕의 정식 부인이 아니라, 빈(嬪)을 위시한 각종 이름이 붙여진 첩이었다.

부인(夫人)의 칭호는 동양예법에 의하면 제후왕(諸侯王)의 아내에 붙여진 극존칭이었다. 『삼국사기』에 등장하는 모든 제왕의 아내들 칭호는 모두 '부인'이었고, 고려·조선조에 들어와서 후(后)나 비(妃)로 승격되었다. 황제는 정식 부인 즉 황후나 비를 몇 사람 둘 수 있었지만, 제후왕의 정식 아내는 한 사람밖에 둘 수 없었다. 그러므로 일부다처제라는 용어는 잘못된 것이다. 처와 첩이 엄연히 다르다는 사실을 모르기 때문에 빚어진 오해에서 말미암은 것이다. 첩은 예로부터 남성의 호적에 등재될 수 없었지만, 주민등록상 동거자로 오르는 것은 지금도 가능하다. 따라서 본처의 자식과 첩의 소생을 두고 적자와 서자로 분류하는 것은 이해가 되지만, 이들을 차별하는 것은 문제가 있다.

수천 년 동안 상류층의 우리 선인들은 처첩을 거느리고 있었으면서
도 이들과의 사랑과 이별에 대해서는 별로 언급하지 않았음은 앞서도
말했다. 하늘의 별만큼이나 호한한 시문을 창작했음에도 불구하고 사랑
을 주제로 노래한 작품은 수만 분의 일에 불과한 것을 어떻게 설명해
야 하는가. 유배지에서 만난 여인과의 애틋한 사랑과 이별을 시문으로
형상한 선인들에게 주목하는 이유도 여기에 있다. 동양에서는 최초로
하늘과 땅[天地]이 생기고 그 다음에 부부(夫婦)가 있었고 뒤따라 부자
(父子)가 있은 후 임금과 신하의 군신(君臣) 관계가 설정되고 그리하여
상하(上下)와 존비 의식에 근거한 계층이 생겼다고 했다. 인류의 역사
는 부부관계에서 시작한다는 이 같은 인식은 지극히 합당하다. 그러므
로 부부간의 애정은 당연한 것이지 가슴 설레는 관심의 대상은 아니다.
국토의 크기나 인구의 비례로 봐서, 우리민족만큼 개인저서를 비롯한
문헌을 많이 남긴 나라는 없다. 그리하여 중국은 일찍부터 우리나라를
일러 '문헌지국'으로 칭송했다. 그런데 이처럼 많은 문헌의 내용 중에서
애정을 주제로 한 시문이 차지하는 비중은 전 세계에서 또한 가장 적
은 편이다.

새벽하늘의 별처럼 얼마 안 되는 애정을 주제로 한 한시를 뽑고, 그
중에서 또 108수를 선정하여 해설을 곁들여 이 책을 발간하게 되었다.
굳이 108수를 선정한 이유는 사랑의 열락 뒤에는 번뇌가 수반되는 현
상에 의미를 부여했기 때문이다.

〈『옛 노래 속의 낭만연인』 머리말. 2005〉

2.

낙생樂生과 연정戀情

❶ 　동아시아 문화권의 우주론은 서양과는 차이가 난다. 조물주가 창제했다는 말은 있지만, 이 경우 조물주는 신의 개념이 아니다. 하늘 과 땅 그리고 삼라만상은 자연스럽게 긴 시간을 두고 형성된 것으로 파악했다. 실증할 수 없는 추상적 우주론의 전개는 분란만 야기시킬 뿐, 실질적인 소득이 없음을 알았기 때문이다. 우주는 우주 나름의 오 묘한 생리와 질서에 의해, 영겁의 시간을 두고 생성되어 존재하다가 수 명이 다하면 파괴된다는, '성(成 : 이루어짐)·주(住 : 현상지속)·괴(壞 : 해 체과정)·공(空 : 본래의 모습으로 되돌아감)'의 논리를 필자는 긍정한다.

　우주의 지극히 미미한 존재의 하나인 인간도 태어나서 성장한 후 일 정 기간 동안 유지하다가 나이가 들면 서서히 노화되어 결국 죽음에 이르는 궤적을 벗어날 수 없다. 죽음을 두려워한 나머지 '극락'과 '천당' 을 만들고 '무릉도원'을 염원했지만, 이 모두가 부질없는 환영에 불과하 다는 사실을 깨닫지 못하고 있다. 차라리 조선조 지식인들이 <무이구 곡(武夷九曲)>을 모방하여 강호(江湖)의 아름다운 지역을 선정하여 '○ ○九曲'이라 이름한 후, 이 곳에서 공부하고 음영(吟咏)하며 노닐던 지 혜가 한결 현실적이다. 무릉도원을 찾아서 장생불사하겠다는 탐욕과 종교단체를 열심히 드나들며 내세의 안락을 기원하는 따위의 미망(迷妄)도 이제는 버려야 할 때가 왔다.

인류는 수만 년 동안 인류가 스스로 만들어 놓은 굴레로부터 해방되어야 한다. 종교로부터 해방되고, 이데올로기로부터 해방되고, 스포츠와 각종 연예로부터 해방되고, 정치판에서 통시적으로 계속되는 삼류 혁명론에서 해방되어야 한다. 그러기 위해 마구잡이로 별로 양호하지도 않은 정보를 쏟아내는 매스컴으로부터도 해방되어야 할 것이다. 위에 나열한 이런 것들로부터 해방되기 위해 안락한 의자나 나무그늘 아래에서 우리 선인들이 노래했던 애정한시를 읽는 것도 큰 도움이 된다고 믿는다. 웰빙 또는 참살이라는 말이 등장하여 관심을 끌고 있는 것도 위에 열거한 각종 질곡으로부터 벗어나려는 내재된 염원과 관계가 있다.

역사적으로 정치가들은 자신들의 부적절한 야심을 달성하기 위해 위에 열거한 것들을 이용하여 백성들을 통제코자 했다. 종교와 이데올로기에 근거한 다양한 구호를 만든 후 이를 매스컴을 통해 개혁과 혁명이라는 이름으로 천양된 것을 대부분 백성들의 참된 삶과는 별 연관이 없는 신기루와 같은 허상이었다. 그런데 백성들은 수천 년 동안 그들이 표방한 구호가 허상임을 인식하지 못하고 계속 농락되었던 것이 역사적 진실이다. 긴긴 역사를 통해 그들이 표방했던 구호가 과연 현실적 타당성이 있었으며 실천된 적이 있었던가를 돌이켜보면, 그 같은 달콤한 구호 뒤에 숨겨진 음험한 실상을 충분히 알 수가 있을 것이다.

2 왕조시대가 끝나고 소위 민주화시대에 들어선 이후 등장한 정치 지도자들이 한결 더 사기성이 농후한 위선적인 정치가였음을 근현대사가 증명한다. 만민평등의 구호가 만민 빈민화와 노예화로 귀결되었음을

우리는 체험했고, 이들 사탕발림의 구호가 거대한 기만극이었음을 깨닫기까지 50여 년의 시간을 허비할 만큼 근래의 백성들은 우매했다는 사실을 솔직히 시인해야 한다. 20세기에 들어오면서 '평등'과 '민주화'라는 구호는 정치적 야심을 가졌던 인물들에 의해 본래의 뜻과 달리 기만과 허구에 불과했다는 사실을 인식하기까지 너무나 혹독한 대가를 선량한 백성들은 감내해야 했다.

평등과 민주화의 구호를 내걸었던 악덕 정치가에 의해 백성의 '웰빙'이 얼마만큼 손상되었던가를 생각하면 지금도 모골이 송연해진다. 진정한 웰빙을 위하여 가장 급한 일 중에 하나가 삼류 정치가들이 내건 구호와 이를 바탕으로 한 정치 행태로부터 해방되는 것이다. 흔히 스포츠와 웰빙을 밀착시키는 경향이 있는데 이는 잘못이다. 운동장이나 텔레비전 앞에서 고함지르는 것을 두고 스트레스를 해소하는 것으로 보지만, 승부에 초점을 맞추면 사실상 해소가 아니라 스트레스의 축적일 가능성이 더 많다. 스포츠를 정치와 지역 정서나 애국심 등에 결부시키는 경향이 농후한데, 스포츠를 통해 애국심이 함양되는 것도 아니고 정치의식이 향상되는 것도 아니다.

운동장에서 껌을 씹고 소주를 마시며 응원하기보다는 길가에 떨어진 휴지 한 조각을 줍는 것이 진정한 애국이다. 노래하며 춤추며 술 마시며 고함지르는 행위는 애국과 사실상 관계가 없다. 스포츠가 국위를 선양한다고 흔히 말한다. 스포츠의 국위선양은 이미 선양된 선진국에 해당하는 것이지 미개한 후진국이 축구를 아무리 잘해봐야 국위의 진정한 선양과는 관계가 없다. 그러므로 후진국이 국가의 경제력을 스포츠보다 문화나 기술향상에 투자하는 편이 훨씬 효과적이다.

기업이나 대학들에서 스포츠에 투입하는 돈이 엄청난 것으로 알고 있다. 기업과 대학뿐만 아니라 국가에서 부담하는 금액도 몇 억 단위가 아니다. 천문학적 액수로 투자되는 재화를 합리적으로 줄여서 기술 향상과 학술에 투자하면 국가 백년대계에 큰 보탬이 될 것이다. 그러므로 운동장이나 텔레비전 앞에서 발을 구르며 고함을 지르는 행위가 국가나 기업이나 대학에 실질적으로 얼마나 도움이 될 것인지에 대해서는 정확한 평가가 내려져야 한다.

❸ 우리 민족을 두고 자고로 예의를 잘 지킨다고 했고, 문헌을 사랑하는 성향이 강하다고 중국은 평했다. 근래에 와서 예의를 백안시하고 책을 멀리하는 풍조가 만연하고 있다. 그러나 인구와 경제력에 비해서 문헌의 발간과 서점의 공간과 숫자는 세계 여러 나라 중에서 아직도 상위권에 속한다. 주택을 마련하면 서재를 꾸미는 것이 간절한 소망으로 자리하고 있는 걸 봐서, 지금까지도 우리 겨레는 문헌지국의 풍모가 강하게 남아있다. 경향각지에 산재한 대형서점들이 성황리에 운영되는 것을 접한 외국인들이 경이의 눈길을 보내는 실정이니, 문헌지국의 명성은 쉽사리 사라질 것 같지는 않다.

한국의 학자들은 세계 각국의 학자들과 비교하면 가장 많은 저서를 현재에도 발간하고 있다. 출판사 또한 규모의 대소를 불문하고 많은 편에 속할 것이다. 출판사에서는 오래 전부터 죽는 소리를 하고 있지만, 그러면서도 계속 원고가 없어서 책을 펴내지 못하는 경우도 하다한 걸로 볼 때 그 허실을 쉽게 판단키 어렵다. 출판사 관계자가 어렵다고 한탄하는 말은 반세기 전부터 들어온 바이고 앞으로도 계속될 것으로 생각한다. 여하튼 출판사들이 어려움을 호소하는 차제에 필자가 사랑을 노래한 「애정한시선집」을 편찬하게 되었으니 설상가상(雪上加霜)의 누를 끼치는 것이 아닌가 하는 두려움이 있다.

설상가상에다 가밀(加蜜)과 가당(加糖)을 해보겠다는 것이 편자의 생각이기는 하지만, 과연 꿀과 설탕이 될는지는 조만간 판단키 어렵다. 대지에 눈과 서리만 내려서 안 되고 간혹 꿀과 설탕도 첨가되어야 동식물이 번성한다. 문헌으로서의 꿀과 설탕에 준하는 것 중에 하나가 사랑을 노래한 글을 수록한 책이다. 행복한 삶을 누리는 사람에게는 더 많은 행복을, 괴로운 삶을 영위하는 사람에게는 무릉도원과 같은 구실을 했으면 하는 바람이다. 가끔 부담 없이 던진 가벼운 말들을 흠잡지 말고 미소를 띠면서 읽어주시길 기대한다.

사랑을 주제로 한 한시를 선정하여 해설을 붙인 사탕의 성격을 지닌 이 같은 책을 펴낸 것이 처음이라 약간은 쑥스럽기도 하다. 그러나 결국 인간사의 모든 것은 사랑으로 귀착된다는 사실을 늦게 깨달았기 때문에 용기를 내본 것이다.

<『옛 노래 속의 낭만연인』 후기. 2005>

3.

벽사碧史 이우성李佑成 선생의 정년

　『반교어문연구』 제2집을 내게 되었다. 우리 학회로서는 자랑스럽기 그지없다. 회원들의 뜨거운 학구열과 애정의 결실이기 때문이다. 학구열과 애정만으로 학회지가 계속 발간될 수 있을까? 라는 회의는 기우였음이 확인되었다. 이 각박한 시대에 학회지를 펴낸 여러 회원들의 애정은 값진 것이다. 각박한 시대인 까닭에 회원들의 애정은 보석처럼 더욱 빛난다.

　창간호를 펴낼 때 발간사에 학회지 『반교어문연구』가 모교 대학의 교정에 정정하게 서있는 '은행과 홰나무처럼 영원한 것을 기대한다.'고 했다. 이제 제2집을 발간하면서 그 같은 기대가 기대에 머문 것이 아니라 실천되고 있음을 조심스럽게나마 말할 수 있게 되었다. 게다가 이번에 펴낸 제2집은 제1집에 비해 훨씬 진일보했다. 학회지의 면수만 많아진 것이 아니라, 내용 또한 얼마간 심화되었다고 우리들은 자부한다. 그러나 우리들의 자부는 우리들의 것이고 학계의 평가는 또 다른 부면이다. 그러므로 우리들은 자강면려를 다짐하기를 게을리하지 않고 있다.

　우리 반교어문연구회는 1981년 12월에 창립된 후 학회의 연륜도 이미 10년을 넘어서고 있다. '십 년이면 강산도 변한다.'고 하지 않았던가.

십 년 동안 우리는 나름대로 쉬지 않고 공부했고 공부한 바를 발표했다. 그러나 그 결과에 관해선 우리들 모두가 불만스러워 하고 있는 것이 사실이다. 우리는 모란꽃처럼 꽃만 탐스럽게 피면서 지고 나면 열매한 알 못 남기는 화훼이길 원하지 않는다. 꽃은 비록 사람들의 이목을 놀라게 하거나 즐겁게 하지 못할망정 유익한 열매를 남기는 한 그루 과목(果木)이기를 기원한다. 많은 사람들의 이목을 집중시킨 화려한 꽃은 비록 피우지 못했지만 쓸모 있는 두 알의 열매를 맺히게 한 사실에 긍지를 갖고자 한다. 이제 십년이 지났고 회원 수도 백을 바라보고 발표도 또한 근 백회에 가까워지고 있으니, 장차 보다 탐스럽고 알찬 열매가 주렁주렁 매달릴 것을 기약해도 좋다고 본다.

『반교어문연구』제2집은 모교 출신으로서 우리 회원들의 대선배이자 은사이신 벽사 이우성(碧史 李佑成) 선생님의 정년을 맞는 해에 발간하게 되었다. 벽사 선생님은 모교의 발전과 민족사회의 발전을 위하여 학문으로 진력하셨다. 정년이라는 제도적 장치로 인하여 비록 선생님은 퇴직을 하셨지만, 그것은 외형적 제도적일 따름이고 오히려 그 이전보다 더욱 우리들 가까이서 지도와 편달을 아끼지 않으시길 바라는 마음 간절하다. 벽사 선생님께서는 본 학회지의 제명을 친히 휘호하셨다. 반교어문연구회 및 학회지와 더불어 장존할 것이다.

<『반교어문연구』 제2집. 1990>

4.

임하林下 최진원崔珍源 선생의 정년

　　우리 학회에서 『반교어문연구』 제3집을 발간했다. 이제 반교는 가교가 아니라 우리들과 우리들 후배들이 마음 놓고 건너다닐 수 있고, 다리 난간에 삼삼오오 무리를 지어 다리 아래로 흐르는 옥류를 바라보며, 학문과 인생을 토론해도 좋을 튼튼한 교량이 되었다. 반교는 반궁으로 가는 교량이지만, 우리는 동화의 벽옹으로 인식하고 있다. 반교를 동화의 벽옹으로 인식하는 것이 바로 주체의식이며, 그 주체의식의 구현이 민족어문학의 실체이다. 우리 학회가 민족어문학을 확립키 위해서 꼭 기억해야할 사안이 있다. 신사대주의적 사고에서 탈피하거나, 또는 이들 사고의 질곡으로부터의 해방이 그것이다. 우리 학회의 지향점인 민족어문학의 성립은 '민족'이란 용어에 올바른 개념 정립이 급선무이다. 학문을 통한 민족주의의 성취는 성균주의로부터 출발해야 한다.

　　『시경』「작소편」에 '유작유소 유구거지(維鵲有巢 維鳩居之)'라는 구절이 있다. 까치가 애써 지어 놓은 둥지를 뻐꾸기가 차지하여 산다는 내용이다. 사실 우리가 땀 흘려 지어놓은 집에 뻐꾸기를 살게 한 것은 아닌 것인지 반성해야 한다. 이제부터 우리는 까치가 아니라 뻐꾸기가 되어 까치의 집을 당당하게 확보할 때이다. 성균주의를 바탕으로 한 민족주의의 발양을 위해 「작소편(鵲巢篇)」을 음미해 볼 필요가 있다. 반교어문연구회 회원 모두는 이 같은 주체의식을 공통분모로 하고 있다. 주체의식은 우리의 힘으로 실현 불가능한 무지개 같은 환상에서 찾을 것이 아니라 실천 가능한 성균주의에서 그 출발점을 찾아야 하며, 그 귀착점 또한 성균주의가 되어야 한다.

『반교어문연구』 제3집은 모교에서 36년간 봉직하신 임하 최진원(林下 崔珍源) 선생님의 정년기념호로 펴내게 되었다. 선생님은 모교에서 36년간 후학들의 훈도로 일이관지하셨다. 선생님의 학문은 사실 이제부터 시작이다. 노익장이란 말을 우리는 실감한다. 선생님의 학문영역은 '백척간두 진일보(百尺竿頭 進一步)'라는 성어를 연상시킨다. 간단없는 미개지의 개척과 왕성한 실험정신은 후학들을 압도하고도 남음이 있었다. 선생님은 고정관념과 정체의 경계에 안주하시지 않고 항상 백척간두에서 진일보하시는 변화를 후학들에게 보여주셨다. 후생가외의 의미가 얼마나 지난한 것인가를 우리들로 하여금 깨닫게 했다. 선생님께서 항상 우리 곁에서 변함없는 훈도를 경주하실 것을 후학들은 기대하고 있다.

< 『반교어문연구』 제3집. 1991 >

5.
윤철중尹徹重 교수의 정년

① 사암(思菴) 윤철중 교수의 정년퇴임을 진심으로 축하합니다. 모든 일에는 시작과 끝이 있는 법인데, 사암은 학계에의 투신이 다소 늦기는 했지만 시작도 훌륭했고 끝도 의미 있게 마무리하였습니다. 이제 다시 또 다른 시작을 하고 있는 시점에서 축하하는 글을 쓰게 된 것을 필자는 다소 부담스럽기는 하지만 한편으로는 영광스럽게 생각합니다. 사암과 필자는 삼십여 년 간 시종여일하게 친분을 누려왔고, 앞으로 또 다른 삼십 년 동안 지금보다 차원 높은 교분이 새롭게 전개되기를 기대합니다.

사암은 연령에 구애받지 않고 더불어 교유하는 사람들과 망년지교(忘年之交)를 트는 활달함도 갖고 있을 뿐 아니라, 남의 말을 진지하게 들어주는 금도가 있기 때문에, 많은 사람들이 함께 만나서 이야기하기를 좋아합니다. 그리고 만나는 사람 모두에게 훈훈한 정이 넘쳐나서 마치 큰 형님을 대하고 있는 듯한 그런 느낌을 줍니다. 풍모 또한 남들과 달라서 일상의 평범한 이야기에서 출발하여 고담준론으로 나아가다가, 종국에는 정치한 학문분야에까지 줄줄이 이어지는 대화는 자정을 넘기는 것이 다반사입니다.

사암의 육십 평생은 매우 특별합니다. 일찍이 의사가 되겠다고 의예과에 적을 두었다가, 뜻하는 바가 있어 과감하게 이를 버리고 민족문학쪽으로 방향전환을 했습니다. 늦은 연령에 국문학을 시작했지만, 결코 서두르지 않고 여유 있게 학문을 시작했고, 세부전공도 시류를 타지 않고 민족문학의 근본이 되는 신화학에 몰두하여 전인미답의 경지를 개척했습니다. 한국 역대 왕조의 개국신화에 대한 연구는 길이 기억될 큰 업적이라고 확신하는 것은 필자만의 견해는 아닙니다. 대다수의 신화연구자가 범하는 서양식 방법론으로 접근하여 민족 신화를 서양신화의 종속물로 전락시키는 따위의 사단을 지양하고 문자 그대로 민족 신화로서의 '시조신화'를 연구했습니다.

한국문화가 원류에 있어서 국제적으로 교류가 있었음을 확인한 『도래신화연구(渡來神話硏究)』는 고대사의 신비를 푸는 열쇠가 되기도 했으며, 도래신화의 성지(聖地)는 일정한 구도가 있었다는 사실을 확인한 것은 또 다른 발견으로 평가되고 있습니다. 사암은 책상에 앉아서 문헌을 뒤지는 것에만 전념하지 않고, 몸소 승용차를 몰고 동학과 제자들을 대동하고 전국 방방곡곡을 답사하여 확인하는 방법을 취했기 때문에 연구 성과 역시 특별한 데가 있었습니다.

이 같은 현장답사에서 얻어진 사암의 실증적인 연구 성과에 대해서 임하 선생님은 '수평선 너머 저쪽에서 신격이 배를 타고 아침 햇살 속으로 건너와, 바닷가의 돌섬에 닻을 내리고, 그곳에서 신인으로 태어난다. 돌섬을 향해서 내가 흘러내리고, 내를 거슬러 올라가면 주산이 있고, 그 정상에는 거대한 선바위가 우뚝이 직립한다. 이 <주산·선바위·내·돌섬>은 일직선상에 놓이고 그 방향은 동쪽(대체로 동짓날 해 뜨는 방향, 동동남)이다. 돌섬에서 탄생한 신인은 일자(日子)이고, 이 일자가 건국시조가 된다.'라고 논정한 바 있습니다. 이는 사암의 도래신화 연구를 일언이폐지한 평가로서, 난해한 내용에 대한 극명한 해설이기도 합니다. 일찍이 우리 신화학계에서 감히 상상도 못했던 숨겨진 열쇠를 찾아낸 것으로서, 이후 민족 신화를 검토하는 방향타가 될 것입니다.

❷　'출기불의(出其不意)'라는 말이 있습니다. 남들이 전혀 예상하지 못했던 곳으로 나아간다는 의미인데, 사암의 학문연구를 여기에다 비하고 싶습니다. 신화학 분야뿐만 아니라 '향가'와 '고려가곡'에 관한 연구 업적도 기존의 상식과 시각을 완전히 뒤집어서 돌멩이를 부수어 그 속에 숨어 있었던 옥을 끄집어내듯 새로운 면을 발굴한 것이 한두 가지가 아닙니다. 연구업적의 가치는 당년이나 당대의 평가에 연연할 필요가 없고, 훗날 알아줄 사람이 반드시 있을 것이라는 의연한 자세로 사암은 일관했습니다. 당년이나 당대의 평가는 경우에 따라 객관적이 아니고 분파적 시각이 있는 것 역시 사실입니다. '시비곡직(是非曲直)' 보다 '애증호오(愛憎好惡)'에 의해 재단되는 경향이 농후한 학계의 실정에 대해서 사암은 은은한 미소를 지으며 이를 개의치 않고 소신대로 연구에 임해 왔고, 현재나 미래에도 이 같은 자세를 견지할 것입니다.

정년을 맞는 사암에게는 재직 시에 발표했던 논문보다 더 많은 논문이 흉중에 온축(蘊蓄)되어 있는 것으로 알고 있습니다. 그런 의미에서 사암의 학문은 지금부터 시작임이 분명합니다. 우리 학계는 대체로 조로화(早老化) 경향이 강합니다. 고희(古稀)나 팔질(八秩) 무렵에 대가가 되어야 한다고 필자는 생각하는데, 모쪼록 사암이 이를 실천해주기를 기대합니다. 그리하여 '지천명'과 '이순'의 나이에 대가가 되었거나 혹은 자처하는 잘못된 조로현상을 파괴하는 본보기가 되었으면 하는 희망을 가져봅니다.

사암의 정년퇴임 논집 발간에 즈음하여 하서를 집필하면서 인구에

회자되는 '강나루 건너서 밀 밭길을 / 구름에 달 가듯 가는 나그네'라
는 시구를 연상하게 됩니다. 거침없이 세상의 사소한 곡절들을 훌훌 털
어 버리고 누렇게 익은 밀밭 길 사이로 난 길을 특유의 장발을 훈훈한
남풍에 휘날리며 백성들이 즐겨하는 노래를 부르며 걷고 있는 사암의
모습이 사실처럼 한 폭의 그림인 양 떠오릅니다. 농촌 들녘에 펼쳐진
밀밭에서 필자는 해동춘을 생각하고, 아울러 사암의 종횡무진하는 풍류
를 곁들여 가늠하고 있습니다. 쓰고 싶은 말이 너무 많았는데, 붓을 들
고 보니 밀밭 위로 스쳐가는 바람처럼 손끝에 와 닿지 않은 것은, 사
암과의 관계가 너무나 밀접했기 때문인가 봅니다. 모쪼록 백수(百壽)를
누리시어 창창하게 남은 여년을 행복하게 보내시기를 기원합니다.

<『한국고전문학의 이해』 하서. 2000>

6.
『개신어문연구』 발간

❶ 우리 국어교육과도 이제 6회의 졸업생을 내보냈다. 충청도를 중심으로 그 일원에서 열심히 교육에 심혈을 기울이고 있다. 그들은 후진의 교육에만 힘쓰는 것이 아니라, 끊임없는 자기 발전의 연학도 병행하고 있다. 재학생 역시 경향의 어느 대학에도 뒤지지 않을 정도로 면학에 힘쓰고 있다. 진지한 학적 분위기는 충청도의 지역사회에 안주하기를 거부하며 밖으로 밖으로 뻗어나는 중원의 의지로 심화되고 있다. 또한 이 모든 것들은 우리 과의 학풍으로 열매를 맺어 탐스럽게 익어가고 있다.

이에 힘입어 해묵은 소망이었던 학과논문집『개신어문연구』를 발간하게 된 것이다. 우리는 '개신'이란 낱말에 깊은 의의를 부여하고 있다. 우리 대학이 위치한 동명에 머무르는 것이 아니라, 끊임없는 창조의 의지로 파악하여 '일일신'의 부단한 창의와 진보와 실험의 채찍으로 수용하고 있다. 정체와 보수와 안이는 '개신'일 수 없으니, 우리는 이들을 배격하는 것이다. '개신'의 뜻이 이와 같이 심오한 만큼 과연 우리의 역량이 이것을 감당할 것인지는 장담할 수 없고, 단지 우리는 최선을 다하여 애써 보겠다는 결심만 밝혀 둘 따름이다.

이제 『개신어문연구』 제1집을 발간하면서 우리는 기쁨과 세월의 덧없음을 함께 느낀다. 대망의 논문집이 발간되었다는 사실은 기쁘기 짝이 없지만, 한편 본교에서 30년간이나 오로지 외곬으로 곁눈질 한번 하시지 않으신 채, 교육에만 전념해 오신 동천 조건상(東泉 趙健相) 박사의 정년퇴임 기념호로 펴낸 사실은 큰 아쉬움이 아닐 수 없다. 우리는 우리에게 주어진 이 '기쁨과 아쉬움'을 외면하지 않고 보람찬 미래를 향해 매진코자 한다. 논문집 발간의 기쁨은 우리 『개신어문연구』가 1집으로 끝나서 안 되며, 2집, 3집, 4집, 5집……으로 계속 발행되어야 한다는 의무감으로 지향되어야 하며, 동천선생님의 퇴임은 우리 국어교육과 및 우리 대학에 크나큰 손실이 아닐 수 없으며, 선생님의 뜻은 계속 우리 과에서 계승 발전되어야 한다는 결의로써 아쉬움은 극복되어야 하고, 이 극복의 일환으로 『개신어문연구』를 발간한 것이다.

❷　일찍이 고인은 '술이부작(述而不作)'이라 하여 안이한 저작에 대해서 경고한 바 있다. 사실 우리는 저서의 홍수 속에 살고 있다. 고인의 걱정대로 우리 주변에는 안이한 저작이 범람하고 있는 듯도 하다. 우리는 저작을 한 것이 아니라 조술했을 따름이며 조술한다는 겸허한 학문적 자세로 생활하고 있음을 차제에 밝혀 둔다. 우리는 이 논문집을 내면서 불안하고 두려운 마음을 가누지 못하고 있다. 과연 조술이나마 제대로 되었느냐 하는 불안과, 또 대학의 귀한 원고를 받아서 그 옥고의 뜻을 완벽하게 구현시켰느냐 하는 두려움에서다.

동천선생님은 고별 강연에서, 선생님의 선친이 선생님의 배움을 위하여 험한 산길을 십 여리나 열어 통학로를 마련하셨다고 했다. 땅을 고르고 잡목을 베고 뾰족한 돌덩어리를 치워서 길을 여는 그 정성으로

동천선생님은 제자들을 훈도하셨다. 선생님의 이 정성은 우리가 길이
계승해야 한다고 믿는다. 또 선생님이 일으키신 우리 과의 학풍도 더욱
심화 발전시킬 것을 다짐하고 그 큰 업적들을 기리면서 삼가 이 논문
집을 올린다.

<『개신어문연구』 제1집 발간사. 1981>

7.
고려조 한시의 품격

❶ 홀로 있거나 홀로 가는 자는 외롭기는 하지만, 무한한 자유를 누린다는 말이 있다. 동서양을 막론하고 훌륭한 학문이나 예술은 자유에서 창출되는 것으로 알려져 있다. 군자(君子)는 반드시 홀로 있을 때 삼가야 한다고 일찍부터 말해 왔는데, 이는 남이 보지 않을 때 인간은 대부분 방자해지는 경향이 있기 때문이다. 학문을 하는 사람은 무엇보다 혼자 있을 때 그 공간과 시간을 어떻게 활용하는가에 따라 학문적 업적이 좌우된다. 사람은 혼자 있기를 두려워하는 까닭으로 무리를 지어서 대소사를 도모하거나 이야기하면서 시간을 보낸다. 특별한 경우를 제외하고 학문은 혼자 하는 경우가 많다. 그런데, 당시에 아무도 하지 않거나 또는 관심을 끌지 못하는 분야를 연구하는 학인(學人)들이 겪는 외로움은 대단히 심각하다. 많은 사람들이 하고 있거나 많은 사람들에게 흥미를 끄는 영역은 마치 곧 기울어질 보름달과 같다는 사실을 느끼는 사람은 많지 않다.

사람들은 옛날부터 파벌을 형성하기를 즐겨했다. 왜냐하면 인간이 감내하기 어려운 외로움을 벗어나기 위해서였다. 학문의 경우도 예외가 아니어서, 수많은 학파가 통시적으로 존재했고, 지금도 학파는 도처에서 만들어지고 있다. 문제는 학파가 요즈음에 와서 과거와 달리 자연발생적이 아니라 강작(强作)된다는 사실이다. 이와 같이 강작된 소위 학파에 가담하면 외로움에서 벗어날 수는 있는데 반해, 확인의 자유는 박탈되어 경우에 따라 학문적 가치가 별로 없는 한 계열의 세포로 전락하는 경우가 태반이다.

② 『고려조 한시의 품격 연구』를 발간하는 저자는 석사과정부터 박사과정에서 학위를 받을 때까지, 초지일관 그 무렵 학계에서 관심도 없었고 인정하지 않으려고 했던 한시(漢詩)의 품격(品格)에 관해서 홀로 연구에 몰두했다. 그 무렵 '왜 뜬구름 같은 품격연구를 하느냐'는 핀잔도 받았던 것으로 알고 있다. 자고로 항심(恒心)이 없으면 항산(恒産)이 없다고 했는데, 학문 역시 이와 같아서 주체성 없는 사람이 길가에 집 짓는 것처럼, 행인들의 이말 저말을 듣다가 끝내 집을 완성치 못하는 학인들의 예를 흔하게 봐왔다. 그런데 저자는 즉흥적으로 내뱉는 행인들의 말에 의연하게 귀 기울이지 않고, 단아하고도 조촐한 가옥을 완성한 것이다.

품격은 한시 미학의 압권이다. '품격론'이 아닌 것으로 '한시 미학'이라 이름 지은 것은 대부분 미학적 논리가 결여되어 있다. 미학은 최고의 정연한 논리체계를 가진 학문이다. 한시와 미학을 결부시킬 때, 동양권에서 천여 년간 줄기차게 체계화된 '품격론'을 배제하고는, 모두가 그야말로 뜬구름 같은 수준을 벗어나기가 쉽지 않다. 저자의 이 책은 일반론적 상식을 뛰어넘어 고려조 한시를 최초로 미학적으로 검토한 것이며, 참다운 한시 미학 연구의 새 지평을 연 업적으로 인정된다. 그

러므로 이 책이 앞으로 본격적으로 전개될 한시 미학 연구의 단초가
되기를 기대하고, 아울러 홀로 외롭게 품격 연구를 해왔던 저자의 노고
를 치하한다.

<『고려조 한시의 품격연구』 추천사. 2002>

8.
한민족을 통합할 님

1 지금 눈 내리고
매화 향기 홀로 아득하니,
내 여기 가난한 노래의 씨를 뿌려라.

다시 천고의 뒤에
백마 타고 오는 초인이 있어
이 광야에서 목 놓아 부르게 하리라.

널리 인구에 회자되는 육사의 <광야>라는 시의 끝부분이다. 나는 '백마 타고 오는 초인'을 '당신'이라 부르고 싶다. '당신'이라고 불리는 사람은 가장 가깝고도 먼 사람이다. 육사의 '당신'은 우리들의 '당신'이며 또 나의 '당신'이다. 일찍이 만해 한용운은 '오셔요 당신은 오실 때가 되었습니다.'라고 절규한 적이 있다. 만해의 '당신'은 육사의 '초인'과 같은 성격의 사람이라고 나는 생각한다. 여기에 있어서 '사람'이란 반드시 '인간'만을 지칭하는 것이 아님을 밝혀둔다. 육사의 '초인'이나 만해의 '당신'을 좀 더 친밀하고 가깝게 인식하기 위하여 나는 '님'이라고 명명한다.

우리는 그 '님'을 기다린 지 퍽이나 오래다. 이미 몇 세기 아니 반천 년이 흘러갔다. 이제 당신은 반 천년의 '침묵'을 깨뜨릴 때가 되었습니다. 당신이 앉을 의자는 준비된 지 오랩니다. '님'이 나타나기만 하면 '앉으십시오. 여기 당신의 자리가 있습니다.'라는 곡조까지 만들어 놓았습니다. '님'은 갔을 뿐이지 우리가 보내지는 않았다. 우리의 귀는 '님'의 그 고운 목소리를 듣기 위하여 당나귀가 되었었고, 우리의 목은 님의 그 늠름한 모습을 보기 위하여 학이 되었습니다.

솥발은 세 개다. 발이 세 개이기 때문에 하나만 없어도 똑바로 설 수가 없고 한쪽으로 쓰러진다. 그래서 정족지세(鼎足之勢)인 것이다. 한 나라가 존립하고 발전하려면 그 나라의 역사를 통하여 솥발처럼 세 사람의 위대한 지도자가 있어야 한다. 가까운 예로 중국을 보자. 중국 역사상에는 세 사람의 위대한 통치자가 있었다. 분단된 수많은 나라를 정복하여 최초의 통일국가를 형성한 진시황이 그 첫째 지도자요, 중국의 영토를 확장하여 광대한 국토를 후세에 물려준 한무제가 그 둘째 지도자요, 잡다한 문화를 융합하여 중국문화의 기틀을 마련한 당태종 이세민이 그 셋째 지도자다. 이들 세 사람의 위대한 지도자가 있었기 때문에 오늘의 중국이 중국일 수 있는 소이라고 믿는다. 이들 중 한사람만 없어도 발 두개밖에 없는 솥처럼 정립할 수 없고 한편으로 기울어져 있을 것임이 분명하다.

오늘의 중국이 진시황 이전에 한·조·제·초·오·월·노·정·연…… 등으로 분립해 있다고 가정해 보라. 과연 그 분립된 나라가 오늘의 중국일 수 있을까. 또 한무제 이전처럼 만리장성 이남과 만주가 없고 남방영토와 서방영토가 없는 중국을 상상해 보라. 그것이 과연 오늘의 중국일 수 있을까. 또 '정관의 치'이전의 중국을 영상해 보아라, 성당(盛唐)의 문화가 없었다면 오늘의 중국은 하나의 신비하고 거대한 괴물에 불과하지 않았을까. 이처럼 그들은 중국이라는 커다란 솥을 받치고 있는 발인 것이다. 오늘의 중국인은 그들 위대한 지도자를 공경해 마지않는다. 공경하지 말라고 한들 과연 오늘을 사는, 아니 미래를 살 중국인들이 진실로 그들을 공경하지 않겠는가. 그들은 모르긴 해도 중국이라는 나라가 존속하는 한 영원토록 중국인의 '당신'이요 '님'일 것이 분명하다. 그들 모두가 황제라는 사실에 신경 쓸 필요는 없는 줄 안다.

당시의 지도자를 당시 사람들이 그렇게 불렀을 따름이다. 오늘의 중국인은 그들의 지도자를 '총통'이나 '주석'으로 부른다. 단지 호칭만 변경했을 따름이지 실상은 동일하다. '수상'이나 '대통령'이니 하는 명칭 역시 한가지다. 물론 전적으로 동일하지는 않다. 약간의 성격적 차이는 지엽적일 따름이지 근간을 변화시키지는 못한다. 이처럼 중국인은 다행스럽게도 세 사람의 '님'을 가졌던 행운의 민족이다.

② 우리 한국은 어떠한가. 눈을 돌려 우리 겨레의 역사를 살펴보자. 과연 중국처럼 위대한, 적어도 세 사람의 지도자를 가졌던 민족인가? 우선 공식적으로 '대왕'이라고 불러지는 과거의 지도자를 들어보겠다. 그 첫째가 광개토대왕 고담덕(高談德)이요, 둘째가 세종대왕 이도(李祹)이다. 이들이 정말 위대한 지도자인가?라고 묻는다면 모두들 서슴없이 '그렇다'고 말한다. 이의를 제기할 사람은 없다고 본다. 과연 그들은 위대한 지도자였다. 그들이 황제가 아니라고 언짢아 할 까닭은 없다. '왕'이 '황제'보다 위대할 수도 있다. 그것은 단지 명칭의 차이일 따름이다. 중국식으로 생각할 하등의 이유가 없다. 중국인의 황제 아래에 '왕'이 있다는 사고는 이제 중국인의 생각이지 우리들의 것은 아니다. 우리는 이제 중국인의 사고 패턴 속에 안주할 까닭이 없는 것이다.

『삼국사기』에는 '본기'이던 것이 고려사에선 '세가'가 되었다. 천자의 역사는 '기(紀)'이고 제후의 역사는 '세가(世家)'라고 사마천이 말했다. 조선조의 그 위대한(?) 사대부는 우리나라의 '왕'을 제후로 스스로 강등시켜놓고 즐거워했지만 그렇게 생각한 것은 일부의 사대부들이지 우리 모두의 생각은 아니다. 중국인의 사고 범주를 벗어나 구미인 사고의 틀 속으로 움추러 든 것도 경계해야 한다. 고속도로의 교차로를 인터체인지, 정류소를 '터미널', 보고를 '브리핑', 권투에서는 대결 경력을 '링케리어', 한국의 나이팅게일…… 등으로 부르며 기뻐하고 즐거워하고 뽐내는 20세기의 신흥사대부(소위 지식인)들이 조선조의 사대부들보다 얼마나 무엇이 훌륭한지 우리는 모른다.

신기하게도 이들은 닮은 데가 있다. 조선조의 사대부는 '명'나라를 옷깃을 여미며 섬겼고, 20세기의 신흥사대부들은 입을 헤벌려 침을 흘리며 '서방'을 공경했다. 다른 점이 있다면 이 위대한 20세기의 사대부들은 조선조의 사대부의 '사대'를 욕하며, 사대를 한다는 점이다. 뿐만 아니라 이들은 조선조의 사대부들이 동서(東人·西人)로 갈려 도포자락을 휘날리며 춤을 추었다면, 오늘의 시대부는 넥타이를 펄럭이며 권투장이나 극장이나 술집이나 야구장이나 축구장에서 환호성을 지르며 트위스트를 춘다. 모두들 하나같이 춤의 명수들이란 점도 흡사하다. 참으로 신통하게도 닮았다.

그러나 조선조의 사대부에게는 조국을 향한 뜨거운 충성이 있었지만, 오늘의 저 위대한 사대부의 마음속엔 조국도 없고 충성도 없고, 있는 것은 단지 자기 자신일 따름이다. 더더욱 이들이 위대한 것은 이 철저한 개인주의가 미덕이라고 굳게 믿고 있다는 점이다. 이들은 빵과 스포츠와 섹스만 있으면 만족하는 위대한 사대부다. 따라서 20세기의 신흥사대부는 조선조의 사대부보다 못했으면 못했지 결코 낫다고 할 수는 없다.

❸ 　우리 스스로가 격하시킨 광개토황제이나 세종황제가 아닌, '대왕'인 고담덕과 이도의 업적을 살펴보자. 고담덕은 구태여 비교한다면, 중국의 한무제와 같은 성격의 지도자이고, 이도는 중국의 당태종에게 견줄 수 있다. 고담덕은 우리나라의 영토를 북방으로 북방으로 확장시켜 그 광활한 만주를 우리의 영토로 만든 위대한 지도자였다. 반면 태종무열왕과 문무왕은 당과 연합하여 민족 대통합의 위업은 성취했지만, 북방영토를 상실한 역기능은 비판의 대상이 된다. 광개토대왕은 우리 민족을 이끌고 북방을 정복한 씩씩한 통치자였다. 그는 우리 민족에게 광대한 영토를 물려주었지만, 후손들은 그것을 결과적으로 잃어버리는 데에 힘을 모았다. 그래서 그가 남겨준 영토는 이미 남의 손에 넘어간 지 오래 되었다.

　이도는 한글을 만들어 우리 민족의 뼈대를 형성시켰고 찬란한 문화의 기틀을 심어준 지도자였다. 그가 아니었으면 고려의 모든 왕들의 칭호가 '종'이나 '조'이었을 수 없었고, 왕 스스로가 자기를 부를 때 '짐'이라고 했는데 모두 고쳐서 '과인'이 될 뻔했다. 중국문화가 오천년 동안 계승된 까닭은(세계문화 중에 중국처럼 한 문화가 끊이지 않고 계승된 문화는 없다) 한자가 있었기 때문이라고 한다. 그렇게 본다면 우리 민족이 오늘의 문화를 누리고 사는 이유는 바로 위대한 지도자 이도의 덕이 아니고 무엇인가. 이렇게 볼진대, 우리 민족은 국토를 확장한 지도자와 문화의 터전을 닦아준 지도자는 있었지만 민족과 영토의 대통일을 이룩한 통치자가 없었음을 알겠다.

　신라의 문무왕이 있지 않느냐고 말하지만, 그에게도 한계는 있다. 앞에서도 잠간 언급했지만, 그에게는 북방의 영토와 민족을 한족에게 넘겨준 부정적 일면이 있는 것은 사실이지만, 보다 큰 책임은 고구려 지배계층의 무능과 분열에 있었다. 그러나 당이 가져간 북방영토는 결국 우리의 발해조가 차지했으니, 역사발전의 진전이라는 평가도 가능하다.

우리 민족의 본거지는 백두산을 중심으로 한 북방이다. 신화조차도 남방 신라는 지도자가 알에서 나왔거나 궤짝 속에서 나왔다. 반대로 주몽의 탄생에는 천지를 무대로 한 천제의 자식과 용왕의 딸이 등장한다. 그러므로 우리는 잃어버린 고구려 정신을 되찾아야 한다. 문무왕은 민족의 완전한 통일을 성취한 지도자일 수는 없다. 그는 그의 조상처럼 조그마한 '알' 속을 헤매었고 끝내 그 '알'의 껍질을 깨뜨리지 못한 지도자이긴 하지만, 우리는 문무왕의 구도와 범주를 극복할 수 없는 현실에 놓여있다.

이렇게 본다면, 우리 민족의 국가는 기어이 현재까지 발 두 개 밖에 없는 솥에 불과하다. 그래서 오늘의 역사가 이처럼 불운한 것인가? 시방 우리민족의 '당신'은, 아니 '님'은 중국에 있어서의 시황제에 해당하는 통일의 위업을 이룩할 지도자이다. 그가 바로 우리가 한결같이 알게 모르게 갈망하는 이른바 '제삼의 대왕'인 것이다. 그의 외침이 저 진달래가 피는 두만강 기슭에서부터 벚꽃이 피는 제주도 해안까지 메아리칠 때, 우리는 참 우리일 수 있고, 우리의 솥은 세 개의 발을 가지고 태산처럼 의젓하게 서 있을 수 있을 것이다.

헬레니즘 문화를 창조한 알렉산더대왕은 동서 문화의 융합을 가능하게 했다. 우리들의 그 '제삼의 대왕' 역시 당시의 알렉산더처럼 융합되기를 바라는 '동'과 '서'의 문화가 분립된 채로 기다리고 있는 것이다. 현재의 동서의 문화가 융합되어야만 세계의 평화와 발전이 있다고 나는 믿는다. 이 일은 바로 우리의 그 '제삼의 대왕'이 아니고는 불가능하다. 어쩌면 그 '님'은 지금 우리들 앞에 나타났는지도 모르고 어디인가에 자라고 있는지도 모른다. 이것은 역사가 판단할 일이다.

그는 확실히 '백마'를 타고 올 것이다. '지금 눈 내리고 매화 향기 홀로 아득한'이 즈음에 백마의 발굽소리를 기다리는 우리들의 앞에 백마가 광야를 달려가고, 학이 푸드득 창공을 나른다. 그 '님'은 왔는가 아니면 오고 있는가. 동녘 하늘이 밝아온다. 여명이 가시고 찬란한 햇볕이 쏟아지는 이 광야에 '당신은 오실 때가 되었습니다.', '여기 당신의 의자가 있습니다, 앉으십시오.' 일찍이 육사는 또 다음과 같이 노래한 적이 있다. 그 역사의 마음은 바로 우리들의 마음이 아닌가. 그는 그의 마음을 노래한 것이 아니라 우리들의 마음을 노래한 것이다.

하늘 밑 푸른 바다가 가슴을 열고
흰 돛단배가 곱게 밀려서 오면

내가 바라는 손님은 고달픈 몸으로
청포를 입고 찾아온다고 했으니

내 그를 맞아, 이 포도를 따 먹으면
두 손은 함뿍 적셔도 좋으련
아이야, 우리 식탁엔 은쟁반에
하이얀 모시 수건을 마련해 두렴.

그렇다. 이제는 우리가 '바라는 손님'은, 아니 '님'은 '흰 돛단 배'를 타고 '푸른 바다' 위로 '고달픈 몸으로 청포를 입고' 찾아올 때가 된 것이다. 당신은 분명 지칠 대로 지쳐 '고달픈 몸'이 된 줄도 알고 있습니다. 꾸물거리거나 침대에 누워 휴식을 취하지 마십시오 그러면 다시는 오기 어려울 것입니다.

우리는 지금 당신을 맞이하기 위하여 식탁을 마련했습니다. '은쟁반'을 준비하고 '하이얀 모시 수건'도 곱게 접어놓았습니다. 당신은 오실 때가 되었습니다. '자유'와 '평등'이 당신의 융합을 고대하고 있습니다. '자유와 평등'을 융합한 후, '당신'의 백마는 압록강과 두만강을 뛰어 넘고 현해탄을 건너 대륙과 태평양과 대서양을 누벼야 합니다. 당신과 당신의 백마는 그날이 오면 기필코 우리들의 이 소망을 달성하고야 맙니다.

'당신은 오실 때가 된 것입니다.'

<『상명』 19호. 1973>

9.
한자의 생활화와 자녀교육

① 우리나라는 반만년동안 한족·여진족·몽골족·글안족·왜족 등 표한한 민족과 이들이 세운 초가대국 옆에서 살아왔다. 동아시아의 심장부에 해당하는 중원(中原)을 두고 위에 열거한 민족들은 피나는 각축전을 벌였고, 그들이 전개한 전쟁이 바로 동북아시아의 역사였다. 그런데 한족과 여진족·몽골족·글안족은 중원을 석권하여 거대한 국가를 형성했고, 근세에 와서 일본족도 만주를 비롯한 중원의 일부를 차지했는데 반해, 유독 우리 겨레는 한 번도 중원을 차지하여 통치해본 적이 없었다.

이제 중원의 주인은 한족으로 굳혀졌고, 한 때 중원을 정복하여 군림했던 몽골족이나 여진족(만주족)은 지금 어디서 어떤 모습으로 무엇을 하고 있는지를 생각해보면 우리 겨레의 중국 역대 왕조와 중원지역에 대한 통시적 인식은 오히려 지혜롭지 않았나 한다.

원제국(元帝國)을 건설하여 동아시아는 물론이고 중앙아시아와 동유럽을 호령하던 몽골족은 지금 북방 사막 한가운데 2백여만 명 정도의 인구를 거느리고 간신히 명맥을 유지하고 있으며, 여진족 역시 금(金)이나 후금(後金)또는 대청제국(大淸帝國)을 건국하여 동북아시아와 남아시아 일부까지 제압했지만, 지금은 그들의 고유 문자와 언어를 모두 잃어버리고 한족(漢族)의 품 안에서 어리광을 부리는 처지이다. 글안족과 위글족 역시 신강성 일부나 만리장성 언저리에서 가쁜 숨을 몰아쉬며 연명하기조차 어려운 상황에 처해있다.

몽골·여진·글안족들과 달리 중원의 한족과 외견상 사대를 하면서 슬기롭게 파트너로서 공존해왔던 우리 한족은 현재 세계10대 경제대국이며 유류소비량 6위에다 유사 이래 안락한 생활을 누리며 창창한 미래로 달려가고 있다. 중국 영내의 만주족(청태종 때 여진을 만주족으로 개명)은 약 800만 정도가 있지만, 그 중 그들의 민족어인 만주어를 할 줄 아는 사람은 열 명도 안 되는 것으로 확인된 실정인 만큼 그들은 이미 만주족이 아니라고 볼 수 있다.

몽골족·여진족·위글족·티벳족 모두가 동북아시아에서 호방한 기개를 상실하고 이처럼 위축되어 앞으로의 생존 여부도 불투명하게 된 이유는 무엇일까? 이들에게 공통되는 형상은 '한자'를 쓰지 않았다는 점이다. 그들이 창제한 문자도 전부 한자와 관계없는 아랍 계열의 글자를 바탕으로 했다. 몽골문자·여진문자·위글문자·티벳문자·일본문자 등은 우리 한글보다 대부분 훨씬 앞서서 제작되었다. 우리 한글도 몽골문자와 유사한 점은 있지만, 한자를 버리지 않고 병기 또는 혼용했기 때문에 세계적 문자로 발돋움할 수 있었다.

한글을 창제한 세종대왕은 소위 한글 전용론자가 아니었다. 세종은 한글을 '백성을 가르치는 정음(正音)'이라고 규정했고, 한글 창제 후 제일 먼저 만든 책 중의 하나가 한자음을 바르게 표기하기 위한 『동국정운(東國正韻)』이었다. 세종은 한자를 버리면 우리 겨레가 문화적으로 위기에 처해질 것을 간파한 영명한 지도자였다. 한자를 배척하고 사용하지 않은 민족들은 소멸했거나 형세가 쇠미해졌다. 한자를 활발하게 병용하고 있는 일본이 세계강대국에서 초강대국으로 발돋움하고 있는 현실도, 필자는 한자사용(漢子使用)과 관계가 있다고 확신한다.

❷　로마제국을 건설한 라틴족 여성들의 자녀교육열은 엄청났던 것으로 알려져 있다. 그러나 제국(帝國)이 완성되어 부가 축적되자, 격투기장이나 목욕탕 등 환락가로 여성들이 출입하면서, 자녀교육을 그들이 정복한 민족의 지식인들에게 맡겼다. 피정복민의 지식인들이 정복자의 자녀들에게 성실한 교육을 시키지 않았을 것은 너무나 당연하다. 그 결과 시간이 흘러감에 따라 라틴족의 지적 수준은 날로 저하됨과 동시에 유흥적 사회 풍조까지 곁들여져, 웅혼한 기상이 사라지고 나태한 습성이 만연되어, 전 유럽을 호령했던 로마제국이 멸망하게 되었다는 사가들의 평가를 우리 주부들은 명심해야 될 것이다.

옛날부터 중국 사신들이 우리나라를 방문하여 한결같이 느끼는 것 중에 하나가 자녀교육에 대한 열정이었다. 삼국시대 신라를 위시하여 고구려·백제·발해가 자녀들을 경쟁적으로 당나라로 유학 보냈던 점과, 고려조에 이어 조선조까지 선진국이었던 중국을 열렬하게 벤치마킹했던 사실이 이를 증명한다. 현재 대한민국의 부모들이 엄청난 경제력을 투입하여 자녀들을 해외로 유학보내고 있는 것도, 삼국시대 이후부터 형성된 전통에 기인하는 것이지 돌발적인 현상은 아니다.

대한민국의 여성들이 정부에서 권장하지도 않는데도 불구하고 자녀들에게 스스로 한자를 공부시키고 있는 것은 우리 민족이 가진 원천적인 교육열에 바탕한 지혜의 발로이다. 우리는 이처럼 뜨거운 여성들의 교육열을 일컬어 '치맛바람'이라고 하면서 비난하고 격하시켰다. 그러나 필자는 '치맛바람'의 예찬자이다. 대한민국의 오늘의 번영은 주부들의 '치맛바람'에서 비롯되었다. 치맛바람이 다행스럽게도 영어와 중국어·

불어보다도 한자 공부를 우선시킨 것은 참으로 현명한 선택이 아닐 수 없다. 한자는 우리의 과거요 현재이며 미래일 것이 분명하고, 만일 한자를 버린다면 우리의 과거와 현재, 그리고 미래도 암담한 처지에 빠지고 말 것이다.

옛말에 "연못가에서 고기를 부러워하지 말고 돌아가서 그물을 만들어라(臨淵羨魚 不如退而結網)"라는 경구가 있다. 연못이나 강가에서 헤엄치는 물고기를 잡자면 그물을 만들어야 하지, 무턱대고 물고기를 탐내서는 안 된다. 우리는 대체로 연못가에서 즉석에 그물을 만드는 것이 예사이지만, 허둥지둥 그물을 조잡하게 만들었다 해도 물고기는 이미 헤엄쳐서 멀리 가고 없다. 물고기를 잡기 위해 우리 '재능교육'의 학부모님들은 자녀들과 함께 가정에서 차근차근 그물을 만들어야 하는데, 그 그물이 바로 다름 아닌 '한자(漢字)'이다.

〈'재능교육' 특강. 2006〉

10.
한국 대중가요의 본질

1 현재의 대중가요를 다른 음악과 구분하기란 쉬운 일이 아니다. 그것은 대중가요 속에서도 여러 갈래의 장르가 나눠지고 있고, 퓨전 음악같이 구분이 애매한 음악이 유행하는 등의 여러 이유 때문이다. 이로 인해 말 그대로 대중들이 즐겨듣는 노래라는 뜻만으로는 그 대중과 노래에 대한 적당한 정답을 얻을 수 없다. 지금 대중가요는 TV와 라디오, 음반 등 매스미디어에 의해 대중들에게 전파되고 있고, 그 중심이 10대가 되고 있어 과연 대중가요를 어떤 기준으로 구분할 수 있을지 그 선이 명확하지 않다.

또한 최초의 대중음악에서부터 지금의 대중음악은 우리의 고전음악과는 큰 차이를 보이고 있어 대중음악을 우리 고유의 것으로 보아야 하는지, 외래문화로 보아야 하는지, 그 구분도 명확하지 않다. 그렇다면 우리가 대중가요에 대한 이해와 연구를 위해서는 그 시작부터의 검토가 있어야 할 것이다.

지난 17일 본교 인문과학연구소는 '한국 대중가요의 종합적 검토'란 주제로 제20회 학술심포지엄을 가졌다. 이번 심포지엄에서는 일제강점기를 중심으로 △민족악무사(民族樂舞史)의 전개에 있어서 대중가요의 위상 △19세기 이후 대중가요의 동향과 창작가요시대의 사적 맥락 △ 1930년대 대중가요 가사 고찰 △대중가요연구에 있어서 균형잡기 △한국대중가요의 선율 유형 △한국가요사 등에 대한 내용을 다뤘다.

❷ '민족악무사의 전개에 있어서 대중가요의 위상' 이라는 주제로 첫 발표를 맡은 본교 이민홍(한문)교수는 "대중가요가 일제의 민족성 말살정책의 일환으로 사용됐고 이 대중가요로 인해 정통 민족 악무가 위축됐다" 고 주장했다. 이는 일본이 일본악인 대중가요와 서양악에 기반을 두고 민족정통악무를 말살하기 위한 목적에서 강제로 전파시켰는데, 아직까지 심각한 영향력을 행사하고 있다고 덧붙였다. 하지만 우리의 고전악무는 오래 전부터 중국에 알려져 있어 일방적으로 악무를 전수받은 것이 아니라 우리의 민족악무도 중국으로 건너가서 당당한 자리를 확보하고 있었고 또한 우리 민족은 외래 악무를 별 거부감 없이 자유롭게 수용하여 이를 변용시켜 왔다고 언급했다.

이에 1930년대 대중가요 가사를 고찰한 광운대 조규일(국문)교수도 가사나 내용면에서 1920년대 초부터 전파된 일본악과 같은 왜색 유행가는 1930년대에 이르러 차츰 우리의 것으로 변화했다고 설명했다. 이로 인해 번안, 번역가사도 4·4조의 전통적인 기본률 기키면서 창작돼 그 가사의 주제 또한 왜색에서 완전히 벗어나지는 못했지만 우리고유의 문학 형태인 조선가사의 기본률은 지니고 있다고 강조했다.

이같이 일본과 같은 외국을 통해 유입된 대중가요에 대해 강릉대 강동학(국문)교수의 '19세기 이후 대중가요의 동향과 창작가요 시대의 사적 맥락' 에서는 20세기에 무대와 음반을 만듦으로써 구습의 대량화를 이루며 동시에 상품으로서의 기능이 강화되고 그러면서 등장한 외래

양식이 보태어지고 번안가요, 창작가요가 유행을 했지만 그 흐름 또한 전통적인 대중가요의 기반위에 취입된 것이라고 했다. 이에 덧붙여 대중가요의 핵심은 소비의 다수성과 이해의 용이성으로 집약할 수 있으며 사회구성원의 대다수가 향수하는 노래라면 대중가요라고 할 수 있다고 설명했다. 때문에 강교수는 "19세기에는 빠르고 쉽고 가벼운 주제의 노래를 선호하는 양상을 보이는 통속민요, 향토민요와 함께 잡가를 대중가요로 보아야 한다." 고 말했다.

한편 이영미(한국예술종합학교)교수의 '대중가요연구에 있어서 균형 잡기', 신혜승(여주대·음악)교수의 '한국대중가요 선율유형', 황문평 대중가요평론가의 '한국가요사'에 대한 발표가 이어졌다.

이번 심포지엄 발표자들은 왜색음악과 외래음악이 우리음악에 많이 침투해 있지만 그 근간은 변하지 않았다는 데 입을 모았다. 이와 같은 심포지엄은 무분별하게 외래음악만을 닮으려는 지금의 대중가요를 되돌아보고 대중문화의 뿌리를 짚어 봄으로써 그동안 미흡했던 대중가요에 대한 연구의 중요성을 심도있는 학문으로 이끌어 내는 계기가 됐다고 할 수 있다.

<「성대신문」 1280호. 2000>

11.
모천회귀母川回歸

①   원삼국 시대에 약 72개의 소국가가 있었다. 아마도 우리들의 고향 장기는 잃어버린 옛 나라의 수도가 아니었던가 한다. 장기는 강력한 자장의 진원지로 지금도 영일군 일대의 넓은 지역에 영향을 미치고 있다. 모든 길은 로마로 통하듯 영일군 일대의 정신적 길은 장기로 뻗어나고 있는 것이 사실이다. 장기성은 마르지 않는 강과 더 넓은 들판을 품에 안고 태양이 떠오르는 동해를 향해 외연하게 솟아 있다. 역사적으로 우리 민족의 국방 정책은 방어였다. 주변의 초강대국이 존재하는 마당에 어설픈 공격정책은 자멸할 뿐임을 깨달았기 때문이다. 옛 왕국의 수도로서 장기성은 적을 방어하기에는 아주 적절한 철옹성이다. 그러므로 이 곳 장기지역은 영일군 일대를 포괄하는 국가의 수도가 될 충분한 조건을 갖추고 있다. 우리가 장기성을 우리 모두의 구심점으로 또는 상징으로 삼고 뭉쳐야 하는 까닭도 여기에 있다.

얼마 전 내로라하는 저명한 인사들의 모임에 참석한 적이 있었다. 저들 유명한 명사들은 한결같이 농촌이 황폐하게 되었다고 심각한 얼굴을 하면서 이구동성으로 탄식했다. 이를 본 필자는 그들에게 정문의 일침을 가했다. 당신들 모두가 고향을 떠나온 후, 일 년에 한두 번도 귀향하지 않으면서 무슨 소리를 하느냐고 공박했다. 물론 그것은 나 자신에게도 해당되는 말이기도 했다.

옛날 사람들은 늙어서 또는 정년퇴직을 한 후 거의가 고향으로 돌아갔다. 이는 얼마간의 양심이 있었다는 증거이다. 그런데 우리들은 늙어서도 돌아가지 않고, 정년퇴직을 해도 돌아갈 생각을 전혀 하지 않고 있는 것이다. 삶을 마친 후 고향 산천에 묻히겠다는 뜻은 거의가 있는 것 같으니, 그나마 다행이라고 생각한다. 이제 우리는 입으로만 고향을 운운할 것이 아니라, 가시적이고 손에 잡히는 무엇을 해야할 때가 왔다. 그 옛날 비록 작은 나라였지만 한 국가의 수도였던 장기성의 정기를 받은 장기인인 만큼, 장관·국회의원·법조인·사업가·장성·학자·기능인·연예인·작가 등등 각계각층의 인물들이 기라성처럼 배출되어야 한다. 그러자면 우리들 모두가 뭉쳐서 서로를 밀어주고 당겨줘야만 한다.

이 모든 화합과 협동의 자장은 장기성만이 될 수밖에 없으며, 오직 장기성만이 우리들의 영원한 지표가 되어야 한다. 연어는 고향인 모천(母川)을 결코 잊지 않는다. 연어가 고향을 반드시 기억하는 것은 우리가 본받아야 할 것이다. 치어일 때 모천에서 놀다가, 고향을 떠나 동해를 거쳐 북태평양의 넓은 바다로 회유한다. 사람에 비해서 철이 들 무렵에 해당되는 성어(成魚)가 될 때까지 모천을 잊고 으시대면서 타향살이를 한다. 그러다가 산란기가 되면 하나같이 고향을 향해 힘차게 헤엄쳐 온다, 고향인 모천에 돌아온 그들은 알을 낳고 수정을 시킨 후 삶을 마무리 한다.

 우리 장기인들의 모천은 장기성이다. 우리 모두는 우리들의 모

천인 장기로 돌아가야 한다. 비록 몸은 가지 못해도 마음만이라도 돌아가야 하는 것이다. 선사(先師) 공자도 고향에서는 인정을 받지 못하고, '동가구(東家丘)' 정도 밖에 대접받지 못했던 터에, 비록 고향에서 홀대를 받을 지라도 돌아가야 하는 것이 우리들의 숙명이다. 우리들의 모천인 '장기성(長鬐城)'은 산과 강과 바다와 들판을 포용한 우리 모두의 수도로 인식되어야 한다. 장기성은 모천이고 모성(母城)이며 고향을 잠시 떠나 왔던 우리들이 결국 돌아가 안겨야 할 모향(母鄕)인 것이다.

원삼국시대·삼국시대·남북국시대·고려시대·조선시대·일제시대·남북한시대를 경과하면서 우리 장기인들의 역할이 어떠했으며, 현재와 그리고 긴긴 미래에 어떤 역할을 해야 할 것인지를 모두 경건하게 생각해야 할 때이라고 믿는다.

끝으로 우리 장기인들 모두가 굳게 뭉쳐서 한국사의 진행에 큰 역할을 수행할 것을 제창한다.

<장기면 향우회보. 1993>

12.
잃어버린 일요일

1 어느 일요일 아침 눈을 뜨자마자 담배를 피워 물고 라디오 스위치를 틀었다. 라면이라면 얼큰한 ○○라면, 다이얼을 돌렸다. 시계라면 정확한 ○○손목시계, 다이얼을 돌렸다. 튼튼한 심장을 가진 젊은이를 부러워할 필요는 없습니다. 튼튼한 심장엔 ○○, 다이얼을 또 돌렸다. 젊음이 넘쳐흘러요 ○○씨, 다이얼을 돌렸다. ○○소주를 마시고 ○○를 탑시다, 다이얼을 돌렸다. 허영과 사치를 버리고 검소한 생활을 합시다, 다이얼을 돌렸다. 디스이즈 아메리칸 포씨스 코리언 네트워크, 스위치를 껐다. 스위치 소리가 켤 때보다 좀 컸다. 담배를 짓이겨 *끄고* 머리맡에 놓인 신문을 펼쳤다. 전 ○○공사 사장 억대 수뢰로 긴급 구속, 신문을 넘겨 광고란으로 시선을 가져갔다. [두 줄기 눈물 속에][사나이 주소][잠들면 떠나주오][명동 사나이 따로 있다더냐][철사장과 공수도][소화제는 ○○○][회충 요충엔 ○○○]…….

신문을 덮었다. 집을 나왔다. 골목길을 빠져나와 대로로 나왔다. 질풍같이 달리는 버스, 자가용, 택시, 삼륜차, 오도바이, 화물차, 요란한 클락션 소리, 어깨를 부딪고 지나가는 사람들, 길목에 자리 잡은 군고구마장수, 엿장수, 책장사, 생선가게, 쇼윈도우에 진열된 맥시 미니 미디,

라디오, TV, 시계, 안경, 구두, 대로를 횡단해야 할 텐데, 방약무인으로
오만불손하게 질주하는 자동차의 홍수, 그들이 내뿜는 매연, 눈살을 찌
푸리며 차가 뜸하길 기다렸다. 뜸하기는커녕 점점 꼬리를 문다. 저만치
육교가 있다. 육교는 참 인기가 없다. 가능하면 육교 이용하기를 꺼린
다. 자동차에 밀려난 신세가 역겨워서인지, 아니면 오르내리기가 귀찮
아서인지 모르지만 모두들 별로 애용하지 않는다. 육교 특별시쯤으로
불러볼까. 서울의 미관은 꼴뚜기마냥 육교가 망쳤다. 서울은 자가용 위
주로 재설계되고 있다. 끝내 도로횡단을 하지 못했다. 그래서 육교의
위로 올라갔다. 아래를 내려다보았다. 급류처럼 밀려가고 오는 자동차
를 굽어보았다. 분명 내려다보는데, 자동차 바퀴에 어육이 되고 있는
것처럼 느껴지는 것은 심보가 사나워서일까.

공중전화박스로 들어갔다. 다이얼을 돌렸다. 삐익삐익, 또 돌렸다. 삐
익삐익, 수화기를 놓았다. 굴러 나와야 할 동전이 감감 무소식이다. 전
화통을 주먹으로 쥐어박고 나왔다. 나와서 뒤돌아보았다. 빨간 전화통
은 태연하기만 하다. 정신위생을 고려하고 침을 삼켰다.

즐비한 고층건물, 그 건물에 달린 많은 수많은 간판들, 한눈으로 쭈
욱 읽어보았다. 주네브, 샌프란시스코, 뉴욕, 스카라 아네모네, 마로니에,
에스콰이아, 크라운, 콜롬비아, 옥스퍼드, 몽블랑, 가만있자, 여기가 어
디지? 그렇지 대한민국 수도 서울이로구나.

사방을 촌닭처럼 두리번거리다가 문화인의 휴게실(?)인 다방으로 들
어갔다. 초미니스커트의 아가씨가 엽차 잔을 탁자에 놓기도 전에, 뭘
드시겠어요? 사교계의 여왕처럼 뽐내며 되돌아가는 아가씨의 긴 머리
칼 위로 숨이 넘어가는 급박한 재즈의 멜로디가 술 취한 사람의 맥박
같은 리듬에 감싸여 다방 안으로 꽉 차 흐른다. 아저씨 구두 닦으세요
잘 닦아 드릴게요 몇 번이나 강요하다가 물러간 후, "아저씨 껌 한통
팔아주세요!", "신문이요!", "귤 사세요!", "고학생입니다. 볼펜 한 자루

사 주세요!", "죄송합니다. 합석 좀 해주세요!", "죄송합니다. 일행이 많
아서 그런데 저쪽 자리로 좀 가주실까요?", 허둥지둥 다방을 나왔다.
자, 또 어디로 간다? 옳지. 극장이다, 극장. 마음에 구세주를 발견한 듯
했다. 극장 안으로 들어갔다. 삼류극장이다. 자리를 잡았다. 코가 나빠
서 그런지는 몰라도 냄새가 별로 좋지 않다. 시작의 벨소리가 울렸다.
만화가 나왔다. 급체에는 ○○제약의 ○○로 귀결된다. 노랑, 빨강, 흰
빛깔의 아름다운 장미가 나오더니만, 이 또한 화장품으로 귀결되었다.
정부시책 계몽 영화가 방영되다가 ○○왕 드롭프스가 된다. 하나같이
변성격조사의 멋진 구사였다. 예고편이 나왔다. 눈물 없이는 볼 수 없
는, 여성 영화의 결정판, 만천하 여성을 울린 ○○○. 기대하시라. 그
래, 기대하마! 목을 길게 빼고 기대하다 말고 본 영화가 시작되었다.
울기 시작했다. 산천도 울고, 뱃고동도 울고, 아이도 울고, 여자도, 남자
도, 할아버지도, 할머니도 우는 눈물만장의 주옥편이다. 울어서 어쩌자
는 걸까.

② 　영화관을 나왔다. 어디로 갈 것인가를 생각해 보았다. 갈 데가
없었다. 멍하니 밀리는 군중 속에 서 있다가 드디어 갈 곳을 찾았다.
창경원, 아니 동물원으로 통하는 골목길로 접어들었다. 빈대떡 냄새, 두
부찌개 냄새, 돼지갈비 냄새, 왁자지껄 떠들어대는 육성과 냄새들, 하나
의 큼직한 덩어리를 이룬 후끈한 서민의 내음새를 맡으며 구루마꾼과
지게꾼, 구두닦이들 틈사이로 걸었다. 일요일을 잃어버린 귀중한 인간
들, 우리를 있게 한 사람은 바로 이들이 아니었던가! 이들은 푸른 잔디
가 우단처럼 깔린 수십 만 평의 골프장이나, 벤츠 三○○과 샹들리에
가 늠실거리는 나이트클럽 따위의 말들은 모른다. 이들에게 일요일을

찾아 줄 사람은 없을까?

창경원, 물개가 헤엄치는 풀장 앞에 섰다. 나를 여기까지 데리고 온 것은 어떤 힘일까? 난 그림을 생각하며 물개를 본다. 미끈한 몸매, 비로드의 모피, 일부다처의 절윤한 정력, 망망대해를 헤엄치던 호연지기, 곧잘 구경꾼들을 놀라게 하는 개구쟁이, 전생에 무슨 죄를 지었기에 이 좁은 풀장에서 귀양살이를 하는가. 이들이 새끼를 낳았다. 이제 제법 멋까지 부리며 헤엄친다. 부모를 잘 못 만나 저 고생을 하는구나.

창경원을 나왔다. 고궁의 담을 끼고 걸었다. 겨울을 못마땅해 했던 프라다너스의 남은 이파리가 발끝에 채인다. 참 좋은 길이었는데, 지금은 달리는 차의 소음이 그 좋은 길을 덮고 말았다. 자신도 모르는 사이에 발길을 집으로, 집으로 향하고 있다. 세상을 흘려보다가 눈을 아예 감고 만 쇼펜하우엘이었던가. 월요일에서 토요일까진 빈곤의 상징이요. 일요일은 권태의 상징이라고 주말까지는 먹고 살기 위해서 일했다. 그러다가 일요일은 삶, 즉 빈곤에서 해방되었다. 삶에서 해방과 더불어 찾아온 권태. 여기에 첨가해서 서울의 휴일은 짜증과 분노와 우울까지 겹쳤다. 그래서 일요일을 잃어버린 것이다. 결국 내겐 일요일이 없었던 것일까?

〈「상명」18호. 1972〉

13.
가족들의 별칭

① 근엄한 사나이　　　택희의 처음 별명은 '못났다 녀석'이었다. 형의 단정한 얼굴에 비해서 어딘지 이상한 데가 있었기 때문에 붙인 호칭이었다. 그런데 이 별명은 요즘에 와서는 감히 말하지 못한다. 만일 어쩌다가 과거의 습관에 의해 이 별명이 나오면 택희는 분격하면서 항의를 제기한다. 그 항의가 너무나 완강했기 때문에 그 후부터는 사용할 수 없는 언어가 되고 만 것이다.

그래서 근래의 별명은 '돌샘유치원의 근엄한 사나이'로 되었다. 이는 택희와 합의가 되고 택희가 승인한 별명이다. 택희는 '근엄한 사나이'라는 말이 무척 마음에 드는 모양이었다. 택희가 과연 그 말이 지닌 뜻을 아는지는 모르겠지만 여하튼 택희에게 근엄한 면은 약간 있다고 생각한다.

택희는 위로 형이 있고 아래로는 '호박'이라는 별명이 붙은 여동생이 있다. 그래서 그는 항상 스스로 자기는 사랑도 못 받고 형보다 잘나지도 않았다는 열등감에 젖어 있는 것 같다.

첫아이보다 둘째 아이는 좀 대범하게 키우는 편이라서 그런지는 모르나, 녀석은 대범하고 의젓한 데가 있다고 우리는 보고 있다. 떨어진 옷을 입혀도 군소리가 없고, 형이 입던 옷을 물려주면 대단히 좋아한다. 녀석은 옷에 대해선 전혀 관심이 없는 듯한데 이는 그의 형과는 정반대이다. 택희의 형은 멋을 알고 부릴 줄도 아는 멋쟁이고 여동생은 깍쟁이고 영리하다. 그 사이에 끼어서 택희는 자라고 있는 것이다, 식성도 이들과는 달라서 우리는 '초식동물'이라고 놀리기도 한다. 육식은 싫어하고 김치, 나물 같은 푸성귀를 좋아하는 것이다.

녀석의 매력은 어떤 일이든지 시작하면 거기에 심취하여 다른 일들을 망각하는 데 있다. 옆에서 혹 녀석이 놀고 있을 때 장난을 걸면 신경질을 부리고 농담을 걸어도 화를 내기 때문에 '근엄한 사나이'라는 별명이 붙었는데 이제는 '용감한 사나이'로 고쳐서 씩씩하게 친구들과 어울려 장난도 치면서 뛰노는 어린이가 되기를 바라는 것이다.

녀석의 독특한 개성에 우리는 항상 미소를 보내고 있다.

<『돌샘』 창간호. 1985>

2 호박　진희의 별명은 '호박'이다. 호박은 꽃도 예쁘지 않고 열매 또한 아름답지 못하다. 그러나 호박은 씩씩하게 뻗어 나가는 줄기와 시원스런 잎을 가진 식물이다. 울타리나 돌담 위에 의젓하게 앉아 있는 한 아름이나 되는 굵은 열매는 마냥 탐스러울 뿐 아니라 잃어버린 고향의 향기를 일깨운다. 호박꽃에 들어가 꽃과 꽃가루를 빨고 있는 벌을 잡았던 추억은 시골 출신이면 누구나 지니고 있고, 골목길 돌담에 열린 조그마한 호박을 침으로 찔러서 망가지게 했던 일을 개구쟁이가 아니라도 한 번쯤 저질렀던 장난이다. 이런저런 이유들 때문에 나는 호박을 사랑한다. 그런데 진희의 별명을 진희가 태어난 지 며칠 만에, 호박이라 붙인 것은, 아들이기를 바랐던 기대가 무산된 아쉬움 때문이었다.

우리 집안은 대대로 남성을 중시하는, 봉건적 유풍을 강하게 지니고 있었다. 내가 초등학교에 다닐 때까지 어머니와 고모들은 부엌에서 식사를 드실 정도였다. 진희의 증조부, 즉 나의 할아버지는 수캐들이 몰려오는 것이 싫으셔서 암캐를 키우지 않을 만큼 완고하신 어른이셨다. 게다가 나는 누이동생 둘만 있고 아들 형제는 가지지 못했다. 형과 동생이 있는 친구를 부러워하면서 성장했다. 일찍 고향을 떠나 혼자 객지 생활을 하느라 결혼도 늦은 편이었다. 다행이 결혼을 한 후 아들 둘을 계속 낳았다. 둘째 놈도 돌샘 유치원을 졸업했다. 진희와 동창생인 것을 매우 다행스럽게 나는 생각하고 있다.

집사람을 위시해서 처가 쪽에선 아들 둘을 낳았으니 단산하는 것이 좋다고 주장했지만 나는 완강하게 거부했다. 그러고 보면 진희는 아빠인 나에게 감사해야 할 법도 하다. 아들 많은 집안을 부러워했고, 그리하여 진희도 계속 아들이기를 나는 강력하게 바랐던 것이고 또 분명 아들일 것이라고 확신했다. '삼학사(三學士)'로 키우고 싶었다. 셋을 대동해야만 모양이 된다고 적어도 나는 믿고 있었다. 이 소박한(?) 꿈은 진희가 딸이었기 때문에 깨지고 말았던 것이다. 그래서 아쉬운 마음에다가 처음 보니 별로 예쁜 것 같지가 않아서 홧김에(?) 호박이라고 명명했다.

진희가 자라자 나는 진희에 대한 그 같은 마음가짐을 뉘우치기 시작했다. 지금은 진희가 딸로 태어난 것을 다행으로 생각하고 있다. 지금은 만일 진희조차 아들이었으면, 얼마나 멋없는 가정이 되었을까 하면서 지난날의 과욕을 후회하는 입장이 되었다. 이제는 사세가 역전되어 아들 둘은 천덕꾸러기로 전락했고 '호박'은 공주로 격상되었다. 진희 오빠들 두 놈이 가족신문을 만든 것을 보았는데 그 가운데 아빠는 진희만 사랑하고 감싸돌기 때문에 버릇이 없어졌다는 울분을 토로하고 있을 정도였다.

사실 진희는 오빠들 둘을 우습게 보는 경향이 없잖아 있다. 따라서 두 녀석들은 지금도 무척 마땅찮게 여기고 있을 터이다. 그러나 나는 솔직히 말해서 이 세상에서 제일 좋아하는 사람이 누구냐고 묻는다면 '호박'이라고 대답할 것이다. 이 점은 진희에게도 누차 되풀이 강조하고 있는 사실이다. 나는 진희의 청이라면 무엇이든 들어주고 있는 편이다. 이 점은 아마 앞으로도 지속될 현상으로 생각된다.

이러한 중에도 돌샘 유치원의 호박 진희는 자라고 있었고 그리하여 어느 날 진희는 '나를 보고 호박이라고 부르지 말라'고 항의를 제기했다. 하지만 나에겐 진희가 호박이어야 했다. '호박은 호박인데 예쁘고 착한 호박'이라고 설명을 첨가시켜서 진희에게 호박이라고 불러도 좋다는 허락을 받았다. 따라서 앞으로 당분간은 호박이라고 불러도 되는 합의가 부녀간에 이루어 진 것이다. 진희는 내가 나이가 들어서 낳았기 때문에 내 친구들에겐 호박을 손녀딸이라며 농담을 하고, 또 내 제자들에겐 '호박'이라고 널리 알려진 유명한(?) 딸이다.

어느 새해에 제자들이 세배 차 몰려와서 예의 그 유명한 호박을 보고는 모두들 하는 말이 '호박이 아니라 琥珀'이라 한다. 진희가 좀 더 자라면 호박이라는 별명을 부를 수 없게 될 것을 나는 걱정한다. 그렇기 때문에 나에게 진희는 영원한 호박이어야 한다. 나는 호박을 사랑한다. 오늘도 내일도 호박을 사랑할 것이고, 만일 나에게 물려줄 재산이 있다면 아들과 거의 같게 호박에게도 상속해 주고 싶은 심정이다. 나는 곧잘 친구들에게 속기 어린 농담을 다음과 같이 하고 있다.

딸이 없는 가정은 불 꺼진 항구이고, 오아시스도 없는 사막이라고 말하면 친구들은 완고한 남자가 딸 하나를 두더니 저속한 사나이로 전락했다고 응수하곤 한다. 평범하고 착한 여인으로 성장하여 평범한 사나이의 평범한 아내가 되기를 이 아빠는 바란다.

<『돌샘』 제3호. 1987>

14.
고등학교 운영위원회의 문제점

❶ 　우리 한민족은 아득한 옛날부터 국가를 창건하면 제일 먼저 짓는 것이 학교였다. 이는 우리 민족이 교육을 얼마나 중시했는가를 알 수 있는 증거이다. 과거부터 우리나라를 방문한 외국인들은 한결같이 열렬한 교육열과 서적을 수집하고 보관하는 문화적 습속에 대해서 감동해 마지않았다. 주변 강대국의 틈바구니에서 민족과 국토를 지키면서 독특한 문화를 창출할 수 있었던 원동력의 하나도 이 같은 교육열이 아니었나 한다.

　우리 선대의 어머님들은 자식들을 과거에 합격시키기 위해 온갖 정성을 기울였다 이 같은 아름다운 전통은 현재 우리들의 어머니들이 자식들의 대학입학을 위해 헌신적으로 애쓰는 모습에 고스란히 남아있다. 흔히들 치맛바람이라고 비난하고 있지만, 오늘날의 발전과 번영은 이른바 치맛바람의 결과일 수도 있다. 우리 민족사의 원대한 지속과 맥락의 근원은 이러한 교육열에 있었다고 확신한다. 근래에 와서 교육개혁의 열풍이 교육계를 휘몰아쳤다. 물은 흘러야하고 고인 물은 부패하기 마련인데, 교육계에 변화를 주었다는 것은 평가할 만하다. 교육은 그 자체가 문화와 삶의 종합이며, 융합이다. 교육은 문화의 출발점이요, 귀착

점이기도 하다. 그러므로 학교에 대한 개혁만으로는 소기의 목적을 달성하기 어렵다.

중등교육에 대한 개혁의 일환으로 '운영위원회'의 결성을 들 수 있다. 운영위원회는 학교와 사회, 그리고 가정을 묶어서 중등교육을 개혁하려는 시도에서 나온 조직으로서, 그 타당성은 충분히 있다. 교육은 학교에서만 행할 수도 없고, 그럴 수도 없다. 학교에서의 교육은, 사회와 가정에서의 교육이 연대했을 경우라야만 그 효과를 기대할 수 있다. 운영위원회의 구성원이 학부모와 교사, 그리고 지역인사로 짜여진 것은 이 같은 의도와 관계가 있다. 운영위원회의 조직과 취지는 해방 이후부터 있어온 것이다. 자모회, 사친회, 기성회, 육성회 등등의 조직이 그것이다.

2 이들 과거에 존재했던 단체들의 구성원들은 학부모가 전부였는데 반해, 운영위원회는 교사와 지역인사가 포함된 점이 다르다. 교사의 참여는 긍정적인 것이기는 하나, 지역인사의 경우에는 본래의 의도는 좋지만, 자식을 해당학교에 보내지 않는 지역인사가 학교에 관심이 있는지가 문제이다. 학부모 운영위원의 경우, 학교에서 결정된 사안을 두고 소신대로 찬반 의사를 명백하게 밝힐 수 있는가 하는 현실적인 문제도 검토되어야 하며, 단순한 것처럼 보이지만 기실 너무나 복잡한 학교의 제반 사안들을 분석평가할 정보와 지식을 가졌는지도 짚어볼 부분이다. 그러므로 학교에서 결의된 안건들이 대부분 무수정 통과될 수 밖에 없고, 또 학교에서 결정된 여러 사안들은 사리에 벗어나거나 무리한 것은 있을 수 없을 뿐더러, 거개가 보편타당한 입안들이다.

운영위원회의 위원장 이하 위원들은 초등학교와 중학교는 물론이고,

고등학교까지 팔구할이 여성들로 되어있다. 이 같은 성비율의 지나친 편중도 문제로 제기될 수 있다. 운영위원회는 해방 이후부터 있었던 우리의 사친회 등의 맥락을 이어받고, 이에 미국의 교육제도를 가미하여, 학교와 가정 그리고 사회를 묶어서 우리나라의 중등교육을 발전시키겠다는 의지의 표현이다. 이는 매우 시의적절한 것이기는 하나, 우리의 문화 풍토가 미국과는 본질적으로 다르다는 사실을 간과한 점도 발견된다. 미국 사회의 교사의 지위와 우리의 그것은 비교가 안된다. 그런 면에서 오히려 미국에게 우리의 교사 존중 문화를 받아들일 것을 권고하고 싶다.

③ 교육문제는 이미 학교와 가정의 차원을 벗어나 있다. 교사와 부모들의 말보다 사회(언론매체도 포함된다)의 주장들이 청소년들에게 영향력과 권위를 더 지닌지 또한 오래이다. 교사와 부모의 주장도 언론매체의 뒷받침이 없으면 공허한 허사로 청소년들에게 인식되기 예사이다. 교사나 부모의 언동의 경우도 매스컴에 똑같은 내용이 보도될 경우라야만, 청소년들은 비로소 그것을 긍정하고 신임하는 경우가 왕왕있다. 따라서 이제 우리의 교육도 사회에다 일정한 책임을 지우고 또한 그 책임을 추궁해야 한다고 믿는다.

학교는 학생과 교사, 그리고 행정직원들이 삼위일체가 되어 정당한 교육과 정책을 수행해야만 소기의 목표를 원활하게 달성할 수 있다. 운영위원회는 이들 구성원들의 목표 수행을 위하여 협조하는 선에서 그 위상이 정립되어야 한다. 사회는 엄연하고 냉혹한 경쟁을 본질로 하는데도 불구하고, 원론적이고 이상적인 교육목표에 치중할 경우, 학교는 사회와 괴리될 뿐 아니라 학생과 학부모들로부터도 소외되기 마련이다. 운영위원회는 교육의 현실과 이상을 적절하게 조화시키는 데 목적을 두어야 한다. 원론적이고 상식적인 교육관을 주장하고 실시한다면, 본의와는 달리 학생들을 학교가 포기하는 결과를 초래한다.

우리 사회의 엘리트층인 교사들의 지식과 경륜이 활용되어야 하고, 아울러 세계 어느 나라 못지않은 수준급의 시설과 녹지공간을 갖춘 학교시설을 유효적절하게 이용하는 방법도 강구되어야 한다. 학생들을 지나치게 빨리, 나쁜 물질문명으로 오염된 사회로 내보내는 것만이 능사가 아니다. 일찍 하교한 학생들을 학부모가 그냥 방치하지 않고 학원 등으로 보낼 것은 너무나 당연하다. 그러므로 적절한 선에서 교사와 학교, 그리고 교정을 학생들이 활용하는 방법도 심각하게 검토할 필요가 있다. 운영위원회는 이 같은 미묘한 문제를 해결하는 것이 급선무가 아닌가 한다.

여하간 운영위원회는 그것이 지닌 문제점을 하나하나 해결하면서 우리들의 자녀와 우리들의 2세를 맡아 교육하는 학교에 도움이 되는 방향으로 운영되어야 하고 또 그렇게 나아가고 있는 것이 사실이다. 그러므로 운영위원회가 앞으로 계속 존속되어 발전을 거듭할 것을 기대해 마지않는다.

<『開浦』 제85호 축사. 1996>

15.
원고 집필자와 출판사

① 졸저 『韓文化의 源流』를 제이앤씨에서 출간하게 되었다. 2003년 후반기에 『韓文化와 韓文學의 정체성』이 발간된 후, 충분한 양의 원고가 축적되지 않았음에도 불구하고, 그 후속편인 이 책을 펴내게 된 것은 제이앤씨 윤석원 사장의 적극적인 관심에 말미암았다. 윤사장님께 진심으로 감사를 표한다. 새해 벽두에 필자의 연구실을 찾아온 윤사장님은 출판사가 어렵다는 말을 전혀 하지 않았고, 오히려 양서를 출간할 여력이 있으니 좋은 원고가 있으면 달라고 요청했다. 필자는 윤사장의 이 같은 태도에 호감이 갔다.

노심초사는 물론이고 천신만고 끝에 완성된 저자의 원고보다, 출판사의 경영문제에 초점이 맞추어진 현재 학계와 출판계의 상황을 참작할 때, 그것은 신선한 충격이었다. 출판사의 소위 '어려운 여건' 못지않게 '필자들의 노고' 역시 함께 강조되어야 함에도 불구하고, 이른바 '출판사의 어려운 여건'에 묻혀서 필자들의 피땀의 결실인 원고는, 출판사의 선심과 배려의 대상물로 전락하고 말았다. 그리하여 그간에 발간된 전문 학술서적의 머리말에는 '어려운 여건 속에서 책을 내준 출판사에 감사한다'라는 간곡한 말이 약방의 감초처럼 들어가게 된 것이다.

그런데 그처럼 어려운 여건 속에서 출간을 계속한 출판사들은 반세기가 지났지만 아직도 건재하고 있으니, 이 또한 불가사의한 일이기는 하나, 출판사들이 난관을 극복하고 지금까지 존속하는 것은 학계를 위해서 퍽이나 다행스러운 일이다. 하지만 출판사 못지않게 '어려운 여건' 속에서 원고를 작성한 집필자들에게도, 출판사 측에서 경의를 표해야 할 시점이 아닌가한다. 이 같은 제언을 하는 이유는 필자가 이 졸고를 전달하자 제이앤씨 출판사 사장으로부터 감사하다는 말을 듣고 감동을 받았기 때문이다.

❷ 수십년간 필자는 능력을 돌보지 않고 '사림파 문학', '조선조 시가의 미학', '민족악무', '민족예악', '언어민족주의', '시법(諡法)' 등으로 연구 영역을 확장해왔는데, 이들 영역은 학계에서 소외되었거나 평가절하된 분야였다. 언뜻 보면 광범한 분야를 넘나든 것처럼 보이지만, 이를 총괄하면 '韓文化'와 '韓文學'으로 귀결된다.

한문화는 우리 겨레의 과거요 현재이며 미래이다. 세계 초강대국 옆에서 그들과 피부를 맞댄 채 반만년 동안 우리의 정체성을 잃지 않고 존속한 이유는, 우리 나름의 '韓文化'를 가졌기 때문에 가능했다. 한문화가 세계 속에 지금처럼 우뚝 서게 된 것은 외래문화를 마음껏 받아들이면서, 우리의 정체성을 지키는 지혜를 우리 겨레가 갖고 있었기 때문이다.

21세기에 접어든 현 시점에서도 우리 민족의 생존과 번영은 주체적 문화의 수준과 역동성에 달려있다. 우리가 아무리 무력을 증강하고 경제를 발전시켜봤자, '중국·소련·일본'을 능가하기는 쉽지 않을 것이다. 그러므로 우리 겨레의 생존 전략의 핵심은, 우리 선인들이 추구했던 것처럼 문화의 발전과 참신성에 둘 수 밖에 없다. 필자가 '韓文化'의 본질과 발달과정에 관심을 갖는 이유도 여기에 있다. '韓文化의 源流'를 찾아서 그 실체를 극명하게 밝히는 작업은, 민족 생존전략의 필수불가결이라고 확신하고 감히 그 일단이나마 추적해보았다.

제1장은 중국 중화제국주의의 핵심인 '동문주의(同文主義)'와 이에 대응하여 민족과 국가를 수호하기 위해 우리 겨레가 반격한 '이화제화(以華制華)'의 실상을 밝혔다. 제2장은 이화제화의 정치적 대응의 결실인 경국이념(經國理念)을 검토했다. 제3장은 韓文化를 형성함에 있어서 근저가 되었던 '국학정책(國學政策)'을 다방면으로 추적하여 살펴보았다. 제4장은 한민족을 정서적으로 통합하고 삶의 낙원 역할을 했던 문학예술의 한 국면을 고찰했고, 제5장은 결론을 대신하여 한문화의 현황과 미래에 대한 전망을 일별했다.

<『韓文化의 源流』 머리말, 2006>

제 **6** 장 韓文化와 북한北韓

1.
북경에서 본 북한

· 1998. 4. 20 맑음 황사(黃砂)

  사월답지 않게 더운 날씨에다 연일 계속되는 황사현상. 오늘 정범진 총장님, 이명학 학생처장, 오고탁 차장과 함께 중국을 거쳐 방북하는 날. 처와 창희가 김포공항까지 배웅. 귀빈실에서 조동원 부총장, 박현순 대학원장, 박영식 총무처장, 이한구 교무처장, 심완구 팀장 등이 마중. 북측에서 5월로 방북연기를 희망한다는 팩스. 갑자기 침울해진 분위기. 나는 북경행을 종용. 결국 KE 581기를 타고 중국에 와서 갭핀스키 호텔에 투숙. 오성호텔로서 일급임. 공항(북경)에 동문들이 차를 가지고 마중하여 영접. 총장님은 귀빈통로로 나오고, 우리는 일반 출구로 나옴. 이정림 후배가 호텔로 옴. 타이페이에서 만났는데, 다시 북경에서 상봉하니 반가웠다.

  저녁 북쪽 아·태 회사의 박희관과 만남. 일정을 조정. 평양에 전화하여 총장님과 강순씨와 통화하여 24일경 방북하기로 합의하고 계획을 세움. 얼마 후 북한에서 경영하는 고려원에서 또 다른 최씨(북측인물)와 만나 저녁을 함. 냉면과 게, 가자미 식혜 등을 맛있게 먹음. 북한 여성들의 독특한 억양이 인상적임. 음식은 대체로 양호한 편임. 점심을 한

가위 노점에서 국수를 먹었는데, 맛이 괜찮은 편이었음. 북측의 양 최씨와 헤어져 호텔로 돌아와 취침. 총장님은 삼성 인사들과 저녁을 함께한 후 돌아와 잠이 들었음. 베개가 나빠서 불편했다.

원래 21일 입북예정이었는데, 북측에서 비자가 나오지 않았다고 5월 이후로 연기 요망, 국제적 감각이 없는 그들 때문에 매우 당황했다. 비행기표를 끓고 화물을 지입한 후 이 사실을 확인했기 때문에 당혹감이 더했다.

북경에서 북측사람 두 최씨(崔氏)를 만났는데, 최희찬씨는 지식인으로서 융통성이 많았고, 민족주의적 성향도 강하고 조상을 생각하는 면도 그의 아버지(경주최씨)에게 전수 받았음. 다른 최씨(이름 모름)는 경직된 북한 사람으로 김일성 배지를 달고 있었음. 같은 동족으로서 외래 이념이 반세기동안 드리워진 사회에서 성장했지만, 천성은 그대로임이 확인되었음. 예로 조상을 모시는 일에 관해서 북한은 화장을 하여 사진이 각인된 항아리에 담아 가정집의 선반위에 모셔놓고 음식을 천신하는 것이 보편화 되는 듯한데, 김일성 개인숭배가 갖는 허점 속으로 파고든 정통의식으로 생각됨. 최희찬씨는 남한의 정보 조직을 갖고 있는 듯한 인상을 가졌음. 한국 신문에 보도된 북한 측 기사를 스크랩하여 송부하는 선이 있음을 대화중 자신도 모르게 노출시킴.

· 1988. 4. 20 황사(黃砂) 더위

아침에 호텔 레스토랑에서 조찬, 값에 비해 맛이 없었음. IMF 이전에 한국인이 득실거리던 곳이었다는데, 지금은 우리밖에 없었다. 허세와 허풍의 끝이 허탈함을 실감. 삼성에서 차를 내줘, 천단(天壇) 부근 상가를 구경하고 천단 관람을 귀찮아서 포기함. 옛날 90년도에 가보았던 곳임을 알았기 때문에 중지하고 차편으로 돌아와 점심을 먹고 취침. 호텔 앞 식당은 대나무 통에서 음식을 만들었는데 보온이 잘되고 맛이 있었음. 중국인은 요리를 예술화시켜 삶의 멋과 활력소를 삼았음이 인상적임.

저녁 동문주재원 KBS, MRS 은행, 삼성, 대우 등에 근무하는 후배들이 풍성한 만찬을 대접하여 온갖 얘기를 하며 식사를 나누었음. 언론의 책임과 중국의 제국주의적 성향, 중국의 대한정책은 당나라의 발해 신라에 대한 정책과 동일하한 것이라고 주장했음.

중국문화에 대한 신비성과 흠앙성이 위축되었는데다가, 본인의 나태한 성격 때문에 관광도 귀찮게 여겨짐. 취미가 없다는 것이 새삼 인식됨. 바둑, 테니스 등에 대한 애호감이 전무한 무미건조한 성격임을 깨달았음. 취미라면 마음 맞는 사람들과 정담을 나누며 음주정도밖에 없음.

총장님 덕분에 좋은 호텔에서 좋은 음식과 북쪽인사를 위시해 중상류의 인물들을 많이 접하게 됨. 동문 중 언론인에게 한국 언론기관의 역기능에 대해 신랄한 비판을 했음. 여러 가지 일들 중에(대화) 성수대교를 건설하는 과정에서 교각에 상판을 올릴 때 약간 짧았는데도 불구히고 늘려서 올렸기 때문에 그것이 강으로 떨어진 것이라는 설명은 설득력이 있었음.

중국의 제국주의에 대해서 모두들 잘 모르고 있었고, 특파원으로 올 경우 그 나라의 역사를 알아야하는데도 불구하고 영어나 해당국의 말만 배워서 온 것은 일을 원만하게 처리하지 못하는 까닭이 될 듯도 하다.

· 1998. 4. 22.

아침에 연변 교포가 하는 맛순이 순대집에서 아침을 먹었다. 풍성한 음식은 좋았지만 맛에는 문제가 있었다. 점심 무렵 삼성에서 연락이 와 이필곤 회장, 손명섭 전자 부총재, 강효진 이사와 함께 주 중국 한국 대사관 옆 아리랑에서 점심을 함께했음. 그들은 삼성의 핵심 멤버로서

총명한 사람들이었다. 거기까지 올라갈 정도면 선발과 선택의 와중에서
발탁된 인물임이 분명했다.

돌아와 호텔에서 휴식. 호텔에 근무하는 대우(大宇)의 이사 조용래가
총장님께 인사를 왔다. 저녁 무렵 이의강, 배은한, 이정림 부부들과 아
이들이 대거 몰려와 호텔 안이 득실거렸다. 그들을 보낸 후 한가위에서
저녁을 먹고 최충광 군과 연락이 되어 저녁 10시경에 식혜 한 틀을 들
고 와서 호텔로비에서 차를 마신 후 직할시의 대사관 거리에 있는 카
페로 가서 함께 노변에 앉아서 맥주를 마셨다. 사분의 일 정도가 외국
인이고, 여기에 오는 중국인은 중상층이라고 최 군이 말했다. 저렴한
가격에 운치 있는 카페거리였다. 한국도 이정도의 가격으로 노변에서
건강하게 대화를 나눌 수 있는 거리를 만들었으면 하는 욕심이 생겼다.

우리보다 후발 부대였던 중국이 우리를 앞서고 있으니 안타깝다. 한
국을 모델로 했다가 한국의 약점을 타산지석으로 삼아 미래를 설계하
는 중국인에게 배울점이 많았다. 최충광 군의 얘기를 빌리면 중국도 이
제 모든 주택을 사유화시키고 있다고 했다. 인간의 천성을 거역하는 사
회주의적 경제정책이 서서히 막이 내리고 있었다. 중국은 자본주의를
해야만 발전하는 나라이고 민족이다. 입북비자가 불투명하여 여러 가지
로 불안하다.

· 1998. 4. 23 황사(黃砂) 안개 / 비

이곳 캠핀스킨 호텔에 묵은 지 나흘째다. 방북의 기약은 없고, 있다
고 해도 불확실한 상황 속에서 묵는다는 것은 불편 그것이다. 북쪽의
태도는 도무지 상식을 벗어난 것으로, 이해가 되지 않는다. 조선족 출
신의 강성국씨가 와서 나진, 선봉을 다녀온 얘기를 했다. 나진, 선봉의
개방성과 국경(두만강)지역의 교통편이 없는 동포가 문어, 게 등 고급
수산물을 밤새워 짊어지고 가서, 그것이 상하기 쉬운 생선일 뿐 아니라

먼길로 되돌아가야 하기 때문에 '울며 겨자 먹기'로 문어 한 마리에 빵 한 조각을 바꾸게 하는 교활성에 대해 그는 분노했다. 반세기 동안 무엇을 했기에 이지경이 되었는지 이해하기 어렵다. 하루속히 발전하여 국제무대에 존엄성을 선양하기를 기대해 본다.

점심 무렵 대우의 성과장이 조이사가 차를 내어 골프 연습장으로 총장과 함께 가서 인도아에서 연습. 나는 구경만 하다가 돌아왔다. 저녁에 강성록씨와 함께 용궁식당에서 저녁을 먹었다. 아주 맛없는 요리였다. 나는 중국음식을 좋아하지 않는다. 음식은 제 눈에 안경이겠지만, 한국음식이 최고이다.

호텔 생활이 지겹다. 중국문물에 대한 관심도 싸늘하게 식었다. 조용히 편안하게 객실에서 휴양객처럼 머무는 것이 최고이다. 물가가 대단히 비싸다. 사고 싶은 물건도 없다. 총장님과 오차장, 이처장 그리고 나와 함께 일정이 연기되는 사실에 대해서 안타까워하며 불만을 털어놓았다.

황사가 약간 걷히며 북쪽을 바라보니 만리장성이 굽이치는 산맥들이 보였지만, 장성은 보이지 않았다. 대평원에 자리 잡은 북경의 전략상 취약성이 느껴진다. 중국은 자본주의, 아니 전통중국으로 줄달음치고 있다.

로비에서 조이사와 성과장, 총장, 이처장과 함께 커피를 마셨다. 값이 비싸다. 해외여행의 매력이 거의 없어졌다. 많이 한 편도 아닌데 싫어지는 것은 게으른 성품과도 관계가 있는 듯하다. 지금시간이 11시 20분, 서울은 10시 20분이다.

아침은 맛순이 집에서 라면, 점심은 한가위에서 불고기, 저녁은 호텔 안 용궁에서 중국음식, 주문한 요리 모두가 입맛에 맞지 않는다. 한가위 음식이 그런대로 제일 나은 편이다.

· 1998. 4. 24 맑음

　지금 시각 오후 6시 30분. 중국시간으로 5시 30분이다. 오차장은 북측 영사관으로 가서 대기하면서 사증이 나오길 기다리고 있다. 사증(입북)을 가지고 일주일간이나 진을 빼게 하고, 노심초사 하게 한다. 두 분 최씨와 강승국씨 등의 진의를 모르겠다. 아마도 요구하는 것이 있는 듯하다. 어차피 이 일은 정치력을 발휘해야 해결될 일이다. 간단한 선물 정도로는 문제가 풀리지 않을 듯하다. 만일 여의치 않아 빈손으로 귀국하게 된다면 체면이 말이 아니다. 비자 사진을 가져오라고 할 때, 그것이 요구하는 신호일 가능성이 있고, 업무가 열시까지 계속된다니 기대를 해볼 여지는 있다. 성취되기를 기원한다.

　중국 돈 100원으로 애들 도장을 팠다. 마노로, 마노는 사실 인재(印材)가 아니고, 칠보 가운데 하나이다. 나는 마노를 좋아한다. 자색의 색채가 곱고, 단단한 자질도 마음에 든다. 나는 유독 자색을 좋아하는 것 같다. 30원을 깎아서 100원에 했다. 점원이 왈, 한국인은 너무 물건을 깎는다고 했다.

　중국은 이제 너무 변했다. 1990년에 북경에 왔을 때와 너무나 차이가 난다. 8년의 시간동안 중국은 국제무대에 확실히 등장하여 이를 활용하는 지혜를 가졌다. 반면, 북은 설상가상으로 이미 쑨 죽에다 재까지 뿌리며 나락으로 향해 달리고 있다.

　퇴근시간, 창밖을 내다보니, 승용차의 홍수, 건널목이 없이 사람들이 차를 피해 적당히 건너가는 여유(?)는 70년대의 한국을 연상케 한다. 북경은 세계적인 도시로 비약적인 발전을 하고 있다. 사람들의 표정에서도 미래에 대한 희망과 현재의 행복이 자연스럽게 노출되고 있다.

　저녁에 삼정(三井)이라는 한국인이 경영하는 일식집에서 조이사와 성과장, 총장, 이처장 그리고 나와 식사를 했다. 조이사가 특별 초대한 만찬이었다. 조 이사는 북한 사람을 대량으로 만났는데, 그의 집에서 재우기도 했다는데, 모녀 중에 딸이 중3인데도 불구하고 초등학생처럼 왜소했다고 했다. 그들 모녀는 만일 남북의 전쟁을 한다면 체력으로 당할 수 없다고 했고, 우선 총을 메면 산을 오를 수도 없다고 말 할 정도로, 북의 참상은 심각 그것이었다.

내일(土) 방북은 무산되었고, 저녁에 최희찬, 최참사가 와서 내일 고려항공편으로 강순선생이 와서 총장을 만난다고 하고, 28일날 방북은 가능하다고 했다. 그 말을 믿을 수 있는지. 믿지 않고 빈손으로 귀국하다고 해도 난처하고, 소위 진퇴유곡이었다. 김일성 배지를 달고 온 그들의 얼버무리는 모습이 배우 낯설었다.

· 1998. 4. 25.

아침엔 호텔 부속 빵집에서 커피를 곁들여 간단한 식사를 했다. 커피가 워낙 독해서 먹을 수가 없었다. 식사 후 간단한 산책, 호텔 주변의 신기한 꽃들과 나무가 특이했다. 황사는 오늘도 계속되었다. 황사는 중국과 한국이 피할 수 없는 자연현상.

열시 무렵 평양에서 온 강순선생과 그의 직원 최씨 두 분이 왔다. 로비에서 커피를 마시며 평양에 관한 일들과 그간의 사정을 이야기했다. 그들은 모두 김일성 배지를 달고 있었는데, 모양이 약간 달랐다. 강순의 것은 작고 둥글었는데, 두 분 최씨는 직사각형으로 컸다. 신분의 차이를 말하는 것인지. 호텔사정과 항공기 사정으로 애를 먹었다고 했다. 차관회의의 결렬과 관계가 있었다고 했다. 컴퓨터는 도착하여 점검했고, 김용순 위원장이 개성 성균관에 다 보낼 필요가 있겠느냐고 말했다고 했다.

고려원에서 함께 점심을 먹었다. 게 두 마리를 시켰는데, 맛이 없었다. 평양 최희찬도 역사적 지식이 풍부했다. 고려원 1호실은 평양에서 온 아가씨가 담당하기 때문에 그곳을 예약했다고 한다. 시중드는 아가씨 하나는 미인이었다. 평양의 가라오케를 보았다. 북한의 고적을 배경으로 미인들이 나왔다. 남남북녀라는 말이 생각났다. <아침이슬>이 평양풍광과 함께 나왔다. 운동권 노래를 북한이 취했다.

식사 후 이명학 교수와 배은한 군과 함께 유리창 삼연서점에 가서 책을 사왔다. 천안문 광장은 10년 전과 변함이 없었고, 정양문(正陽門)의 위용도 그대로였다. 자금성보다 더 근사한 건물을 짓지 못한 현대 중국의 문제점이 부각되었다.

중국의 광대한 영토와 백성, 오천년의 역사를 감안할 때 학술문화에 대해서는 너무나 낙후되었다. 동구의 사회주의적 이론과 방법론으로 오천년을 난도질한 50년의 시기는 반역의 시기로 규정해도 무리가 아니다.

오천년 역사의 일관된 맥락과, 50년 사회주의 실험을 그쳐, 지금의 어정쩡한 태도는 결국 전통으로 돌아가기 위한 과도기적 기간으로 간주된다.

· 1998. 4. 27 월요일 비 / 황사

어제 밤늦게까지 술을 먹었기 때문에 아침을 먹지 못하고 침대에서 잤다. 과음이 아니었는데, 매우 괴로웠다. 새벽에 일어나 물을 마셨지만 괴로움은 매 한가지였다.

10시에 입국 사증이 나온다고 했는데, 꿩 구워먹은 소식이다. 초조와 안타까움에 모두들 안절부절이었다. 도대체 그들은 믿을 수가 없었다. 그들이 나쁜지 조직이 나쁜지 알 수가 없었다. 한 개인의 변덕과 즉흥성이 지배하는 사회가 객관성을 보존할 이유가 없다.

오후 무렵 이왕봉 실장이 전화를 해왔다. 어제 밤 집에서 전화가 왔지만, 나는 마침 로비에 있었기 때문에 직접 받지 못했다. 호박이 매일 내가 보고 싶어서 운다고 했다. 있을 때 늙고 못생기고 돈도 못 버는 아빠라고 비판하더니, 막상 없고 보니 호박도 외로운 듯하다. 호박에게 제일 가까운 사람은 엄마도 오빠들도 아닌 나일 것이다.

점심때 한가위에서 불고기를 먹었다. 같은 메뉴가 괴롭다. 중국음식은 나에게 전혀 맞질 않는다. 복잡하고 짬뽕 중심인 요리양식이 마음에 맞지 않는 것이다.

내일 7시 반까지 최희찬씨가 여기에 온다고 했다. 그래서 비자를 받고 고려항공편으로 평양으로 간다고 했는데, 믿기가 어렵다. 여하간 내일은 평양 아니면 서울로 향한다. 중국이 지겹다. 따분한 여행이다. 정서가 통하는 사람끼리의 여행이 재미가 있지, 그렇지 못한 경우는 어색하고 따분하다.

〈북경·평양에서, 1998. 4. 20～1998. 4. 27까지〉

2.

북한의 암울한 현실

· 1998. 4. 28. 화

아침부터 사증관계로 곤욕을 치르다가 강순, 최희찬 씨가 직접 와서 총장님을 제외하고 세 사람만 입북하라고 했다. 그럴 수 없다고 하자 조용히 왔다가 가는 것을 전제로 하고 천신만고 끝에 북경 공항으로 가서 초조하게 기다리다가 시간이 임박하여 사증과 비행기 표 문제가 해결되어 고려항공에 탑승하여 북경 공항을 떠났다.

고려항공에서 제공한 기내식은 문제가 있었지만 성의는 있어 보이는 음식이었다. 설핏 잠이 들었는데 이 교수가 깨워서 일어나니 창 밖에는 북녘의 산하가 내려다 보였다. 산지를 개간했다는 말이 사실이었음이 확인되었다. 그들로서는 최선을 다했음을 느낄 수 있었다.

평양 공항에 도착했다. 비행기 십여 대가 있는데 외국 비행기는 한 대도 없고 전부 다 고려항공이었다. 비행기에서 꽃다발을 가지고 내리기에 환영의 예물인 줄 알았는데 알고 보니 김 주석에게 바치기 위해 북경에서 사온 것이라 했다. 우리도 10달러를 주고 카네이션 꽃다발을 사서 마중 나온 메르세데스를 타고 북한의 성역으로 갔다. 거대한 동상과 그 옆에 늘어선 전투적인 조각들이 보였다. 음악이 울려 퍼지고 꽃다발을 바치고 묵념을 했다. 북한 체재의 구심점이었다. 평양 비행장은 시골역 같은 느낌이고, 면세점에는 양주 몇 병만이 있을 따름이었다.

김영성과 서 모가 안내원이 되어 우리를 도왔다. 보통강과 보통문을 지나 초대소로 안내 받았다. 이층 양옥에 호화시설의 초대소였다. 총장님과 나는 방 한 칸 씩, 이 처장과 오 차장은 2인 1실이다. 냉장고에는 과일이 있고 창 밖에는 넓은 잔디밭이 시원스레 깔려있었다. 깨끗한 공기가 인상적이었다.

북한 체재는 남한에서 보는 것처럼 쉽사리 와해될 것이 아니라고 느껴졌다. 자기들로서는 강대국 틈바구니에서 살아남기 위해 최선을 다하고 있었다. 그들은 미국과의 전쟁에서 승리했다는 자부심이 막강했고, 어려운 현실을 극복하는 버팀목이 되고 있었다.

자본주의와 강대국의 돌풍 속에서 스스로를 지키고 있는 모습은 비장하기조차 하다. 김일성 배지의 물결, 그것은 그들의 존재와 주체성을 선언하는 상징이었다. 현대 사회에서 불가사의한 것이긴 하지만 엄연히 존재하는 현실이다. 보통강에서 보트를 타는 향락객들, 결혼식을 마치고 동상에게 헌화하러 가는 신혼부부들. 어하간 북한은 신비한 나라다. 고대와 중세와 근대와 현대가 함께 공존하는 사회이다.

평양 시내의 아파트는 대체로 15평형 정도로 생각되고 농가 주택 역시 비슷한 모양인데 20여 평형은 되어 보였다. 길 가에는 어디론가 가고 있는 사람들, 전야에서 일하는 농부들, 숲 속에서 소가 밭가는 모습도 보였다.

유경호텔이 다시 지어지고 있었다. 105층의 거대한 삼각형의 호텔, 평양 시내의 교통 안내원의 독특한 복장이 인상적이다. 이념이 지배하는 국가와 이념이 없이 자유분방하게 가고 있는 국가의 종말은 무엇일까. 남한은 이념이 없고 물질의 풍요를 추구하는 쾌락주의가 판을 치고 있는데 반해 북한은 어떤 목적을 향해 가고 있다. 김영성이 강순선생을 평하면서 참 좋은 사람이라고 했다. 어떤 체제에서든지 사람은 인간다워야 한다는 그의 말이 가슴에 남는다.

초대소는 이층 건물로서 방이 너 댓개가 돼. 응접실, 식당, 서재 등 모든 것을 갖추었다. 방마다 화장실이 딸려 있고 복도 등 바닥에서는 대리석이 깔려 있으며 방마다 텔레비전과 전화가 놓여있다. 화장대에다 장롱 등 호화시설을 갖추었다. 마음이 편안해졌다. 북측에 대한 선입견이 상당히 해소되었다.

저녁에 고려호텔에서 방송대학 부학장 손선생이 만찬을 열어 평양의 갖가지 음식과 백두산 들쭉술, 쉰 떡, 새우 냉면, 떡 아이스크림 등 대접을 잘 받았다. 접대원 아가씨의 미모와 공손한 봉사 태도가 호감이 갔다. 메르세데스를 타고 가고오고했다. 이 곳 초대소의 연 건평은 200평형에 가까운 듯 했다.

평양 거리는 특이했다. 전력 사정이 여의치 않아 어두웠지만, 귀가하는 사람들의 행렬이 제법 많았다. 북에서의 첫 날은 이렇게 시작됐다. 대접이 융숭한 편이다. 강순, 손선생, 김영성, 서 모 등은 권부핵심 근처의 인물인 듯 했다.

· 1998. 4. 29 수요일 비

북한에서의 첫날 밤. 편안하게 잠을 잤다. 맑은 공기와 습도가 북경보다 심신을 편안하게 했다. 침대가 특히 안락하게 했다. 고려호텔이 아니라, 초대소로 인도한 것은 북한 주민들과 우리를 차단하는 데 목적이 있는 듯하다. 그들은 언필칭 통일을 외치며 통일을 요구하고, 그들식을 수용하지 않으면 반 통일이라 외친다. 자본주의의 병균을 막는다는 것도 있겠지만 외부를 두려워하는 인상이 짙다.

아침에 초대소에서 밥을 먹었다. 이상한 요리법에 의한 국적 불명의 음식이 곤혹스럽게 했다. 죽을 줬는데 맛이 없었다. 남북한 모두 우리의 음식을 잃어버렸다. 아침 식사 후 초대소 경내를 돌았다. 수양버들이 멋지게 자랐다. 나무 위에 지어진 까치집은 남한이나 북한이나 다를 게 없다. 달라진 것은 인사(人事)일 뿐이다. 여기는 보통강 구역 서재골이라고 했다. 주변이 초대소 건물이 각각 다른 모양으로 띄엄띄엄 서 있었고, 영역을 담이 둘러싸고 있었다. 주민과는 철저하게 격리되어 있었다.

초대소에는 요리사 두 명과 관리인 두명, 모두 네 명이 고용되어 있는데 하루의 경비가 얼마인지 궁금하다. 아마도 수월치 않은 돈이 소요될 것 같다.

시내 관광에 나섰다. 만경대의 김일성 생가와 부근 유적을 보았다. 북한 전역에서 몰려온 참관인들로 발디딜 틈이 없었다. 북한 동포를 지척에 이렇게 많이 본 적이 없었다. 그들의 표정이 마냥 밝지만은 않았다. 북한의 성지인데도 굳은 표정은 경건의 마음의 표현인지는 확인할 수는 없지만.

옷차림은 외출복일터인데 검소했다. 자발적인 것인지 동원된 것인지는 모르지만 숫자는 엄청났다. 김 주석 생가의 보존은 잘 된 편이었다. 베틀, 농기구, 장독, 솥...... 특히 가난해서 찌그러진 장독을 샀다고 강조했다.

개선문, 그 규모의 광대함에 놀랐다. 파리 개선문 보다 10배나 더 높다는 것이다. 안내원이 나와서 긴 설명을 했다. 철광석으로 지은 웅장한 건물이다. 중국의 경우 50년간의 업적을 긴 역사에서 공백으로 나는 취급한다. 평양은 아름답게 가꾸어졌다. 평양의 지세는 야산으로 점철되었고 대동강과 보통강이 감싸 흐르는 명당이다. 모란봉 등의 여러 절경은 아직 못 보았다. 김 주석의 외가가 잘 단장되어 있었다. 안내원마다 뇌이는 대사가 통일되어 있었고, 결론은 통일이었다. 그들은 외부와 접촉을 막고 있었다. 특히 남한인의 접촉을 꺼려했다. 정경분리를 그들이 주장했다가, 남한이 정경분리를 하겠다고 하자, 이제는 당국 간의 협의가 잘 되어야 한다고 강조하고 있다. 결국 그들은 남북교류를 시기 상조라고 보는 듯하다.

점심. 온갖 요리가 나오는데 국적 불명의 요리라서 먹을 수가 없었다. 대동강 송어죽과 명란젓도 어떤 식으로 만들었는지 알 수가 없다. 또 그렇게 맛없이 할 수 있는지도 의문이다. 커피도 너무 진해서 먹을 수 없고, 된장이라는 것도 짜기만 하고 먹지 못했다. 순식간에 북한에 대한 열정이 식었다. 빨리 돌아가고 싶은 생각이 간절하다. 생활양식과, 문화의 차이가 갖는 위화감도 결코 만만한 것은 아니었다.

점심 후 메르세데스를 타고 동명왕릉으로 갔다. 동명왕릉 안내 아가씨가 해박한 지식으로 자세한 설명을 했다. '오이·마리·협보·부분노' 등의 석상과 말들이 서 있고 김주석의 친필 서각 등으로 꾸며진 웅장한 동명왕릉은 고구려가 수도를 옮길 때마다 세 번이나 능을 천장했다고 했다. 소나무는 제주도에서 옮겨왔다는 설이 있고, 능 주변에는 벌레 한 마리 없다고 했는데 그것은 흙이나 돌을 전부 구웠기 때문이라고 했다. 울창한 소나무 숲이 압권이었고 나무가 능을 향해 굽은 것은 충성의 상징이라는 재미있는 해석을 했다. 이규보의 동명왕편의 원문과 번역문, 세종의 글들이 새겨져 있었다.

한 체재의 창업주가 전조(前朝)의 개국(開國)왕을 모시는 것은 당연하다. 그것은 지도자의 지혜이기도 하다. 한국의 지도자는 그 같은 경륜을 가지지 못했다.

평양 교외로 나가자 넓은 들판에 일하는 농민들이 보였고 산에서 나무해오는 사람들과 길 가에서 지나가는 차를 기다리는 사람, 남부여대(男負女戴)가 살아있는 곳. 옷차림은 질박하고 표정들은 밝지 못했다. 인구의 절반이 군인이 아닌가 하는 생각이 들었다. 농민에게 땅을 그들의 소유로 주면 북한의 식량난은 해결된다.

평양 거리에는 21세기의 태양 김정일 장군... 최고 지도자는 장군이라 부르고자 하는 이유는 무엇일까, 구호의 거리. 천리마 운동이 되살아나는 복고의 거리. 즐비한 고층 아파트, 창밖으로 내다보는 백성들의 얼굴들. 줄지어 걸어가는 사람들의 행렬. 모두가 새롭다.

동명왕릉에 가기 전, 주체탑을 참관했다. 170여 미터의 화강암 탑. 다보탑의 기량을 본받았다고 했고, 거대한 화강암은 보는 이를 압도했다. 세기적 기념물임은 분명하다. 엘리베이터를 타고 꼭대기에 세워진 천년의 고도, 옥류관과 옥류교. 저 멀리 보이는 부벽루와 을밀대가 아련하게 자리하고 있었다. 반달형의 능라도에 우거진 수양버들. 평양을 유경(柳京)이라 한 까닭을 알겠다. 차를 타고 지날 때 몇 번 보았던 보통문의 단아한 모습도 인상적이었다.

조선시대 산수화를 연상시키는 산들에는 나무가 거의 없다. 나무가 없는 이유가 무엇인지 알 것도 같다. 달구지와 메르세데스가 공존하고 20세기와 21세기, 19세기가 함께 하는 공간이었다. 주체탑 아래 대동강 변에서 여군(대학생)들이 집단 무용 연습을 하는 광경을 보았다. 우리 대학가의 운동권 학생들의 율동을 연상시킨다.

평양의 거리와 평양 밖의 거리, 평양과 시골의 차이가 너무나 현격하다. 60년대 한국의 상황과 흡사하다. 박 대통령은 경제 대통령이다. 한국의 현실을 직시하고 허황한 이상을 버리고 현실 문제를 해결한 현실 대통령이다. '통일'이니 '세계화'니 '정의사회'니 '보통사람'이니 '문민'이니 하는 따위의 공염불을 버리고 잘 살아 보자고 외친 국정지표는 타당했다. 극동이나 세계정세를 봐서 통일이 불가능함을 그는 알았던 것이다. 이 무렵 북의 김주석은 주체를 외치면서 국가의 이념을 구축하는데 힘을 경주했다. 역사적 정통성을 획득하면서 국가 통치 이념을 확고히 하려는 시도와 경제적 번영을 누리겠다는 현실 인식의 대결이라고 해도 과언이 아니다. 승패는 아직 모를 일.

창광(倉光) 거리는 김부식과 묘청의 전투에서 묘청이 군량미가 많음을 과시하기 위해 멍석을 덮어 고려군을 속이고자 한 사실에서 그 이름이 유래되었다.

구호가 너무나 많아 기억에 남는 것이 하나도 없다. 과불급이란 말이 생각난다. 저녁은 민족식당에서 했다. 가무단이 나와서 노래하고 춤도 추었다. 여기선 영변의 조선족이 돈 많이 쓰는 손님이었고, 그들은 나와서 춤도 두둥실 추었다. 저녁의 평양 거리는 어두웠다. 어두운 길을 평양 시민들은 잘도 가고 있었다. 전차가 올 때마다 벌떼처럼 몰려가 서로 타려고 애쓰는 시민들의 모습이 애처롭다.

이 일기를 쓰고 있는 시간, 평양TV에서 격앙된 목소리로 어버이 수령과 아버지 영도자의 업적을 드높이 찬양하고 있다. 방송인과 청취인이 일체가 되는지 의심스럽다. 외부로부터 자신을 보호하기 위해 안간힘을 쓰고 있다. 비현실적인 구호와 지표의 합리화 작업은 수월치 않을 것이다. 구호와 깃발로는 어둠을 밝힐 수 없다. 지금도 흥분된 아나운서의 목소리는 드높다. 시청률이 얼마인지 궁금하다.

평양 거리는 많이 본 편이다. 그러나 평양민들의 가정집을 보고 싶은데 아마도 불가능할 것이다. 언행불일치. 구호와 현실의 엄청난 거리. 높은 목소리에 귀가 먹은 사람들. 들을 뿐, 행동하지 않으려는 마음... 이 같은 진행이 언제까지, 어디까지 갈 것인지 안타깝다.

· 1998. 4. 30 일 흐림

초대소에서 잠에 깨어 커튼을 여니 짓다만 유경호텔의 웅장한 자태가 보인다. 언제 완성될 것인지 기약도 없는 것 같다. 초대소의 건물은 멋있게 지었지만 내실은 전혀 없다. 찬물 더운물이 나오질 않는다. 불편이 이루 말할 수 없다. 요리의 경우도 그렇다. 일인당 20달러나 되는 식사인데 엉망이다. 차라리 자력갱생의 구호에 맞게 한국식 요리를 개발하거나 있는 것을 살려내, 외국인에게 접대하는 것이 순리이고 득도 많은 것이다.

며칠이 지났다. 그런데 점점 알 수 없는 사회이다. 주민과의 접촉은 봉쇄되어 있고, 관리인과도 일정한 거리가 있다. 인간적이 아니라 이념적 또는 수령과 장군으로만 만나야 하는 사회이다. 북한은 개발할 수도 없고, 그럴 의사도 없다. 외부로부터 밀려오는 개방 압력을 막는 데 국력을 총동원하고 있다. 외양으로 잘 다음어진 평양의 거리가 떠오른다. 그러나 내부는 참담할 것이다. 초대소에 물이 나오지 않으니 고층 주민들의 고통이야 이루 말할 것도 없을 것이다. 남북한 모두 이제는 내실을 기할 때가 되었다. 천혜의 땅을 우리는 가꾸지 못하고, 가꾸었다 해도 어떤 목적에 맞추어 왜곡한 것이 아닌지 반성할 때이다. 내실없는 외양은 허망일 따름. 물이 나오지 않는 호화 시설은 거대한 낭비일 뿐. 궁궐 몇 개와 주체탑과 동상을 짓느라 모든 것을 투입한 사회가 갖는 결과는 무엇인가.

조찬 시간에 총장님은 중국 문화를 일러 음식문화를 포함해서 중독성이 있다고 했다. 평생을 중국 문화를 연구해 온 연구자다운 정곡을 찌른 비평이다. 초대소의 커튼을 닫고 안내원이 올 때까지 좀 누워야겠다. 인구의 절반이 군인이고 어두운 평양 거리와 버스를 기다리는 지친 시민 군중, 차를 탈 때 질서를 잡는 군인들, 가난과 신고의 땅이다. 신기루의 이념과 냉혹한 현실의 괴리가 언제까지 지탱될 것인가.

소위 인민대학습당(도서관)을 방문했다. 입구에서 부총장이 영접했다. 안내원의 친절한 설명을 들었다. 연건평 3만여 평의 웅장한 건물이었다. 건물은 초호화판 시설이었다. 각양각색의 대리석, 수백 평이 되는 카페트. 방마다 걸린 김 부자의 사진... 아쉬움이 있다면 이용자 수가 거의 없다는 점이다. 책 볼 시간이 없을 것이다. 이곳의 모든 건물이 상징성과 권위와 선전에 초점이 맞추어져 있기 때문에 하나같이 실용성에는 문제가 있는 듯했다.

공부하는 사람들의 표정은 진지했다. 엘리베이터 안내원 아가씨는 한복을 입고 안내했다. 도서관에 어울리지 않는 복장이었다. 낙원 백화점에 들려서 쇼핑을 했다. 50달러를 주고 그림 하나를 사고 금주(金酒)와 꿀 15개, 인삼 크림 하나를 샀다. 일본과 합작 백화점이라고 했다. 일제가 많았다. 물건 많이 팔려줬으니 한 턱 내라는 안내원의 말에서 정서가 같은 동족임을 확인할 수 있었다. 오가는 길에 보통문을 수없이 보았다. 보통문은 볼수록 아름다운 문이었다. 남대문, 동대문 등 남한의 문들과는 약간의 차이가 있었다. 아마도 부여계 문루의 흔적이 남은 것으로 생각된다.

거리에는 붉은 휘장과 깃발, 구호의 물결. "온 조선의 인테리화" 등 이상하게 반미구호가 없고, 통일 운운하는 구호도 없었다. 곳곳에 걸려 있는 초상들. 평양은 하나의 거대한 신전(神殿)으로 볼 수 있다. 조금 후 2시 30분부터 교육부 사람들이 와서 면담을 한단다. 무슨 말이 오갈지 궁금하다. 인민학습당을 인민의 학습을 위해 만들었다기보다 인민 학습에 남다른 관심이 있었음을 보여주기 위해 건축된 아름다운 구조물로서 대동강을 가운데 두고 마주보이는 주체탑과 더불어 역사에 남을 건물이긴 하지만, 그것이 어떻게 후세인들에게 평가될지는 우리의 몫이 아닐 것이다.

서울을 떠난 지 10여일이 지났다. 음식 때문에 고통을 받고 있다. 맛없는 점심을 억지로 먹고, 두 시부터 교육부 고등교육국장 최모씨와 방송대 부총장이 와서 북한의 교육 제도의 우월성에 대해 김 부자를 수십 차례 인용하며 장광설을 개진했다. 지극히 상식적이고 누구나 하는 범상한 일들을 두고 김 부자만이 할 수 있는 영웅적이고 신적인 일로 깊이 믿고 있는 그들의 모습이 일견 가련하기조차 하다. 그들을 나쁘게 볼 것이 아니라 좋은 점을 보여주기 위해 애쓰는 한국적인 특성의 발로로 여겨지는 부분도 많다. 북한 체제의 장점을 부각시켜 돈을 벌자는

것도 아니고, 조국의 미래를 위해서 그래야 한다는 신념이 가상하기도
하다.

"민족적 양식에 사회주의적 내용을". 김 선생이 주석의 말이라고 했
다. 어디서 많이 듣던 소리이기에 자세히 생각해보니 국문과 후배들로
부터 익히 들었던 말임을 깨달았다. 그 말의 진원지를 안 것이다.

청년 거리에서 구경을 한 후 교예극장으로 갔다. 북한 동포들과 나
란히 대극장에서 교예를 본다는 것은 감격스러운 일이다. 붉은 깃발이
나오기는 해도 그것은 양념이고 곧 이어 공중 곡예와 마술 배드민턴,
인간 릴레이 마술, 곰 등이 나와서 한시간 반 동안 최고의 곡예를 보
여주었다. 그들의 표정은 진지했고 관중들도 박수를 아끼지 않고 마칠
때는 모두 일어서서 박수를 치는 예의를 갖추었다.

곰이 재주를 부린다는 말은 예부터 들었지만 반달 곰 두 마리가 나
와서 기묘한 재주를 부렸고, 잘 훈련된 마술에 경탄을 금치 못했다. 누
런 말과 백마가 선량한 눈동자로 실수 없이 충실하게 주인들을 위해
달리는 모습에서 견마지로(犬馬之勞)라는 말이 재삼 실감되었다. 관람
요금 5원(특석).

평양 거리가 조금씩 익숙해진다. 천리마, 광복, 창광 등의 거리와 거
리 옆에 즐비한 고층 아파트는 예술적이라 할 만 하다.

저녁을 고려 호텔에서 먹었다. 불고기 냉면, 녹두전, 맥주 등을 맛있
게 먹었다. 음식은 수준급이었다. 오랜만에 포식을 했다. 초대소 음식은
생각만 해도 끔찍하다. 깜깜한 평양의 거리, 그 어두운 거리를 수많은
사람들이 가고 있었다. 가로등은 거의 100m 간격으로 켜져 있었다. 어
떤 곳은 거의 없었다. 빨리 전력 사정이 나아지기를 기대한다. 고려백
화점에서 산 로얄제리와 인삼크림을 구입하여 포장했다. 총장님께 뿔로
된 필통을 사드렸다.

· 1998. 5. 1 금 흐림 / 비

북한에서 4일째다. 어제 고려호텔에서 사온 기침약을 한번 먹었는데 효과가 좋다. 초대소에는 번듯한 외양과는 달리 더운 물이 나오지 않는다. 생수는 물론 비치되어있질 않고, 5월에 더운 물은 아예 안 내보내는 것이 상례인 듯하다. 오늘은 단군릉과 대성산, 숭령전, 숭인전을 관람하고 오후에는 예술영화를 본다고 했다. 일정은 그들 마음대로인데, 우리를 상당히 배려하는 듯하다. 북한에서 문묘와 향교는 공자를 모신다고 훼철했는지 아니면 원래부터 없었는지 모르겠다. 평양에는 문묘가 있어서 중국 사진이 일찍부터 반드시 단군사와 기자사와 더불어 참배하는 곳이었다.

7시 30분부터 국적 불명의 20달러짜리 아침을 먹어야 할 참이다. 조찬 후 단군릉으로 향했다. 평양을 벗어나 강동으로 향하는 길은 시원스러웠다. 오늘은 노동절이라서 북한 주민들이 떼 지어 가족 동반으로 유원지로 향하고 있었다. 비가 내리기 시작했다. 안학궁 터를 스쳐지나갔다. 강성한 고구려 제국의 황궁 터도 폐허로 남아 토성 비슷한 언덕으로 간간이 에워싸여 있었다. 그 안에는 주춧돌도 있다고 했다.

단군릉, 동명왕릉, 태조릉, 안학궁의 복원 및 장엄화에서 북한 정권의 의도하는 바를 알 수 있을 듯하다. 민족형식에다 사회주의 및 주체 김 주석을 내용으로 하는 일련의 정통성 확보 의도가 조직적으로 진행되었다. 단군릉에 도착하니 그 웅장함에 놀랄 수밖에 없었다. 원래의 능은 현재 석조능에서 좌측으로 얼마간 떨어진 곳에 봉분으로 있었다고 했다. 위치가 바뀐 셈이다. 성전 현실로 들어가 단군 부부의 목관묘를 보고 헌금을 한 후 참배를 했다. 여하간 이 같은 역사 유적의 복원과 성역화는 의미 있는 작업이다.

귀로에 대상산성에 들렀다. 고구려의 행궁 및 유사시 수도로서 안학궁과 인접해 있다. 서울의 북한산성에 비견되었다. 그 안에 원래 아홉

개의 연못이 있었다고 했다. 현재 남아있는 것은 동천호(東川湖)와 미천호(美川湖)가 있었다. 나는 동천왕, 미천왕을 생각했다. 혹시 관계가 있는지도 모르겠다. 북한 주민 수 만 명이 몰려와 노래하고 춤추고 그네 타고 널뛰는 모습이 장관이었다. 만일 비가 오지 않았다면 인산인해를 이룬다고 김선생은 아쉬워했다. 우리가 차를 타고 그들을 헤치고 갈 때 미안한 생각도 들었다. 그들은 차에 대해서 적개심이나 경계의 눈빛이 전혀 없고 호기심과 선망의 시선만이 있었다.

점심 전 모란봉에 올랐다. 절경이었다. 한참 올라가니 정상 부근에 을밀대가 나타났다. 평양 시민들이 비가 와서 을밀대 안에서 비를 피하고 있었다. 우리는 그들 속으로 들어가 대위에 섰다. 저만치 최승대의 단아한 모습이 예쁜 봉우리 위에 날씬하게 앉아있었다. 산등성이는 성벽이었다. 평양성이 요새였음을 알겠다. 고구려, 신라, 고려, 조선으로 이어지는 도성이고 감영터였다. 성벽의 상당 부분이 남아 있었다. 부여와 탄금대, 반월성, 진주성, 밀양성 등과 같은 지형을 하고 있었다. 방어 중심의 국방 정책에서 조성된 국도 및 읍치, 군치, 도치의 공통 지형을 한 것이다. 청류벽(淸流壁) 위에 있는 청류정에도 올랐다. 청류정을 지나 연광정에 오르니 권필과 친구였던 과거 합격이 취소된 임숙영의 기문이 걸려 있었다. 길을 잘못 들어 부벽루를 놓쳤다(김영성 참사의 말인데, 길을 잘못 들렀던 것 같지는 않고 의도적으로 관람을 못하게 한 것으로 여겨짐). 영명사 자리에는 이름 모를 건물이 들어섰고 대동강 변에는 능라도를 향한 고풍의 누각 하나가 외롭게 남아 있었다.

을밀대, 청류정은 잘 보존되어 있었다. 금수산을 내려와서 대동문(大同門)을 찾았다. 대동문 현판 위에 지금은 잊었지만 다른 현판 하나가 걸려 있었다. 대동문 옆에는 평양종이 종각 속에 보존되어 있었다. 대동문을 뒤로 하고 숭령전과 숭인전을 찾았다. 노동절이라 문을 열 수가 없어서 내부를 못 본 것이 한이 되었다. 단군사와 기자사가 나란히 있어서 중국 사신들을 참배시킨 조선조의 긍지가 새삼 돋보인다. 대동문은 대동강 변에 조성된 것으로 평양을 침공하는 외적을 대동강(천혜의 요새)에서 차단하는 작전 지휘소 역할을 했음이 분명했다.

저녁에는 보통강의 호수 옆에 있는 식당에 들렀다. 불고기와 냉면, 된장찌개, 맥주, 도토리 술 등 150달러어치를 먹었다. 음식은 좋은데 모기가 많았다. 조명도 어둡고 분위기는 칙칙했지만 건물은 잘 지었다. 외국인 상대하는 식당은 아주 화려하고 장엄하게 건축했다.

점심은 유명한 옥류관(玉流館)에서 먹었다. VIP대접용 호화로운 방에서 냉면을 먹었다. 접대원 아가씨의 상냥한 환대도 일품이었다. 비디오도 장치되어 예쁜 북녘 가수와 배우가 연출하는 뮤직비디오도 틀어주었다. 민요 가락에다 주체사상 가사를 담은 노래였다. 고려시대에 백성이 즐겨 부르던 〈만전춘〉, 〈이상곡〉, 〈처용가〉 등에 조선조의 정통성을 구가하는 노랫말을 실었던 조선조 음악 정책이 연상되었다. 조선조를 비판하면서 조선조의 정책을 그대로 답습하는 북한의 이중성이 문제이다. 차를 타고 옥류정을 나올 때 주변의 주민들이 우리들을 주시했다. 그들은 우리가 남에서 온 사람임을 아는 듯했다.

오후 무렵에 초대소 종합 유희소에서 영화를 보았다. 동명성왕의 일대기를 엮은 그들 말로는 과학 영화와, 고향을 사랑하는 내용을 담은 '도라지'라는 영화를 보았다. 수준급의 영화였다. 도라지는 끝까지 일편단심으로 고향과 한 남자를 사랑했던, 청순하면서 고향을 훌륭하게 개발한 한 여인의 일편단심을 형상화한 영화로서 나이답지 않게 나도 도중에 눈물을 흘렸다. 내가 원래 잘 우는 사람이긴 하지만 잃어버린 고향과 인간의 본성을 되돌아보게 하는 좋은 영화였다. 내일은 묘향산을 간다. 한국의 명산을 가보는 기대감에 부풀어 있다.

단군 – 동명왕 – 고려 태조 – 김주석 – 김장군으로 이어지는 역사적 맥락을 구축코자 애쓰는 북한의 노력이 과연 후세에 인정될 수 있을 것인지 궁금하다. 남한은 역사의식이 증발되고 있다. 적어도 정치권에서는 말이다. 역대 집권자가, 이승만은 기독교, 박정희는 무종교이면서 기독교 신자를 중용했다. 요즘 YS, DJ 역시 역사의식이 없다. 이것은 불행이다.

어머님과 처, 그리고, 창희, 택희, 진희가 보고 싶다. 정은 역시 맨 꼴찌를 중시하는 듯하다. 진희가 제일 보고 싶다. 공부를 잘 하는지 걱정이다. 경제가 원할하지 못 할 텐데 어떻게 처리하고 있는지 궁금하다.

서명은 보위부의 인물인 듯한데, 김영성을 견제하는 기능이 있는 듯했고, 그는 청년 돌격대로서 북한 청년조직의 핵심 인물인 듯하다. 김 선생은 인텔리로서 김일성대학 출신다울 뿐 아니라, 나이도 먹을 만큼 먹어서 매사가 합리적이고 수준이 높다.

잠이 오지 않아 일어나 시계를 보니 11시 30분, 텔레비전을 틀었다. 보도 시간이 끝나고 일기예보 시간이다. 내일은 북한 전역이 흐려서 오전에 한 두 차례 비가 내린다고 했다. 동해를 동해라고 하는 것은 반갑다. 평양 TV는 보고 싶은 생각이 없다. 왜냐하면 주제는 이미 알고 있기 때문이다. 평양은 대동강 문화이다. 대동강의 섬을 살린 것은 좋은 일이다. 한강의 모든 섬을 없애서 황량하게 만든 것과는 차이가 난다. 평양 고지명인 유경을 따서 유경호텔이라 했다. 평양에서도 버드나무는 푸대접을 받기 시작했고, 그러므로 유경은 의미가 없어지고 있다. 그런데, 유경(柳京)호텔의 위용은 괴물처럼 우뚝하다. 모양은 산(山)자 형이다. 완공도 못하고 폐허가 되고 있다.

일기는 1981년 미국에 갔을 때와, 1990년 중국에 갔을 때 간략하게 적어본 후 처음이다. 성대에 와서, 또는 충북대에 가서 잠깐 적은 기억이 나긴 하지만, 십여 일간 하루도 빠지지 않고 일기를 적어보기는 처음이다. 5월 5일 출발하여 북경에서 비행기를 갈아타고 김포공항에 도착할 예정이다. 보름 동안의 여행이다. 매우 특별하고 긴장되는 여행이

다. VIP 대접을 받으며 하는 여행이지만 즐거운 여행은 결코 아닌 것
같다.

600년사, 인문 과학 연구 28집, 교수 평가 등의 문제가 어떻게 되고
있는지 걱정이다. 600년사 원고 수합은 다 되었는지 특히 걱정된다.

· 1998. 5. 2 토 비

밤잠을 이루지 못했다. 창 밖에 비는 계속 내렸다. 서울 같으면 휴무
라서 편안히 잠자고 있을 시간이다. 세상을 움직이는 주제는 간단하다.
주제는 이미 모두 간파되었다. 장황한 설명은 의미가 없다. 이런 내용
의 말을 김영성씨에게 했는데 그도 어느 만큼은 공감하는 듯하다. 돼지
고기를 삶아서 아침에 내주는 식의 요리는 우리에게 맞지 않는다. 묘향
산 가는 날이다. 비가 그쳤으면 한다.

아침을 먹고 평양을 떠났다. 잘 닦아진 고속도로였지만 차는 거의
없고 사람이 다니는 도로가 되어 있었다. 나무 한 그루 없는 민둥산의
긴긴 연속이다. 산등성이까지 밭을 일구어 놓았지만 집체로 하는 농사
가 수확이 오를 리가 없다. 새 한 마리 볼 수 없다. 새나 산토끼가 살
수 있는 산은 이미 없었다.

첨탑 위에 지어놓은 까치집을 본 것이 유일하다. 남루한 옷차림의
수많은 주민들이 먼 거리를 걸어가는 모습이 안쓰럽다. 똑같은 형태의
주택들이 산마루나 고을마다 들어서 있는데, 그것은 마치 흉가 같다는
생각이 든다. 획일화, 다양성이 없는 획일화된 주택들. 다른 곳은 가 볼
필요도 없다. 들판에는 육칠 명씩 어울려 작업하는 농민들만 여기저기
보였다.

120여 킬로미터를 달렸지만 새 한 마리 볼 수 없었다. 배급이 끊길
때 굶어죽을 수밖에 없는 상황임을 절감했다. 산에 가봐야 산토끼는 물
론이고 들쥐 한 마리 있을 것 같지가 않다. 나라를 어찌 이 지경으로

만들어 놓았는지 분노가 북받친다. 마침 기차가 지나가는데 형편없는 열차 안의 모습에서 연민의 정을 느꼈다. 삶에 지쳐 미소를 잃은 무표정한 얼굴, 얼굴… 혼자만이 웃고 있는 나라. 김 부자 둘만이 웃고 있는 나라. 거리마다 건물마다 김 부자만이 웃고 있었다.

수없이 나붙은 구호를 기억하려 해도 떠오르는 것이 없다. 그것이 그만큼 마음에 와 닿지 않는 것이기 때문이리라. 집단 주택 주변에 과일 나무를 심을 법도 한데, 그러한 것이 없다. 이유는 개인 소유가 아니기 때문이리라. 식량이 부족한 이유를 아무리 생각해도 납득이 안 된다. 70여 킬로미터를 달리는 동안 보였던 넓은 들판에 개간된 산마루의 논밭까지 생각한다면 여기에서 나온 수확물이 결코 농민에게 돌아가지 않는다는 것을 알 수 있었다.

여기서 산출된 이득을 농민에게 돌려주기만 한다면 휘파람을 불 정도의 수확은 거뜬히 올릴 수 있을 것이다. 천재(天災)보다 인재(人災)의 나라이다. 잘못된 지도력이 얼마나 심각하게 나쁜 영향을 주는지 실감하게 된다.

묘향산에 도착했다. 민족의 영산답게 절경이었다. 묘향신을 미끼로 그들은 절묘하게 김 부자를 우상화시키고 있었다. 김 부자가 받은 선물을 전시한 전시관을 산 입구에다 지어 놓고, 반드시 김주석의 대리석 좌상에 참배를 시킨 후 으리으리한 건물 안으로 안내했다. 각국의 토산품을 전시하고 있었다. 아이디어만은 살만했다. 2만 여 평의 거대한 건물을 돌아본 후 마지막 김일성 밀납상에 또 한번 인사를 하고 나와야만 했다. 생전의 모습 그대로 백두산과 삼지연을 배경으로 인자한 모습으로 서 있었다. 끝난 줄 알았는데, 김정일 장군이 받은 선물이 전시되어 있는 전시관으로 다시 안내되었다. 젊은 김정일의 대리석 좌상 앞에서 우리는 다시 인사를 할 수밖에 없었다. 이건 좀 심하지 않나 한다. 이 같은 잡다한 물건을 나열할 의미가 없다.

보현사로 갔다. 새삼 우리들의 조상이 진실로 위대했다고 절실하게 느꼈다. 아름다운 건물과 탑, 사천왕상 등 사찰의 중후하고 포근한 건축미, 서산대사의 비명과 기타 많은 유서를 담은 비석에서 감회를 감추지 못했다. 대웅전에서 스님에 안내로 이명학 교수와 함께 삼배를 올렸다.

절을 뒤로하고 산을 올랐다. 우렁차게 용트림하며 쏟아져 내리는 계곡의 물과 기괴한 바위, 하늘을 찌를 듯한 적송... 박선실 안내원의 기지에 찬 인도로 우리들은 만폭동으로 올랐다. 만폭동의 경관은 가히 장관이라 할 만했다. 수많은 폭포에서 쏟아져 내리는 물이 세상을 뒤흔들어 놓을 듯한 우렁찬 굉음을 내고 있었다. 좀 더 올라가니 인간을 압도하는 우람한 폭포가 은하수처럼 굉장한 양의 물을 까마득한 절벽 위에서 하염없이 쏟아내고 있었다.

아름다운 묘향산에서 우리는 신선한 공기를 마음껏 마시며 오랜만에 파안대소를 했다. 박선실 안내원 덕택이었다. 방북 일주일 만에 처음으로 웃는 듯했다. 돌아올 때 깜깜한 주택가와 차도 없는 어두운 길을 바쁘게 걸어가는 사람들은 보면서, 헐벗고 메마른 산등성이를 보면서, 나는 다시 암울한 심정 속으로 빠져 들었다.

평양이 가까워지자 등불이 군데군데 보였지만 도심의 거리 또한 암흑이었다. 남북 교류는 불가능이다. 그들이 열 것 같지가 않다. 열 수가 없는 상황을 이해할 것도 같다. 북한 주민이 피 땀 흘려 이룩한 부를 주체탑, 개선문, 인민학습당, 주석궁, 김 부자 선물 전시관 등 기념비적 건물을 짓는 데 다 쏟아 부었을 것이다. 그렇기는 하지만 이러한 건축물들은 가히 후세에 남을 만하다.

저녁에는 윤이상 기념 음악당 옆 민족 식당에서 인민 배우들의 노래와 가야금을 들으며 된장찌개를 먹었다. 윤이상 기념관은 거대한 고층 건물이긴 하나, 그것은 불꺼진 시멘트 구조물에 지나지 않았다. 공연을 하는 데도 사람이 없었다. 처음에는 앉을 자리가 없었다고들 하지만 지금은 사람이 없다. 이유는 간단하다. 듣기 좋은 음악이라도 한 두 번이라는 상식을 이행하지 않았기 때문이다. 앞날이 걱정된다.

텔레비전을 틀었다. 합창단이 나와 장군님의 위대성을 노래했다. 절묘한 화음과 연출이 돋보인다. 집단체조에도 장군님 노래가 나온다. 변화. 변화만이 그들에게 살 길일 것이다. 빨리 떠나고 싶다. 시간이 흐를수록 더욱 싫어만지는 까닭은 무엇일까. 서울이 그립다. 소위 민족 형식에 담긴 이질적인 내용들이 얼마나 지탱할지... 지금 텔레비전에서는 김정일 장군의 통일 지침이 격앙된 목소리로 낭독되고 있다.

늙은 아나운서의 다듬어진 격정적인 목소리가 선동적이다. 난 이들의 말을 믿질 않는다. 그들은 남북 교류를 할 수도 없고 해서도 안 되고 할 마음도 없고 할 준비도 되어있지 않음을 알기 때문이다. 당신이 없으면 우리도 없고 조국도 없다는 김정일의 찬양가가 우렁차게 흘러나온다. 이어지는 우리의 김정일 동지... 거대한 최면의 사회. 최면은 한계가 있고, 최면의 효과는 절대 영구하지 않다.

아침에 총장님이 200달러를 주셨다. 감사한다. 고려호텔에 가서 꿀 2통과 옥반지 5개, 옥 닭을 샀다. 옥 닭은 호박에게 줄 선물이다. 좋은 경험을 하고 있다. 내일은 만수대를 간다고 했다. 진심인지 아니면 세뇌인지, 또는 둘 다인지 김선생은 상품들에는 관심이 없다. 북녘 고유의 문화유산은 대표적인 것 몇몇을 제외하고는 깡그리 사라지고 없다. 남쪽도 거의 없어졌는데 역사는 그렇게 허무하게 흘러가는가 보다.

수령(首領)과 영도(領導). 위대한 지도자와 위대한 장군님. 어째서 장군이라는 칭호를 애호할까. 군대 통수권자임을 강조한 것인가. 북한 주민의 절반이 군인이다. 군복을 입은 청장년들의 인파가 도시 농촌 할 것 없이 넘쳐흐른다. 옷차림은 대체로 우중충하고 의복의 질은 많이 떨어진다. 남남북녀라는 말도 이미 옛말이 되었다. 북쪽 지방에는 미녀들이 많다는 말을 표현한 어구인데 호텔, 식당 등을 제외하고는 미녀를 찾아볼 수가 없었다. 아침저녁으로 차를 기다리는 군중들의 표정은 한결같이 어둡다. 캄캄한 거리에서 집으로 가기 위해 길게 줄지어 서서 기다리는 사람들. 곳곳에 고장나서 서 있는 오래된 차를 사람들이 모여서 수거해가는 광경을 거리 곳곳에서 목도했다.

북한 주민들과의 접촉은 일절 차단되어 있다. 어두운 거리에 어두운 집에서 어떻게 생활해 나가는지 안타까울 따름이다. 창광거리와 광복거리의 이삼십층의 멋진 고층 아파트에 엘리베이터는 작동되며 수돗물은 제대로 나오는지 궁금하다. 외양은 초호화판이며 서구식으로 잘 세워진 초대소에도 물이 나오질 않아 애를 먹고 있는데 말이다. 묘향산이 생각난다. 묘향산을 보인 이유는 김 부자 전시관을 참관시키기 위해서였다. 묘향산이 그립다.

묘향산에서의 1박이 계획되어 있었지만 부랴부랴 취소한 까닭은 무엇일까. 밖에서 밥을 먹고 왔는데, 밥 준비 다 해놓았다고 초대소 안내원들이 두 번씩이나 말을 한 의미는 무엇일까. 밥값을 받기 위해서일까. 메르세데스를 타고 다니는 대신에 비싼 요금을 톡톡히 치루고 있다. 북한을 다시 오고 싶으냐고 물으면 그렇다고 얼른 대답하기가 망설여지는 것은 왜일까. 또 하루가 가고 있다. 열한 시 이십 분이다. 자정이 가까워온다. 그런데 잠은 오지 않는다.

· 1998. 5. 3 일 맑음 / 구름

구름 속에 햇살이 비쳐서 상쾌한 아침이다. 초대소 영역은 그림처럼 아름답다. 이곳의 사정을 대강 알 것 같다. 방북하는 사람들마다 두 사람 이상의 안내원 겸 감시원을 붙여야 하는 실정이고, 주민과의 만남을 억제키 위해 별도의 장소에서 유숙시켜야 하는데 그것이 쉽지 않고, 더구나 대중교통이 최악의 상태이니, 반드시 운전수 딸린 승용차를 안내원까지 포함해서 배치시켜야 하니 쉬운 일이 아닐 것이다. 또 전화 사정도 최악의 상태이니 낙후(落後)의 속도는 더욱 빨라질 것이다. 오늘 일정도 알 수가 없다. 그들 마음대로이다. 이 같은 상황이 언제까지 지속될 것인지, 위대한 이라는 말의 의미가 퇴색되는 그날부터 위기는 올 것이다.

태양절(太陽節). 김 주석의 생일을 칭한다. 옛날에는 만수절(萬壽節) 또는 천추절(千秋節)이라 했다. 가족을 찾아 상봉시키는 데 수십만 불을 달라하니 기가 막힐 노릇이다. 돈을 알면 똑똑히 알아야지 억지로 조직(그들이 쓰는 말)하면 후유증이 클 것이다. 현대의 일년은 과거의 십년 또는 백년에 해당되는데, 허구한 날 지극히 평범한 상식을 위대한 발상이라 찬양하는 반동적인 작위를, 온 매스컴을 통해 거국적으로 행하고 있으니 한심한 노릇이다. 새소리가 들린다. 새소리도 평양에서만 들을 수 있다. 평양에는 수목이 많이 있기 때문이다.

아침 후 주석궁에 들려서 주석의 미이라를 보았다. 주석궁은 거대했다. 해자(垓字)까지 두른 현대의 궁궐이었다. 안학궁, 만월대, 경복궁보다 더 크고 화려했다. 주석궁은 남향이 아니고 동북향인 점이 다르다. 주석궁은 양택이 아니라, 음택으로 지어진 건물 같았다. 지상 삼층에 안치된 유해가 특이하다. 신종 황제의 지하궁(북경)을 보고 놀랐는데 주석궁은 '만력능'을 비웃을 만큼 웅대했다.

유해까지 갈 동안에 천 여 미터의 회랑을 에스컬레이터로 천천히 이동했는데, 사람들은 숨을 죽이고 근신했다. 분위기가 그렇게 하지 않으면 안되게 되어있다. 군데군데 한복입은 미녀가 서서 감시 아닌 감시를 하고 있었다. 김 주석의 유해는 잘 보존되어 있었다. "화장하여 왜군의 침입 길목에 재를 뿌려라는 유조(遺詔)"를 남긴 문무왕이 생각난다. 광대한 주석궁의 영역은 경복궁, 창덕궁, 창경궁을 합친 만큼의 크기라고 생각될 정도였다. 우리는 주석궁에서 특별대우를 받으며 행동했다. 강순선생 등의 주선으로 VIP대접을 받은 것이다.

묘향산을 가면서 청천강을 건넜고 개성을 가면서 관문을 지날 때마다 인민군의 경례를 받았다. 인민군의 경례를 우리가 받는다는 것이 감격적이었다. 남쪽으로 달리는 고속도로변에 펼쳐진 산 역시 나무가 거의 없다. 새 땅 찾기 일환으로 빚어진 산 개간과 땔감으로 베어졌기 때문에 황량한 것이다. 더 넓은 들판에는 예의 남루한 복장의 소위 인민들이 떼지어 일하고 있었다. 고속도로에는 차 한 대 없었고 사람들과 군인들, 그리고 꼬마들만이 이따금 보일 뿐이었다.

정방산의 절경과 산성을 뒤로하고 차는 개성을 향해 거침없이 달렸다. 개성을 80여 킬로미터 쯤 전방에 위치한 휴게소에 잠깐 머물러 커피를 마셨다. 차는 다시 잘 개간된 평야를 지나 개성에 닿았다. 돌무더기만 있어 보이는 송악산이 보였다. 송악(松嶽)에서 도무지 송(松)은 보이질 않았다. 시내로 들어가니 고도의 모습은 간 곳이 없고 초라한 아파트들과 황량한 개성역이 보였다. 남루한 옷차림의 동포들이 무표정한 얼굴로 오가고 있었다. '오백년 도읍지를 필마(메르세데스 별이 달린)로 돌아드니' 라는 단가가 새삼 떠올랐다. 남대문(南大門)이라고 쓴 대문만이 과거 고려의 수도, 개경이라는 것을 말해줄 뿐이었다. 개성 성균관 대학 총장 김효관이 나와서 수행원과 함께 영접했다. 고래등 같은 기와집과 그 사이를 흐르는 개천, 남쪽보다 훨씬 더 잘 보존되어 있었다.

소위 성균관 총장의 초대 만찬은 한국식 기와집에 들어가 13첩 밥상(독상)으로 받았다. 정갈한 음식과 한복을 곱게 입은 안내원들의 접대가 정겨웠다. 말로만 듣던 13첩 밥상을 개성에서 미인들의 시중을 받으며 먹어보는 행운을 누렸다. 음식도 원형을 잘 보존한 편이었다. 경단, 식혜 등 남쪽 손님들에게 특별히 차린 것이라고 했다. 김효관 총장은 아마도 나하고 동갑인 듯하고 고분자를 전공한 과학도였다. 역사 쪽은 전혀 아는 바가 없었다. 함께 온 오십 대 초반의 구리빛 얼굴의 수행원들도 자연과학쪽인 듯했다. 그들은 명함이 없었다. 김 총장은 우리에게 홍삼 세트를 선물했다. 개성 고가의 사랑방에서 남북 성균관 대학 총장의 의향서 서명이 있었다. 우리의 목적이 달성되었다. 그들은 우리에게 5톤 트럭 2대와 컴퓨터 등을 바란다는 의향서를 주었다. 총장님은 돌아가서 신중하게 상의하겠다고 했다.

점심식사 후 성균관을 찾았다. 그러나 성균관은 간데없고 박물관이 되어 있었다. 문묘의 위패도 행방이 묘연했고, 김주석 현장 지도 때 왕씨가 고이 간직해온 족보를 주었고, 그 때부터 왕씨의 족보가 공개되었다고 했다. 족보에 목각된 왕건의 초상을 근거로 왕건 상을 그려서 보관해 놓았다. 상당히 인상적인 모습이었다. 명륜당, 대성전 현판도 없었다. 공자가 평가 절하된 실상을 접한 셈이다. 천년의 은행과 느티나무만이 역사를 말해 줄 뿐이었다. 북한의 유적은 단군, 동명왕, 왕건릉 세 개만 정비되고 천양되었다고 할 수 있다. 개국시조를 천양한 이유는 김주석을 기리려고 하니, 약간은 민망한 생각도 들었고 해서, 전대의 개국시조를 올려서 동일시하려는 의도가 엿보인다. 성균관의 고목들 사이로 불어오는 훈훈하고 시원한 바람은 변함이 없는데, 역사의 변천은 냉정하기만 하다.

성균관을 뒤로하고 선죽교를 찾았다. 선죽교의 혈흔과 돌다리가 이처럼 잘 보존된 것은 역대 지도자들이 자신들을 위해, 죽음을 불사한 포은과 같은 충성심을 발현해 달라는 염원과 관계가 있다. 영조와 고종의 친필이 거대한 비석으로 남아 있었다. 이명학 교수와 선죽교 앞에서 촬영을 했다. 이 교수는 성정이 깨끗하다. 오 차장과 선실과의 이야기는 줄곧 멋진 화두로 장식 되었다. 선죽교를 떠나 일제의 의해 도굴된 왕건릉을 찾았다.

곡령(鵠嶺)이 이곳 주변이라는 안내원의 활달한 대화가 인상적이다.

내가 곡령이 어디냐는 물음에 고로(古老)에게 들었다 하면서 곡령을 알게 돼 반갑다고 했다. 묻혔던 능비가 발굴 과정에서 나와 왕릉 옆에다 세워놓았다. 이수가 없는 통비였다. 그 모양이 남근(男根) 같다는 나의 주장에 안내원은 특이한 시각이라 하며 참고하겠다고 했고 이에 대해 모두들 박장대소를 하며 능 주변 나무 그늘 아래에서 역사 이야기가 꽃처럼 피어났다.

나는 『삼국사기』도 고려에 의해 일부가 조작되고, 『고려사』도 조선조에 의해 얼마간 왜곡되었으며 권력 체계에 관한 한 역사는 위사(僞史)라고 했다. 모두들 긍정하는 눈빛이었다. 북녘 사람들도 어느 정도 수긍하는 눈치였다. 왕건릉은 잘 보존, 처리 및 확대 조성되어 있었다. 능 주변의 12지상(支像)을 비롯해서 말미에 석상으로 서 있는 비참한 경순왕(敬順王)의 모습이 역사의 무상을 말해준다.

원래 능비의 머리는 분리되지 않고 비신과 붙어 있었고 이상한 문양이 양각으로 새겨져 있었고, 비 이수 꼭대기에는 사각형의 홈(구조물을 올리기 위한 장치일 수도 있다.) 이 패여 있었다. 그래서 나는 남근과 더욱 유사하다고 본 것이다. 그것은 외설이 아니고 자손 번창과 관계있는 의미를 담았다고 주장했다. 능 주변이 곡령인 것은 안내원의 능 앞산이 새처럼 생겼다는 말과도 어울린다. 고려 2대왕인 혜종이 둘째 왕비(천출) 오(吳)씨의 왕자(정액을 오씨가 손으로 체내에 넣었기 때문에 이마에 돗자리 문양이 새겨졌다고 안내원은 말했다.)였다는 사실은 왕건의 인품을 말해준다. 왕 태조는 김 주석을 만나 더욱 빛나는 인물이 된 듯하다.

고속도로에서 고려 성균관 대학 총장의 전송을 받은 후, 우리는 남쪽으로 곧게 뻗은 고속도로를 뒤로하고 북으로, 평양을 향해 달리기 시작했다. 차 한대 없는 텅 빈 고속도로를 일사천리로 달렸다. 귀가하는 농민들과 일요일에 놀러 나온 꼬마들의 모습이 고속도로에서 발견된다. 북쪽이 우리를 진심으로 환대하고 있다고 느끼기 시작했다. 선입견이

서서히 엷어지면서 그들의 진면목이 나타난 것이다. 그들은 그들의 가난함을 인정하고 가난할수록 긍지가 있어야 한다는 김영성씨의 주장에 나는 공감한다. 평양에 돌아와 고려호텔에서 함께 저녁식사를 하고 숙소에 돌아와 환담하다가 헤어졌다. 그들은 남한의 도움을 바라고 있었다. 올해까지 흉년이 들면 위험하다고 솔직히 인정했다.

· 1998. 5. 4 월 흐림

조찬 후 우리들은 초대소를 나왔다. 김일성 종합대학을 방문했다. 제1 부총장(失名) 등이 나와 영접했다. 50여만 평에 이르는 광활한 구내. 대학의 주인은 역시 이름대로 김일성이었다. 거기에다 하나가 첨가되어 김정일 대학으로 진행되고 있었다. 김 부자의 약력과 어록을 익히느라 투자한 시간만큼 실질 공부에 필요한 시간은 줄어들 것이다. 황금으로 된 거대한 동상이 대학을 굽어보고 있었다. 부총장이 설명을 했지만 나는 귀담아 듣지를 못했다.

곳곳에서 촬영을 했다. 그들은 친절하였으며 정성껏 환대해 주었다. 체육실에서 농구 시합을 하고 있었다. 실험실, 강의실을 찾았다. 전시실에는 온통 김 부자의 사진들과 군에 대한 서적들로 빼곡히 들어차 있었다. 재학 시절의 김정일 사진들을 촬영했다. 학생들은 우리를 신기한 듯 보았다. 시간이 흐를수록 우리는 환대받고 있음을 느낄 수 있었다. 김일성대학을 떠나 김책공업대학으로 갔다. 북한 최고의 공대 앞에는 김정일을 중심으로 김 주석, 김정숙의 초상과 말들이 적혀 있었다. 내부는 모르겠지만 외부는 별로 좋다고 느끼기에는 부족했다. 김책대학에서 받은 설명도 대부분 김 부자에 관한 것이었다. 학교 안내서를 요구했지만 김일성대학에서는 물론이고 다른 대학도 없는 듯 했다. 설명서 같은 책자들을 만들 여력이 없었고 또 필요로 하지도 않았다. 앞으로 한국과의 격차는 더 현격하게 벌어질 것이다. 그것이 두렵다. 김정일 장군만 믿고 있다는 북한 주민의 소박한 기대에 관심이 간다.

점심은 평양에서 유명한 단고기(보신탕) 집을 찾았다. 가라오케 시설이 갖추어진 좋은 방으로 안내되었다. 비디오에는 북한 여인이 나와 도라지, 아리랑 등의 영상을 곁들여 노래하고 있었다. 을밀대를 배경으로 한복을 입은 미녀의 장고춤이 인상적이었다. 을밀대는 관광용이 아니라 주목적은 군사 지휘소라고 보는 것이 옳다. 명승지에 누대를 짓고 관광과 군사 목적을 아우른 우리의 선인들의 의도가 근사하다. 단고기는 수준급이긴 하나 내 입에는 맞질 않았다. 북한의 음식도 남한과 비교가 안 된다. 냉면 역시 내 입에는 꼭 부합되지 않았다.

방북 일주일도 어언 다 지나가고 오늘밤만 지나면 내일은 서울로 간다. 예상외의 긴 여행이었다. 집 생각이 난다. 가족들이 보고 싶다. 호박은 공부 잘 하는지, 창희, 택희 녀석들도 잘 있는지, 어머니와 처도 건강한지 걱정이다. 평양에서 7일 간. 묘향산에서 하룻밤을 못 지낸 것이 못내 아쉽다. 여행을 하면 그 사람의 진면목을 안다고 했다. 오 차장은 광신자라서 새벽마다 기도하면서 운다고 했다. 이 교수의 고통이 짐작된다. 한국의 기독교가 어쩌다가 이 지경으로 되었을까. 김영성, 서철은 김일성대학의 정경과, 철학과를 나온 엘리트이다.

카메라를 들고 다니는 여행은 괴롭다. 특히 캠코더는 더 심하다. 이제부터 여행은 과거처럼 맨손으로 다닐 것이다. 창 밖에는 유서(柳絮)가 흩날리고 있다. 그래서 평양도 점점 버드나무를 없애고 수삼나무와 은행으로 가로수를 바꾼다고 했다. 평양 시민들의 옷차림이 너무 어둡다. 좋지 못한 옷에다가 누런빛의 국방색과 칙칙한 여인의 옷이 도시를 더욱 가라앉게 한다. 밝은 옷을 입혀야겠다. 시민들의 표정이 엄숙하고, 웃는 얼굴을 본 기억이 없을 정도로 어둡다. 서울의 활발한 걸음걸이에 화려한 옷차림을 하고 깔깔대는 여인들과는 너무나 대조적이다. 통신시설의 미비는 참혹할 지경이다. 김일성대학의 전화번호가 너댓 개에 불과하니 다른 곳은 말할 것도 없다. 그들이 우리 학교의 요람을 보면 기겁할 것이다.

초대소에 돌아와서 좀 쉬다가 평양 지하철 구경을 갔다. 꿈의 지하철이라는 평을 들을 정도로 잘 되어 있었다. 평양은 지하도시라는 말을 하는 것을 보니, 지하에 거대한 시설을 갖추고 있음을 느낄 수 있었다. 상당히 정성을 들여서 치장을 했다. 예술성을 살리기 위해 노력한 흔적이 엿보였다. 지하철에서 내려 평양 거리를 걸었다. 고려호텔까지 약 200여 미터. 시민들과 마주치며 그들 속에서 걸었고 지하철에서 북한 주민들과 마주치며 몇 정거장을 지났다. 가는 곳마다 김 부자의 초상화와 구호. 사람들과 어울려 말할 때마다 김 부자가 인용되고 있다. 요즘은 장군님이라는 칭호를 더 많이 쓰는 듯했다. 어버이 수령 김일성 동지. 아버지 영수 김정일 장군.

저녁은 서 부총장, 강순선생, 김영성, 서철 등과 초대소 식당에서 만찬을 했다. 각종 요리가 나왔다. 사실인지는 모르지만 곰 발바닥 요리와 송이 요리, 상어 지느러미 요리 등이 나왔는데 맛은 별로 없었다. 가장 맛있었던 것이 쑥떡이었나.

체재비 정산을 할 때, 소심한 오고탁 차장이 너무 비싸다고 계산을 거부했다. 돈을 아끼는 마음은 좋은데 이렇게 큰집을 일주일간 차지하고 메르세데스 승용차 두 대까지 내주었고 개성, 묘향산 등지를 왕복한 것을 생각한다면 그다지 비싸다고만 할 것은 아니었다. 우리는 지금 환율이 배로 올랐기 때문에 모든 걸 비싸다고 생각하는 것은 당연하다.

그러나 우리가 큰일을 하러온 마당에 몇 천 달러를 아낀다는 것은 소탐대실의 졸견이다. 총장님도 그 같은 오 차장의 알뜰한 씀씀이를 좋아하는 것 같다. 총장님 휘하에는 씀씀이가 좀 큰 사람이 있어야 한다. 몇 번이나 승강이 한 끝에 타결된 것 같은데, 어떻게 되었는지 모르겠다. 총장을 만난 후에도 껄끄러웠다는 것은 체면의 손상이다. 나는 여

럿이 있는 앞에서 덕담을 하며 오 차장의 위상을 살려 주었다.

북녘에서의 마지막 밤이다. 언제 다시 올지는 기약할 수도 없다. 하여간 내일은 서울로 간다. 하루 빨리 북녘 산하에 수목이 우거져 산토끼와 꿩이 노는 것을 볼 수 있기를 바랄 뿐이다. 새 땅을 찾으려다 옥야천리를 황폐화시킨 농업 정책의 실책은, 치명적인 과오로 두고두고 북녘 땅을 괴롭힐 것이다. 북한은 외부로부터의 도움을 간절히 고대하고 있다.

〈평양에서, 1998. 4. 28~1998. 5. 4까지〉

이민홍(李敏弘)

■주요경력

성균관대학교 문과대학 국어국문과 졸업
성대 대학원 문학석사 · 문학박사
충북대학교 사범대 국어교육과 교수
워싱턴대학 아세아어문학과 객원교수
국립 대만 정치대학 교환교수
도남국문학상 수상
한국시가학회 회장
성대 인문과학 연구소 소장
성균관대학교 인문대학 학장
성균관대학교 대학원장
현 성균관대학교 명예교수
현 한국한자한문능력개발원(사) 이사장

■주요저서

한국 민족악무와 예악사상(집문당, 1997)
조선조 성균관의 교원과 태학생의 생활상(역서, 반중잡영. 성대출판부, 1999)
조선조 시가의 이념과 미의식(성대출판부, 2000, 개정판)
한국 민족예악과 시가문학(대동문화연구원, 2002)
언어 민족주의와 언어사대주의의 갈등(성대출판부, 2002)
사림파문학의 연구([형설출판사, 1985, 초판] 월인, 2003, 3판)
한문화와 한문학의 정체성(집문당, 2003)
한문화의 원류(제이앤씨, 2006)
논어강의 – 위대한 스승 공자사상의 재발견(문자향, 2004)
옛 노래 속의 낭만연인(편저. 국일미디어, 2005)
시법 – 한 글자에 담긴 인물평(문자향, 2005)

韓文化의 斷想

초판인쇄 2007년 4월 13일 | 초판발행 2007년 4월 26일
저자 이민홍 | 발행 제이앤씨 | 등록 제7-220호

132-040
서울시 도봉구 창동 624-1 현대홈시티 102-1206
TEL (02)992-3253 | FAX (02)991-1285
e-mail, jncbook@hanmail.net | URL http://www.jncbook.co.kr

*저자 및 출판사의 허락없이 이 책의 일부 또는 전부를 무단복제·전재·발췌할 수 없습니다.
**잘못된 책은 바꿔 드립니다.

ⓒ 이민홍 2007 All rights reserved. Printed in KOREA

ISBN 978-89-5668-502-1 03810 | 정 가 25,000원